佐藤利行教授還暦記念

日中比較文化論集

Comparative Studies on Japanese and Chinese Culture:
60th Birthday Memorial of
Professor SATO Toshiyuki

佐藤利行教授還暦記念論集刊行会 編

白帝社

佐藤利行教授　近影

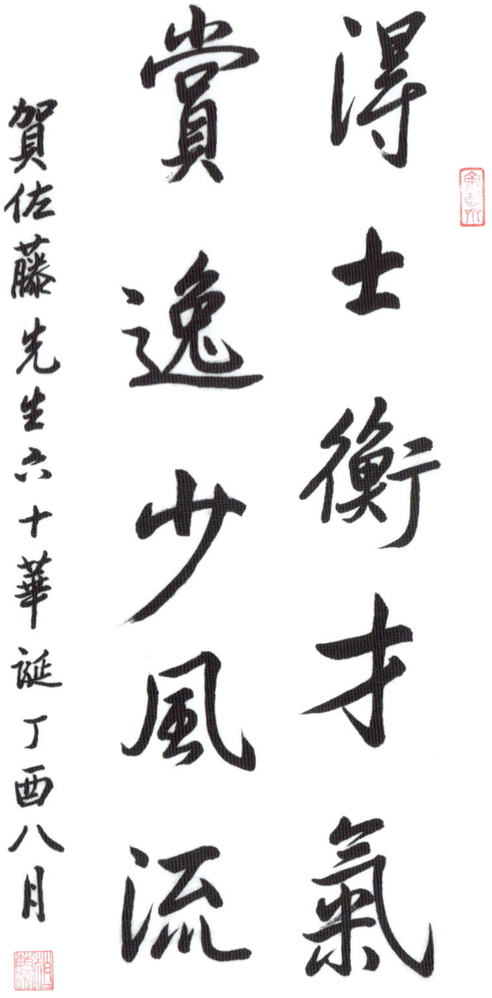
得士衡才氣
賞逸少風流
賀佐藤先生六十華誕 丁酉八月

趙敏俐先生揮毫

佐藤利行教授　略歴

○略歴

1957 年 6 月	広島市に生まれる
1976 年 3 月	広島舟入高校卒業
1980 年 3 月	広島大学文学部文学科（中国語学中国文学専攻）卒業
1982 年 3 月	広島大学大学院文学研究科博士前期課程（中国語学中国文学専攻）修了（文学修士）
1985 年 3 月	広島大学大学院文学研究科博士後期課程（中国語学中国文学専攻）単位修得退学
1985 年 4 月	安田女子大学文学部　講師（1989 年 3 月まで）
1989 年 4 月	安田女子大学文学部　助教授
1993 年 11 月	文学博士（広島大学）
1997 年 10 月	広島大学文学部　助教授
2001 年 4 月	広島大学大学院文学研究科　教授（大学院専任担当教授）
2001 年 9 月	首都師範大学中国詩歌研究センター客員教授
2002 年 9 月	広島大学北京研究センター長
2005 年 7 月	広島大学学長特別補佐（日中交流担当）
2006 年 3 月	福山大学北京教育研究センター顧問
2006 年 9 月	貴州師範大学客員教授
2007 年 4 月	上海師範大学人文与伝播学院客員教授
2007 年 5 月	広島大学学長補佐（国際担当）
2007 年 10 月	清華大学外語系日本語言文化研究所客員研究員
2008 年 1 月	北京市特別招聘教授 首都師範大学講座教授
2008 年 4 月	広島大学副理事（国際担当）
2009 年 11 月	山西師範大学客員教授
2009 年 12 月	国際関係学院客員教授
2010 年 3 月	中国語文現代化学会吟誦分会専門家委員会委員
2010 年 4 月	広島大学学長補佐（国際担当）広島大学国際センター長 山西師範大学兼職教授
2010 年 11 月	淮海工学院外国語学院客員教授

2011 年 3 月　山西師範大学客員教授
2011 年 4 月　広島大学学長補佐（東アジア・基金担当）
福山市立大学特命顧問・貴州大学客員教授
2011 年 6 月　貴州民族学院外国語言学院客員教授
2013 年 4 月　広島大学副学長（国際・基金担当）
2013 年 9 月　外交学院客員教授
2013 年 10 月　厦門大学外文学院日本文学系列講座客員教授
2015 年 4 月　広島大学理事・副学長（国際・基金・平和担当）
2015 年 6 月　広島大学特別校友
2015 年 9 月　中国人民大学外国語学院客員教授
東北大学秦皇島分校名誉教授
2016 年 4 月　中国古文献出版社特別編集審査兼『人文社科論著叢刊・日本漢学専版』主編
2016 年 10 月　日本学術会議連携委員
2017 年 2 月　ダルマプルサダ大学客員教授
2017 年 4 月　燕山大学名誉教授
2017 年 5 月　ヴィータウタス・マグヌス大学客員教授
2017 年 9 月　長春大学客員教授
2018 年 12 月　南京大学文学院客員教授

〇賞
2003 年　広島大学学長表彰
2009 年　北京市人民政府教育委員会 国際交流貢献賞
2018 年　中国政府友誼賞

〇社会活動
福山大学北京教育センター　顧問
公益財団法人　広島国際センター　評議員
公益財団法人　小丸交通財団　理事
一般財団法人　日本中国語検定協会　理事
一般財団法人　お好み焼アカデミー　理事

佐藤利行教授　論文・著書目録

○論文

1983年12月　現代中国語における反復疑問表現について　中国中世文学研究（16）（中国中世文学研究会）

1984年2月　海事中国語用語集（1）弓削商船高等専門学校紀要（6）（弓削商船高等専門学校）

1984年12月　二陸の文章制作について―陸雲「与兄平原書」を中心に―中国中世文学研究（17）（中国中世文学研究会）

1985年1月　二陸の文章観　日本中国学会報（37）（日本中国学会）

1985年10月　六朝漢語の研究―王羲之の書翰の場合―　安田女子大学紀要（14）（安田女子大学）

1985年2月　受身形「為－所－」式詩論―六朝期の資料をふまえて―古田教授退官記念中国文学語学論集（古田敬一教授退官記念事業会）

1985年2月　海事中国語用語集（2）弓削商船高等専門学校紀要（7）（弓削商船高等専門学校）

1986年2月　海事中国語用語集（3）弓削商船高等専門学校紀要（8）（弓削商船高等専門学校）

1986年7月　王羲之の生活と思想―逸民の時期を中心に―　国語国文論集（15）（安田女子大学）

1986年7月　王羲之書翰繫年考証　国語国文論集（15）（安田女子大学）

1987年2月　海事中国語用語集（4）弓削商船高等専門学校紀要（9）（弓削商船高等専門学校）

1987年2月　漢文の教材研究 ―司馬遷の『史記』執筆態度―　安田女子大学紀要（15）（安田女子大学）

1987年6月　六朝漢語の研究―東晋・王献之の書翰の場合―　国語国文論集（17）（安田女子大学）

1988年3月　陸雲の生涯-1-　安田女子大学紀要（16）（安田女子大学）

1988年6月　唐詩の授業から―李白「望天門山」詩の場合―　国語国文論集（18）（安田女子大学）

1989年3月　陸雲の生涯 -2-　安田女子大学紀要（17）（安田女子大学）

1989年4月　唐詩の教材研究―張継「楓橋夜泊」詩―　古典教育（10）

	(古典教育研究会)
1989年12月	唐詩の授業から—王維「送別」詩の場合— 国語国文論集(19) (安田女子大学)
1990年3月	陸雲の生涯 -3- 安田女子大学紀要(18) (安田女子大学)
1990年3月	六朝漢語の研究—西晋・陸雲の書翰の場合— 国語国文論集(20) (安田女子大学)
1991年2月	二陸と張華 中国中世文学研究(20)小尾郊一博士喜寿記念論集 (中国中世文学研究会)
1991年2月	六朝文人伝「張華」—『晋書』張華伝— 中国中世文学研究(21) (中国中世文学研究会)
1991年3月	陸機樂府詩注 -1- 国語国文論集(21) (安田女子大学)
1991年3月	陸機詩研究 -1- 安田女子大学紀要(19) (安田女子大学)
1992年1月	入洛後の二陸について 日本中国学会報(44) (日本中国学会)
1992年2月	陸機樂府詩注 -2- 国語国文論集(22) (安田女子大学)
1992年2月	王世襄「西晋陸機平復帖流傳考略」 国語国文論集(22) (安田女子大学)
1992年3月	二陸と潘尼 安田女子大学紀要(20) (安田女子大学)
1992年3月	張翰の伝記とその詩について 中國學論集(1) (中國文學研究会)
1992年3月	唐代詩人札記 漢文教育(14) (漢文教育研究会)
1992年4月	潘岳と潘尼 中国中世文学研究(22) (中国中世文学研究会)
1992年7月	陸機詩繫年考証 -1- 中國學論集(2) (中國文學研究会)
1992年11月	陸機と「呉書」 中國學論集(3) (中國文學研究会)
1993年1月	陸機詩研究 —太子洗馬の時期— 国語国文論集(23) (安田女子大学)
1993年2月	二陸と顧令文 中國學論集(4) (中國文學研究会)
1993年2月	陸機詩研究 -2- 安田女子大学紀要(21) (安田女子大学)
1993年3月	二陸をめぐる文人達 日本文学語学論考 (渓水社)
1993年7月	陸雲「答車茂安書」について 中國學論集(5) (中國文學研究会)
1993年11月	陸機と夏少明 中國學論集(6) (中國文學研究会)
1993年12月	「文賦」の著作年代について(上) 漢文教育(17) (漢文教育研究会)
1994年1月	陸機「平復帖」考 国語国文論集(24) (安田女子大学)

1994年2月	愍懐太子府における文学集団　安田女子大学紀要(22)（安田女子大学）
1994年3月	陸機「百年歌」考　中國學論集(7)（中國文學研究会）
1994年7月	西晋左芬墓誌小考　中國學論集(8)（中國文學研究会）
1994年11月	張華の文学集団　中國學論集(9)（中國文學研究会）
1995年1月	晋代墓誌研究―羊祜墓誌について―　国語国文論集(25)（安田女子大学）
1995年1月	西晋の文学集団―石崇集団―　国語国文論集(25)（安田女子大学）
1995年2月	成都王司馬穎の文学集団　安田女子大学紀要(23)（安田女子大学）
1995年3月	「文賦」の成立過程　安田女子大学大学院開設記念論文集（安田女子大学）
1995年5月	補亡詩考　中國學論集(10)（中國文學研究会）
1995年5月	「文賦」の著作年代について（下）　漢文教育(18)（漢文教育研究会）
1995年8月	張朗墓誌について　中國學論集(11)（中國文學研究会）
1995年12月	史伝教材の指導―「鶏鳴狗盗」の場合―　漢文教育(19)（漢文教育研究会）
1996年1月	「多少」について　中国中世文学研究(29)（中国中世文学会）
1996年1月	史伝教材の指導―管鮑の交わりの場合―　安田女子大学紀要(24)（安田女子大学）
1996年1月	『晋書』賈后傳について　中國學論集(12)（中國文學研究会）
1996年1月	士孫松（世蘭）墓誌について　国語国文論集(26)（安田女子大学）
1996年3月	徐君妻菅洛墓碑について　安田女子大学大学院文学研究科紀要(1)（安田女子大学）
1996年4月	陸機「弔魏武帝文」について　中國學論集(13)（中國文學研究会）
1996年4月	史伝教材の指導―「完璧」の場合―　漢文教育(20)（漢文教育研究会）
1996年7月	荀岳墓誌について　中國學論集(14)（中國文學研究会）

1996年9月　中国における古典の教材研究—「鴻門の会」について—　漢文教育（21）（漢文教育研究会）

1996年11月　陸機と陸雲　新しい漢文教育（23）（全国漢文教育学会）

1996年11月　陸雲をめぐる文人達—厳隠（仲弼）について—　中國學論集（15）（中國文學研究会）

1997年1月　石定墓誌について　国語国文論集（27）（安田女子大学）

1997年2月　史伝教材の指導（二）—「澠池の会」の場合—　安田女子大学紀要（25）（安田女子大学）

1997年3月　賈充妻郭槐柩記について　中國學論集（16）（中國文學研究会）

1997年3月　陸機の書について　安田女子大学大学院博士課程開設記念論文集　（安田女子大学）

1997年3月　荀隠（鳴鶴）について　中國學論集：古田教授頌寿記念（中國文學研究会）

1997年3月　石尠墓誌について　安田女子大学大学院文学研究科紀要（2）（安田女子大学）

1997年8月　東海王司馬越の文学集団　中國學論集（17）（中國文學研究会）

1997年12月　陸機「短歌行」について　中國學論集（18）（中國文學研究会）

1997年12月　『史記』と『十八史略』（1）　漢文教育（22）（漢文教育研究会）

1998年1月　六朝文人伝—『晋書』（巻八十二）陳寿伝—　中国中世文学研究（33）（中国中世文学会）

1998年1月　王興之墓誌について　国語国文論集（28）（安田女子大学）

1998年7月　六朝文人伝—『晋書』左思伝—　中国中世文学研究（34）（中国中世文学会）

1998年2月　楽陵厭次の石氏について　安田女子大学紀要（26）（安田女子大学）

1998年4月　東晋墓誌研究—琅耶臨沂の王氏墓誌を中心に—　中國學論集（19）（中國文學研究会）

1998年4月　琅耶臨沂の王氏について　中国学研究論集（1）（広島中国学学会）

1998年7月　陸機「呉趨行」について　中國學論集（20）（中國文學研究会）

1998年11月　陸機「園葵詩」について　中國學論集（21）（中國文學研究会）

1998年12月　『文選集注本』離騒経一首所引陸善経注について（1）　広島大学文学部紀要（58）（広島大学文学部）

1999 年 1 月　謝琉墓誌について　中国中世文学研究（35）（中国中世文学会）

1999 年 1 月　陸雲「南征賦」について　六朝學術學會報（1）（六朝學術學會）

1999 年 3 月　謝温墓誌について　中國學論集（22）（中國文學研究会）

1999 年 4 月　詩語研究のための漢字情報処理（1）電子化テキスト作成　中国学研究論集（3）（広島中国学学会）

1999 年 8 月　劉孝綽「帰沐呈任中丞昉」詩について　岡村貞雄博士古稀記念中国学論集　（中國文學研究会）

1999 年 9 月　陸機の詩語　安田女子大学大学院博士課程完成記念論文集（安田女子大学）

1999 年 10 月　陸雲「南征賦」について　六朝學術學會報（1）（六朝学術学会）

1999 年 12 月　『文選集注本』離騒経一首所引陸善経注について（2）　広島大学文学部紀要（59）（広島大学文学部）

2000 年 1 月　六朝文人伝―庾肩吾（『梁書』）―　中国中世文学研究（37）（中国中世文学会）

2000 年 3 月　虞世南「勧学篇」について　山本昭教授退休記念中国学論集（白帝社）

2000 年 3 月　六朝文人伝―『梁書』劉昭伝―　山本昭教授退休記念中国学論集　（白帝社）

2000 年 4 月　詩語研究のための漢字情報処理（2）表計算ソフトによる文字列操作とその教授法試案（1）　中国学研究論集（5）（広島中国学学会）

2000 年 7 月　六朝文人伝―柳惲（『梁書』）―　中国中世文学研究（38）（中国中世文学会）

2000 年 12 月　『文選集注本』離騒経一首所引陸善経注について（3）　広島大学文学部紀要（60）（広島大学文学部）

2001 年 3 月　陸雲「寒蟬賦」について　六朝學術學會報（2）（六朝学術学会）

2001 年 11 月　陸機の兄弟について　中国中世文学研究（40）（中国中世文学会）

2001 年 12 月　詩語研究のための漢字情報処理（3）表計算ソフトによる文字列操作とその教授法試案（2）　中国学研究論集（8）（広島中

国学学会）

2001年12月　西晋文人関係論—陸雲と厳隠—　広島大学大学院文学研究科論集（61）（広島大学）

2002年3月　西晉文人關係論—陸機與其胞姐—　*Hiroshima Interdisciplinary Studies in the Humanities*（1）（広島大学）

2002年6月　陸機的詩風　文学前沿（5）（首都師範大学文学部）

2002年11月　漢文訓読の歴史及び翻訳の意義　漢文教育（27）（漢文教育研究会）

2002年11月　漢文訓読的歴史及翻訳的意義　外国語言学及応用語言学研究（1）（北京師範大学漢語文化学院）

2002年12月　頼山陽と愛石趣味　広島大学大学院文学研究科論集（62）（広島大学）

2003年3月　劉孝綽の樂府詩　中国中世文学研究（43）（中国中世文学会）

2003年3月　The History of “Kundoku” and the Significance of Its Translation *Hiroshima Interdisciplinary Studies in the Humanities*（2）（広島大学）

2003年12月　劉孝綽詩訳注（2）（六朝詩の語彙および表現技巧の研究）　中国古典文学研究（1）（広島大学中国古典文学プロジェクト研究センター）

2003年12月　陸機の詩語（三）　広島大学大学院文学研究科論集（63）（広島大学）

2004年3月　A Calligraphic Study of Luji’s Pingfutie　*Hiroshima Interdisciplinary Studies in the Humanities*（3）（広島大学）

2004年12月　劉孝綽詩訳注（3）（六朝詩の語彙および表現技巧の研究）中国古典文学研究（2）（広島大学中国古典文学プロジェクト研究センター）

2005年3月　Rai Sanyo and the Art of “Suiseki”　*Hiroshima Interdisciplinary Studies in the Humanities*（4）（広島大学）

2005年12月　王羲之と五石散　広島大学大学院文学研究科論集（65）（広島大学）

2005年12月　劉孝綽詩訳注（4）（六朝詩の語彙および表現技巧の研究）　中国古典文学研究（3）（広島大学中国古典文学プロジェクト研究センター）

2006年3月　現代に生きる中・高校生のための日本漢詩・日本漢文の教材

化（1）　広島大学学部・附属学校共同研究紀要（34）（広島大学学部・附属学校共同研究プロジェクト）

2006年12月　陸機の書簡　広島大学大学院文学研究科論集（66）（広島大学）

2006年12月　劉孝綽詩訳注（5）（六朝詩の語彙および表現技巧の研究）　中国古典文学研究（4）（広島大学中国古典文学プロジェクト研究センター）

2007年3月　現代に生きる中・高校生のための日本漢詩・日本漢文の教材化（2）　広島大学学部・附属学校共同研究紀要（35）（広島大学学部・附属学校共同研究プロジェクト）

2007年12月　劉孝綽詩訳注（6）　中国古典文学研究（5）（広島大学中国古典文学プロジェクト研究センター）

2008年3月　現代に生きる中・高校生のための日本漢詩・日本漢文の教材化（3）　広島大学学部・附属学校共同研究紀要（36）（広島大学学部・附属学校共同研究プロジェクト）

2008年9月　日本文学と漢詩文　日本語言文化研究：日本学框架与国際化視角（張威 主編）　清華大学出版社

2008年12月　正岡子規の漢詩　広島大学大学院文学研究科論集（68）（広島大学）

2009年3月　劉孝綽詩訳注（7）　中国中世文学研究（55）（中国中世文学会）

2009年3月　中国政府「国家建設高水平大学公派研究生項目」について　大学論集（40）（広島大学高等教育研究開発センター）

2009年7月　手紙から見る王羲之の人間性　聖教新聞

2009年12月　王羲之書翰中の語彙　広島大学大学院文学研究科論集（69）（広島大学）

2009年12月　劉孝綽詩訳注（8）［含 中国語文］　中国古典文学研究（7）（広島大学中国古典文学プロジェクト研究センター）

2010年3月　日本漢詩について（特集 中日言語と文化の比較）　比較日本文化学研究（3）（広島大学大学院文学研究科総合人間学講座）

2010年12月　劉孝綽詩訳注（9）［含 中国語文］　中国古典文学研究（8）（広島大学中国古典文学プロジェクト研究センター）

2012年10月　王羲之傳記研究―以隠士生活為中心―　傳記傳統與傳記現代化 ―中国古代传记文学国际学术研讨会论文集―　中国伝

	記文学学会
2012 年 12 月	六朝漢語研究：「佛説菩薩睒子經」の場合　広島大学大学院文学研究科論集 (72)　(広島大学)
2013 年 1 月	日本的中国文学史研究及翻訳　全球化视野下的中国文学史观国际学术研讨会论文集　(首都師範大学中国詩歌研究中心)
2013 年 2 月	日本楽府研究著述目録　乐府学　(首都師範大学中国詩歌研究中心)
2013 年 12 月	劉孝綽「酬陸長史倕」詩譯注　中国古典文学研究 (11)　(広島大学中国古典文学プロジェクト研究センター)
2014 年 1 月	朋有り遠方より来たる　中国語の環 (95)　日本中国語検定協会
2014 年 3 月	江戸時代の唐詩理解：釋大典『唐詩解頤』を例として (特集 総合人間学：共生する世界文化)　比較日本文化学研究 (7)　(広島大学大学院文学研究科総合人間学講座)
2014 年 4 月	陸機的「百年歌」考　楽府学　楽府学会
2014 年 5 月	关于《佛说睒子经》的汉语词汇　语言文化学刊 (1)　(白帝社)
2014 年 9 月	序 (森野繁夫博士追悼特集)　中国中世文学研究 (63, 64)　(中国中世文学会)
2014 年 9 月	王羲之と「游目」の娯しみ (森野繁夫博士追悼特集)　中国中世文学研究 (63・64)　(中国中世文学会)
2014 年 12 月	王羲之と周撫　広島大学大学院文学研究科論集 (74)　(広島大学大学院文学研究科)
2015 年 3 月	グローバル化の中の人文学：孔子のこころ (特集 総合人間学：グローバル化の中の人文学)
2015 年 5 月	全球化中的人文科学：孔子的思想　语言文化学刊 (2)　(白帝社)
2015 年 7 月	「六度集經」の漢語語彙　中国古典文学研究：広島大学中国古典文学プロジェクト研究センター研究成果報告書 (12)　(広島大学中国古典文学プロジェクト研究センター)
2015 年 9 月	王羲之と五石散　千書万香 (25)　(美術新聞社・萱原書房)
2015 年 11 月	百試千改の心　中國學論集 (50)　(中国文学研究会)
2015 年 11 月	日本的“朗咏”和“诗吟”　中國學論集 (50)　(中国文学研究会)

2016年3月	共鳴する文化と社会：仏教の伝来と言語（特集 共鳴する文化と社会）比較日本文化学研究（9）（広島大学大学院文学研究科総合人間学講座）
2016年3月	中国文学和日本文学　中国古典文学研究：広島大学中国古典文学プロジェクト研究センター年報（13）（広島大学中国古典文学プロジェクト研究センター）
2016年5月	Book Review 学問としての比較文化論の構築［藤田昌志著『日本の中国観Ⅱ：比較文化学的考察』］東方（423）（東方書店）
2016年12月	王羲之の「蘭亭序」について（共著）広島大学大学院文学研究科論集（76）（広島大学大学院文学研究科）
2016年12月	Wang Xizhi's Life and Thought: His Hermit Period *Hiroshima Interdisciplinary Studies in the Humanities*（14）（広島大学）
2017年3月	關於王羲之的《蘭亭序》（共著）中国古典文学研究：広島大学中国古典文学プロジェクト研究センター年報（14）（広島大学中国古典文学プロジェクト研究センター）
2017年12月	王羲之の書法（共著）中國學論集（52）（中国文学研究会）
2017年12月	書翰から見る王羲之像：逸民の生活を中心に（共著）広島大学大学院文学研究科論集（77）（広島大学大学院文学研究科）
2018年10月	從早期書写所看到的史与詩的真相（共著）中国早期書写国際学術検討会論文集
2018年12月	陸機の楽府—「上留田行」を中心に（共著）広島大学大学院文学研究科論集（78）（広島大学大学院文学研究科）

計157篇

○著書

1984 年 8 月　増壱阿含経語彙索引（共編）　中国中世文学研究会
1985 年 12 月　王羲之の書翰（共著）　第一学習社
1986 年 10 月　王羲之名蹟解義（共著）　YMCA 出版
1987 年 1 月　王羲之全書翰（共著）　白帝社
1988 年 3 月　英日中 海事貿易基本用語辞典（共編）　白帝社
1988 年 6 月　淳化閣帖（共編）　白帝社
1989 年 4 月　漢文：まとめと要点（共著）　白帝社
1990 年 5 月　陸雲研究　白帝社
1993 年 4 月　李先生の中国語（共著）　渓水社
1993 年 5 月　漢字の学習（共著）　白帝社
1995 年 1 月　陸雲研究（中国語版）　西南師範大学出版社
1995 年 2 月　西晉文学研究 ―陸機を中心として―　白帝社
1995 年 4 月　日本文学と漢詩文（共編）　漢詩・漢文教材研究会　昌平社
1995 年 4 月　古詩・初唐（共編）　漢詩・漢文教材研究会　昌平社
1996 年 10 月　王羲之全書翰　増補改訂版（共著）　白帝社
1997 年 9 月　漢文の教材研究　史伝篇（共著）　渓水社
1999 年 10 月　呉均詩索引（共編）　白帝社
2000 年 7 月　劉孝綽詩索引（共編）　白帝社
2000 年 10 月　全梁詩索引（共編）　白帝社
2001 年 10 月　陸雲詩索引（共編）　白帝社
2001 年 10 月　陸士衡詩集　白帝社
2002 年 3 月　六朝詩語の研究（代表）　科学研究費補助金研究成果報告書
2004 年 6 月　西晉文学研究（中国語版）　中国社会科学出版社
2005 年 12 月　中國中古文學研究：中國中古（漢－唐）文學國際學術研討會論文集（共編）　学苑出版社
2006 年 3 月　广岛大学的中国古典文学研究（主編）　广岛大学中国古典文学研究项目中心
2006 年 6 月　国際交流中的日本学研究：中日比较研究的新视点（主編）　北京大学出版社
2008 年 3 月　王羲之研究論集　広島大学北京研究中心
2009 年 9 月　孔子のことば（共編）　白帝社
2009 年 9 月　日语敬语新说（共著）　外研社
2010 年 10 月　日本人读论语（共訳）　中国工人出版社

2012 年 10 月　中国古典 81 部　首都師範大学出版社
2013 年 8 月　菅茶山『黄葉夕陽村舎詩集』索引（共著）　白帝社
2014 年 8 月　中日比較文学研究（共著）　外语教学与研究出版社
2014 年 10 月　正岡子規漢詩索引（共著）　白帝社
2014 年 12 月　広島お好み焼き完全マスター本　～お好み焼きを知る 7 つの章～（協力）　一般財団法人お好み焼きアカデミー
2015 年 5 月　王羲之研究　白帝社
2016 年 2 月　菅茶山汉诗研究・全篇（共著）　白帝社
2018 年 2 月　菅茶山・頼山阳汉诗研究（主編）　商務印書館
2018 年 12 月　和刻『顔氏家訓』（主編）　中国古文献出版社

“过海”穿织万年好

—— 广岛大学佐藤利行教授还历论文集序言

中国教育国际交流协会会长　博士　教授　**刘利民**

首都师范大学教授著名书法家欧阳中石先生撰赠佐藤利行教授“过海”墨宝，以彰示其为中日教育交流、学术交流及中日友好所付出的辛劳和努力。

“过海”这两个字，使人不由得追忆起唐代鉴真法师屡次乘船东渡屡次受挫，最后终于成功到达扶桑授业传道的中日文化交流和中日友好的佳话。

佐藤利行教授的“过海”交流，虽没有了古昔的度海劫波，但不时也有这样那样的风风雨雨和沟沟坎坎。自上世纪 70 年代第一次“过海”以来 30 多年间，佐藤利行教授矢志不移，一心一意致力于中日教育和学术交流，为中日友好贡献力量。

佐藤利行教授是日本学术会议连携委员，在中国语言文学教学及研究上有很高造诣，出版学术著作 33 部（含合著），发表学术论文 127 篇；中国主流媒体《光明日报》国学版 2009 年 2 月 16 日整整一版发表了佐藤利行教授与教育部人文社会科学一等奖获得者著名学者赵敏俐教授等人的访谈文章；其专著《陆云研究》、《西晋文学研究》、《王羲之研究》、《王羲之全书翰》、《孔子语录》等在日本有很高的学术地位，其中前三部著作还被译成中文出版。十多年来，佐藤利行教授为首都师范大学的学科建设、人才培养做出了贡献。如参与申请成立北京市和教育部共建人文社会科学重点研究基地——首都师范大学中国诗歌研究中心、参与申报成功首都师范大学文学院汉语言文学一级学科；尤其是2016年联合研究生院创立后，每年指导硕士、博士生约10名，得到业内专家的高度赞扬。2018年9月30日，佐藤利行教授作为2018年中国政府友谊奖获得者，在北京人民大会堂受到中国国务院李克强总理的会见，并应邀出席了在人民大会堂举办的庆祝中华人民共和国成立69周年招待会。

佐藤教授充分发挥自身的学术优势，积极将中国文化向日本传播。新华社大阪2016年3月2日电：《汉字将为助推中华文化走出去发挥重要作用——访日本汉学家佐藤利行》；人民网日语版2016年3月3日转发了新华社的专稿。

佐藤利行教授2007年担任“希平会”（日中高等教育交流联络会）会长以来，每年在北京主持希平会月会6至8次，为中日教育交流及民间外交起到了较大的促进作用。2008年中国四川省汶川遭遇地震灾害后，佐藤利行教授联系日本福山通运会长小丸法之先生，向“中国教育发展基金会”捐款100万日元。

佐藤利行教授2010年荣获北京市人民政府教育委员会国际交流贡献奖；2018年1月14日，获得中华人民共和国驻大阪总领事馆“中日友好交流贡献奖”。

中国和日本分别为世界第二和第三大经济体，在亚洲和世界的经济发展和和平大计中具有格外重要的作用。教育和学术交流惠及两国民众，是中日友好的重要支柱。祝愿佐藤利行教授百尺竿头更进一步，继续“过海”穿织，为中日友好这一万年和平大计的锦绣前程，增光添彩。

佐藤利行先生の還暦記念論文集
発刊に寄せて

広島大学長　**越智光夫**

佐藤利行先生は、極めて難解とされる中国古典の六朝・西晋文学研究の第一人者として世界的に知られています。その卓抜した学才は、陸雲の全書翰を読み解いた学位論文「西晋文学研究」により、36 歳の若さで文学博士号を授与されたことからもうかがえます。同論文は中国語にも翻訳され、現在も六朝文学研究の基本文献となっていると聞きました。広島大学の伝統である人文学を牽引していただき、心より敬意を表すものです。

大学運営に関しても、佐藤先生は国際・基金・平和担当の理事・副学長として優れた手腕を発揮されているところです。私が学長就任以来、訪問した 34 カ国の多くに同行していただきました。とりわけ中国では見事な中国語を操られるのを何度も拝見しております。ところが先生は中国に留学されたご経験がないと聞いて、驚いたことをよく覚えています。

もう一つ驚嘆させられましたのは、先生の築き上げられたネットワークの広さと深さです。地位や領域を問わず人を大事にされ、私を含めて周りへの気配りを怠らないお人柄は、多くの人々から信頼を寄せられる所以であると思います。

中国教育国際交流協会の劉利民会長、首都師範大学の李均洋教授ら中国を代表する文化人とも親交が深く、また北京や上海のみならず中国全土にネットワークを形成されています。中国において多くの学生に博士号を取得させるなど、日中の教育交流に対する多大なご尽力が、中国の科学技術・文化・教育等に顕著な功績のあった外国人に授与される最高の栄誉賞、「2018 年　中国政府友誼賞」の受賞、李克強首相との面談につながったものと確信しています。

この間、日中関係が必ずしも順風でなかった時期も、先生は「学問と政治は別」という信念の下、草の根の交流を続けられました。日中関係が好転しつつある今、先生には日中の架け橋としていっそうお力添えをいただき、広島大学の学生のため広島大学のレピュテーションを上げていただくよう祈念してやみません。

佐藤利行先生還暦記念論文集の刊行を祝う

福山通運株式会社
代表取締役社長　小丸成洋

佐藤利行先生は、昨年6月に健やかに還暦をお迎えになられました。またここに還暦記念論文集が刊行されることになり、拙文を添えて心よりお祝い申し上げる次第です。

佐藤先生とのお付き合いは、2004年9月、弊社の創業者であります故渋谷昇の生誕百年の記念事業を実施するにあたり、当時、地方都市での開催は珍しかった京劇を福山の地で公演することをご相談した時から始まりました。中国京劇界における最高峰と言われる天津京劇院の招致に向けて、まだ40代であった先生は精力的に中国側との交渉を重ねられ、弊社の小丸法之会長とともに天津にも赴き、ついにその福山公演を実現されました。

その後、弊社および公益財団法人渋谷育英会と広島大学との共催による北京での日本語作文スピーチコンテストも佐藤先生のご尽力により、日中関係が不安定な時も一度も休止することなく、すでに13回の開催を数えています。その後、今では公益財団法人小丸交通財団も共催する形で、中国では上海・貴州、インドネシア、ベトナム、さらに今年はリトアニアにおいてもコンテストを開催することができました。

こうしたことは、ほんの一例に過ぎませんが、佐藤先生は何事に対しても積極的に取り組まれ、その姿勢は常に前向きです。中国の古い書物である『礼記』の中に、「善く問いを待つ者は鐘を撞くが如し。之を叩くに小を以てすれば小鳴し、之を叩くに大を以てすれば大鳴す」という言葉があります。先生はまさに鐘の如く、叩く人によってその響きを巧みに変化させておられます。そうしてその響きは、打つ者の心を揺さぶります。先生がいつまでも健やかで、鐘を打ち鳴らされることを願って止みません。佐藤先生にいつまでも大きく響いて頂けるように、私も先生に善き問いを投げかけて行きたいと思います。

目 次

佐藤利行教授還暦記念

日中比較文化論集

Comparative Studies on Japanese and Chinese Culture:
60th Birthday Memorial of
Professor SATO Toshiyuki

翻訳への思い

――『パイプのけむり』（『煙斗随筆』）の翻訳を中心に

李建華

広島大学副学長・佐藤利行先生とは、37 年前にさかのぼる 1981 年広島大学文学部で磯貝英夫先生のもとで日本近代文学を研究したときに、同じ文学部「鴎外漢詩」のゼミで知り合ったのである。ご専門は中国古典文学であり、もちろん中国語が達者で信用がおける温厚なお人柄に好感が持てた。僕が中国留学生会長をつとめたこともあって、引越しなどを含めて留学生が何か困ることがあれば、よく先生に相談したり助け舟を求めたが、いつも快く対応してくださった。中国古典文学の研究に軸足を置き、特に魏晋南北朝時代の陸機、王羲之の研究成果が大きかった。比較日本文化学研究分野において中日の言語・文学・文化の比較研究を行いながら、2002 年に広島大学として初の海外拠点である「広島大学北京研究センター」を首都師範大学内に設置して以降 12 年間センター長をつとめられた。その間、日中関係がギクシャクして実に多くの困難に直面されたにもかかわらず、たくさんの優秀な留学生を広島大学に送り出した。まさに中日文化交流の橋渡しである。還暦を迎えられた本年、両国大学教育交流や留学生導入に献身的に取り組んでこられたご努力に対し、中国政府から「友誼奨」を授与されたことは、誠にめでたく「双喜臨門」である。これを祝して論文集を作る話を聞き、光栄にも執筆者の一人として書かせていただいたが、あまりゆっくり考える時間がなかったので、前に発表した『不信人間耳尽聾』（信ぜず　人間の耳　尽《ことごと》く聾《ろう》なるを）（『近代文学試論・第五十号』（広島大学近代文学研究会・2012）の中から抜き出した一章をベースに一部加筆修正のうえ、下記の通り短くまとめたのが拙文である。ご寛恕乞う。

翻訳と使命

中国の文化大革命に終止符が打たれ改革開放が国策となって近代化のテンポが速くなると、先進国への留学生派遣制度がスタートした。その機縁で 1981 年日本国費留学生試験に合格して広島大学に入った。当時は理工系一色だった 10 人いた中国人留学生に、11 人目文科系第一号の僕が加わった。広島には知人もいなければ土地にも不案内だったが、多くの日本の友人に恵まれたおかげで、広大の留学生活は僕の人生で貴重な経験となった。

そういう広島大学留学中の 1982 年に、「侵略」を「進出」に変える「教科書問題」が起きた。一衣帯水の隣国で学びあい行き来する歴史が二千年以上続いた両国、まして中日国交正常化十周年の節目にどうしてこんなことが起きたのか、理解に苦しんだ。この問題が、私にとっては文学研究という「陽春白雪＝スペシャリストのような」道よりも、今後翻訳という「下里巴人＝いわゆるジェネラリスト」活動を通じて中国の一般読者に日本を知ってもらうことを覚悟させるきっかけになった。不再戦は中日両国民が願うこと、平和が末永く続くには信頼しあうことが必須である。そのためには相互理解の基礎を作らなければならないが、僕にとって一番現実的、効果ある道は翻訳だと思った。文学はもとより、政治・経済・文化・芸術など幅広い分野の翻訳活動を通じて両国民が互いに好感を持ち信頼感を強めることが僕の使命だと考え、後年東京大学に留学した家内の楊晶も同じ考えを持った。

翻訳にとりかかった最初の挑戦は、日本が過去に起こした侵略戦争に対して徹底的に批判する良識ある作家・三浦綾子さんの『氷点』だった。自己中心に生きる人間社会の醜さと寂しさの混沌のなか、いつも愛の心を持ち、善意の目で健康的に世の中と付き合い、粘り強く物事に立ち向かう主人公陽子が自分の血の中を流れる「罪」に気づき、それをゆるしてほしいと最後の行動を取る、その物語に共鳴し、大きな感動を覚えた。

『氷点』を皮切りに翻訳をいろいろ手がけて、文学（小説、随筆、ドキュメンタリー）、芸術関係のほか、政治あり経済あり宗教あり、さまざまな分野に及んだ。時が矢の如く、今日までほぼ30年間に翻訳は30冊ほどに上り、その内楊晶との共訳は大半を占めている。それらの仕事には苦労もあったものの、数々の感動のドラマもあった。その感動が私たちに翻訳の道を迷わずに進み続けさせるものだった。

最愛の『パイプのけむり』（『煙斗随筆』）

翻訳のなかでも、團伊玖磨先生の『パイプのけむり』は最愛の一冊だった。また『パイプのけむり』の翻訳を通じて團先生への理解が深められた。團先生は深い中国コンプレックスを持っており、1966年以後67回を数えるほど中国を訪問し、そんな中で楊晶も僕も同じ1979年に團伊玖磨先生と知り合った。僕はその年末に通訳として曾侯乙墓から出土した編鐘を観るために駆けつけた團先生に付き添い、楊晶はその春に團先生が自作のオペラ『夕鶴』を携え訪中公演した時、全行程に通訳として1カ月間同行した。北京・天津・上海で文革後初めての公演は飛来した夕鶴の如く、中国の観衆をすっかり魅了し、音楽家として團伊玖磨の名前が中国で広く知られた。

しかし、日本でよく知られたその随筆『パイプのけむり』を、知る者は少ない。日本に留学していた時に楊晶が團先生からサイン入りで『パイプのけむり』を三冊贈られ、その傑出した文才、ユーモアたっぷりの筆致、深い学識に感動し、中国語に翻訳できたら、という思いが脳裏をよぎったというが、本格的に『パイプのけむり』を中国語版にする切っ掛けは2000年の早春に一家あげて日本を訪問した時だった。東京で團先生ご夫妻のお招きに応じて銀座の「鳳鳴春」でご馳走になり、食卓で『パイプのけむり』を中国の読者に紹介したい旨申し上げたら、即座に快諾いただき、『パイプのけむり』既刊26巻はそっくりトランクに納めて北京に運ばれた。しかし、その年8月下旬に訪中された團先生と北京飯店で作品選びの打ち合わせをしたが、この対面は永別となったことは思いもよらなかった。いまでもその場の情景が目に浮かぶ。「團先生はパイプをくゆらせながら、鉛筆で一冊一冊としるしをつけ、ページを繰っているうちに、思いがはるか彼方の時空に羽ばたいたのだろうか、なにやら独り言を言ったかと思うと、可笑しくて笑いをかみ殺したり、黙りこんでしまったりした。第15巻まで進んだ時、疲れが出たようで急に咳きこんだ。またの機会にいたしましょう、と慌てて帰り支度にかかった。先生は頷きながら、なにか考えにふけったような顔で、そちらでよいと思ったものに決めなさい、と意味深げに言われた。思いもかけないことに、このときの対面は永別となった。2001年5月17日、蘇州で急逝された報を受けたわたしは、あまりに突然なことで悲嘆にくれた。」(楊晶『宇宙を飛翔する小惑星――『パイプのけむり』の翻訳を終えて』/「人民中国」2005年6月号)

翻訳作業は團先生が36年も書き続けた『パイプのけむり』全27巻に及ぶ原文を読むことから100編選んで翻訳を終えるまで、4年余りかかった。仕事の合間を縫って翻訳を続けていたこと、随筆が森羅万象にわたったため、大量の資料を調べなければならなかったことにより、これだけ日時のかかってしまったのはやむを得なかった。『パイプのけむり』を翻訳することによって、團先生の人格の偉大さがいっそう分かった。業績が優れた人物の著書の翻訳をつとめると、知らないうちにその偉大なる人格の中に没入する、そんな幸せを感じることがある。本書のために書かれた文化学者余秋雨の序文の、團先生との対面から「20年の歳月が流れたのちにおいて、ようやく『パイプのけむり』を読むことができたこと、それも先生が亡くなって数年も経ってからのことになろうとは、まったく予期しなかった」というくだりを読むと、翻訳者として微かに心の疼きを感じないわけにはいかなかった。世の中で、素晴らしい作品なのに翻訳がなされないために、埋もれたまま国境を跨いだ交流ができないものは、ごまんとあるだろう。2012年にノーベル文学賞を受賞した莫言さんが受賞のコメントで開口一番に、翻訳者の努力がなければ受賞できないと素直に感謝の言葉を述べた。日本にも『豊乳肥臀』、『蛙鳴』、『白檀の刑』、『四十一砲』など莫言作品の90%を日本語訳された中国文学者・吉田富夫先生と今年の5月に京都で会った。「莫言さんが、私も含めて氏の作品を翻訳した各国の訳者を受賞式に呼んでくれた」と披露したとき、とても感銘を受けた。こういう意味では、長年来私たちがつとめた翻訳活動の意義のあること、その重要性がさらに自覚させられた。

團先生逝去四周忌にあたる2005年5月17日午前10時から始まる出版記念会会場に、刷り立ての中国語版『煙斗随筆』が9時頃になって製本場から搬入された。それを手にすると、熱い涙がどうしても抑えきれなかった。印刷が凝って紙も上質。天地は広く白黒写真の印刷も文句なし。作者がパイプを銜える横顔が表紙にバーコ印刷して浮き上がった。團先生がご健在であればどんなに喜んでくれるだろうと、悔しくて堪らなかった。出版記念会に日本から来られた多くの方々、また中国側はご生前の親友たちや團先生を敬愛する大勢の方々から好評を博したことを、天国にいらっしゃる團先生に良い報告が出来たことをかみ締めた。

優れた散文家と言っても言い過ぎではない團先生。その人柄を偲ばせるかのように、細やかな、率直でややユーモラスな筆致といい、さらっと描く手法を用いた静謐な語りといい、ときに感情的混ざりけのない叙述は理知に富む清潔感があり、センテンスごとに美しいものが溢れている。この美は文字そのものと、それに伴う知が生んだ独特な想像力から来ている。大きくは歴史、民族、文化、人生から、小さくはハンドバック、万年筆、色盲、義歯、大蒜、寿司、お辞儀など日常見慣れた物事や市井でよく目につく現象までありとあらゆるジャンルが話の対象になる。デイテールにこだわる描写が機知に富み、何より社会の無秩序を前にして常に平常心を保ち、カオスの中を物事の表象から本質を見抜く慧眼が感じられた。どんどん便利になり、リズムは加速する世の中を、「忙しくなって、殆んどの人が、便利という事柄をさも良い事のように錯覚するようになってしまった事を誤りだと思っている。成る程、事柄が良いという事は便利な事である。然し、だからと言って、便利な事は事柄が良い事をかならずしも意味はしない」（『面倒』1972）と言い、またテレビメディアが氾濫する現象を、「真面目そうな姿をした、或いは真面目な意図を持った番組でも、それが番組である以上、学問的な論文ではない。……画面に流れる事象は、既に画面に流れている事で、全部嘘であり、虚の世界の幻であると思っている。」（『やらせ騒動』1993）と、辛辣に矛先を向けた。團先生が小さな事柄から大きな事を見出す。例えば、割箸という在り来たりで取り立てて珍しくないものに対して、「割箸を使う日本の風習を一刻も早く止めるべき悪習」、少なくとも自分の箸を持つよう主張している。さらに「この悪習を捨てぬために今ではアジア中、殊に輸入を仰いでいるフィリピンの森林が厖大に伐り倒されてその量は、年間五万軒の南アジアの人達の簡単な住宅が建つ量に達しているという。…割箸は只一時の使用が終われれば捨てられるだけである。日本人が地球を滅ぼして行く事は防がねばならない。成る程、この頃は国内では自然保護の思想も市民権を得てきた。然し、世界的視野からこれを眺めれば、日本人は日本国内の自然保護だけを考える一国規模の地域エゴイストとしてしか受け取られない。」（『割り箸』1989）と手厳しい。広大に留学した当時、便利で衛生的という割箸に大変感心したことがあるが、日本からいつの間にか導入した中国ではいまや各地のレストランで氾濫している現実を見るに付け、森林破壊は恐ろしい規模になっているだろうと恐惧する。

團先生の藝術への追求と信仰は人間への愛を政治や国境を超えさせるものだ。1977年にマレーシア旅客機が墜落して日本のメディアは日本人乗客の安否にだけ気遣う報道に対して、「世界中の人間は誰でも家族を持ち、仕事を持ち、友人を持ち、過去を持ち、現在を持ち、未来を持っている。一人一人の人間は、国籍と関係なく、重い」（『今朝考えたこと』1977）と書かれた。学校の苛め問題を「本来人間は弱い者に対して惨虐なものである。これは群棲動物として発達してきた人間の、避ける事は難しい本性だと思う。…従って、群れて暮らす動物の宿命的本性なのだ」とずばり、そのうえ「多くの人の意見は、今の子供は、今の父親、母親は、今の教師は、といった「今」を問題としているもののみが多く、もっと本質的な、人間本来の惨忍性と、その惨忍性を正直に受け継いでいる子供本来の嗜虐性をどう抑制するかの点を説く人は居ないのが不思議」「大人達は流血淋漓の時代劇を楽しみ、ベッド・シーンに興奮し、下司な報道や犯罪記事を熱読しながら、子供の苛めや暴力を、今の子供は、などと心配している図程奇怪な事は無い、そんな大人達に、子供を心配したりする資格は無い。僕は、非行に走り、暴力的となり、苛め、苛められを露呈する子供を心配する前に、日本の大人達を心配したい」と指摘し、さらに、「日本の場合、僕達が深く内省せねばならぬ事は人間本来の惨虐性に加えて、日本人独特の惨虐性が加わっている事だろう。無論誰も彼も惨虐的だと言うのでは無い。然し、何かの気運、趨勢で怖る可き惨虐性を発揮する民族で日本人があるという事は、歴史が僕達に教える事である。何処の国にもそうした歴史があると言ってしまえばそれ迄だが、八道処女無しと言われた文禄・慶長年間の秀吉の朝鮮侵略の際の日本軍の目を覆いたくなる惨虐行為や、1930年代からの中国侵略の際の日本軍の惨虐行為と異常な迄の日本人の暴力的思いあがりは、永久に東アジアの歴史から消す事が出来ない汚点、恐怖、痛恨事となって残っている事を日本人は知らないと不可ないと思う」（以上は『「苛め」について』1985）と悲しい歴史を包み隠すことなく、想起することで日本人自らを戒める。痛烈な批判の裏には、その年8月15日に中曽根総理が閣僚を引率して行った戦後初めての公式参拝が二重写しになっている。

終篇の『さようなら』は最も心が打たれる文だった。1964年6月5日から2000年10月13日まで、1842回の連載を休みなく執筆する「場所はさまざまだったにしろ、『パイプのけむり』は僕にとって至福の時を与えて呉れたとともに、当然、思索と内省の機会を与えて呉れた。有り難い事だと思っている。…第一回の原稿を届けに行った時、僕は四十歳になったばかりだった。そして、今、この稿を終える時、僕は七十六歳を越える」。36年間のタイムスパンにはやはり驚愕せざるを得なかった。文の最後、いや、27巻の『パイプのけむり』の最後に、流れるような語りで結んだ。

「今年もいよいよ秋らしい秋がきた。秋は、折り敷く落ち葉の中で物事を終えるのに似合った季節である。長年、この稿に親しんで下さった方々にお別れの挨拶をせねばならぬ時が来た。

さようなら。

僕はもう此処には帰って来ない。老人は消えていく。見えるのはだんだん小さくなって行く背中だけだ。老人は古い古い今様の旋律を口ずさんで歩いて行く。

大寺の　香のけむりはほそくとも　空にのぼりてあまぐもとなる――。

老人のパイプからはもう「けむり」は出ない。目指しているのは、求めているのは、今はもう異る種類の「けむり」のようである。」

最も人を感動させる結びだった。数ヵ月後、こよなく愛した中国の蘇州で逝くなられた。

余談だが、上記「大寺の香のけむりはほそくとも空にのぼりてあまぐもとなる」を翻訳する時、練りに練ったあげく、「大寺香裊裊　昇空化雨雲」と中国語に訳した。この訳を余秋雨先生が大変気に入って序文にも引用し、また多くの評者に書評でも評価された。ところが、2011年團紀彦さんから、この歌は李白の『陽叛児』にあった「博山炉中沈香火、双煙一気凌紫霞」（三好達治の訳「博山炉《はくざんろ》の中なる沈香の火、双煙《そうえん》一気《いっき》紫霞《しか》を凌《しの》がん」）に由来するのを見つけ、証拠のページをコピーで送ってきたとき、さすがに吃驚仰天。でも、ここに李白の詩に戻しては、やはり不自然な感じになるのは、風土の違いだろうか。ついでに言うと、2010年に北京を訪れたアメリカ人日本文学者リービ英雄の講演を聞く機会があって、リービさんは『万葉集』など多くの和歌は唐詩から翻案されたと思われるとおっしゃっていた。『万葉集』——唐詩の比較研究、これこそが日本文学と中国文学比較研究の、壮大な研究課題であり、分野横断の共同研究が実現できれば歴史的なブレークスルーが期待できそう。

『煙斗随筆』は2007年に「中国の最も美しい本」に選ばれた。そして2011年團伊玖磨先生逝去十周年を機に、新星出版社が『煙斗随筆』を「世界優秀散文シリーズ」の一冊に取り上げ刊行した。初版100篇のうち40篇を割愛せざるをえない縮刷版になったが、かわりに『ステーション・コンサート』、『今昔の島』、『帰還』という三編を新訳として加えた。「『煙斗随筆』を読めば、その入念の描写、上品で豊かな感受性が音符のように躍っており、恰も春の長閑さを感じるコンサートを楽しんでいるように五感が全開し、視覚、聴覚、しゅう覚、触覚が一々敏感になってくる」など、すっかり魅せられた読者がインタネットに書き込んだりしている。

中日国交正常化四十五周年を迎えた今年2018年に、中国最古の、百二十年の歴史を誇る商務印書館から、『煙斗随筆』が再版される運びとなった。團伊玖磨先生のような良心・良識ある方々のおかげで、世界における日本のイメージが作り直されているだろう。

当代中国的日本汉诗研究

赵敏俐

日本汉诗是日本人运用中国古诗形式所创作的诗歌，起源于天智天皇时代，其皇子大友被认为是日本最早的汉诗人。日本第一部汉诗集《怀风藻》编定于751年，比第一部和歌集《万叶集》还早十年左右。一千三百多年来，产生了数以千计的诗人和数十万首诗篇。它是日本传统文化的重要组成部分，也是中日两国文化交流的产物，是世界文化史上的奇迹和艺术瑰宝。

日本汉诗在近代受到中国人的关注，始于清朝末年著名学者俞樾，1883年（光绪八年、明治十五年），日本友人岸田国华携其所搜集日本人汉诗集170余家给俞樾，请其编选一部诗集。俞樾用五个多月的时间，从中选出150余人的5000多首诗，题为《东瀛诗选》，次年于日本出版。其后由于历史的原因，日本汉诗很少受到中国学者的关注。1970年中日邦交正常化以后，中日文化交流日渐扩大，日本汉诗重新受到中国学者的重视，重新被介绍到中国，让中国学者大开眼界，与此同时，相关的研究工作也逐步得到开展。

据笔者目前所知，近几十年来中国出版的日本汉诗选本和研究著作有十几种，比较重要的学术论文已经发表了几十篇。以上著作，相对于数以千计的日本汉诗人和数十万首日本汉诗来讲，虽然还很不相称，但是它却说明，日本汉诗正在引起中国人的关注，学者们不仅开始了对日本汉诗的介绍，而且进行了初步的研究，取得了一定的成果。现就其中的几部著作略作介绍，以见中国学者对日本汉诗的关注和研究进展。

在上个世纪八十年代出版的日本汉诗译介工作中，从出版年份来讲，以黄新铭选注的《日本历代名家七绝百首注》（1984）为最早，但是若论影响力，则以程千帆、孙望的《日本汉诗选评》更大。之所以如此，是因为这两位著者都是中国古代文学研究方面的著名专家、同时也是著名诗人，他们从日本汉诗中选取了200多位诗人的三百多首诗作，时间从八世纪到二十世纪初，所选诗歌既有律诗、绝句，也有古体和乐府，所选诗篇每首都有简明的评语和赏析，他们对日本汉诗的选评与介绍因而也具有一定的权威性，显示出中国学者对日本汉诗的评价和认识。当代中国著名学者傅璇琮曾经在《瞭望》1989年第19期上撰文介绍此书。

李寅生的《日本汉诗精品赏析》（中华书局，2009），是近年来出版的一本比较重要的著作。该书从历代日本汉诗人中精选269位诗人的500余首作品，以人系诗，按作者年代排序，前有作者小传，后面有简单的注释，并且对汉诗的文化内涵、艺术特色、思想内容等给给予综合性分析。全书之前还有一篇序言，对日本汉诗的发展情况做了简要的介绍。此书由中国著名的出版社中华书局出版，这对日本汉诗在中国的宣传也有很好的效应。

广义的日本汉诗不仅包括律诗、绝句、古诗和乐府，也包括词。日本学者作词虽然不多，但是历史同样久远。日本填词开山祖嵯峨天皇于弘仁十四年（823）年所作《渔歌子》五阕，乃模仿唐代宗大历九年（774）所作《渔父》词，前后相距不过49年，可见日本填词也与写作汉诗一样有一千多年的历史。在日本词史上也曾出现过一些名家，特别是明治时期，曾经是日本学者填词的黄金时期。中国学者对此也有关注。中国著名的词学泰斗夏承焘先生和他的学生张怀珍、胡树森所编《域外词选》，1981年11月由书目文献出版社出版，介绍日本、韩国、越南等国的词作100余首，里面即收有日本作品，这是我所知上个世纪后期最早介绍日本词作的著作。《文献》1981年第4期刊有《喜读〈域外词选〉》一文，对其进行宣传。张怀珍同时还写有《日本的词学》的论文（《词学》第二辑），全面介绍日本填词写作的情况，其后又完成了《日本三家词笺注》一书。所收日本三家词，指的是明治时代森槐南、高野竹隐、森川竹溪这三位杰出的词人。此书完成于1981年，但是迟到2003年才在澳门出版。该书共收槐南词95阕，竹隐词86阕，竹溪词99阕，详加笺注，颇见功力。

在日本汉诗的研究方面，也出版了几部有份量的学术著作，发表了高水平的论文，涌现出一些著名学者，在这里略作介绍：

首先是肖瑞峰的《日本汉诗发展史》（第一卷），吉林大学出版社1992出版。该书计划出版三卷，此为第一卷，全书共分两编，第一编“绪论：日本汉诗概观”，对日本汉诗作总体观照，探讨日本汉诗的历史地位和形成与发展的原因，日本汉诗的阶段性特征、历史分期、主要流派和代表作家。日本汉诗的研究状况。第二编“王朝时代：日本汉诗的发轫与演进”，对日本王朝时代的汉诗作深入的透视，将其概括为三个阶段，每个阶段的特点。此书虽然只写到日本王朝时代，但是却对日本汉诗的整体发展状况有了一个大轮廓的描述，这是中国人所写的第一部《日本汉诗发展史》，具有重要的学术意义。肖瑞峰原为浙江大学文学院教授，现为浙江工业大学副校长，曾在日本富山大学研修1年，得到日本著名学者山口博教授的指导，并在日本期间收集了大量的材料。为以后的研究奠定了坚实的基础。自九十年代后期开始，肖瑞峰先后在《文学评论》、《华文文学》、《浙江大学学报》（人文社会科学版）、《浙江社会科学》、《吉林大学学报》等刊物上发表有关日本汉诗的论文近十篇，如《且向东瀛探骊珠——日本汉诗三论》、《中国文化的东渐与日本汉诗的发轫》、《〈怀风藻〉：日本汉诗发轫的标志》、《从“敕撰三集”看日本汉诗艺术的演进》等，并且承担了一项中国教育部项目“中国古典诗歌在东瀛的衍生与流变研究”，继续推过日本汉诗的研究。肖瑞峰教授工作在浙江，特别是从浙东文化的角度出发，从一个侧面考察中国文化对日本汉诗的影响，同样值得关注。

马歌东的《日本汉诗溯源比较研究》也是一部重要著作。该书由中国社会科学出版社2004年1月出版，作者马歌东现为陕西师范大学教授，多年致力于日本汉诗研究，1987至1991年，先后在日本福井大学、金泽大学、北陆大学访问讲学，先出版了《日本汉诗三百首》，加以评注，又经数年努力，出版了该书。该书可分几个部分，首先是对日本汉诗作简要的全面的介绍、日本汉诗的发展命运，特别是对日本人民所以接受汉诗的津桥——训读法进行了详细的分析。接下来一个重要内容是以专题的形式，详细讨论了中国古代几位著名诗人如李白、杜甫、王维、白居易等人对日本汉诗的影响，讨论了日本汉诗与中国古诗在造理、意象、秀句方面的共同之处。此外还讨论了日本五山禅僧的汉诗特点和梅墩五七言古诗的特色，日本诗话的结集分类等问题，并对俞樾《东瀛诗选》的编选宗旨及其日本汉诗观进行了分析。要之，此书紧紧抓住了“溯源比较”这一核心，从中国学者的角度，对日本汉诗的发展以及其重要问题进行了较为深入的讨论，无疑是中国人在日本汉诗研究初创时期的一部力作。

另有蔡毅的《日本汉诗论稿》（中华书局，2007 年出版）也是一部专题性论著，该书收入作者关于日本汉诗以及日本汉学的论述十八篇，分为三辑。其中前两辑与日本汉诗有关，第一辑为作家作品论，主要从与中国古典诗歌的关联着眼，分别探讨了平安時代至明治時代的日本若干汉诗人及其作品的成败得失。如“空海在唐作诗考”、“只图南海与李白”、“市河宽齋简论”、“明治填词与中国词学”、“超越大海的想像力 —— 日本汉诗中的中国诗歌意象”等。第二辑为典籍论，在评述日本汉籍对《全唐诗》、《全宋诗》补遗作用的同時，兼及日本汉诗对中国的遗流，如赖山阳《日本乐府》的西传始末、俞樾《东瀛诗选》的编纂详情等。蔡毅至今旅居日本，他在日本汉诗研究有着较深的学术造诣。

严明在日本汉诗研究方面也有较为突出的成就。他先后任教于北京师范大学、苏州人学、日本神奈川大学，现任上海师范大学文学院教授，先后出版过《日本汉诗系列 —— 伊藤仁斋诗选》《东亚汉诗的选本研究》等著作。其中，《花鸟风月的绝唱：日本汉诗的四季歌咏》（宁夏人民出版社，2006 年 5 月出版）一书，从分析日本汉诗中吟诵四季景物花鸟风月的代表性作品入手，对日本汉诗的描写内容及写作特征进行了广角鸟瞰式的整体观赏和深入浅出的艺术分析，并通过与中国诗歌的逐一对照比较，细腻地展现日本汉诗特有的景观风貌与抒情特色，揭示出日本文化精髓和奥秘。本书从多方汇集和系统分析了日本汉诗中的四季歌咏之作，其中有春之烂漫颂歌、夏之幽静低吟、秋之咏叹伤悲和冬之孤寒情怀。这些诗作表现出了日本山川风光的鲜明特色，也凸现了日本岛国季节变化的丰富色彩，还展现出了日本民族文化中的风俗人情以及独特的审美意识，具有很高的认识价值与审美价值，堪称东亚汉诗宝库中的艺术珍品。本书系中国学者首次对日本汉诗中的大量四时节序诗进行系统的归纳分析，揭示了日本汉诗史上许多有趣的现象，并提出了一些有意思的见解，值得中日两国学者的共同关注。

吴雨平的《橘与枳：日本汉诗的文体学研究》（中国社会科学出版社，2008 年 12 月出版），系作者在其博士学位论文《日本汉诗研究新论》（苏州大学，2006 年度）基础上增订而成。该书将日本汉诗置于古代东亚汉文化圈的背景之中，以日本汉诗的“原生态”——中国古典诗歌，以及日本的民族文学样式——和歌作为参照系，围绕日本汉诗创作中无处不在的“文体意识”，从“日本汉诗的起源及其历史分期”、“日本汉诗与古代东亚汉文化圈”、“日本汉诗与执政者的意识形态”、“日本汉诗与其创作主体”、“日本汉诗与中国文学选本、诗文别集”、“日本汉诗与中国古典诗歌传统”、“日本汉诗从‘公’到‘私’的演变”等几个方面，对日本汉诗的源流、发展与通变进行探讨。该书研究视角独特，颇有新意，开辟了一个新的研究领域。

王福祥编著的《日本汉诗与中国历史人物典故》（外语教学与研究出版社，1997 年出版）一书别具特色，该书共编选日本诗人创作的汉诗 476 首，涉及到中国人物 178 位。这些人物，有的是中国各个历史时期的真实人物，有的是神话传说中的人物，还有小说中的人物。从这些日本汉诗所涉及的人物，我们可以看到中国文化对日本的影响之深和日本历代汉诗人对中国文化历史了解之广。只有了解了这些人物，才能弄清日本汉诗中蕴涵的内容及作者抒发的思想情感。此书编选角度新颖，对人物考证也颇下工夫，是一部别开生面的著作，体现了中国学者对日本汉诗研究的独特视角。此前，王福祥与汪玉林、吴汉樱还曾合作编写《日本汉诗撷英》，外语教学与研究出版社，1995 年。

王晓平的《亚洲汉文学》一书（天津人民出版社，2001 年出版，2009 年 2 版），虽然不是研究日本汉诗的专著，但是其中许多章节却仍可视作日本汉诗研究的专论。如《〈怀风藻〉的山水与玄理》、《日本折中诗派的“论诗诗”》、《日本禅僧对中国文学精神的传习和引申》、《诗化的六朝志怪小说——〈菅家文草〉诗语考释》、《诗魔与鬼神——以〈江谈抄〉为中心》、《日本五山文学对宋明文学的呼应》等文章，分别对日本汉诗的某一方面进行了专门的讨论，颇有新见。王晓平现为天津师范大学教授，旅居日本多年，先后在日本帝冢山学院大学、东京大学讲学和研究，在《万叶集》研究方面的造诣很深，2010年4月，获得了日本第二届奈良万叶世界奖，可见他在中日文化交流方面所做的杰出贡献。

在近年来日本汉诗的研究中，首都师范大学中国诗歌研究中心值得关注。该中心现为教育部人文社会科学重点研究基地，自2001年成立以来，与日本广岛大学文学研究科建立了密切的学术联系。2009年，该中心组织中日两国学者，由李均洋教授牵头，由赵敏俐、佐藤利行、曹旭、尹小林等人参加，成功申报了教育部人文社会科学重点研究基地重大项目——“日本汉诗的整理与研究”，开展了大规模的日本汉诗整理研究工作。2009年2月16日，赵敏俐、李均洋、佐藤利行三人接受《光明日报》记者梁枢访谈，向中国读者比较全面地介绍了日本汉诗的创作情况、在世界文化交流、文学、艺术与文化等多方面的重要价值以及研究的意义，引起了中国学术界的重视。该项目采取从著名日本汉诗人的个人专集整理研究入手逐步推进的方式展开，于日本广岛大学和首都师范大学双方同时推进，目前在菅茶山的研究方面已经取得了初步进展。不仅搜集到了大量的资料、发现了数首菅茶山的逸诗，指导中国学生以菅茶山为对象撰写研究论文，而且将菅茶山诗集文本进行了电子化处理，可以实现电子文献的检索、复制等多种功能。此外，由本课题组成员曹旭教授重新整理校点的俞樾的《东瀛诗选》，也交给了中华书局，预计2010年即将出版。此外，首都师范大学中国诗歌研究中心正在以此为基础申请北京市项目。

以上是我对日本汉诗目前在中国研究状况的简介，限于自己的目力所及，尚不全面，仅供参考。日本汉诗是日本传统文化的一部分，理应受到日本学者的重视。日本汉诗是日本诗人所写的“中国古典诗歌”，理应受到中国学者的重视。日本汉诗是两国人民共同的文化财富，理应受到两国人民的共同重视。日本汉诗也是展示世界文化交流的历史成就的典型范例，理应受到全世界的重视。我相信，它的多重文化价值，一定会被越来越多的有识之士所认识，有关日本汉诗的研究，目前在中国才刚刚开始，将来一定会取得辉煌的成就。

（2010 年 7 月 10 日于北京）

关于日本汉诗

[国学访谈]

(2009-02-16 09：24：46 《光明日报》第12版《国学》)

时间：2008年12月25日下午

地点：首都师范大学中国诗歌研究中心会议室

访谈嘉宾：

赵敏俐　首都师范大学中国诗歌研究中心主任、教授

李均洋　首都师范大学中国诗歌研究中心专职研究员、外国语学院日语系教授

佐藤利行　广岛大学北京研究中心主任、广岛大学研究生院教授

主持人：

《光明日报》国学版编辑　梁枢

[摘要]

俞樾从中国人的地理感觉上把诗中的“入东关”改为“出东关”，大概是认为出了“东关”（函谷关）才能入长安吧。

从文化交流的层面上讲，日本汉诗是中日乃至亚洲汉字文化圈文化交流的结晶。

日本汉诗最有成就的地方并不是模仿中国诗歌，写中国人的事，而是写日本人自己的生活和情感。

日本汉诗是日本诗人所写的“中国古典诗歌”，理应受到中国学者的关注。

一

李：首都师范大学中国诗歌研究中心是教育部人文科学重点研究基地之一，“日本汉诗汇编及研究”是2008年立项的教育部人文社会科学重点研究基地重大课题。

主持人：这个工作以前是否有人做过？

李：清末学者俞樾编辑出版的《东瀛诗选》（1883年刊行），开创了日本汉诗编选研究的先河。

主持人：你们的项目同《东瀛诗选》有何不同？

李：首先是范围不同：《东瀛诗选》所选日本汉诗的范围是江户时代至明治初期（约17世纪至19世纪初），我们的项目是从日本第一部汉诗集《怀风藻》（751年成书）问世的奈良时代一直到当代日本汉诗人的诗作。重点研究菅茶山、赖山阳、正冈子规等汉诗人。

主持人：总量有多大？

李：日本学者富士川英郎在《鸥鸺庵闲话》中提到，仅江户时代就有约五千部，一万册以上。

主持人：能全部搜集到吗？

李：比较困难。我们先从广岛地区的汉诗人菅茶山、赖山阳做起，再扩展到一千多年的日本汉诗史上有代表性的诗人。

主持人：你们的项目是中日合作？

李：这是我们同俞樾编选的《东瀛诗选》的又一个不同点。

二

佐藤：俞樾的《东瀛诗选》是中国学者编选研究日本汉诗的一个里程碑，但也有局限性，如“和习”（日本式表达和汉诗意境）的问题。举例来说，高野兰亭的《送腾子常还西京》中咏道：

“青袍十载入东关，重向长安万里还”。

这里的“东关”是指箱根的关所，“长安”是喻指天皇所在的京都。

从地理位置上说，中国的“东关”是指都城长安以东的函谷关，“入东关”也就意味着“还长安”，但高野兰亭的汉诗中的“入东关”则是指从天皇所在的都城京都赴德川幕府的所在地江户（现在的东京）从政，“重向长安万里还”是说诗中送别的对象从政期满重新返回京都。俞樾从中国人的地理感觉上把诗中的“入东关”改为“出东关”，大概是认为出了“东关”（函谷关）才能入长安吧。《东瀛诗选》中类似修改的地方还很多。

主持人：也就是说，尽管同是相同的汉字词汇，但日本汉诗中的汉字词汇所承载的思想意义是日本文化版的，是日本汉诗人所云。

李：的确是这样。如菅茶山在《寄肥后薮先生二首》中咏道：

“升平百余年，人文随日盛。作赋轻杨马，谈经蔑卢郑。周末竞奇论，晋初尚怪行。时名或得之，无乃叛先圣。”

这首五言古诗作于1775年，诗中的“百余年”是指德川家康1603年创建江户幕府以来，至今已有一百多年。“杨马”是指杨雄和司马相如；“卢郑”是指卢植和郑玄。这首诗的主旨是批判江户文化中的“叛先圣”现象，是要继承以伊藤仁斋（1627-1705，《东瀛诗选》收有汉诗15首）为首的古义学派、以荻生徂徕（1666-1728）为首的古文辞学派等所提倡的否定朱子学、回归原始儒教、积极参与社会改革、经世济民的传统文化本质精神。这一思想文化动向为明治维新的尊王（皇）改革、西化与传统文化二元相容提供了思想文化武器。

再就是“和习”（和味）问题，也关乎到中日编选者对日本汉诗评价的审美趣味和标尺的问题。如赖山阳的门人村濑太乙（1803-1881）编选的《菅茶山翁诗抄》自序中写道：“五律七绝，往往动人，七律则多俗调”。但俞樾编集的《东瀛诗选》中所选菅茶山120首诗中，七律最多（45首），接下来是七绝（26首），而五律五绝较少（各11首）。

主持人：东亚文化以汉字为媒介，也可称为汉字文化圈，有很多文化相似点，但毕竟又是不同国家的文化。即便是汉文化，到日本和韩国后也发生了很多变化吧？从文化特色的角度来看，研究日本汉诗也就等于从日本文化的角度反照中日文化的相互影响。

李：是这样的。从文化交流的层面上讲，日本汉诗是中日乃至亚洲汉字文化圈文化交流的结晶。延喜5年（905）醍醐天皇下诏编纂、延长5年（927）编成奏上、康保4年（967）开始施行的律令（法规）细则《延喜式》，有关大学寮（隶属于式部省的培养官吏的最高学府）的教科书和讲授时间等的条律写道："凡应讲说者，《礼记》、《左传》各限七百七十日……"

我们知道，日本没有固有的文字，汉字文化约在公元前4世纪随着稻作文明和铁器文明一起传入了日本。正像日本著名史学家上田正昭所指出的："古代东亚文化圈的特征之一，是汉字和汉文化的传播"，"语言和文字的问题，不只是对日本列岛内部的交流、交际来说具有重要作用，同政治、经济、社会、文化的发展也有着密切的关系，而且在日本同海外的外交、贸易往来等方面也发挥了重要的作用。"（上田正昭《汉字文化的接受和展开》）在汉字文化的母体上，平安时代（794-1191）诞生了日语文字平假名和片假名，但日本政府依然在法律文件中规定以汉文典籍作为"大学寮"的教材，这其中就包括《毛诗》。

汉诗之所以如此受重视，这自然同它的教化作用有关，但汉诗的外交及交际作用也不可小觑。如《怀风藻》中所收近江朝以后至和铜年间（708-715）的50余首汉诗中，最多的是"应诏侍宴"和"应诏从驾"等以朝廷际会为中心的诗，所收养老年间（717-724）至天平初年（729）的汉诗，一是以长屋王为中心的诗宴上的作品，再就是以朝廷文人为首、时有新罗（朝鲜半岛古国名）使节诗人加入其中的作宝（又写作"佐保"）楼诗苑的作品。

说到"反照中日文化的相互影响"，菅茶山站在"维吾皇统垂无极，国无异姓仕世官"的"万世一系"传统史观上对中国历史人物的评价也值得人们深思：

"皂帽蓝衫形相异，捕鬼如鼠何快意。我恨汝不出高宗中宗朝，灭彼长发还俗鬼婆妖。又恨汝不现大历建中间，肉彼蓝面鬼貌佞臣肝。最恨当时不能屠戮林甫与太真，徒驱微疾三郎身。规小舍大人所嗤，鬼神聪明故知之。"（《题钟馗图》）

"长发还俗鬼婆妖"是指称帝改国名为周的武则天。当然，这里也隐喻着诗人要江户幕府还政于天皇的政治情绪。赖山阳评述这首诗“可当一部唐书”，言下之意是让读者思考为何大唐由盛而衰，以至不复存在。尤其是诗中引用了《长恨歌》成句“渔阳鼙鼓动地来”，让读者思痛之余清醒地分析时政大事。

三

主持人：我想问佐藤先生一个问题：从江户时代到明治时代这一时代转型对日本汉诗创作有什么影响？

佐藤：从时代性质上讲，是完全不同的两个时代，但汉学的根本性地位没有变化。如去德国留学的日本浪漫主义文学的开创者森鸥外，去英国留学的日本小说大师夏目漱石等，他们都有着很深厚的汉诗汉文修养，被称为学贯东西的“两足”文化人，他们也写汉诗。

李：进入明治时代，日本把目光转向西方，科学技术、思想文化等，大有全盘西化之势。即使如此，正式的公文依然用汉文书写，现代印刷技术催生的报纸、杂志的大量发行也使汉诗的发表空间和出版空前扩大和便利（如报纸文艺栏里有汉诗专版），使汉诗得以继续发展。

赵：从中国的角度来看，这项工作的背景似乎是以中国文化为基础的。但中国文化对世界文化的发展也做出了巨大的贡献。从现代的角度上看，在人类社会的历史发展上，文化的交流曾经起过巨大的作用，将来还可能会起更大的作用，这也是我们现代学者研究的一个背景。俞樾时代的研究形态和现在已经完全不一样了，他那时候完全是站在中国的角度上看日本人学我们中国的东西是否被学像了。

主持人：就如同老师看学生那般？

赵：对。我们现在也不能说这种情况完全应该排除。因为在这个问题上，日本确实学习了中国。但是，以另一种文化眼光来看，我们现在比俞樾的时代开放得多——站在世界文化立场上来看事情。若从这个角度来说的话，日本汉诗可以说是日本传统文化的一部分，这一部分在日本过去或许比较受重视，但随着中国的政治、经济的衰弱，日本人学习中国文化的热情逐渐消退，因此日本汉诗在日本也有个逐渐衰落的过程。但我们不能否认，它是日本文化的一部分，而且对日本上层文化的影响非常大。所以，现在日本也有很多学者开始重视这项工作。我认为这是我们研究的一个方面。

第二个方面，站在中国文化的角度上来说，也是中国文化对外影响的一个重要表现。可以将汉诗看成中日两国人民共同创造的文化财富，是两国文化融汇而成的瑰宝。

第三个方面，汉诗也是世界文化中很有价值的一个特殊类别。我们应该以世界文化的角度来看问题。

主持人：我刚想问您这个问题，到底该给日本汉诗怎样定位？开始你说汉诗是日本文化的一部分。

赵：对。

主持人：刚才又说是中日文化衍生的一部分，现在又谈到是一种特殊的文化？

赵：对啊。这三个方面都包括，之所以一段时间里它在中国和日本都不受重视，是因为它处于一个交流的边缘 —— 交叉点。尤其在近代以来的文化格局中，它被冷落了。既然如此，我觉得我们就得从多个角度来解释它，而不能把它定义成一种东西。我说它是日本文化的一部分没有错，我说它是中日交流的成果没有错，我说它是世界文化中非常有独特价值的一部分也没有错。现在我们觉得它有研究价值，起码来说就有这三个方面。这也是我的基本看法。

主持人：您谈得很好。

赵：若是站在文学的基础上，我觉得它的价值起码也有两个方面：第一是这些汉诗内容的文化价值，第二是文学审美价值。我们要研究文学，首先就要研究它的内容是什么？文学的内容就是文化。例如，我们在研究古代或现代文学作品时，首先要考察它写了什么？这是最重要的。我们为什么喜欢杜甫、屈原呢？因为他们两人从不同的角度写出了中华民族的精神及文化风貌的一个方面。日本汉诗也同样反应了这方面的价值。它有着非常丰富的内容，它和中国传统文化是直接相关联的。我觉得写日本汉诗的很多诗人对中国传统文化是非常熟悉的，他们用了很多中国古代诗歌里的历史典故，而且，和中国学者学习了以后，又将日本人对社会、自然的理解写入诗中。

让我来念一首诗，国分青崖的《咏史 · 杜甫》：

“诗到浣花谁与衡，波澜极变笔纵横。读书字字多来历，忧国言言发性情。上接深雄秦汉魏，下开浩瀚宋元明。灵光精彩留天地，万古骚人集大成。”

这首咏唱杜甫的诗表面看来简单，但是诗中化用了许多中国文化的东西。诗中提到的“浣花”，指的是杜甫在成都住过的浣花草堂，所以人们常常用“浣花叟”“浣花翁”指代杜甫。中国古代评价杜甫，称他为“诗圣”，说他的诗是“集古今之大成”，就因为他不但有一颗忧国忧民的心怀，而且在艺术上也达到了极高的成就，所谓“尽得古今之体势，而兼人人之所独专”。说他的诗“无一字无来处”。“凌云健笔意纵横”本是杜甫评价庾信的诗句，后人也常常用来评价杜甫。以中国人的眼光来看，这首咏杜诗没有什么特殊的创意，但是对杜甫的评价却非常到位，也是不错的，比中国的一般诗人写得并不差。如果我们考虑到他是一名外国人，把咏杜诗写到这个水平，说明他对中国文化、对杜甫的了解是相当深的。

但是我认为日本汉诗最有成就的地方并不是模仿中国诗歌，写中国人的事，而是写日本人自己的生活和情感。因为学写汉诗的日本人过去很多也不一定能很好地说汉语，他们写汉诗只是按中国诗的规矩来写，其内容是以日本人的生活为背景的。

主持人：是让日本人来读，不是让中国人来读？

赵：对。那些优秀的日本汉诗中无论对思想情感的表达、对风景的描写、对心理的刻画及对社会现象的认识等都是以日本为背景的。通过它我们可以更好地了解日本人民的历史文化与思想情感以及世俗生活的各个方面，这是其文化价值中另一个重要方面。

我再给你念一首诗，义堂周信的《乱后遣兴》：

“海边高阁倚天风，明灭楼台蜃气红。草木凄凉兵火后，山河仿佛战图中。兴亡有数从来事，风月无情自满空。聊借诗篇寄凄恻，沙场战骨化为虫。”

义堂周信生于1325-1388年，此诗题为“乱后遣兴”，当是诗人在一次战争结束之后的即景生情。诗人登上海边高阁，临风远眺，眼前的荒凉景象让他感慨万千，历史的兴亡、战争的残酷与生灵的苦难，一一涌上心头，于是聊借诗篇以寄情志。我觉得这首诗不仅学得了中国古典诗歌的形式，还深得中国古代文人士大夫忧国忧民之精神，并把它化成内在的修养，描写自己国家的命运和人民的生活，表现了日本古代诗人反对战争的思想，表达了他们热爱和平的美好理想。

四

主持人：我再插一句。是否可以表述为当时的日本汉诗家以汉诗的方式来解读中国文化？或者说对中国文化进行解读？

赵：包含解读。但不是以解读的方式，因为写诗实际上是一种表达的方式。思想家的表达方式是理性的，体现的是思想的深刻性；而诗人则更多的是用感性的方式来解读，艺术的方式和审美的方式。

日本诗人在写作汉诗的时候，实际也是在进行一种新的艺术美的创造，日本有很多汉诗名家，如菅茶山、赖山阳、梅墩（广濑旭庄）等，他们的诗既有中国古典诗歌的神韵，又有日本文化的情趣与意境，在审美创造上独具一格。

我再给你读一首诗，你来体会一下。如赖山阳的《画山》：

“青山一座翠沉沉，万态浮云自古今。横侧任它人眼视，为峰为岭本无心。”

我们一读这首诗就知道他是化用了苏东坡的诗意在里面的，但是这首诗并不是完全地模仿，而是在苏轼诗的基础上别开生面，它所表达的是与苏轼诗完全不同的另一种哲理。让中国人来理解很有些禅味，而这正是日本诗人的艺术创造。

再比如大坪恭的《田家冬景》：

“荒路夜深人不过，唯闻农舍数声歌。二婆交杵捣粗布，一叟分灯春晚禾。”

这首诗的风格非常质朴，语言没有雕琢，但是却生动传神。寒冷的冬天，黑黑的深夜，偏僻的荒路，给人的印象是多么的寂寞与荒凉，但是在这里却传出了快乐的歌声，接着闪烁出灯光，让我们看到了一幅热闹的生活场景，两个女人在那里捣布，一个男人在那里舂禾。简单四句，就画出了一幅田家冬日晚景，具有浓郁的日本农村的生活气息。

所以我说，即便是从文学的角度来讲，这些日本汉诗也是值得我们研究的。日本汉诗是日本诗人所写的“中国古典诗歌”，理应受到中国学者的关注。日本汉诗是日本古典文学的重要组成部分，理应受到日本学者的关注。日本汉诗是两国人民共同的文化财富，理应受到两国人民的共同重视。日本汉诗也是展示世界文化交流的历史成就的典型范例，理应受到全世界的关注。我相信，它的多重文化价值，一定会被越来越多的有识之士所重视。

菅茶山漢詩的中日歷史思考

—— 論菅茶山的史詩式漢詩《開元琴歌》

李均洋

《開元琴歌》[1)] 是一首七言古詩，寫作于天明六年（1786）末，共 70 行 490 字，一韻到底。

一、《開元琴歌》中日文化交流的時空觀

江戶中期僧人、漢詩人六如（1734 ～ 1801）評《開元琴歌》道：“大篇大議論，包括千年，歷歷敘出，不費力，非才豪學博，則何臻於此。”[2)]

的確，這首詩氣勢滂湃，從“歲修鄰好通使船”即 630 年日本舒明天皇朝以犬上禦田鍬為大使的首次遣唐使團成行的中日文化交流寫起，一直寫到“松聲斷續冬夜闌”即 1786 年冬夜，也就是說，時間跨越一千多年。與中國古代詩人不同，菅茶山以這一千多年的歷史時間為縱線，以中日對比歷史觀和文明觀為橫線，構建了一個上至周文王，下至日本光格天皇（1779 ～ 1817 年在位）的詩歌意象空間。

詩人滿腔熱情地歌頌了以遣唐使為代表的中日文化交流：

維昔李唐全盛日，歲修鄰好通使船。
滄波浩蕩如衽席，生徒留學動百千。
吉備研究盧鄭學，朝衡唱酬李杜篇。
此時典籍多越海，豈止服玩與豆籩。

這八句詩的背景是，唐王朝盛世時，日本政府從 630 年至 838 年之間，先後有 15 次遣唐使團成行，其中開元五年即日本元正天皇養老元年（717）一次使團人數達 557 人，開元二十一年（733）594 人，天寶十一

年（752）220 人。這些成百上千的交流使者乘船途經浩瀚的大海，任憑船隻起伏顛簸，冒著生命危險來中國學習交流。這些人中的佼佼者有吉備真備（693 ～ 775）、朝衡（中國名阿倍仲麻呂、698 ～ 770）等。前者717 年赴唐留學，735 年返回日本，後作為遣唐副史再次赴長安，為中國文化在日本的傳播做出了巨大貢獻，官至從二位右大臣，也稱吉備大臣；後者也是 717 年來唐留學，在唐 53 年直到病故，詩名上同李白、王維等互相唱和，官職上歷任秘書監（皇室圖書館長）、安南節度使。“盧鄭學”是指漢末盧植、鄭玄的古今學，“豆籩”也稱“籩豆”，即古代祭祀及宴會時常用的兩種禮器。也就是說，以遣唐使為代表的中日文化交流，涵蓋了典章制度、文學藝術、文物服飾等所有的政治文化領域，極大地促進了日本的社會文明建設和進程。

“開元琴”就是這一中日文化交流的象徵。這面琴制於開元十二年（724）（此年為甲子年，詩人誤記為乙丑），至詩人寫作《開元琴歌》（1786）時已有上千年的歷史。“此琴當代稱難得”，是說在開元年間就是樂器中的珍物，傳到日本後就更成了稀世寶物了[3]。“不意殊域萬裡外，永鎖鳳象在荒山。”“殊域”和“鳳象”這兩個詩語是有其深刻含意的。晉孫綽《喻道論》道：“周之泰伯，遠棄骨肉，託跡殊域，祝發文身，存亡不反。”[4]《說文》：“鳳，神鳥也。天老曰：鳳之象也，鴻前麟後、蛇頸魚尾、鸛顙鴛腮、龍文虎背、燕頷雞喙，五色備舉，出於東方君子之國，翺翔四海之外，過昆侖，飲砥柱，濯羽弱水，暮宿風穴，見則天下大安寧。”[5] 就是說，“殊域”和“鳳象”形成了一個對比的詩歌意象，即文明欠發達的“殊域”傳來了象徵國家安寧的吉祥物“鳳象”。

“東方君子之國”在哪裡呢？《山海經・大荒東經》：“東海之外大壑，少昊之國……大荒之中，有山名曰合虛，日月所出……有東口之山。有君子之國，其人衣冠帶劍。”[6] 菅茶山未必認為“君子之國”就是指日本，但“無乃靈物尋靈地，乘桴遙向日東天”的“日東”確是日本國的別稱，菅茶山的故鄉福山南部海岸名勝地鞆（日本造漢字）之浦，有一座江戶時代元祿年間（1688 ～ 1703）建造的對潮樓，懸掛有朝鮮通信使李邦彥於1711 年題寫的“日東第一形勝”的匾額。

“殊域”即“日東”（日本），“鳳象”即“靈物”開元琴。在詩歌意境中，“殊域”是一個中日文化交流的時空觀念，而“鳳象”則是一個寄寓著詩人中日政治文化史觀的哲學觀念。前文說過，開元、天寶年間的三次遣唐使團規模之大是中日文化交流史上所罕見的。何以如此呢？當時正值唐王朝開元、天寶盛世，日本視唐王朝政治文化為“鳳象”，即國家強盛、天下安定、人民安居樂業的楷模，所以不遺餘力地傾舉國之財力而派遣使團前去交流學習。

但為什麼“永鎖鳳象在荒山”呢？詩人展開了中日歷史的對比敘事：“一朝胡塵塞道路，彼此消息雲濤懸。”“胡塵”是指天寶十四年（755）的安史之亂，受此影響，“彼此”即中日之間的交流受到了阻隔。“鴉兒北歸郡國裂，白雁南渡衣冠殫。”唐末群雄之一李克用率領的軍隊穿黑衣，故被稱做鴉軍，曾受唐僖宗之命打敗黃巢農民軍，後同朱全忠軍團交戰，敗退到山西北部，唐王朝也隨之滅亡。“北歸”也有敗北滅亡的意思。“白雁”諧音元初武將伯顏，“南渡”是指1276年伯顏率蒙古軍攻陷都城臨安，虜獲宋恭帝；“衣冠殫”典出歷史上稱北宋末宋高宗渡江、建都臨安為“衣冠南渡”，詩人借用此意，這裡指南遷的宋朝覆滅。

無獨有偶，日本也在步唐宋戰亂的後塵：“我亦王綱一解紐，五雲迷亂兵燹煙。”“我亦”這一並列詞語強調了詩人心目中的中日政治文化的認同感——我日本國也綱紀廢弛，皇宮上方的五色瑞雲被戰亂的狼煙遮蔽得難以辨認了。“壇浦魚腹葬劍璽，芳河花草埋錫鑾。”“壇浦”是壽永四（1185）年日本兩大武士集團源平內戰最後決戰的古戰場，平氏全軍覆滅，平宗盛被俘，平氏擁保的安德天皇投海自殺。至此，起始于平安時代（794～1192）末期的源氏和平氏之間的內戰告終，日本歷史進入首次由武士集團執掌政權的鐮倉幕府時代（1192～1333），首任幕府將軍為源賴朝。與“壇浦”相對偶的“芳河”是“吉野川”日語發音的漢字（嘉字）訓讀表記，“埋錫鑾”是指1333年鐮倉幕府在將軍家臣足利尊氏的武力進攻下滅亡，後醍醐天皇回京親政，足利尊氏卻率兵攻入京都，擁立光嚴天皇，逃到吉野的後醍醐天皇宣稱自己為正統，於是形成北朝（京都光嚴天皇）和南朝（吉野後醍醐天皇）的對立，史稱南北朝時代（1336～

1392)。“爾來豪右耽爭鬥，人枕銀冑席金鞍。文物灰滅無餘盡，鉀簴羊存屬等閒。”詩人寫作這首詩的 1786 年距平安末期的武士戰亂已有六百餘年，這期間鐮倉幕府被室町幕府武力滅亡，室町幕府又被江戶幕府武力取代，戰亂“爭鬥”不已，與“中古教化號隆盛，樂律和協禮儀端”形成鮮明對比，這六百年間的武士割據戰亂，使禮樂制度及文化遺產幾乎損失殆盡，“鐘簴”即以天皇為首的社稷王朝只是徒具形式，任武士幕府將軍擺佈了。需要注意的是“中古”這一時代所指。被認為是“邦家之經緯，王化之鴻基”的日本首部皇家史書《古事記》(成書於 712 年）分上、中、下三卷，上卷的歷史時期為神代，即神話時代，下卷是仁德天皇至推古天皇時代。一般認為，應神天皇時（約西元三世紀左右)，儒教從朝鮮半島的百濟國傳入日本，應神的繼任仁德天皇被稱為“聖帝”，下卷從仁德天皇開始，標誌著天皇的政治思想觀轉向儒教的天皇觀。詩人菅茶山是位王道即尊王論者，這裡的“中古”是相對“神代”及《古事記》中卷的傳說中的天皇時代而言的，指的是《古事記》下卷仁德天皇儒教禮樂制度以下，包括奈良（710 ～ 793）和平安時代。這從詩人哀歎的“雅變風變同一轍，時往事往誰追還”可以得到佐證。所謂“雅變風變”，即《詩大序》所言的“至於王道衰，禮儀廢，政教失，國異政，家殊俗，而變風變雅作矣”。[7)]

這兩句是詩人在《開元琴歌》中展開的中日政治文化交流時空的歸結:“李唐全盛日”和日本“中古”的“樂律和協禮儀端”已成為令人追懷的歷史，誰來恢復這理想盛世呢？

二、“憤”——《開元琴歌》詩情的驚駭歷史真實

俞樾在《東瀛詩選》中對菅茶山的漢詩及《開元琴歌》給予了很高的評價:“禮卿（菅茶山字）詩各體皆工，而憂時感事之忱，往往流露行間，亦彼中有心人也，其《開元琴》一首，借題抒憤，可想見其懷抱。”[8)]

《開元琴歌》的情感基調集中在一個“憤”字上，如“我亦王綱一解紐”的“解紐”,“五雲迷亂兵燹煙”的“迷亂”,“壇浦魚腹葬劍璽”的

“葬”，“芳河花草埋錫鑾”的“埋”，“禍水有源言之醜”的“禍水”，“爾來豪右耽爭鬥”的“爭鬥”，“文物灰滅無餘盡”的“灰滅”，“最恨軍府創新式”的“最恨”，“雅變風變同一轍”的“雅變風變”等，都抒發著詩人的“憤”的情思。

如前所述，《開元琴歌》創作于天明六年（1786），日本近世史上的“天明年代（1781 ～ 1787）”是這麼一副景象：以天明三年（1783）淺間山火山噴發為前兆，揭開了天明大饑饉的帷幕。這一持續數年，全國規模的大饑饉，“餓死者和因饑饉引起的傳染病死者約數十萬人，有一副名《地獄圖》的水墨畫上描繪著饑餓的人不光吃死人，甚至互相慘殺，而吃對方的屍體。幕府（當時的國家最高行政機構即中央政府 —— 引者）及各諸侯藩的處置不力是這一慘狀的直接原因，因為餓死者中全是鄉村百姓和城鎮市民，沒有一個官吏……1783 年，以大阪為開端，接著 1787 年江戶、1788 年京都，幾年間全國主要城市接連發生了搶糧暴亂，特別是江戶的打砸搶暴亂，使整個江戶城連續四天陷入無政府狀態，這是江戶歷史上未曾有過的駭人聽聞的事件。”9) 這一時期政治上的特點是“權力集中於一人，行賄受賄盛行，因而造成了失職瀆職的混亂局面……當時長崎奉行（職稱名，由幕府任命，管理當地的稅收、財務及農民的行政及訴訟等）一職的賄賂金額為二千兩，目付（監督職責的官吏名）的賄賂金額一千兩，已成為行賄受賄的市場價格……政治的腐敗和墮落正是由於田沼（意次，1772 年至 1787 年任幕府老中即日本政府總理 —— 引者）對此採取了正當化的態度：‘金銀是人的生命難以代替的寶物，有人贈送這一寶物而謀求官職時，表明他有忠誠上司的志向，志向的厚薄從贈送錢物的多少上可表現出來……我每天上朝為國家苦勞，一刻也不省心，只有退朝回邸，看到諸家贈送的錢物滿滿地堆放在長廊下，才足以慰藉我意（《江都見聞集》）。’”10)

堂堂的江戶幕府的總理大臣，毫不掩飾地表白權錢交易這一政治信念，可見“天明年代”的政治伴隨著江戶時代商品經濟的發展也帶上了“商品化”的色彩。

詩人菅茶山的故鄉福山藩天明六年（1786）也發生了震撼全日本的農

民大暴動。菅茶山作于天明七年（1787）初的七律《窮鄰》，深情地昭示了福山藩鄉民遭遇水澇蝗災而衣食無助的淒慘景象：

擬頒斗米賑窮鄰，自笑山廚未太貧。
時變歡虞三世治，病深草莽五朝臣。
社前林麓偏含雨，蝗後村閭亦入春。
慚我救荒無異術，半生辜負讀書身。[11)]

詩中的“時變歡虞三世治，病深草莽五朝臣”兩句具有深刻的寓意。“三世”和“五朝”都不是實數，“三世治”寓指備後國福山藩主阿部家族首任藩主阿部正邦（1710年由丹後國宮津藩主轉封為備後國福山藩主）及繼任的阿部正福、阿部正右和現任藩主阿部正倫等對福山藩的統治。與此相對，這期間先後有中禦門天皇、櫻町天皇、桃園天皇、後桃園天皇及光格天皇在位。“歡虞”和“病深”形成鮮明的反差意象，即諷喻阿部一族統治福山藩數世，與其說政績平庸，倒不如說政績“病深”，使福山藩鄉民挨餓受餓，不得已而揭竿而起，社會不得安寧。

從大饑饉、搶糧暴動和農民大暴動及政治腐敗等方面看，“天明年代”的日本是一個危機四伏、國家危難的年代，這可以說是《開元琴歌》“借題抒憤”的社會根源。

詩人的“憤”是現實生活鬱積而成的詩情，通過“開元琴”這一詩題而洶湧般地抒發了出來。《詩經》“詩可以怨”的文化傳統在《開元琴歌》中得以繼承和發揚，使其具有了史詩的認識價值，因而奠定了這首漢詩在江戶漢詩乃至日本漢文學史上的史詩地位。

三、《開元琴歌》“垂無極”的皇統觀及俞樾的否定

俞樾讚揚《開元琴歌》的同時，卻把下面的詩句刪除了：

維吾皇統垂無極，國無異姓仕世官。
中古教化號隆盛，樂律和協禮儀端。
無乃靈物尋靈地，乘桴遙向日東天。
及至騷擾深晦跡，有待時運漸迴圈。

先生所蓄亦雷樣，音其古淡貌其妍。

據日本正史《日本書紀》記載，日本首任天皇神武天皇于西元前 660 年即位于橿原宮（今奈良縣內）。明治維新後，日本政府把這一年定為天皇紀元元年。《開元琴歌》"借題抒憤"，針砭自平安時代末期以來"源平"武士內戰以及鐮倉、室町、江戶幕府武士集團用武力奪取政權，挾天子以令諸侯的武士政治，悲歎"王道衰，禮儀廢"即"樂律和協禮儀端"的理想盛世已不復存在，但俞樾所點評的詩人的"懷抱"是什麼呢？

"維吾皇統垂無極"正是詩人的"懷抱"。與中國的異姓革命、改朝換代形成對比，以天皇為代表的皇統儘管遭受到歷代幕府武士政權的挑戰，但卻慶倖一直保留了下來。

日本學者黑川洋一指出："江戶時代中期，產生了批判武家政治的言論，認為武士掌握政治大權，不是日本的傳統，是反國體的現象。賴山陽（1780 ～ 1832、江戶後期的儒家、政治家）的《日本外史》是這一思想的集大成論著。他在卷首寫道：通觀日本兵制的沿革，便知武士興起的原因。上古時代，天子君臨天下，一旦國家有事，天子親自勞頓征伐，國民拿起劍戟戰鬥，戰事結束，又返鄉從事生產。這就是所謂的全民皆兵制，因而不存在武士的職業，政治大權也不會下移給武家。然而，從平安時代中期開始，藤原氏壟斷政權，把軍事委託給源平二氏，由此出現了武士職業，最終導致武家掌控政治大權。進入室町時代（1333 ～ 1573），隨著大名（把管理的地域私有化，也稱做守護大名）的出現，社會性質變為封建制。這也是反國體的體制，不是日本的傳統。這一批判武家政治的聲音越來越強烈，最終釀成了'尊王攘夷'的明治維新。《日本外史》在其中做出了很大的貢獻。"[12] 我們知道，賴山陽的《日本外史》刊行于文政十二年（1829），而他的老師菅茶山的《開元琴歌》創作于天明六年（1786），比前者早 40 多年。

其實，菅茶山的王道即尊王思想源於《論語》的大義名分論："若教清廟陳瑚璉，重見薰風被山川。"[13] "熏風"典出《孔子家語・辯樂解第三十五》："昔者舜彈五弦之琴，造《南風》之詩，其詩曰：'南風之薰兮。可以解吾民之慍兮；南風之時兮，可以阜吾民之財兮。'"[14]

被譽為日本資本主義之父、曾任過江戶幕府最後一位將軍德川慶喜侍從的澀澤榮一（1840～1931）在其著名的《論語講義》中對《先進第十一》“季子然問：‘仲由冉求，可謂大臣與？’子曰：‘吾以子為異之問，曾由與求之問。所謂大臣者，以道事君，不可則止。今由與求也，可謂具臣矣。’曰：‘然則從之者與？’子曰：‘弒父與君，亦不從也。’”一章講解道：“孔子五十五歲的時侯仲由冉求跟隨他到衛國，共同侍奉衛國君主。仲由在孔子六十六歲的時侯一度跟隨孔子回到魯國。在這之前，冉求被季子召回到魯國。在這一章，冉求、仲由一起侍奉季子。四年之後，仲由再次去了衛國。即冉求、仲由一起侍奉季氏正是孔子六十八到七十一歲這段時期。當時是季康子執政，康子的叔父子然忘乎所以，暗自將自己比作君主之家，以擁有孔子的高徒仲由、冉求二人為家臣而自負。有一天，子然問孔子：‘不妨說仲由、冉求二人已經具備了大臣的資格了嗎？’孔子不客氣地回答道：‘我以為您要問什麼奇異之事，是要問這二個簡直不值得一提的人嗎？’話語裡輕漫二位學生，然後義正詞嚴地說道：‘所謂一國的大臣（暗指季子）是指以正道侍奉君主，讓君主根據禮儀行仁政，如果君主不聽從大臣的話，不能行道義時，不屈節而順從君主的意見，馬上辭官離職（意思是說不該像季子這樣逆反無視君主）。像仲由和冉求這樣的家宰，官輕身微，只能說是備位充數的官員，不該稱為大臣。’子然聽後，心中不快又問：‘那麼，他們聽從任用他們的人，不敢違背嗎？’孔子明確答道：‘這不一定，他們雖是普通的官員但平生深知君臣大義，因此小事順從主人的意志，如果是殺父弒君等大逆不道之事，他二人是絕對不會順從主人的意志的。’孔子以此來抑制季氏的大逆不道。前文說過，季氏在庭院裡祭祀採用八佾舞，孔子說：‘是可忍，孰不可忍也。’批判這是越君謀反的大逆不道，是不能容忍的，這裡說的是同一個意思。只是《八佾》篇言詞委婉，耐人尋味，而這一章言詞犀利，意義盡然。這一章主要不是在講仲由、冉求二人，而是在力挫季氏的逆君邪惡行為……日本水戶光國（1628～1700）卿的君臣大義名分論以及賴山陽的尊王史論，實際上正是發揮了本章的主旨，這是不容爭辯的。”[15]

這一段講義是《開元琴歌》“若教清廟陳瑚璉，重見薰風被山川”即詩人菅茶山政治“懷抱”的貼切注腳。換句話說，菅茶山在《開元琴歌》中抒發的政治“懷抱”是立足于孔子的王道思想，要結束武士霸權而恢復王政，使天皇所代表的日本“皇統垂無極”即萬世永存，如此就能“薫風被山川”即政通人和，國泰民安。

俞樾的删除反映出了在王道和霸政這一國體性質認識上的中日政治文化觀的異同。

《論語・八佾第三》中孔子說道:“管仲之器小哉！”新近有人注釋道:“《論語》中多次提到管仲，孔子對他既有肯定，又有否定，從大處而言還是讚揚的。”[16] 日本的《論語》論者卻不這麼認為:“管仲是齊桓公的宰相，輔助桓公成就了霸業，被推崇為周公後五百年才出一人的傑出人物，但孔子歎息他才能小。意思是說，管仲雖有輔助諸侯國君成就霸業的才能，但卻沒有復興天子王業的大才能……孔子逝世後，孟子根據孔子的評價更加明確地論述了天子王業和諸侯霸業的區別。可以說，是孔子第一次向天下後世提出了輔佐霸業的才能不足稱道。因此，這一章的主題是著力教導天子王業與諸侯霸業有天壤之別。賴山陽等學者宣導皇室王道而貶斥幕府霸政，其理論淵源就來自孔子的這一教導。賴山陽等學者的學說被後來的仁人志士具體化為‘勤王論’，成就明治維新王政復古的鴻業，這就是聖人一言九鼎的社會效用。”[17]

也就是說，日本從仁德天皇實施儒教政治以來，史家一直恪守《論語》原典中的王道正統論，即“維吾皇統垂無極”而否認異姓革命。這一王道正統國體準則與中國的異姓革命、改朝換代是格格不入甚至是水火不相容的。“若教清廟陳瑚璉，重見薫風被山川。”《毛詩正義・周頌・清廟序》道:“《清廟》，祀文王也。”[18] 前文說過，“薫風”典出舜帝的《南風》詩，是政通人和、國泰民安的意思。《開元琴歌》這兩句借用“清廟”和“薫風”這兩個中國文化元素，是要表明詩人所憧憬的理想國體和政治，是孔子提倡的恢復周王朝禮制的王道國體和以堯、舜、禹及周文王為代表的仁政即以民為本、仁者愛人的儒教政治。不難看出，《開元琴歌》對“異姓革命”持否定態度。

四、宋詩明詩的影響及“中日比較”的獨特的詩歌意境

《錦天山房詩話》道:“自六如詩唱宋詩，茶山繼起，詩風一變。”[19] 菅茶山對宋詩明詩情有獨鍾，他曾寫道:“清人王漁洋（王士禛 —— 引者）列舉古來七言律詩的名家，其中有宋陸放翁、明崆峒（李夢陽）、滄溟（李攀龍）二李等，可謂平心之詞。如今平心而看，宋詩中有明詩，明詩中有宋詩，這是明明白白的事實。”[20] 我們知道，宋詩的一個特點是“學人之詩”，而明詩的一個特點是“創作了大量敘事或兼抒情的長詩、組詩”[21]，菅茶山的《開元琴歌》兼有宋詩和明詩的這兩個特點，尤其是結束兩句“撫罷悵乎襲綠服，松聲斷續冬夜闌”，明顯地受到吳偉業（1609 ～ 1671）《圓圓曲》結束句“為君別唱吳宮曲，漢水日夜東南流”的影響。但《開元琴歌》又不同于宋詩明詩甚至所有的中國漢詩人的創作，這就是其高遠的值得我們重視的“中日比較”的獨特的詩歌意境。

詩人通過“開元琴”這一中日文化交流的見證，首先展示了一個廣闊的中日文化交流的歷史空間，把“胡塵”即安史之亂、唐宋王朝的覆滅同“五雲迷亂”即類似於中國的安史之亂而導致天皇王權失落、國家陷入武士集團內戰爭權的中日戰亂的歷史加以比較，杜鵑啼血般地詠唱詩人的沉思和批判：在國家統一的象徵 —— 王道即王權的旗幟下進行改革，是聖人儒教的原典學理，是國家安定和前進的正確道路；而霸業即背棄王道靠武力謀取政治權力，致使天下內亂不已的武士政權有悖聖人教誨，不符合東方儒教主義，是“合久必分”的罪魁禍首，是內亂周而復始，進而導致歷史倒退惡性循環的直接動因。

菅茶山論詩道:“所謂真詩，詠唱的是親身的感受及喜怒哀樂；所謂偽詩，是造作心靈沒有感動的事，只是模仿前人的詩，或迎合時流。”[22]《開元琴歌》是一首史詩式的“真詩”，讓讀者在詩人中日歷史文化時空的對比吟唱中，領會到了中日文化交流的輝煌和中日政治文化的異同，是一首難得的海外漢詩珍品。

注释：

1） 李均洋・趙敏俐・尹小林・佐藤利行校點重排《黄葉夕陽村舍文》（前編），中國國學出版社 2011 年 9 月第 130-133 頁。

2）《黄葉夕陽村舍詩》，兒島書店 1982 年第 129 頁

3） 據東京國立博物館編《法隆寺獻納寶物》（便利堂 1975 年）、東京美術學校編《法隆寺大鏡・禦物篇》（1934 年）：七弦琴長 109.8cm、最大寬度 17cm、梧桐材質，通體塗黑漆、十三徽（七弦琴琴面十三個指示音節的標識）處繪有螺鈿圓紋、黑漆表面有斷紋。

4） 轉引自陳垣著《中國佛教史籍概論》，上海書店出版社 2005 年第 19 頁

5） 許慎著《說文解字》，中華書局 1963 年第 79 頁

6） 袁柯著《山海經校注》，巴蜀書社 1993 年第 337 頁

7） 郭紹虞編《中國歷代文論選》，上海古籍出版社 2001 年第 30 頁

8） 高島要編《東瀛詩選本文和總索引》，勉誠出版 2007 年第 122 頁

9） 北島正元著《江戸時代》，岩波新書 1958 年第 174 ～ 175 頁

10）北島正元著《江戸時代》，岩波新書 1958 年第 167 ～ 168 頁

11）《黄葉夕陽村舍詩》，兒島書店 1982 年第 131 頁

12）黑川洋一《關於菅茶山的〈開元琴歌〉》，《懷德》1989 年第 58 卷第 21 頁

13）《論語・公冶長第五》中孔子把子貢比作“瑚璉”，夏朝叫做璉，商朝叫做瑚，周朝叫做簠簋，是用珠玉裝飾，宗廟裡用來盛放黍稷的貴重祭器。

14）王國軒編《孔子家語》，中華書局 2009 年第 255 頁

15）澀澤榮一《論語講義》第四卷，講談社 1977 年第 193 ～ 194 頁

16）張燕嬰譯注《論語》，中華書局 2006 年第 36 頁

17）澀澤榮一《論語講義》第一卷，講談社 1977 年第 193 ～ 194 頁

18）孔穎達疏《毛詩正義》，上海古籍出版社 1990 年第 705 頁

19）轉引自松下忠著・範建明譯《江戸時代的詩風詩論 —— 兼論明清三大詩論及其影響》，學苑出版社 2008 年第 82 頁

20）《日本隨筆大成・第一卷・筆墨消遣》，吉川弘文館 1993 年第 152 頁

21）參見周振甫著《詩詞例話》、中國青年出版社 1979 年第 2 版和杜貴晨選注《明詩選・前言》、人民文學出版社 2003 年第 1 版

22）轉引自今關天彭《菅茶山》（下），載《雅友》第 31 號（1962 年）第 12 頁

说王维《扶南曲五首》

吴相洲

王维诗特多名篇，相比之下，《扶南曲五首》不怎么引人注目。但从乐府学角度看，这五首诗有着特殊意义：它是唯一保存至今的《扶南曲》歌辞，弄清其音乐特点和思想内容，有助于认识《扶南曲》这一乐府曲调，有助于认识王维乐府诗创作情境。下面就对《扶南曲》音乐特点、思想内容、文本流传、乐府归类等问题展开具体分析。

一、《扶南曲》音乐性质和特点

作为一个外来乐府曲调，《扶南曲》有两个问题需要弄清：一是扶南乐是否属于十部伎，一是表演上有何特点。

首先说《扶南曲》是否属于十部伎。所谓“伎”，也叫“乐”，是包含歌、乐、舞多个要素成建制的音乐表演，所以史籍中又有“部伎”、“部乐”等称呼。隋文帝开皇年间置七部乐，隋炀帝大业年间扩展为九部乐，唐高祖武德年间沿用，到唐太宗贞观年间置十部乐。《隋书·音乐志》云：“始开皇初定令，置《七部乐》：一曰《国伎》，二曰《清商伎》，三曰《高丽伎》，四曰《天竺伎》，五曰《安国伎》，六曰《龟兹伎》，七曰《文康伎》。又杂有疏勒、扶南、康国、百济、突厥、新罗、倭国等伎。”[1)] 隋文帝时扶南乐虽然在宫廷表演，但未被列入七部乐，地位较低。《隋书·音乐志》又载：“及大业中，炀帝乃定《清乐》、《西凉》、《龟兹》、《天竺》、《康国》、《疏勒》、《安国》、《高丽》、《礼毕》，以为《九部》。乐器工衣创造既成，大备于兹矣。”[2)] 炀帝也没有将扶南乐列入九部乐。到唐太宗时，九部扩展为十部，仍然没有扶南乐。李林甫等撰《唐六典·太常寺》

云："凡大燕会，设十部之伎于庭，以备华夷：一曰燕乐伎，有《景云》之舞、《庆善乐》之舞、《破阵乐》之舞，《承天乐》之舞，二曰清乐伎，三曰西凉伎，四曰天竺伎，五曰高丽伎，六曰龟兹伎，七曰安国伎，八曰疏勒伎，九曰高昌伎，十曰康国伎。"[3] 直到中唐杜佑作《通典》，才见扶南乐被列入九部、十部乐。《通典·坐立部伎》云："燕乐，武德初，未暇改作，每燕享，因隋旧制，奏九部乐。一燕乐，二清商，三西凉，四扶南，五高丽，六龟兹，七安国，八疏勒，九康国。至贞观十六年十一月，宴百寮，奏十部。"[4] 可见扶南乐是否属于九部、十部乐是个问题。

《唐会要》首先发现了这一问题。《唐会要·燕乐》云："武德初，未暇改作，每燕享，因隋旧制，奏九部乐：一燕乐、二清商、三西凉、四扶南、五高丽、六龟兹、七安国、八疏勒、九康国。至贞观十六年十二月，宴百寮，奏十部乐。先是，伐高昌，收其乐付太常，乃增九部为十部伎。今《通典》所载十部之乐，无扶南乐，只有天竺乐。"[5] 苏冕先录《通典》有关十部伎记载，仍将扶南乐列入十部乐，但他同时发现《通典·四方乐》又说："至炀帝，乃立清乐、龟兹、西凉、天竺、康国、疏勒、安国、高丽、礼毕为九部。平林邑国，获扶南工人及其匏瑟琴，陋不可用，但以天竺乐传写其声，而不列乐部。"[6] 所以才补充道："今《通典》所载十部之乐，无扶南乐，只有天竺乐。"但《通典》"以天竺乐传写其声"这句话给解释这种矛盾现象提供了一个思路，即扶南乐和天竺乐之间存在替代关系。所以《唐会要》叙述南蛮诸国乐时特别强调："扶南、天竺二国乐，隋代全用天竺，列于乐部，不用扶南。因炀帝平林邑国，获扶南工人及其匏琴，朴陋不可用，但以天竺乐转写其声。"[7] 由于扶南乐乐人和乐器过于简陋，难登大雅之堂，炀帝弃而不用，诏以天竺乐人模仿扶南乐曲，扶南乐虽然没有列入乐部，但乐曲得以保存下来。九部乐第四部或列扶南乐，或列天竺乐，看似前后矛盾，其实事出有因，未必就是错误。

其次看《扶南曲》音乐特点。《通典·四方乐》："扶南乐，舞二人，朝霞衣，朝霞行缠，赤皮鞋。隋代全用天竺乐，今其存者有羯鼓、都昙鼓、毛员鼓、箫、横笛、筚篥、铜钹、贝。天竺乐，乐工皂丝布头巾，白练襦，紫绫葱，绯帔。舞二人，辫发，朝霞袈裟，若今之僧衣也。行缠，碧麻鞋。乐用羯鼓、毛员鼓、都昙鼓、筚篥、横笛、凤首箜篌、琵琶、五弦琵琶、铜钹、贝。其都昙鼓今亡。”8) 记述扶南乐舞人有两人，穿朝霞衣、朝霞行缠、红皮鞋。乐器有羯鼓、都昙鼓、毛员鼓、箫、横笛、筚篥、铜钹、贝。虽然中间隔了一句“隋代全用天竺乐”，但这里仍是介绍扶南乐器，否则后面不会详细列举天竺乐器。《旧唐书·音乐志》记载与此稍异：“《扶南乐》，舞二人，朝霞行缠，赤皮靴。隋世全用《天竺乐》，今其存者，有羯鼓、都昙鼓、毛员鼓、箫、笛、筚篥、铜拔、贝。”9) 但这里有两个问题：一、扶南乐“工人及其匏琴朴陋不可用”，怎么又有了这八种扶南乐器？是原来就有，还是后来添加？二、隋代“但以天竺乐转写其声”时用的是扶南乐器，还是天竺乐器？按常理推断应该使用天竺乐器，很难想象不用天竺乐器，不着天竺舞衣，只用天竺乐人就能“转写”扶南乐曲。《旧唐书·音乐志》中一段记载为解决这两个问题提供线索：“《扶南乐》，舞二人，朝霞行缠，赤皮靴。隋世全用《天竺乐》，今其存者，有羯鼓、都昙鼓、毛员鼓、箫、笛、筚篥、铜拔、贝。”10) 从“隋世全用《天竺乐》，今其存者”话语推测，隋代用天竺乐人使用天竺乐器模仿扶南乐曲，到唐代又用扶南乐人扶南乐器表演表演扶南乐曲。《通典》记述扶南乐、天竺乐，特意将两个乐队乐人、服饰、乐器分开介绍，说明到唐代扶南乐和天竺乐是分列的。扶南乐表演建制至少到盛唐仍然留存，王维作《扶南曲》歌辞属于倚曲制作。

二、《扶南曲五首》文本、内容考

王维集版本甚多，陈铁民先生《王维集版本考》有详述。笔者以手头几个版本与《乐府诗集》进行比对，发现：《扶南曲五首》，各本题目或有差异但文字相同，只有《乐府诗集》所载五首中四首文字有异。且看下表：

版本	题名	内容
《王摩诘文集》（宋蜀本）	扶南曲歌词五首	其二：堂上青弦动，堂前绮席陈。齐歌卢女曲，双舞洛阳人。倾国徒相看，宁知心所亲。 其三：香气传空满，妆华影箔通。歌闻天仗外，舞出御楼中。日暮归何处，花间长乐宫。 其四：宫女还金屋，将眠复畏明。入春轻衣好，半夜薄妆成。拂曙朝前殿，玉墀多佩声。 其五“朝日照绮窗，佳人坐临镜。散黛恨犹轻，插钗嫌未正。同心勿遽游，幸待春妆竟。
《王维诗集》（万历庚寅顾可久注本）	扶南曲歌词	其二：堂上青弦动，堂前绮席陈。齐歌卢女曲，双舞洛阳人。倾国徒相看，宁知心所亲。 其三：香气传空满，妆华影箔通。歌闻天仗外，舞出御楼中。日暮归何处，花间长乐宫。 其四：宫女还金屋，将眠复畏明。入春轻衣好，半夜薄妆成。拂曙朝前殿，玉墀多佩声。 其五“朝日照绮窗，佳人坐临镜。散黛恨犹轻，插钗嫌未正。同心勿遽游，幸待春妆竟。
清编《全唐诗》	扶南曲歌词五首	其二：堂上青弦动，堂前绮席陈。齐歌卢女曲，双舞洛阳人。倾国徒相看，宁知心所亲。 其三：香气传空满，妆华影箔通。歌闻天仗外，舞出御楼中。日暮归何处，花间长乐宫。 其四：宫女还金屋，将眠复畏明。入春轻衣好，半夜薄妆成。拂曙朝前殿，玉墀多佩声。 其五：朝日照绮窗，佳人坐临镜。散黛恨犹轻，插钗嫌未正。同心勿遽游，幸待春妆竟。
赵殿成《王右丞集笺注》	扶南曲歌词五首	其二：堂上青弦动，堂前绮席陈。齐歌卢女曲，双舞洛阳人。倾国徒相看，宁知心所亲。 其三：香气传空满，妆华影箔通。歌闻天仗外，舞出御楼中。日暮归何处，花间长乐宫。 其四：宫女还金屋，将眠复畏明。入春轻衣好，半夜薄妆成。拂曙朝前殿，玉墀多佩声。 其五“朝日照绮窗，佳人坐临镜。散黛恨犹轻，插钗嫌未正。同心勿遽游，幸待春妆竟。

版本	题名	内容
陈铁民《王维集校注》	扶南曲歌词五首	其二：堂上青弦动，堂前绮席陈。齐歌卢女曲，双舞洛阳人。倾国徒相看，宁知心所亲。 其三：香气传空满，妆华影箔通。歌闻天仗外，舞出御楼中。日暮归何处，花间长乐宫。 其四：宫女还金屋，将眠复畏明。入春轻衣好，半夜薄妆成。拂曙朝前殿，玉墀多佩声。 其五“朝日照绮窗，佳人坐临镜。散黛恨犹轻，插钗嫌未正。同心勿遽游，幸待春妆竟。
《乐府诗集》	扶南曲五首	其二：堂上清弦动，堂前绮席陈。齐歌卢女曲，双舞洛阳人。倾国徒相看，宁知心所亲。 其三：香气传空满，妆华影箔通。歌闻天仗外，舞出御筵中。日暮归何处，花间长乐宫。 其四：宫女还金屋，将眠复畏明。入春轻衣好，半夜薄妆成。拂曙朝前殿，玉除多佩声。 其五：朝日照绮窗，佳人坐临镜。散黛恨犹轻，插钗嫌未正。同心勿遽游，幸得春妆竟。

从上表所列看出，第一首各种版本没有差别，其他四首自宋代以来所有别集一致，清编《全唐诗》也与之一致，只有《乐府诗集》每一首文字上都有不同。这再一次证明《乐府诗集》编纂主要取材乐府《歌录》，而非诗人别集。《乐府诗集》是一个特殊的诗歌留存系统，后人整理宋前诗歌时可以参考，但不能轻易据之改动文字。同理，整理《乐府诗集》时也不应该据传世别集改动其中作品。

这五首诗写宫女日常生活和心理活动。宫女大概属于梨园弟子，平日生活是给皇帝表演歌舞。其一写宫女春睡中被同伴叫醒，因为“中使”已经催促，须早早起来伺候君王。其二写堂上表演歌舞，歌有《卢女曲》。《乐府诗集》解题引《乐府解题》曰：“卢女者，魏武帝时宫人也，故将军阴升之姊。七岁入汉宫，善鼓琴。至明帝崩后，出嫁为尹更生妻。梁简文帝《妾薄命》曰：‘卢姬嫁日晚，非复少年时。’盖伤其嫁迟也。”[11] 宫女卖力表演，心里想着是否被君王看重。其三写宫女早上化妆，白天歌舞，晚上休息，心中黯然神伤。《乐府诗集 · 近代曲辞》收有《祓禊曲三首》，其三云：“何处堪愁思，花间长乐宫。君王不重客，泣泪向春风。”[12] 似可作为该诗注解。《祓禊曲三首》未标作者，或就出自王维之手。其四写回宫休息，但睡不踏实，担心明早迟到，半夜就画好了妆。其五写宫女晨起化妆，没等画好同伴就开始催促，于是央求同伴稍稍等待。上述所写是典型宫体题材：少女思春，尽态极颜，希冀恩宠。只要翻开齐梁到初唐诗歌就会看到很多似曾相识之作。如萧纲《美人晨妆诗》："北窗向朝镜，锦帐复斜萦。娇羞不肯出，犹言妆未成。散黛随眉广，燕脂逐脸生。试将持出众，定得可怜名。"李百药《火凤辞》二首其二："佳人靓晚妆，清唱动兰房。影入含风扇，声飞照日梁。娇嚬眉际敛，逸韵口中香。自有横陈分，应怜秋夜长。"

扶南乐是外来音乐，曲目总该有些异域色彩，这五首歌辞却全然没有，说明时至盛唐扶南乐已经没有固定表演曲目。初唐十部乐表演有很强仪式性，而到玄宗手里都成了娱乐音乐，扶南乐没有列入十部乐，成为娱乐性乐曲毫不奇怪。从王维这五首歌辞看，《扶南曲》已经完全娱乐化。陈铁民先生《王维集校注》将这五首诗列入未编年部分，愚意以为在王维任太乐丞期间创作可能为最大。王维是宫廷诗人，顺着齐梁以来宫廷诗人创作传统写这种歌辞，实属自然之事。南朝宫体诗多为单首，王维所作为多首，记述宫女生活各种场景，既有宫体特点，又有宫词特点，可以看作宫体诗向宫词之过渡。自从王建开始，诗人写作宫词，动辄百首，蔚为大观，而溯其渊源，王维这五首歌辞是不能漏掉的。

三、王维《扶南曲五首》何以被列为新乐府

学界长期以来认为新乐府不入乐，有学人因此主张取消这类乐府。这五首倚曲而作，具有音乐形态，却被郭茂倩列入新乐府辞，郭茂倩是否弄错了呢？其实郭茂倩没有错误，是人们把郭茂倩新乐府定义搞错了。郭茂倩在新乐府辞叙论中给新乐府下了一个明确定义："新乐府者，皆唐世之新歌也。以其辞实乐府，而未常被于声，故曰新乐府也。"[13] 问题就出在"未常被于声"上，几乎所有人都把"未常被于声"理解为不入乐。其实"未常被于声"意思很清楚，不是不入乐，而是不经常入乐。新乐府之"新"，既相对"旧"而言，又相对"常"而言。"被于声"，是指被之管

弦，即付诸表演。乐府曲目确实有“常行用者”和“不经常行用者”。如《旧唐书 · 音乐志》就把“常行用者”当作标准收录雅乐歌辞。《旧唐书 · 音乐志三》云：“（开元）二十五年，太常卿韦縚令博士韦逌……等，铨叙前后所行用乐章……今依前史旧例，录雅乐歌词前后常行用者，附于此志。”14) 郊庙乐曲仪式性强，歌辞相对稳定，尚有不常行用者，其他乐章行用稳定性就更差了。《扶南曲》不齿乐部，也就不可能经常行用，郭茂倩将王维《扶南曲五首》划入新乐府辞，是再正常不过的事情了。

关于新乐府音乐形态，郭茂倩新乐府辞叙论在给新乐府下定义之前特意做了说明：“凡乐府歌辞，有因声而作歌者，若魏之三调歌诗，因弦管金石，造歌以被之是也。有因歌而造声者，若清商、吴声诸曲，始皆徒歌，既而被之弦管是也。有有声有辞者，若郊庙、相和、铙歌、横吹等曲是也。有有辞无声者，若后人之所述作，未必尽被于金石是也。”15) 郭茂倩列举了乐府辞乐结合四种情况：旧乐旧辞，旧声新辞、新声新辞、无声新辞。其中旧乐旧辞不是新歌，其他三种都是新歌。而旧声新辞、新歌新辞、无声新辞都是新乐府辞音乐形态。王维《扶南曲五首》属于旧声新辞。王维《扶南曲五首》是证明新乐府辞有部分作品能够入乐的有力证据。

注释：

1）《隋书》，第 15 卷，中华书局，1973 年版，第 376-377 页。

2）《隋书》，第 15 卷，中华书局，1973 年版，第 377 页。

3） 李林甫等撰，陈仲夫点校：《唐六典》，第 14 卷，中华书局，1192 年版，第 404-405 页。

4） 杜佑撰，王文锦等人点校：《通典》，第 146 卷，中华书局，1982 年版，第 3720 页。

5） 王溥：《唐会要》，第 33 卷，中华书局，1955 年版，第 609 页。

6） 杜佑撰，王文锦等人点校：《通典》，第 146 卷，中华书局，1982 年版，第 3726 页。

7） 王溥：《唐会要》，第 33 卷，中华书局，1955 年版，第 620 页。

8） 杜佑撰，王文锦等人点校：《通典》，第 146 卷，中华书局，1982 年版，第 3723 页。

9）《旧唐书》，第 29 卷，中华书局，1975 年版，第 1070 页。

10）《旧唐书》，第 29 卷，中华书局，1975 年版，第 1070 页。

11）郭茂倩编，聂世美、仓阳卿校点：《乐府诗集》，第 73 卷，上海古籍出版社，1998 年版，第 783 页。

12）郭茂倩编，聂世美、仓阳卿校点：《乐府诗集》，第 80 卷，上海古籍出版社，1998 年版，第 847 页。

13）《乐府诗集》，第 90 卷，上海古籍出版社，1998 年版，第 955 页。

14）《旧唐书》，第 30 卷，中华书局，1975 年版，第 1089 页。

15）《乐府诗集》，第 90 卷，上海古籍出版社，1998 年版，第 955 页。

「ナル表現」と「スル表現」から見た日本語と中国語

徐一平

一、「ナル表現」と「スル表現」

池上嘉彦（1981）『「する」と「なる」の言語学』が発表されて以来、「ナル表現」および動詞「ナル」は、日本語の類型論的特徴を表す一つの指標として、研究対象に取り上げられてきた。ただし、その議論の的は主に日英対照における指標として考えられてきた。

言語を「スル言語」と「ナル言語」に大別した場合、それぞれ同じ事態を表現する場合は、前者は「スル表現」をより好む傾向が、後者は「ナル表現」をより好む傾向が観察される。そして、一般に「スル表現」を好む傾向にある言語としては、英語を代表とするヨーロッパ言語が挙げられ、「ナル表現」を好む傾向にある言語としては、日本語が挙げられている。

例えば、「スル言語」である英語の表現として、次のような傾向があると指摘されている（池上 2008 参照）。

（1）Spring has come.（春が来た。）

（2）I see several stars.（ドアを開けて：私は星を見る。）

（3）What brings you here?（何があなたをここに連れてきたのですか？）

（4）This medicine will make you feel better.（この薬があなたを気分良くするでしょう。）

（5）Someone stole my wallet.（誰かが私の財布を盗んだ。）

一方、「ナル表現」が好まれる日本語の場合は、同じ事態を表現するときには、次のような表現が好まれる傾向がある。

(1)' 春になった／春めいてきた。

(2)' 窓を開けると：星が見える。

(3)' (あなた、) なぜここにいるの？

(4)' この薬を飲めば、気分が良くなるでしょう。

(5)' (私は) 財布を盗まれた。

このような「ナル表現」と「スル表現」の間にはどのような違いがあるのだろうか。

池上などの研究によれば、「ナル表現」の文が実現する背後には、話し手の〈事態の主観的把握〉の傾向とそれに沿って言語化する態度があり、「スル表現」の文が実現する背後には、話し手の〈事態の客観的把握〉の傾向と、それに沿って言語化する態度がある、と指摘される。

そして、いわゆる〈主観的把握〉と〈客観的把握〉は、次のように定義されている。

〈主観的把握〉：

話し手は発話に際して、自らを客体化することなく、自身は事態内部に臨場し、体験的に事態を認知する。この場合、話者の存在は言語化されないことが多く、事態は「見えのままに言語化」される傾向が見られる。

〈客観的把握〉：

自らを客体化した話し手が、発話に際して、事態を客観的・分析的に捉える仕方。話し手自身も客体化し、人称代名詞を用いて言語化する傾向が見られる。

このように、言語の表現の好まれる傾向と事態把握の観点からとらえる場合、中国語はどのような傾向があり、そしてどのような事態把握の立場をとるのか、また日本語とどのような異同があるのかを考えるのが本稿の目的である。

二. 中国語の「ナル」相当動詞

この問題を考える前に、まず中国語には「ナル」相当の動詞があるのかどうかを確かめる必要があると思う。

守屋（2015）によれば、本居宣長は『古事記』において、日本語の「ナル」の意味が中国語の“生・成・変・化”に当たると指摘されているという。古代中国語に関してはいざ知らず、筆者の現代中国語の語感からして、“変・化”は「スル」的な表現も多いのではないかと思うが、“成・生”に関しては確かに「ナル」相当動詞として考えられるとは言えよう。

“成”：

“长大成人”（成長して一人前の人間になる）

“谋事在人，成事在天”（ことを図るのは人にあり、ことが成るのは天にあり）

“为则成，不为则不成”（為せば成る、為さねば成らぬ）

“生”：

“生根”（根を下ろす。根が張る）

“生病”（病気になる）

“生气”（腹を立てる、おこる～気が起こる）

だが、日本語の「ナル」と比べれば、それほど自由で多方面で使われることはないようである。例えば、

ガ格表現：実がなる→“结果”

ニ格表現：春になる→“春天来了”

ガ格＋ニ格表現：子供が大人になる→“孩子长大成人”

ガ格＋ト格表現：塵も積もれば山となる→“积土成山”

ガ格＋カラ格：論文は 3 章からなる→“论文由三章构成”

この中で“成”が使われているのは、やはり“长大成人”や“积土成山”などであり、四字熟語のような表現に限られ、「論文は 3 章からなる」→“论文由三章构成”では、“成”がいわゆる動詞の後ろに来る「結果補

語」の形に使われていて、やはり「ナル」動詞としては考えにくい。日本語の中では、いろいろな果物も「〜がなる」と自由に使えるようだが、しかし、中国語ではほとんど“成”が使われていない。[1)]

以下は、このような考えのもとで、「ナル表現」の日中比較と「事態把握」における日中比較について述べていく。

三、「ナル表現」の日中比較

以下は、日本語でよく「ナル」動詞が使われる表現を通して、日中の「ナル表現」を比較してみたい。

（6）今年は、ぶどうがたくさんなりました。[2)]

（6）' 今年葡萄结了很多果。／今年结了很多葡萄。

この日本語を中国語にした場合、“今年葡萄结了很多果。”と“葡萄”を「主格」の形にする表現もできれば、“今年结了很多葡萄。”と“葡萄”を「賓格」の形にする表現もできる。しかし、いずれも“成”という動詞が使われていない。[3)]

（7）春になった。／春がきた。

(7)'　春天到了。／春天来了。

このような表現のときに中国語はどちらがより好まれるか、或いは何か使い分けがあるかと聞かれても、なかなか答えにくいと思う。筆者の語感としては、恐らくどちらとも自由に使えると思う。もしその微妙なニュアンス的な違いを考えようとすれば、“春天到了。”のほうはただの事実報告で、“春天来了。”のほうは期待をこめた気持ちが現れているかもしれない。しかし、そのように考えた場合、日本語のほうも、確かに「春になった」が好まれるというようなアンケート調査があるようだが、歌になると、やはり「春がきた、春が来た」と歌われているのではないか。もし、その歌で「春になった、春になった」と歌われていたら、どんな感じになるのだろうか。

（8）掃除をして、（私の）部屋がきれいになった。

（8）’ 经过打扫，我的房间（变）干净了。〈結果〉

（9）子どもたちが寝て、静かになった。

（9）’ 孩子们睡了，就安静了。〈結果〉

（10）トマトが赤くなった。

（10）’ 西红柿红了。〈結果〉

（11）信号が赤になった。

（11）’ 信号灯变红了。〈結果〉（でも、「信号が赤になった」は、“红灯亮了。红灯了。”などというのがより一般的だと思う。）

（12）赤ちゃんが歩けるようになった。

（12）’ 小宝宝会走路了。〈結果〉

以上のいくつかの表現は、中国語ではいずれも「ナル」相当動詞が使われていないが、みな“…了”（日本語の「た」に当たるもの）が使われている。日本語では、完了を表す「た」は状態的な表現（形容詞）にはつかないが、付いたとしても、いわゆる「アリ」の力を借りて、「赤くあった→赤かった」のような形で現れる。しかし、中国語においては可能である。“…了”が状態を表す表現に直接ついて使われ、しかもその場合「完了」というよりは、変化の「結果」を表す。以上に挙げた諸例はいずれもそのような場合である。これらの表現は「ナル」的表現かどうかを更に考える余地[4] があるようである。

四、「事態把握」の日中比較

池上・守屋（2009）によれば、言語表現をする場合、その言語を母語とする話者は、その言語特有の事態把握の仕方がなされているという。母語話者が発話に先立ち、これから言語化する事態を現実世界から切り取る、その切り取り方によって、主観的な事態把握の傾向と客観的な事態把握の傾向がある。

一般的に日本語話者には主観的把握の傾向があり、英語話者には客観的事態把握の傾向がある。そして、この主観的把握の傾向と客観的把握の傾向は、「ナル表現」の志向性か「スル表現」の志向性かとの間に、ある程度の相関性もみられるようである。

そのような「事態把握」の言語事実として、よく指摘される言語現象としては、通常の会話では、日本語は「私」「あなた」などのような人称代名詞はほとんど用いないということである。それはいわゆる「省略」ではなく、むしろ最初から使われないのがより自然な日本語だと指摘されている。それが理解されていない外国人学習者は、自分の母国語としての「事態把握」の仕方で、一々表現の中で人称代名詞を使うと、それが不自然であったり、別の表現意図があるのではないかと誤解されたりすることも多い。

では、中国語のほうは如何だろうか。今回は詳しい調査をしていないが、以下の経験に基づいて、中国語における人称代名詞の使用は、日本語よりは多く使われるが、英語と比べた場合には、使わない傾向もあるということを指摘しておきたい。

2007年、外国語教学与研究出版社が対外中国語教育を普及するために『漢語900句』を出版し、その後各言語対応の翻訳版が刊行されることになった。その日本語版の『コミュニケーション中国語900』の監修をしたときに、筆者が統計したところ、『漢語900句』の原文においては、“我”と“我们”或いは“你”と“你们”などが直接表出されている文は316文で、全900文の35%を占めている。それに対して、日本語版の『コミュニケーション中国語900』においては、「わたし」や「私たち」或いは「あなた」や「あなたたち」などが直接表出されているのは、わずか43文で、全900文の4.7%しか占めていない。もちろん、これは翻訳版で、原文に引きずられるような訳文も十分考えられるが、原文において、316文も直接“我”と“我们”或いは“你”と“你们”などが表現されているのに対して、訳文においてはわずか43文しかなく、つまり原文の13.6%しか原文のような人称代名詞が使われている状態で訳されないという事実は、やはり両言語における事態把握の何かが反映されているのではないかと思う。

以下は、事態把握の表現にかかわるものについて、また日中の比較をしていきたい。

(13) ここはどこですか。(主観的把握)／私はどこにいますか。(客観的把握)

(13)' 这儿是哪儿啊？／这儿是什么地方啊？

この場合、中国語は普通“这儿是哪儿啊？／这儿是什么地方啊？”（ここはどこですか）の言い方をするが、例えば気絶してしまい、目が覚めた時には、本当に今自分はどこにいるのかが分からない場合には“我这是在什么地方啊？”（私はどこにいますか）というような表現も可能だと思う。

(14) (思いがけない場所で思いがけない人に会って)（あなた、）なぜここにいるの？（主観的把握）／何があなたをここに運んだの？（客観的把握）

(14)' 欸，你怎么在这儿啊？

中国語でも、普通は「何があなたをここまで運んだの」のような言い方はしないが、しかし、本当に思いがけない人が自分のいるところに突如現れた場合には、“欸，什么风把你给吹这儿来了。”（何の風があなたをここまで吹いてきたの？／あら、珍しいわね）のような言い方もできる。ちょうど日本語のほうにも「どういう風の吹き回しか、彼が珍しく顔を見せた」のような表現もできることにも似ているのであろう。

(15) (交番で)「(私は) 財布を盗まれました。(主観的把握）／私の財布が盗まれました。／誰かが私の財布を盗みました。(客観的把握)

(15)' 我的钱包被人偷了。／我的钱包被偷了。／有人偷了我的钱包。

このように、三つの表現はいずれも自然な表現になると思う。ただ、多少ニュアンス的な違いがあるようだ。被害届として最もふさわしい言い方は一番であり、二番目はただの事情説明になる。そして、三番目は、例えば現場に駆け付けた警察が、本人がある人を捕まえて殴っているが、実はその人は無関係だったのを見て、あなたはどうしてその人にそんなに乱暴なことをするのかと聞いたことに対して、「(それは) 誰かが私の財布を盗みました。(その人が怪しいからそうしたのだ)」というニュアンスで使えると思う。その意味で、三番目はある程度限定されたコンテストが必要だとも言える。

五、「場」をとらえる中国語の表現

以上見てきたように、「ナル表現」と「スル表現」の背後には、事態把握の違いが影響されていると思われる。そして、事態をとらえるとき、「場」を大事にして、「イマ・ココ」の表現をするのも「ナル表現」的な言語のひとつの特徴とも考えられている。事態の「場」を大事にとらえるというような捉え方も、主観的な事態把握のひとつであり、日本語の様々な特徴がこの捉え方から説明されている。[5)]

このような「場」をとらえる表現として中国語を見た場合、以下の二つの現象がより注目されていいのではないかと思う。

一つは「存現文」、つまり「存在」と「出現」や「消失」を表す表現である。

周知のように、中国語の存在表現として二つのタイプがある。

一つは“有”を使う存在表現である。「どこかに何かがある」ことを表現する存在文。

(16) 桌子上有一本书。(机には本がある。)

(17) 教室里有一个学生。(教室には学生がいる。)

もう一つは“在”を使う存在表現である。「何かがどこかにある」ことを表現する存在文。

(18) 邮局在学校后面。(郵便局は学校の後ろにある。)

(19) 张老师在研究室。(張先生は研究室にいる。)

この中で、“有”を使った存在表現の構文方式は、いわゆる普通の中国語の「動賓」構造と違い、動詞の後ろに来る名詞が意味上の「主語（主格)」と解釈され、本来主語が現れるべき文頭の名詞は、いわば「場

(場所)」と解釈されるべきだと説明されている。しかも、このような文構造は、「存在」を表す表現だけではなく、広く「出現」や「消失」を表す表現にも使われている。

(20) 台上坐着主席团。(壇上には代表団が座っている。)(存在)

(21) 家里来了客人。(家にはお客さんが来た。)(出現)

(22) 宿舍里搬走了一个同学。(宿舎から同級生が一人引っ越していった。)(消失)

この構文方式は、中国語の「主語論争」を引き起こす一つの要因でもある。

よく考えると、この表現構造は、文頭に出ているのは「場」であり、本来論理上の「主語・主格」は、動詞の後ろに現れている。これは中国語の「動詞＋名詞」表現の一般的な関係から見ると、特殊な構造であると考えられる。このような「場」の捉え方を大事にする表現は、日本語の存在文が二重主語の構造をとり、「ナル表現」的な構造と似ている一面があるのはないかと考えられよう。

このように「場」をとらえる表現から考えると、もう一点指摘しておきたいことは、中国語の「動詞＋名詞」いわゆる「動・賓」構造には二つの違うタイプがあるのではないかということである。

中国語「動・賓」構造の二つのタイプ：

「動詞＋目的格」タイプ：

行為表現

“吃饭”（ご飯を食べる)、“打人”（人を殴る）など

「動詞＋主格」タイプ：

自然現象の表現

“下雨”（雨が降る)、“下雪”（雪が降る)、“刮风”（風が吹く)、“打雷”（雷が鳴る)、“打闪”（稲妻が光る）など[6)]

自然界の現象表現

“生根”（根が張る)、“发芽”（芽が出る)、“开花”（花が咲く)、“结果”（実がなる）など

以上見たように、確かに「動詞＋主格」のような「動・賓」構造は、「自然現象」や「自然界の現象」を表す表現が多いようだが、しかし、この表現構造は決して自然界にだけ限ったことではない。前述の中国語における「ナル動詞」相当の表現と関連してみれば、以下のような表現も見られる。

“生病”：病が発生する。漢方医学の論理から考えれば、人間が病気になるのは、体のバランスが崩れたための結果であり、まさに内部から「病が発生する」と思われる構造である。これは、もう一つの表現の仕方“得病”→「外部環境の悪化により病を得る」の構造と違う発想から成立した表現だと考えられる。

“生气”：気が起こる。人間が怒ることは、やはり自分内部の問題であろう。性格のおとなしい人は、どんなにひどく扱われても怒らないし、せっかちな人はちょっとしたきっかけでかんかんに怒る。まさに「気→怒りが発生する」構造である。一方、日本語の「怒る」も「起こる」と同じ発音になるのは、偶然であろうか。

“生孩子”：これは、結局「子供を生む」とも考えられるし、「子供が生まれる」とも考えられよう。“夫妻俩生了孩子。”ということは、意味的には“夫妻俩有了孩子。”と同じで、「あの夫婦の間に子供が生まれた」という意味であろう。

そして、“成”になると、このような表現がもっと多くなる。

“成事”：前出“谋事在人，成事在天”。これは“事成之后一定有赏”（ことが成し遂げられたら必ずご褒美がある）」と比較して分かるように、ここの“成事”は「事成（ことが成る）の意味である）

“成交”（取引が成立する）、“成才”（人材として成長する）

このように「場」をとらえる表現は、中国語にはかなり浸透していると考えられよう。

六、結び

以上、「ナル表現」と「スル表現」、「主観的な事態把握」と「客観的な事態把握」の観点から、日本語と中国語との比較をしながら述べてきた。もし「ナル表現」と「スル表現」、「主観的な事態把握」と「客観的な事態把握」の言語の代表として、それぞれ日本語と英語を位置づけるのであれば、中国語はその中間に位置づけられると考えられよう。もちろん、ひとこと「中間」に位置するといっても、本稿で見てきたように、ある表現では、より「ナル表現」よりのものもあれば、ある表現では、より「スル表現」よりのものもある。それを更に言語事実に基づいて、精査する必要がある。そして、今まで議論されてきた「結果補語」の問題や“了”の問題、また「存現文」の問題と「動賓」構造の問題も、もう一度見直す可能性もあるのではないかと思う。更に、「使役表現」と「能動表現」の使用状況の中日比較研究、また「ナル表現」の代表と考えられている日本語は、何故「子供を亡くした」とか「財布を落とした」とかのように「スル」的な動詞を使ってこれらの事態を表すのか、単独の動詞の表現と句的な表現との関係はどんなものなのか、課題はまだまだ多くあると思う。

「ナル表現」と「スル表現」、「主観的な事態把握」と「客観的な事態把握」が言語類型論の一つの特徴（ものさし）とすることができるのであれば、もっと多言語的に、多角的に検討すべきだと思う。

注

1）日本語に関しても、果物の種類によって「なる」が使えるか使えないかも違いがあるようで、例えば「おいしそうなぶどうが、たくさんなってる」は言えるが、「おいしそうなスイカが、たくさんなってる」は言いにくいようだ。これも一つの面白い問題かもしれないが、ここでは深入りしないことにする。

2）以下用例（6）から用例（15）までに使われる日本語文例は、2017 年 3 月 9 日、10 日創価大学で行われた「類型論を視野に入れた『ナル表現』研究会」事前アンケート調査に用いられた日本語文例を使っている。対応する中国語訳は筆者の内省によるものである。

3）“葡萄结了很多果”と“结了很多葡萄”は、確かに“成”という「ナル」相当動詞は使われていないが、しかし「結果」という「動賓」の組み合わせは、やはり「実がなる」というような組み合わせで、中国語の一般的な「動賓」、例えば“吃饭”（ご飯を食べる）の組み合わせと違うと考えられ、これ自身が一種の「ナル表現」であると考えられないかという問題があり、この問題については第五節で触れることにする。

4）中国語には結果重視の表現があり、“听懂”（聞いて分かった）、“打错”（かけ間違えた）などのように「結果補語」がよく使われている。それが「ナル表現」との関係についても考える必要があるのではないかとも考えられる。

5）池上（2008）、尾上（2001）など参照。

6）一般的な動詞が自然現象の表現の動詞と「自他」対応になるという現象は他の言語にも見られる。例えば、日本語の動詞「ふる」と「ふく」など。一般的な動詞で使われる表現では、「手をふる」「口笛をふく」は他動詞だが、自然現象の表現になると「雨がふる」「風がふく」は自動詞になる。ここでは、その現象に触れることにとどまる。

主要参考文献

池上嘉彦（1981）『「する」と「なる」の言語学』（大修館書店）

池上嘉彦（2008）「『「する」と「なる」の言語学』を振り返って（特集＝日本語文法の現在）」（『国文学：解釈と鑑賞』73（1））

池上嘉彦・守屋三千代（2009）『自然な日本語を教えるために　認知言語学をふまえて』（ひつじ書房）

尾上圭介（2001）『文法と意味Ⅰ』（くろしお出版）

徐一平（2012）「中国語の『なる』表現―様態存在文の述語表現を中心に―」（『認知言語学会論文集』第12巻）

徐一平など（2015）《如何教授地道的日語　基于認知語言学的視角》（大連理工大学出版社）

百留康晴・百留恵美子（2013）「古代日本語におけるナル表現」（『認知言語学会論文集』第13巻）

守屋三千代（2012）「現代日本語の『ナル』と『ナル表現』―〈事態の主観的把握〉の観点より―」（『認知言語学会論文集』第12巻）

守屋三千代（2013）「現代日本語のナル表現―『ナル文』と『ラレル文』のイメージ・スキーマ―」（『認知言語学会論文集』第13巻）

守屋三千代（2015）「日本語の『ナル表現』再考―『古事記』における『ナル』の意味・用法の示唆するもの―」（『日本語日本文学』第16号）

说“修宪”与「改憲」

彭广陆

1. 引　言

2018 年 3 月 11 日，第十三届全国人民代表大会第一次会议经投票表决，通过了《中华人民共和国宪法修正案》，在此前后，修改宪法成为国内外关注的热门话题，“修宪”一词频频见诸报端，例如：

（1）中共中央关于修改宪法部分内容的建议，在海内外舆论场引起潮水般的关注。“中国军方表态，‘坚决拥护’修宪建议”，有美国媒体 27 日报道了解放军的态度。而美国白宫发言人 26 日在例行记者会上说：“我相信那是中国针对怎样才对自己国家最好而做出的决定。”大量外媒援引专家的分析解读中共此次修宪建议，尽管这当中也有刻意的曲解，但“继续改革”是专家强调的修宪动因之一。中国领导层将拥有“更强大的执行力”，更是许多专家对修宪效果的预期。（《环球时报》2018 年 2 月 28 日）

（2）全国政协委员、北京天达共和律师事务所主任李大进表示，修宪工作充分发扬民主，严格依法按程序进行，是全面依法治国的一次生动实践。（《人民日版 2018 年 3 月 13 日）

另一方面，近年来日本一些政党和政治家提议对现行的《日本国宪法》进行修改，有关修宪的讨论持续不断，因此「改憲」一词不时出现在日文的媒体上。例如：

(3) きょうは憲法記念日である。改憲、護憲両勢力はそれぞれ集会を開き、気勢をあげる予定だ。(『日本経済新聞』2018 年 5 月 2 日)

(4)「憲法改正の議論は前に進んでいるようで進んでいない。改憲のスケジュールを教えてほしい」(『朝日新聞』デジタル 2018 年 7 月 22 日)

显然汉语中的“修宪”一词与日语中的「改憲」一词意义是对应的，而且这两个词的后一个语素相同，前面的语素“修”与「改」又是近义关系。彭広陸（2006）将这类词称之为「類素語」。所谓「類素語」，是指下面这样的存在于汉语和日语之间的对应词（“——”的左边为汉语词，右边为日语词）：

（5）触电——感電　永居——永住　保密——守秘
　　助听器——補聴器

具体而言，构成该复合词或派生词的一个或两个以上的语素不同，但不同语素之间为近义关系，而且往往在汉语或日语中存在由这两个语素构成的复合词，易于辨识，例如“感触”／「感触」、“居住”／「居住」、“保守”／「保守」、“秘密”／「秘密」、“补助”／「補助」（彭広陸 2006）。

本文拟对“修宪”和「改憲」的词源、构词理据及其意义和用法进行考察，对二者选择不同的前语素的原因进行分析。

2．汉语中的“修宪”及其他

2.1 “修宪”的意义

首先，我们可以在全球最大的中文网络百科全书《百度百科》的“修宪”词条中看到如下定义：

(6) 修宪，修改宪法简称，是对宪法的修正，是指有权机关按照法定程序对宪法文本的某些条款、词语或结构予以变动、补充或删除的活动。

所谓“简称”，也就是说“修宪”是缩略语，是由“修改宪法”缩略而成的。事实上，有的缩略语词典就收录了“修宪”一词，并解释该缩略语源自“修改宪法”。例如：

表 1　缩略语词典中的“修宪”

辞书名称	出版社	版次	释义
现代汉语缩略语词典	语文出版社	第 1 版	修改宪法。
实用缩略语词典	上海辞书出版社	第 1 版	修改宪法。

此外，有的语文词典和新词语词典也收录了“修宪”一词，有关释义如下：

表 2　语文词典和新词语词典中的“修宪”

辞书名称	出版社	版次	释义
现代汉语词典	商务印书馆	第 7 版	动 修改宪法。
现代汉语规范词典	外语教学与研究出版社 语文出版社	第 3 版	动 修改宪法。
新词语大词典 (1978-2002)	上海辞书出版社	第 1 版	〈动〉对宪法进行修改。
现代汉语新词语词典	商务印书馆国际有限公司	第 1 版	对宪法进行修改。

根据以上有关释义可以推断，“修宪”一词来自“修改宪法”，前者是后者的缩略形式，“修”指“修改”，“宪”指“宪法”。

2.2　“修宪”的用例

“修宪”一词到底是何时开始出现在汉语中的，一时难以断定。从北京大学中国语言学研究中心开发的“CCL 语料库”的“古代汉语”部分中未能检索到“修宪”的用例，似乎可以推断“修宪”一词是后起的。至于现代汉语中的“修宪”，我们通过对“人民日报图文数据库（1946-2018）”进行检索，发现最早见于《人民日报》的“修宪”的用例是1948年的。

（7）同时，在会场门外一群“民选代表”则与宪兵凶殴，闹得大会全体退席。在所谓修宪审查会中，也是一片鸦鸣鹊噪，最后才在蒋介石监督之下，以起立表决通过了所谓审查报告。（《人民日报》1948年6月6日）

我们一共从“人民日报图文数据库（1946-2018）”中检索到1013条“修宪”的用例（检索时间为2018年8月29日），其分布如下：

表3 “人民日报图文数据库（1946-2018）”中“修宪”的分布情况

1948年	1例	1959年	2例	1962年	1例	1972年	1例
1974年	2例	1976年	1例	1977年	1例	1978年	2例
1980年	1例	1981年	4例	1982年	4例	1983年	4例
1984年	2例	1986年	25例	1987年	17例	1988年	3例
1989年	12例	1990年	8例	1991年	16例	1992年	32例
1993年	33例	1994年	14例	1995年	13例	1996年	18例
1997年	8例	1998年	8例	1999年	100例	2000年	24例
2001年	4例	2002年	10例	2003年	22例	2004年	74例
2005年	36例	2006年	18例	2007年	38例	2008年	13例
2009年	24例	2010年	13例	2011年	20例	2012年	15例
2013年	83例	2014年	78例	2015年	30例	2016年	56例
2017年	57例	2018年	65例				

从上表不难看出，《人民日报》中的“修宪”用例数变化的总体趋势是由少而多，但用例数也并非直线上升的，甚至有的年份找不到其用例。就早期的用例而言，绝大多数都与外国修改宪法有关。例如：

（8）新华社一九七二年五月九日讯 中华人民共和国农林部部长沙风今天会见了以蒂·阿兰尼达为团长的菲律宾修宪大会代表访华团全

体成员，同他们进行了友好的谈话。(《人民日报》1972 年 5 月 10 日）

(9）苏美两霸对此暴跳如雷，破口大骂。一个说，修宪就要引起核大战，另一个说，这是“多数暴政”。(《人民日报》1974 年 12 月 29 日）

(10）3 日，加拿大举行了一次有联邦总理和各省总理参加的修改宪法会议。由于中央和地方的意见不一，会议没有就修宪问题达成协议。(《人民日报》1980 年 9 月 23 日）

(11）新民党已宣布将举行大型群众集会，揭露当局压制民主、迫害在野党议员的真相，进一步推动修宪运动的开展。(《人民日报》1986 年 10 月 22 日）

(12）埃尔文说，反对党提出的修宪建议，有些被政府吸收，有些遭拒绝。(《人民日报》1989 年 6 月 2 日）

(13）围绕密特朗修宪的设想，法国政界展开了一场争论。(《人民日报》1991 年 11 月 17 日）

(14）南非政府主张制宪机构为两院制议会，由各种族、地区和党派平摊席位的上院必须具有制宪、修宪和批准宪法的权力，并对由大选产生的下院的议案具有否决权。(《人民日报》1992 年 5 月 20 日）

(15）这一修宪案的通过标志着比利时自 1830 年建国以来确定的中央集权政体的结束和联邦制政体的确立。(《人民日报》1993 年 2 月 9 日）

然而，自 20 世纪 90 年代以来，用例的增加基本上都与我国的修改宪法有关。众所周知，如何加强法制建设，是我国面临的重要课题。中华人民共和国成立后，曾于 1954 年、1975 年、1978 年和 1982 年颁布过四部宪法，并于 1988 年、1993 年、1999 年、2004 年和 2018 年五次公布了《中华人民共和国宪法修正案》，对现行的 1982 年宪法——《中华人民共和国宪法》进行修改。从 1993 年起，每次修改宪法时，“修宪”一词的用例就明显地随之增多。例如：

（16）我为修宪鼓掌（《人民日报》1993 年 3 月 22 日）

（17）代表、委员说："这次修宪，是发展我国社会民主生活、健全社会主义法制的又一个新的里程碑！"（《人民日报》1993 年 3 月 30 日）

（18）围绕立法的话题，"两会"代表、委员们欣喜地谈道：——修宪，是我国政治生活中的一件大事。（《人民日报》1999 年 3 月 2 日）

（19）中国法学会今天举行座谈会，就这次修宪的意义进行了深刻的探讨，并就进一步加强宪法的权威性纷纷建言献策。（《人民日报》1999 年 3 月 19 日）

（20）党中央对修宪工作高度重视，经过各方面共同努力，前一阶段的工作进展顺利。（《人民日报》2004 年 3 月 1 日）

（21）这次修宪巩固了我国社会主义建设的新成果、新经验，同时也为社会的进一步发展提供了保障。（《人民日报》2004 年 3 月 17 日）

（22）12 月 12 日，中共中央办公厅发出通知，就党中央修宪建议草案稿下发党内一定范围征求意见。（《人民日报》2018 年 3 月 13 日）

（23）法院干警表示，这次修宪对于进一步提高全民宪法意识，树立宪法权威，推动宪法实施，将起到极大的促进作用。（《人民日报》2018 年 3 月 21 日）

2.3　辞书中的"修宪"收录情况

尽管"修宪"一词自 20 世纪 90 年代起使用频率有了明显的提高，但由于辞书编纂的滞后性，如表 4 所示，"修宪"一词被辞书收录则是进入 21 世纪以后的事情。

表 4 辞书中“修宪”一词的收录情况

辞书名称	出版社	版次	出版时间	收录与否
现代汉语词典	商务印书馆	第 4 版	2002 年	未收
		第 5 版	2005 年	收录
现代汉语规范词典	外语教学与研究出版社 语文出版社	第 1 版	2004 年	收录
新华词典	商务印书馆	第 4 版	2014 年	未收
应用汉语词典	商务印书馆	第 1 版	2000 年	未收
新词语大词典（1978-2002）	上海辞书出版社	第 1 版	2003 年	收录
现代汉语新词语词典	商务印书馆国际有限公司	第 1 版	2005 年	收录
100 年汉语新词新语大辞典（1912 年—2011 年）	上海辞书出版社	第 1 版	2014 年	未收

商务印书馆 2008 年出版的《现代汉语常用词表（草案）》“提出了现当代社会生活中比较稳定的、使用频率较高的汉语普通话常用词语 56008 个”（p.1），其中“修宪”一词也被收录在内，在表内所有按频级[1] 升序排列的条目中，“修宪”的“频序号”为 21779，也就是说，按照词频，“修宪”一词在 56008 个常用词中排位第 21779，说明其词频处于中上水平，但也很难说是高频词，因此辞书中对该词收录或不收录都是情理之中的事情[2]。

2.4 “修改”与“修正”“修订”

前引辞书的释义均认为“修宪”是“修改宪法”的缩略形式，但修宪的结果是以通过《中华人民共和国宪法修正案》的形式呈现出来的，《百度百科》中的“修宪”的释义中也有“是对宪法的修正”这样的解释。除了“修正”之外，在实际用例中“宪法”还经常与“修订”这个动词共现。从构词的角度讲，认为“修宪”的“修”可以指“修改”“修正”“修订”亦无不可，而且这三个动词后面都可以直接带“宪法”这个宾语。表 5 是我们通过“人民日报图文数据库（1946-2018）”检索到的“修改宪法”“修正宪法”“修订宪法”的用例数。

表 5 “修改宪法”“修正宪法”“修订宪法”的分布

《人民日报》图文数据库（1946-2018）	“修改宪法”	1953 例
	“修正宪法”	26 例
	“修订宪法”	25 例

不仅如此，“宪法修正案”“宪法修改案”“宪法修订案”这三种说法也都可以在“人民日报图文数据库（1946-2018）”中检索到用例。

表 6 “宪法修正案”“宪法修改案”“宪法修订案”的分布

《人民日报》图文数据库（1946-2018）	“宪法修正案”	1196 例
	“宪法修改案”	14 例
	“宪法修订案”	5 例

从用例数可以看出，就动词而言，“修改”一词占有绝对优势；作为法案的“宪法～案”而言，“宪法修正案”的优势也是显而易见的。

下面是辞书中有关“修改”“修正”“修订”这三个词的释义。

表 7 《现代汉语词典》第 7 版中关于“修改”“修正”“修订”的释义

辞书名称	条目	释义
现代汉语词典	修改	动 改正文章、计划等里面的错误、缺点
现代汉语词典	修正	动 修改使正确
现代汉语词典	修订	动 修改订正（书籍、计划等）

“修正”和“修订”的释义中都出现了“修改”一词，说明这三个词属于近义词的关系。那么从法律的角度来看，三者又是一种什么样的关系呢？首先，“修改”一词涵盖了“修正”和“修订”的意义，关于“修正”和“修订”的差异，我们根据《法律的“修正”与“修订”有什么区别？》一文[3]的阐述将其归纳如下：

表8 “修正”与“修订”的不同

		修改的内容不同	审议的内容不同	表决的内容不同	公布的方式不同	生效日期不同
修改	修正	对法律的部分条款进行的修改，是局部的或者个别的修改。	审议是针对修正案草案进行的，未作修改的部分不审议。	表决通过的是修改某某法律的决定或者修正案。	公布方式有两种：一种是公布修改决定，另一种是公布法律修正案，法律文本不重新公布，原法律条文保持不动。	只对修正的条款规定一个新的生效日期，原法律的生效日期不变，即未修正的条款的生效日期仍为原法律的生效日期。
修改	修订	对法律进行全面的修改，是整体的修改。产生新的法律。	审议是针对草案文本的全部内容，而不是针对修改内容进行审议。	表决通过的是整个修订草案。	没有修改决定，国家主席令直接公布全国人大常委会修订通过的法律文本全文。	对原法律规定的生效日期必须作出修改，另行规定新的生效日期。

简而言之，“修正”是部分的、局部的修改，修改的内容是通过修正案的形式呈现出来的；而“修订”则是全面的修改，其结果是产生新的法律文本。

2.5 “改宪”的意义与用法

前文提到，日语中使用「改憲」一词，然则该词却是从古代汉语借入日语的。下引（24）或为汉语中“改宪”最早的用例。

（24）始失於毫毛，而尚未可觉，积而成多，以失弦望朔晦，则不得不改宪而从之。（西晋 · 杜预《春秋长历论》）

（25）厚不得已，行到长安，以病自上，因陈汉叁百五十年之厄，宜蠲法改宪之道，及消伏灾异，凡五事。”（南朝宋 · 范晔《后汉书 · 杨厚传》）

（26）又问，治历明时，绍迁革之运；改宪敕法，审刑德之原。（南朝齐 · 王融《永明九年策秀才文》）

古代汉语中的“改宪”应该说还是动名组合的词组（短语），其中的名词“宪”并非“宪法”之意，而是“法令”之意4)，且多可以解释为“历法”。

现代汉语中很少使用“改宪”一词，我们从“人民日报图文数据库（1946-2018）”检索到“改宪”用例仅有 36 个，这里的“宪”已经指“宪法”了。

（27）袁世凯改宪称帝，蔡松坡在云南起义，组织护国第一军北征，朱德将军任第三梯团第六支队长，远征四川，此后升为旅长，（《人民日报》1946 年 12 月 4 日）

（28）日本的改宪与护宪斗争（《人民日报》1982 年 5 月 6 日）

（29）南朝鲜汉城大学、延世大学、汉阳大学数百名学生，最近也分别举行了校内集会和示威，成立自己的斗争组织，并支持改宪签名运动。（《人民日报》1986 年 3 月 24 日）

（30）南朝鲜今天在数万武装警察的严密“防卫”下，就“改宪方案”举行国民投票，以便为 12 月的直接选举总统投票铺平道路。（《人民日报》1987 年 10 月 28 日）

（31）今天是日本和平宪法实施 52 周年纪念日，护宪派和改宪派今天分别在这里举行了纪念活动。（《人民日报》1999 年 5 月 4 日）

“改宪”的 36 例比起“修宪”的 1013 例可以说是微不足道的。而且，除了例（26）沿用了古代汉语中的“改宪”外，其余各例中的“改宪”都是与日本或韩国修改宪法有关的用法，这或许是由于记者在报道日本或韩国有关修改宪法的新闻时受到原文（日语或韩国语）的影响而照搬了日语或韩国语中的用词，因为日语和韩国语中都使用借自古代汉语的“改憲”一词5)。在现代汉语中不使用惯用的“修宪”一词而使用“改宪”，严格地说这是一种“偏误”，是语言接触所致。然而，从语料库检索到的数据表明，“改宪”的用例自 2007 年以后在《人民日报》中就销声匿迹了，它逐渐被“修宪”所取代。

“改宪”一词的使用也滋生出“改宪派”这一派生词，但随着“改宪”一词退出历史舞台，“改宪派”也随之被“修宪派”取而代之。表 9 是我们对“人民日报图文数据库（1946-2018）”调查的结果。

表 9　“改宪派”与“修宪派”的分布

	用例数	出现的时间
改宪派	12 例	1982 年（3 例）、1985 年（1 例）、1987 年（2 例）、1988 年（2 例）、1996 年（1 例）、1999 年（2 例）、2007 年（1 例）
修宪派	9 例	2003 年（2 例）、2007 年（2 例）、2013 年（2 例）、2014 年（1 例）、2016 年（1 例）、2017 年（1 例）

（32）近几年来，自民党一些成员更加公开地鼓吹改宪。改宪派提出的改宪理由，有的说是因为这部宪法是当年的“占领军强加”于日本的，有好些地方“不合”日本的“国情”。（《人民日报》1982 年 5 月 6 日）

（33）日本的改宪派谈及修改宪法必要性时，通常强调两点。（《人民日报》2007 年 5 月 18 日）

（34）其中“尽早修宪派”占 36 %；主张日本应该研究核武装的“核武装容忍派”占 17 %。（《人民日报》2003 年 11 月 14 日）

（35）初步计票结果显示，执政党正义与发展党（正发党）主导的支持修宪派阵营赢得 51.4 %的选票，宪法修正案以微弱优势获得通过，最终计票结果将由土耳其最高选举委员会公布。（《人民日报》2017 年 4 月 18 日）

值得一提的是，我们检索到的“改宪派”的 12 个用例，无一例外地都出现在与日本有关的报道中，不能不说记者在写新闻稿时受到了日语原文的影响。

3．日语中的「改憲」及其他

3.1　「改憲」的意义

日语中的「改憲」一词源自古代汉语，这从『日本国語大辞典』中该词条所引的书证即可看出。下面是日本的大中小型语文词典中关于「改憲」的释义：

表 10　日本语文词典中关于「改憲」的释义

辞书名称	收词量	版次	出版时间	释义
日本国語大辞典	50 万词	第二版	2001 年（第三卷）	〖名〗おきてを改めること。憲法を改めること。憲法改正。＊憲法講話（1967）〈宮沢俊義〉11「改憲論者が衆参各議院で三分の二の多数を占めていない現実の下では、改憲は事実上不可能である」＊王融−永明九年策秀才文「改憲勅法、審刑徳之原」
広辞苑	25 万词	第七版	2018 年	憲法を改めること。→憲法改正
大辞林	23.8 万词	第三版	2006 年	憲法を改めること。
新明解国語辞典	7.75 万词	第七版	2012 年	憲法を改め（ようとす）ること。
岩波国語辞典	6.5 万词	第七版新版	2011 年	憲法を改めること。憲法改正。
新選国語辞典	9.0320 词	第九版	2011 年	憲法をあらめること。
明鏡国語辞典	约 7 万词	第二版	2010 年	憲法を改めること。憲法改正。
集英社国語辞典	9.2 万词	第一版	1993 年	憲法を改めること。
角川最新国語辞典	约 6 万词	再版	1987 年	憲法を改正すること。
角川国語辞典	7.5 万词	新版	1981 年	憲法を改正すること。
学研国語大辞典	约 10 万词	初版	1978 年	現行の憲法を改めること。

『日本国語大辞典』的释义因为照顾到古今义，所以「おきてを改める」较之「憲法を改める」显得有些宽泛，但也符合语言事实。在现代日语中，「改憲」中的「憲」已经专指「憲法」了，说明其词义范围缩小了。至于「改」，既对应于和语动词「改める」「改まる」，又对应于汉字音读词「改正（する）」。

『学研国語大辞典』的释义较之其他辞书中的释义多了「現行の」这一限定语，显得与众不同。加上这个限定语，看似更加严谨，本无可厚非，但如果修改的不是现行的宪法，而是已经作废的宪法，那将是件毫无意义的工作，事实上也不会有人去做这样的无用功的。因此，提到修改宪法，不言而喻就是修改现行的宪法，如此看来，加上该限定语就显得画蛇添足了。

3.2 「改憲」的用例

前引『日本国語大辞典』的「改憲」条目中所举的实例表明，现代日语中「改憲」的使用不晚于 1967 年。我们通过日本国立国语研究所开发的「現代日本語書き言葉均衡コーパス（BCCWJ）」[6] 一共检索到 144 个与「改憲」有关的用例，其中有 58 个属于「改憲」作为独立的词（名词或动词）而使用的例子，其余的则是「改憲」与其它名词或词缀组合构成复合词或派生词的用例。在这些用例中，最早的是 1982 年的例子。

(36) 改憲の焦点を九条以外の権利や義務、天皇の世襲制などにおくのも、抵抗の多い九条から一時鉾先を変えて攻めようという作戦であり、どの部位からの改憲であってもそれを認めることは、民主主義と平和を守る内濠を埋め立てられるようなものである。（森村誠一『悪魔の飽食（続）』1982）

(37) 制定当時は、アメリカも日本の社会主義化を恐れ、政界でのイデオロギー対立をふまえ、“絶対に変えることはできない”という“改憲の手続き”を入れてしまったのです。（石原慎太郎『それでも「No」と言える日本』1990）

(38) 改憲派挫折したが岸の安保改定は実現した。（内田健三『戦後宰相論』1994）

(39) 私は、取材でもあれば別ですが、全く五五年体制のときの改憲論、護憲論をやるつもりはございません。（『国会会議録』2000）

(40) 改憲か護憲かか護憲かをめぐる抗争は、もはや政治の舞台における主要なテーマではなくなったように見える。（佐藤幸治『憲法とその“物語”性』2003）

（41）「9条改憲阻止！」のタスキをかけた男性が、ビデオカメラを片手に歩き回っているのだ。（Yahoo! ブログ 2008）

在由「改憲」构成的派生词当中，最常见的是「改憲論」和「改憲派」，在前面提到的从语料库 BCCWJ 检索到的 144 个与「改憲」有关的用例中，就包括 41 个「改憲論」的例子和 14 个「改憲派」的例子。

3.3 日语语文词典中「改憲」的收录情况

前文提到，目前可以看到的「改憲」在现代日语中最早的书证 1967 年的，而在语料库 BCCWJ 中可以检索到的最早的实例是 1982 年的，而且数量有限。也正因为「改憲」的语义的特殊性（使用范围有限）和用例的稀少性，所以它得到普遍承认需要一个过程。事实上，「改憲」进入现代日语语文词典也是相当晚近的事情。笔者所见最早收录「改憲」一词的日语语文词典是 1978 年出版的『学研国語大辞典（初版）』（见表 10），稍晚一些的有 1981 年出版的『角川国語辞典（新版）』和『新明解国語辞典（第 3 版）』。然而，在下面表 11 所列的几种语文词典中未见收录「改憲」一词。

表 11　未收录「改憲」的日语语文词典

辞书名称	版次	出版时间
岩波国語辞典	第六版	2000 年
明治書院精選国語辞典	再　版	1995 年
例解新国語辞典	第四版	1993 年
旺文社標準国語辞典	重　版	1980 年

最为典型的是，收词量不算少的『岩波国語辞典』直至 2009 年出版的第 7 版才收录「改憲」一词。以上种种表明，「改憲」一词得到普遍承认是上世纪末和本世纪初的事情。

3.4 「改憲」的词性

关于日语中「改憲」一词的词性，日语语文词典中的有关标注也存在分歧，有的辞书认为它只具有名词的属性，有的辞书则认为它是名词的同时，还是サ变动词；即便承认它是サ变动词，对其自他属性的认定也不一致，详见表 12。

表 12　辞书中有关「改憲」的词性的认定

辞书名称	名词	サ变动词
日本国語大辞典	○	
大辞林	○	○
広辞苑	○	
新明解国語辞典	○	自他
岩波国語辞典	○	
新選国語辞典	○	自
明鏡国語辞典	○	
集英社国語辞典	○	
角川最新国語辞典	○	自
角川国語辞典	○	自
学研国語大辞典	○	

我们通过语料库 BCCWJ 进行检索，发现在「改憲」的用例中，只有以下 3 例用于动词：

（42）この憲法は、1984 年まで改憲されることなく有効に機能していた。（『中米』2003）

（43）紛争を解決するための交戦、武力による威嚇や武力行使が憲法違反である限り、あるいは改憲してそれを合法としない限り、在日米軍が日本の領土および領海（日本の沿岸から 14 マイル以内）以外の国際紛争の解決のために交戦や武力による威嚇、武力行使を行うことを許さないと、日本は米国政府に伝えるべきである。（『アメリカは日本を世界の孤児にする』1998）

（44）香山は「現憲法が成立した歴史などもすべて『切り離し』を

して、あっさり改憲」する姿勢を批判している。先に指摘した「原点」重視である。(『諸君！』2004)

上面用例中的「改憲」都没有带ヲ格补足语（宾语），因此，即便认定它是サ变动词，也很难说是他动词。换言之，一些辞书将其认定为自动词，不无道理。另一方面，比起「改憲」的 55 个名词用例来，这 3 个动词用例近乎孤例，几乎可以忽略不计。所以，上表所列举的半数以上的日语语文词典认为「改憲」只具有名词的属性，虽然不甚严谨，但与语言事实也相去不远。

3.5　日语中与「改憲」有关的表达方式

《不列颠百科全书》的日文版『ブリタニカ国際大百科事典（小項目事典）』中有关「憲法改正」的释义如下（节选）：

(45) 成文憲法の条文を，所定の手続きをふんで改変すること。憲法を全面的に書き改める全部改正と，条項の修正，削除，追加または増補によって一部を手直しする部分改正がある。

通过这个释义可以看出，日语中存在一些与「改憲」「憲法改正」意义近似的表达方式。此外，与汉语表达不同的是，日语可以首先使用「改正」这个上位的词语，然后在其前面加上不同限定语「全部」「部分」对「改正」的差异加以区分；而汉语则是使用不同的复合动词“修改”“修订”“修正”，但它们具有相同的语素。日语与汉语的有关表达方式的对应关系如下：

表 13　日语与汉语表达方式的对应关系

<table>
<tr><th colspan="2">日语</th><th colspan="2">汉语</th></tr>
<tr><td rowspan="2">改正</td><td>全部改正</td><td>修订</td><td rowspan="2">修改</td></tr>
<tr><td>部分改正</td><td>修正</td></tr>
</table>

在实际使用中，「憲法」经常与哪些表修改义的二字音读词组成四字格的词语呢？我们通过语料库 BCCWJ 进行检索的结果如下：

表 14　「改憲」构成的四字格词语

憲法改正	232 例
憲法修正	41 例
憲法改定	12 例
憲法改訂	2 例
憲法修訂	0 例
憲法改変	0 例

可见在与「憲法」组合时，「改正」使用的频率是最高的。通过以下的实例也可以看出，这几种表达方式基本上是同义的：

(46) そして各政党は、これまでのように自己主張をするだけでなく、憲法改正のメリットとデメリットを正直に国民に伝えるようにするのだ。（竹村健一『3 人の総理と 1 人の親友について語ろう』2001）

(47) 日本国憲法も間接民主制を基本にしつつ，憲法改正の際の国民投票などを定めている。（佐々木毅ほか『現代社会』2006）

(48) 1868 憲法修正第 14 条（黒人の公民権付与）成立。1870 憲法修正第 15 条（黒人の選挙権付与）成立。（小西慶太『白と黒のアメリカ』1993）

(49) 確かに合衆国憲法修正第一条で請願の権利が保証される。（赤木昭夫『見える！アメリカワシントン DC・ガイドブック』2004）

(50) さらに七九年の憲法改定により実施された八〇年の大統領選挙ではバレが圧倒的な得票を得て大統領に就任した。（岡倉登志『アフリカ史を学ぶ人のために』1996）

(51) そうすれば国会は、簡単に憲法改定を国民に発議できる。（浅井基文『平和大国か軍事大国か』1997）

（52）今秋にはアキノ大統領の日米訪問が予定され、四十九名の新しいメンバーで構成される憲法改訂委員会による新憲法草案（大統領の任期六年、議会二院制、大統領独裁権の廃止等の法案（若宮清『コラソン・アキノ—闘いから愛へ』1987）

（53）語っているその学友の性格や日常的態度から、このコメントは明仁天皇の思考を忠実に伝えていると思われるが、だとしたら皇威復活論者や立憲君主国発言を口走る手合いや、さらにその中で盛りあげた世論を軸に自主憲法制定という名目による憲法改訂を意図する政治家にとって、この明仁天皇はあまり好ましい天皇とはならないことになる。（千田夏光『ドキュメント明仁天皇』1989）

除此之外，我们还通过语料库 BCCWJ 检索出以「憲法を」这种形式使用的例句 419 个，并对与之共现的表示“修改义”或类似意义的动词进行了分析，结果如下：

表 15　与「憲法を」共现的“修改义”动词

憲法を改正する	31 例
憲法を変える	16 例
憲法を修正する	3 例（＋微修正 1 例）
憲法を改める	3 例
憲法を見直す	2 例
憲法を改悪する	2 例
憲法を改定する	1 例
憲法を新たにする	1 例
憲法を直す	1 例
憲法を書き直す	1 例
憲法を考え直す	1 例
憲法を読み直す	1 例
憲法を改変する	0 例
憲法を修訂する	0 例
憲法を手直しする	0 例

与表 14 的结果相同，「改正する」依然是使用频率最高的，但有一点令人感到意外的是，与「憲法を」共现率最高的和语动词是「変える」，而并非前引辞书的释义中经常使用的「改める」。

3.6　汉日词典中「改憲」的收录情况

在这里我们看一下我国大陆和台湾出版的日汉（日华）词典中有关「改憲」一词的收录情况。

表 16　汉日词典中「改憲」一词的收录情况

辞书名称	出版社	版次	出版时间	对译词
萬人現代日華辭典	萬人出版社有限公司	第 1 版	1985 年	修改憲法。
现代日汉大词典	商务印书馆	第 1 版	1987 年	修改宪法。
日汉大辞典	机械工业出版社	第 1 版	1991 年	修改宪法。
例解新日汉词典	北京出版社	第 1 版	1993 年	（未收录）
新编日汉词典	吉林大学出版社	第 1 版	1994 年	修改宪法。修宪。
详解日汉词典	北京出版社	第 2 版	1999 年	（未收录）
日汉大辞典	上海译文出版社	第 1 版	2002 年	改宪。修改宪法。
新世纪日汉双解大辞典	外语教学与研究出版社	第 1 版	2009 年	改宪。修改宪法。

由此可以看出，台湾出版的《萬人現代日華辭典》和大陆出版的《现代日汉大词典》都较早地收录了「改憲」一词。就词典中给出的对译词而言，《新编日汉词典》选用了“修宪”一词，这是值得称许的。然而，与「改憲」直接对应的词应该是“修宪”，而不是“修改宪法”。我们认为对日语的表达方式与汉语的表达方式的对应关系应该如是看待：

	日语		汉语
日汉对应的表达方式	憲法改正	＝	修改宪法
	↓		↓
日汉对应的表达方式	改憲	＝	修宪

图 1　日语与汉语表达方式的对应关系

3.6　日语中的「修憲」

这里首先需要明确的是，在日本出版的语文词典中，找不到「修憲」这个条目。而且，我们从语料库 BCCWJ 中未能检索到「修憲」及其派生词「修憲論」「修憲派」的用例。那么，是否这就意味着日语中根本不使用「修憲」一词呢？也不尽然。

比如，有的学者在学术论文中使用「修憲」一词，典型者如（54）所示，小笠原欣幸在「台湾の民主化と憲法改正問題」一文中有 44 处使用了「修憲」或由其构成的派生词、复合词，但没有一处使用「改憲」及其构成的派生词或复合词。

（54）李登輝は，国民党内保守派と民主化推進勢力との間を微妙な舵取りで進み，「一機関二段階修憲」という流れを作り出した。国民大会代表は修憲の権限（合法性）をもつ。しかし台湾の民意を代表していないので正当性がない。そこで，第一段階修憲では台湾住民の民意を代表できるように合法的な形式を整え，第二段階で実質修憲を行なうという手順が考え出された。これが，「一機関二段階修憲」論である。
（http://www.tufs.ac.jp/ts/personal/ogasawara/paper/paper2.html）

当然，该文所论述的是台湾的修改宪法问题，而在台湾的国语中就使用“修憲”一词，例如 2001 年扬智文化事业股份有限公司就出版了台湾学者谢政道著的《中華民國修憲史》，所以不妨认为作者有意识地使用了台湾国语中使用的术语。

另一方面，还可以看到如下的论述：

（55）第 1 の「何故，『活憲』なのか」という点では，改憲，加憲，創憲，修憲，整憲，論憲，知憲，護憲などの様々な憲法論のなかに「活憲」論を位置づけ，その内容として，憲法理念を活かすということ，それを生活と政治の両面で実現することを明らかにした。（五十嵐仁「『活憲』論研究序説」）

通过这段文字可以看出，不同的学者、政治家对待《日本国宪法》抱有不同的态度，他们有意识地使用「V+ 憲」这一结构（构词手段）造出不同的动宾结构的新词来表明自己的宪法理念，换言之，「V」这个动词性语素直接反映出使用者的价值判断和政治色彩。（56）这段引自博客的文字可为佐证：

（56）自由民主党などの改正推進派、いわゆる改憲派と、日本共産党、社会民主党などの改正反対派、いわゆる護憲派が、ずっと激論を戦わせてきた。護憲派は、改正、を、改悪、と批判する。そこで、改定、という無色の用語も使われる。さらには、
平和や人権を強化する、護憲的改憲（旧、日本新党など）
21 世紀の日本の形を構想して自由濶達に議論する、論憲（民主党）
創造的議論で国家権力の恣意的解釈を許さない基本法にする、創憲（民主党）
憲法 9 条は別としてとにかく新しい人権を加える、加憲（公明党）
憲法を生かす、活憲（辻元清美代議士など）
憲法を修正する、修憲
米国憲法のように補正を加えていくなどの、追憲、廃憲、
など造語競争が起こっている、と見られる。
（https://blog.goo.ne.jp/gooksky/e/65170e6d772e3ae2b71d340fefdb0a70）

由此可见，「修憲」是出于日本个别政治家、学者之手的新造词，它除了表示“修改宪法”之意外，还带有特殊的政治含义。因为「修」可以马上联想到「修正」，「憲」可以马上联想到「憲法」，所以在达意方面「修憲」不存在任何问题，但由于「改憲」已经先入为主，作为中性的词

已经固定下来了，所以带有特殊含义的「修憲」未能普及开来，以至于未能正式进入日语的词汇体系。

4.“修宪”与「改憲」的构词理据分析

前文提到，汉语中使用“修宪”，日语中与之对应的词是「改憲」，从构词语素的角度分析，“宪”与「憲」相同，而“修”与「改」不同，但二者为近义关系。那么，为什么会出现汉语和日语各自使用不同词形的词这种现象呢？有必要对此进行分析。

4.1 汉语中“修”与“改”的语义和构词比较

首先通过辞书中的释义可以看出“修”与“改”在意义上的差异（释义中的例词、例句从略）。

表 17 辞书中的“修”与“改”的意义比较

	修	改
汉语大字典（第二版缩印本）	❶修饰；装饰。❷修理；维修。❸整治；办理。❹修建。❺设置；置备。❻编纂；书写。❼推举。❽（学问、品行方面）学习和锻炼。❾告诫。❿修行，佛教徒或道教徒虔诚地学习教义，并按照教义实践的行为。⓫遵循。⓬长；远。⓭美；善。⓮月阳名之一。⓯用同“脩”。送给老师的薪金。⓰通“羞”。进献。⓱用同“休”。休息。⓲通“條（tiáo）”。条理。⓳姓。	❶变更；更易。❷改正。❸修改。❹姓。
现代汉语词典（第 7 版）	❶修饰。❷[动]修理；整治。❸[动]写；编写。❹[动]（学问、品行方面）学习和锻炼。❺[动]修行。❻[动]兴建；建筑。❼[动]剪或削，使整齐。❽指修正主义。❾（Xiū）[名]姓。	❶[动]改变；更改。❷[动]修改。❸[动]改正。❹（Gǎi）[名]姓。

从共时的角度看，虽然“修”和“改”都是多义词，但前者的义项数远远多于后者。从历时的角度看，“改”的词义或语素义（包括义项数）几乎没有什么变化，而“修”的词义或语素义变化较大，具体而言，其词义范围明显缩小，义项数减少许多。通观“修”的古今义，与“修改”之

意儿无关涉。与法律有所关联的，是表示“整治”义的用法，例如“命有司修法制（《吕氏春秋 · 孟秋》）”[7]，但它也并非“修改”之意。

下面根据《现代汉语词典》中所列条目对“修”与“改”分别做前语素构词的情况进行对比，表 18 中只列出动宾结构的双音节词。

表 18　辞书中的“修”与“改”的构词比较

	修	改
现代汉语词典（第 7 版）	修辞、修道、修函、修脚、修面、修身、修史、修书、修为、修仙、修宪、修行、修业（13）	改版、改产、改道、改点、改观、改过、改行、该刊、改口、改判、改期、改日、改容、改色、改天、改线、改型、改样、改元、改辙、改制、改嘴（22）

“修”尽管义项多，词义范围广泛，但构词能力并不强，且其作为前语素构成的双音节词多用于书面语。相反，“改”虽然义项较少，词义范围较小，但构词能力显然强于“修”。既然“改宪”一词古已有之，“改 -”类动宾结构的双音节复合词又明显地多于“修 -”（22：13），而且“改”与“修”一样，后面都可以与表示抽象义的语素组合成复合动词，那么为何“改宪”仍然被“修宪”取而代之呢？况且从表 17 可以看出，“修”本身并不直接表示“修改”之意。笔者认为，根本原因在于汉语词汇的双音节化。

众所周知，古代汉语词汇以单音节为主，现代汉语词汇以双音节为主。在现代汉语中，“修改宪法（双音节词 + 双音节词）”的高频出现，催生了“修宪”这一缩略形式。虽然“修宪”与“修改宪法”是等义关系，但“修宪”并非直接产生于“修 + 宪 = 修宪”这样的“单音节语素 + 单音节语素 = 双音节词”的构词方式，而是来源于“修改 + 宪法 = 修改→修 + 宪法→宪 = 修宪”这样的“双音节词 + 双音节词 = 双音节词→单音节语素 + 双音节词→单音节语素 = 双音节词”这样的缩略形式。而且，可以作为佐证的是，“A+B+C+D → AC”这种模式是缩略语中最为发达的模式，其例子不胜枚举。与“修宪”同属于动宾结构的缩略语有：

（57）“违反宪法”→“违宪” “减少产量”→“减产”
“提取现金”→“提现”

结构类型不同但同属于“A+B+C+D → AC”的缩略语有：

（58）“函授大学”→“函大” “军用列车”→“军列”
“公共厕所”→“公厕” “商业贷款”→“商贷”
“微型雕刻”→“微雕” “城市管理”→“城管”
“价格改革”→“价改” “平房改造”→“平改”
“屏幕保护”→“屏保” “全程陪同”→“全陪”
“测量绘制”→“测绘” “审查评定”→“审评”

虽然从前引辞书的释义中找不到“修”表示“修改”之意的根据，但是由于“修宪”的“修”是“修改”之省，那么在“修宪”这个缩略语中，“修”临时表示“修改”之意，似乎这样的解释也是说得通的。

4.2 日语中「改」与「修」的语义和构词比较

前文指出，日语中使用「改憲」一词，一般不采用「修憲」这种说法。对此有必要加以分析。首先对日语语文词典所收独立使用的和语他动词「改める」「修める」（与之对应的自动词从略）和作为构词语素使用的音读的「改」「修」的释义做一比较。

表 19 辞书中的「改」与「修」的语义比较

	「改（かい）」	「改める」	「修（しゅう）」	「修める」
新明解国語辞典（第七版）	新しいものに変える。あらためる。	①新しくする。②公認の（正しい）ものかどうかを調べる。	①飾り整える。②手を加えて、再び使えるようにする。③書物を作る。④儀式を行なう。⑤学んで、身につける。	自分を高めるための努力をすること。

	「改（かい）」	「改める」	「修（しゅう）」	「修める」
岩波国語辞典（第七版）	①前のものをやめて新しいものに変える。あらためる。前のものがすたって新しくなる。あらたまる。②検査する。点検する。あらためる。	今までと違った状態にする。㋐新しくする。古いものを新しいものと入れ替える。㋑新しい良いものにする。改善する。㋒堅苦しく儀式ばった態度を執る。	①かざりをつける。模様をつける。②精神をおさめととのえる。学問・技芸などを身につける。正しくととのえる。おさめる。③なおす。つくろう。④儀式を行う。⑤書物をつくる。編纂（へんさん）する。	㋐学問・技芸などを身につける。㋑行いを正しく整える。
明鏡国語辞典（第二版）	❶変える。あらためる。あらたまる。❷検査する。	❶古いものを新しいものに変える。新しく変える。❷悪い状態からよい状態に変える。よくする。改善する。❸服装や態度などをきちんとしたものに変える。威儀をただす。	❶ととのえる。なおす。正す。❷おさめる。学問・技芸を身につける。❸書物をつくる。	❶心や行いを正しくする。❷学問・技芸などを学んで、自分のものにする。修得する。

辞书不同，相同词条所设立的义项数目也不尽相同。和语词动词与音读语素之间义项的多寡未能表现出明显的倾向性。但是，音读语素「修」的义项明显地多于同为音读语素的「改」的义项，在这点上三种辞书是完全一致的。而且，「修」的义项多与文言、书面语有关，所以尽管「修」的词义范围广泛，但构词能力有限（详见表 20）。相反，由于「改」的词义范围较小，词义识别度高，所以其构词能力明显优于「修」（详见表 20），这点与汉语中的情况是一致的，应该说是受到汉语借词的影响所致。

表 20　辞书中的「改」与「修」的构词比较

	「改」	「修」
新明解国語辞典（第七版）	改印、改行、改憲、改元、改稿、改号、改作、改札、改宗、改称、改心、改姓、改組、改装、改題、改版、改名、改暦（18）	修学、修業、修好・修交、修史、修辞、修身、修道（7）
岩波国語辞典（第七版）	改印、改行、改憲、改元、改稿、改号、改作、改札、改宗、改称、改心、改姓、改組、改装、改題、改任、改版、改名、改暦（19）	修学、修業、修景、修好・修交、修史、修辞、修身、修道（8）
明鏡国語辞典（第二版）	改印、改行、改憲、改元、改稿、改作、改札、改宗、改称、改心、改姓、改組、改装、改題、改版、改名、改暦（17）	修学、修業、修好・修交、修史、修辞、修身、修道（7）

日语中之所以采用「改憲」这种说法而不使用「修憲」，笔者认为是以下几种原因所致：

① 「改憲」源自古代汉语，有据可循。
② 音读语素「改」语义清晰，识别度高。[8)]
③ 与（2）有关，音读语素「改」所构成的动宾结构的复合词几乎都与“改变”“改正”“修改”之意有关，那么表示“修改宪法”之意的「改憲」一词侧身其中也是情理之中的事情了。
④ 对于音读语素「修」，虽然『岩波国語辞典』的释义认定其有「なおす」之意，『明鏡国語辞典』也认定其有「なおす。正す」之意，但从表 20 也可以看出，以「修 -」为前语素构成的动宾结构的音读复合词中，没有一例是表示“改变”“改正”“修改”之意的。而且和语动词「修める」的意义也与“改变”“改正”“修改”之意毫无关联。从「改憲」可以直接推导出「憲法を改める」，进而可以推导出「憲法改正」，三者的语义是对等的。然而，从「修憲」很难推导出「憲法を修める」（从语料库 BCCWJ 检索不到「憲法を修める」的用例），因为「修める」不表示“改变”“改正”“修改”之意。换言之，虽然可以把「修憲」看作「憲法を修正する」

的等价物，但二者在语义上是存在着断层的。因此，可以说，较之「修憲」，「改憲」具有更强的语义明示性。

⑤ 尽管日语母语者可以像从「改憲」马上联想到「憲法改正」那样，也不难从「修憲」联想到「憲法修正」，但表 14 的数据表明，「憲法修正」的使用频率不及「憲法改正」的五分之一，这也就意味着在联想功能上「修憲」远不如「改憲」，因此，从理论上讲选用「修憲」的可能性要小得多。

另外，虽然从前引日语语文词典的释义也可以看出，音读的二字复合词「改憲」与四字复合词「憲法改正」属于等义词关系，为了方便起见，姑且将「改憲」看作「憲法改正」的一种省略说法也未尝不可，但还不能遽下断语认为前者是直接由后者缩略而成的。因为在日语中由“ABCD”→“CA”这种缩略模式构成的缩略语是鲜见的。因此，认为「改憲」是沿用了借自古代汉语的“改憲”一词的看法是比较合理的，『日本国語大辞典』也正是这样处理的。这里还要指出，「改憲」与「憲法改正」的结构也不相同，前者为“动+名”组合（动宾结构），后者为“名+动”组合（宾动结构）。

5. 结　语

汉日语言接触具有一定的特殊性，两种语言之间相互借词的历史长达 1 千余年之久，其中汉字起到了至关重要的作用。在古代主要是日语从汉语大量借词，而近代以降汉语开始从日语借词，并出现过两次高潮（彭広陸 2000、2013）。相互借词不仅导致日语与汉语之间存在大量的汉字同形词，而且由近义的语素构成的所谓「類素語」也不在少数，“修宪”——「改憲」即为其中一例。对汉日语的词汇进行对比研究时，这样的「類素語」同样不容忽视，而且它有时也与汉字同形词纠缠在一起，具有一定的复杂性。

本文的考察结果表明，现代汉语中使用“修宪”一词，但曾经使用过“改宪（改憲）”一词；现代日语使用的「改憲」一词源自古代汉语，虽然也有人使用「修憲」，但属于个别现象。汉语中的“修宪”“改宪”与日语中的「改憲」「修憲」之间的关系如下图所示：

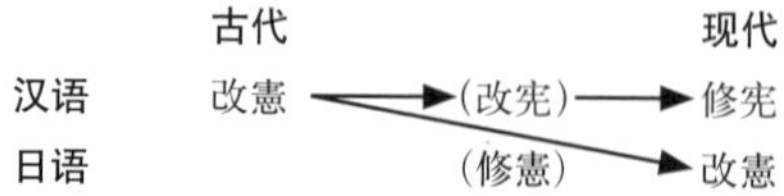

图 2　汉语“修宪”“改宪”与日语「改憲」「修憲」的关系

注释

1）根据该表的说明，“同一语料调查范围中词频数相同的为一个频级”，“词频”指“在一定数量的语料中同一个词语出现的频度，一般用词语的出现次数或覆盖率来表示。本规范（草案）指词语的出现次数”。(p.1)

2）“修宪”一词未被辞书所收录，可能有三种原因：一是该辞书的编纂者认为该词并非常用词，不值得收录；二是该辞书收词量有限，未能收录（与第一种原因不无关联）；三是编纂者失收。

3）详见 https://zhidao.baidu.com/question/84120221.html。

4）详见《汉语大字典》（第二版缩印本，崇文书局、四川辞书出版社）的“宪”字条目。

5）尽管在韩国语中通常不再使用汉字，但就其词源而言是来自古代汉语的“改憲”的。

6）该语料库所收语料的上限是 1971 年。

7）参见《古代汉语词典（大字本）》（商务印书馆，2005）的“修”字条目。

8）虽然『岩波国語辞典』和『明鏡国語辞典』视「改」为多义的语素，但其第二个义项「検査する（点検する、あらためる）」仅与「改札」这个孤例有关，似可忽略不计。『新明解国語辞典』将「改」视为表示单义的语素，并非没有道理。

参考文献

彭広陸（2006）「中国語の新語に見られる日本語語彙の受容」『対照言語学研究』第 10 号

彭広陸（1990）「略語の中日比較」『日本文学論集』第 14 号

彭広陸（2006）「中日語彙比較への一視点 —— いわゆる『類素語』を中心に」『日中言語対照研究論集』第 8 号、白帝社

彭広陸（2013）「中国語の新語に見られる日本語からの借用語」『日本語学』11 月号

融合型語彙的複合動詞の意味構造を考える
――そのメカニズムの記述を目指して――

張威・劉振

1. はじめに

日本語の複合動詞は、もっとも上位で分類すると、語彙的複合動詞と統語的複合動詞との2類に大別される（影山 1993）。そのうち、統語的複合動詞は生産性が高いため、それを中心に多角的に研究され、活発な議論が交わされているし、数々の成果が収められている。それに対して、語彙的複合動詞のほうは、比較的に進行が遅く、具体的にどのような組み合わせが存在し、どのような意味構成になっているかについては、研究が不足しており、検討の余地がまだ多く残っている。

張、苗 2015は、影山の提起した語彙的複合動詞と統語的複合動詞の2分法と先行研究の成果を受け継ぎ、語彙的複合動詞の前項動詞V1と後項動詞V2が結合する際の意味関係に基づき、下記の体系図を提起した。

そのうち、複合関係の場合は前項動詞と後項動詞の本来の意味が保っているので、意味分析は比較的容易であるのに対して、融合関係の場合は動詞の基本義から離れて、文字通りには分析できないということになっているため、理解と習得の上でもっとも難しい語群でもある。この融合関係を持つ語彙的複合動詞は融合型複合動詞ともいう。これまでは、この類型の複合動詞について触れた研究もみられるが、ほとんど分類と概念の提出のみにとどまり、その意味形成のメカニズムに対する深入りの研究はなされていない。

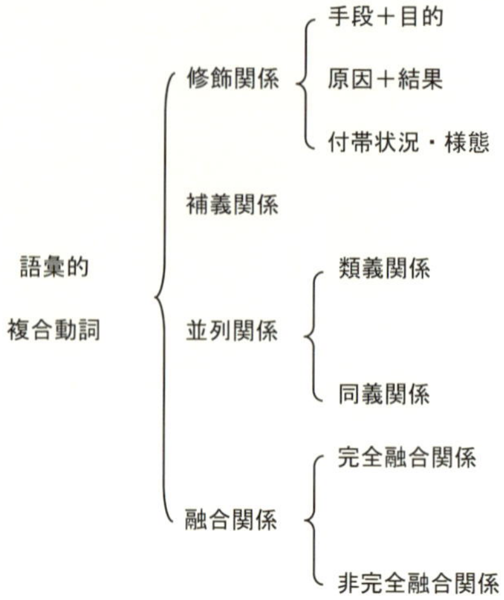

図１　語彙的複合動詞の体系

融合型複合動詞の意味変化は一見単純語の文法化また接辞化に似ているようだが、実はそれほど単純なことではない。むしろ融合型複合動詞における意味拡張の一つの現われとして理解されるべきであろう。融合型複合動詞の場合は、文法上では動詞としての機能はそのまま保持してはいるものの、実際には意味の側面で既に質的な変化が生じているのは否めない事実である。この現象は語彙内部の問題に相違なかろう。

一方、複合動詞の意味を考えるには、語構造と切り離すことができない。そして、語構造を明らかにするには、構成要素となる二つの動詞成分の意味をはっきりさせる必要がある。特にそれが構成要素として働く場合、本動詞として使用される際の意味用法と比べながら考察していくことは欠かせないであろう。

拙稿は、語彙論の視点から、そして認知意味論の理論方法に基づき、この一類の複合動詞が多様な意味を生み出す際の基本的な意味構造を考察し、そのメカニズムを明らかにした上で、それを記述する方式を試みることを目的とする。

2. 融合型複合動詞の変化パターン

語彙的複合動詞の意味構成については、主に下記の二点が課題になっている。

①語彙的複合動詞としての融合型複合動詞の意味構成には、一体どのような特徴がみられるか。つまり、一つの融合型複合動詞に多種の意味関係が存在する場合、その意味が決め付けられるのは前項動詞V1が働いた結果なのか、それとも後項動詞V2が働いた結果なのか、あるいは両方の動詞によって変化した結果なのかということである。

②その意味変化を生じさせるメカニズムは何なのか。

次に、上述の問題を意識しながら、語彙的複合動詞の意味構成について考察していく。

複合動詞は形式上、「V1（連用形）+V2」という共通の連鎖をもっており、二つの要素を結合させて複合形態にすることによって各々の要素の合算的意味を基本的には一語で表現するものと考えられる。しかし、その意味的側面を考え合わせると、複合動詞における前項と後項の性質と関係は必ずしも一様ではなく、複合動詞全体が持つ意味もその両項の意味の単純な組み合わせということですべてが説明できるというわけではない。

そこで、拙稿は、まず融合型複合動詞の意味変化のパターンを以下の三つの類型に分けておく。

(a)　前項変化型：打ち出す、乗り越えるなど

(b)　後項変化型：吹き飛ばす、落ち着くなど

(c)　前後項共同変化型：取り上げる、引き上げる、打ち上げるなど

2.1　前項変化型

語彙的複合動詞のうち、前項動詞V1の意味変化によって複合動詞全体の意味に影響が及ぼされるタイプのものを「前項変化型」とする。も

ともと複合動詞の前項であるV1が独立していたとき、動詞として実質的な意味を持っていた。それが複合動詞の構成要素になると、後項との複合化によってその基本義から他の意味を派生してくることがある。

例えば、「打ち出す」のV1「打つ」は複合動詞の前項動詞として使用されると、単純動詞として用いられたときの「ある物を他の物に瞬間的に強くあてる」(『広辞苑(第五版)』)動作を表すという実質的な意味を失い、接頭辞としての用法を持つようになる。その結果、「意味を強める」という機能が生まれてきた。それは「打ち出す」という複合動詞全体に影響を及ぼし、「目標を打ち出す」というように、後項の意味(もしくは複合動詞全体の意味)を強調することになる。

もう一つの例を挙げると、「乗り越える」は本来「塀を乗り越える」のように「何かの上に乗ってそれを越える」という具体的な意味を表す。その時、「塀の上に乗ってその塀を越える」というように、両動詞の意味が共に読み取れるのだが、それに対して、「先輩を乗り越えて出世する」という場合は、明らかに「先輩の上に乗る」のような言い方は成り立たない。それは前項動詞「乗る」がその形式化に伴い、実質的な意味が薄くなり、漂白化されてしまったと考えられる。その結果、「乗り越える」は「ある状態・水準などをこえる」という意味が派生してきたのである。

2.2　後項変化型

一方、語彙的複合動詞のうち、後項動詞V2の意味変化によってその複合動詞全体の意味に影響が及ぼされるタイプを「後項変化型」とする。例を挙げて説明すると、「吹き飛ばす」には二つの意味がある。一つは「吹いて飛ばす」という「吹く」と「飛ばす」の実質的意味が包括されているものであり、もう一つは「大言壮語して人を驚嘆させる」という「吹く」の意味(=「でまかせを言う」)だけが残っているものである。この場合、後項動詞である「飛ばす」は本来の実質的意味を失い、前接する動詞の表す動作を強めたり、勢い良くしたりする意を表すことになる。そうして、「飛ばす」の意味変化の力を借りて「吹き飛ばす」は多義的性質を持つようになった。

また、同様の後項変化型に属するものとして「落ち着く」が取り上げられる。「落ち着く」には以下の用法がある。

①東京に落ち着く / 教師に落ち着く

②騒ぎが落ち着く / 同じ結果に落ち着く / 落ち着かない表現 / 落ち着いて行動する / 落ち着いた柄の着物

まず、上の①と②からは前項動詞「落ちる」の意味がほとんど読み取れない。その違いは、後項の「つく」にあると考えられる。①では、後項動詞「着く」には何となく「何らかの場所への定着」を表すことがまだ含意されているのに対して、②の場合は、「着く」の意味の希薄化がさらに進んでおり、「落ち着く」全体が一語化して相当高度の緊密性を持っているのである。そのため、仮に①で挙げられた「落ち着く」のV2が「部分融合型」の語彙的複合動詞と言うならば、②で挙げられたそれはまさに「完全融合型」の語彙的複合動詞と呼ぶことがよかろう。

2.3　前後項共同変化型

複合動詞における意味変化の進行は単純ではない。多くの場合、前後項の共同作用で複合動詞全体の意味をより豊かなものにするタイプのものもある。拙稿では、これを「前後項共同変化型」とする。

例えば、「取り上げる」には、

a. 落し物を取り上げる

b. 部下の意見を取り上げる

c. 取り上げるほどのことでもない

という三つの用法がある。a は前・後項の基本義を加算して理解できるものである。b は V2 の「あげる」は「全体的上昇」の意味が抽象化して、「下位者に対する上位者の行為」という対人関係を表すものに変化している。この場合の V1「取る」は「ある場所から別の場所に対象を移し、場合によって操作・処理を与える」[1)] の意を読み取ることができる。それに続いて、cでは「取り上げる」全体は「問題として扱う」の意を表し、「取る」と「あげる」の意味がかなり希薄化されている。そこで、前項と後項が共同で変化を起こし、二者が融合して複合動詞としての新たな意味を作り出している。この「前後項共同変化型」の一類は、語彙的複合動詞において、もっとも高い比率を占めている。

3. 融合型複合動詞にみられる意味形成のメカニズム

籾山（2002：102）の指摘によると、意味の転用・拡張を生じさせる比喩の重要な下位分類としてメタファー、シネクドキー、メトニミーという三種の比喩が認められる。比喩によって生じた新しい意味が定着した場合に多義語が生じるということからすれば、必然的にこの三種の比喩が多義語の複数の意味を関連付ける重要なメカニズムであることになる。無論、複合動詞の多義性もこの三種の比喩が深く関わっているに違いない。「取り付ける」を例に説明すると、形態上は「取る」と「付ける」の結合による形式だが、意味の面では、前項動詞の「取る」には複数の意味があり、一方、後項動詞「付ける」もまったく同様で様々な意味を持っている。そして、両方とも複数の意味の中でひとつの基本義を持っている。「取る」と「付ける」が結合して複合動詞になった場合、出来上がった複合動詞も複数の意味を持つことはよくあるが、その中では必ず基本義がひとつあるということである。

前述のように、複合動詞には統語的複合動詞と語彙的複合動詞という二種類がある。前者が後者より規則性が高く、研究しやすいため、従来の研究では統語的複合動詞に注目が集まる傾向が多くみられた。近年、一部の研究者は語彙的複合動詞に目を向け始め、数々の研究成果を収めている。語彙的複合動詞を更に前項動詞と後項動詞の意味関係から、複合関係と融合関係の下位分類が分けられる。そして、複合関係の場合は前項動詞と後項動詞の本来の意味が保っているので、意味分析は比較的容易であるのに対して、融合関係の場合は動詞の基本義から離れていて、文字通りには分析できないというギャップが伺える。このような片方または双方の構成成分が基本義から遊離して融合的な意味関係を持つ語彙的複合動詞を拙稿では「融合型複合動詞」とし、それは融合の程度によって更に「非完全融合」と「完全融合」に分類する。

その意味形成のメカニズムに対する体系的な研究はなされていない。最近、認知意味論の目で日本語の多義語に対する意味分析が盛んになり、それは極めて通用性の高い理論であると証明されている。特に、メタファーやメトニミーの問題は一見したところ、文字通りの意と形式の体系からなる言葉の研究には、直接に関係しないようにみえるのだが、しかし、日常言語の中では、この種の現象を考慮しない限り、一般的な記述では説明不可能な現象が数多く存在する。融合型複合動詞におけるその融合的意味はその一種であろう。この融合的意味は一体どこに由来しているのか、融合型複合動詞にみられる意味形成の経路はどのようなものなのか、これらの問題は解明されなければならない。

次に、前項変化型、後項変化型、前後項共同変化型という三つの類型に基づき、語彙的複合動詞の具体例を分析していく。

3.1　前項変化型複合動詞の場合

既に論及したように、前項変化型複合動詞を一言で言うと、前項動詞の意味変化によって複合動詞全体の意味変化を導き出す融合型複合動詞である。この節では、「飲み込む」を具体例にし、認知意味論の分析方法を用いて、そのメカニズムについて探求してみる。具体的な方法としては、複合動詞を構成する前項動詞と後項動詞、また複合動詞全体の多義性についてそれぞれ分析し、その上、三者の照合関係を明らかにした結論を出すことにする。

なお、これから認知意味論の分析方法を用いて融合型複合動詞の多義性を分析する際、拙稿は、籾山の観点に従い、プロトタイプ的意味は意味①とし、その他の拡張義はそれぞれ意味②、意味③、意味④のように表記する。意味を説明する際に用いる用例は『広辞苑（第五版）』（岩波書店）や「Webデータに基づく複合動詞用例データベース」（国立国語研究所編)、検索エンジンGoogleを用いて検索したものを利用する。

「飲み込む」の場合は、まずその前項動詞である「飲む」について分析してみる。

3.1.1　V1の「飲む」について

複合動詞の多義性をみる前に、まず、「飲む」という本動詞における多種の意味を抽出して、認知意味論の分析方法を適用してみる。

「飲む」の意味を抽出するにあたって、基本的には『広辞苑（第五版)』（岩波書店)、『新明解国語辞典（第五版)』（三省堂）それに『デジカル大辞泉』（小学館）に登載している意味記述を主要な資料とする。辞書に載っている意味は時々古い用法も含めており、そのうえ意味間の関係を分析するには曖昧性が生じやすい。それらの問題を解決するために、最大限に辞書義を抽出し、その上で用例に基づいての分析を加えた。なお、拙稿でその他の語の意味分析を行う場合も同様の方法に従う。

意味①：液体を喉に流し込む。特に、酒を飲む。

「飲む」についての解釈は、日本語辞書の大部分は第一項目として「水を飲む」という意味が挙げられる。つまり「液体を喉に流し込む」という意味である。

(1)　澄んだ水を飲むことになったので、上機嫌である。(『寒山拾得』)

(2)　この時、小野川はもういい年であったが、気負いの面白い男でよく飲む。(『大菩薩峠』)

(1)（2）において、「飲む」のイメージは「人間の生理上の渇きを解決するために、自ら液体を喉へ流し込んで腹の中に入れる行為」によって形成される。そのうち「液体を口から喉へ流し込む行為」は最も中心的な位置を占めるため、意味①はその概念を含むプロトタイプ的意味である。

意味②：(固体を) 口に入れて噛まずに食道の方に送り込む。

(3)　スイカの種を飲んでしまう。(『スーパー大辞林』)

(4)　Aは到頭我慢が出来なくなって、もう一度薬を飲むことにした。(『花嫁の訂正－夫婦哲学－』)

意味②の「飲む」は「一定の体積のある固体物を噛まずに口から喉に飲み込んで腹の中に入れる」という意味拡張によって形成される概念である。意味①と比べると、両者の対象物は「液体」から「固体」に転換しているが、「噛まずに口から喉に飲み込んで腹の中に入れる」という意味では相共通している。つまり、意味②は意味①が部分転用して意味拡張し、派生したことになる。

意味③：吸い込む。吸う。

(5)　男は長椅子に掛けて、其処にある煙草を飲まうとして居た。(『午後』)

例 (5) における「飲む」の動作は、基本義の動作と異なるが、解剖的な視点から考察すると、「気体を鼻や口を通して体内へ引き入れる」などの類似性を認めることができる。意味③は対象の違いにより人体に取り入れる方法に相違点が生じる点において、固体物が対象語である場合と意味的変化のプロセスが同様であり、基本義を支えるプロトタイプの意味から部分転用したものと判断できよう。

意味④：大きくて強いものが弱いものを合併する。包み込まれる状態。

(6)　アトランチス大陸が、津波に飲まれてしまう。(『洪水大陸を呑む』)

(7)　人込みに飲まれる。(『広辞苑 (第五版)』)

(6) と (7) では、主語に立つのは明らかに人間ではなく、それぞれ「津波」のような自然現象と「人ごみ」のような客観的状態を表すものである。ただ、この場合の主語は人間ではないにも関わらず、まるで人間のように口を開けて対象物を自分の内側に引き込むようなイメージを持つ。これは基本義との間に類似性がみられるためだと考えられる。つまり、意味④はメタファーによる意味拡張である。

意味⑤：物を受け入れる。収容する。

(8)　五万の観衆を飲んだ国立競技場。(『スーパー大辞林』)

意味⑤の「飲む」は建物の容量に関わる特性を表現しているものであり、意味④からの継承であると考えられる。意志性を持たない施設を主語に立て、意志のある観衆を「受け入れる」ことを意味する。意味⑤は意味④におけるスペースの概念に力点を置き、建物の収容力という認識を生み出すに至った。

意味⑥：圧倒する。また、見くびる。

(9)　あいつは初めから相手を飲んでかかる。(『スーパー大辞林』)

(10)　会場の雰囲気に飲まれてしまう。(『スーパー大辞林』)

例（9）における「飲む」は「相手を勝つために、具体的な行動を実施する前に、高圧な態度で相手を怖がらせる行為」を表し、「見くびる」ということである。例（10）の「飲む」は、「会場のデザイン、客の規模などの要素が原因で、自ら心理的な圧迫感を感じること」によって形成される「圧倒する」という意味である。意味④と照らし合わせると、意味⑥は「対象物の存在する空間がみえない物質、つまり一種の空気（雰囲気など）によって覆いかぶさる」という点で意味特徴が共通している。ただ、意味⑥における主語はさらに無形の空気になり、それによって対象物に心理的に働きかけるという意味概念を表し、一層抽象化された表現であると考えられる。

意味⑦：こらえて表に出さない。

(11)　この場合、涙を飲んでストライキは思い止る方が諸君の為だ。
(『組合旗を折る』)

例（11）では、動作主は何らかの不愉快によって泣きたい気持ちになるが、出そうになる涙を無理にこらえて押しとどめた、という状況を表している。その時、「飲む」は「ある感情が表面化するのを無理にこらえて表には出さない」という意味を表すことになる。「涙を飲む」は一つの慣用語として、その全体は「悲しい気持ちを我慢する」という意味を表している。ここから判断すると、意味⑦はメタファーに基づいて基本義から拡張された意味となる。

意味⑧：受け入れる。

(12)「二つの条件を飲んでもらえたら（出馬を）考える」（朝日新聞 2009 年 7 月 2 日 17 時 20 分の記事）

(13) 清濁併せを飲む。（『広辞苑（第五版）』）

意味⑧の表す概念は「相手が出した条件または要求を受け入れる行為」という意味特徴によって形成された比喩的な意味を表す。相手の要求に応じるために、動作主本人には不満などのような気持ちがあっても、それを抑えて相手の意思に従うことから、意味⑦と類似性がある。「飲むことによって動作主に生じる情緒上の変化」の意味で共通する二者にはメタファー的意味拡張のプロセスが見いだせる。

以上、本動詞「飲む」に認知意味論の方法を適用して分析を試みた。その意味拡張の経路は下記の図 2 で示される。

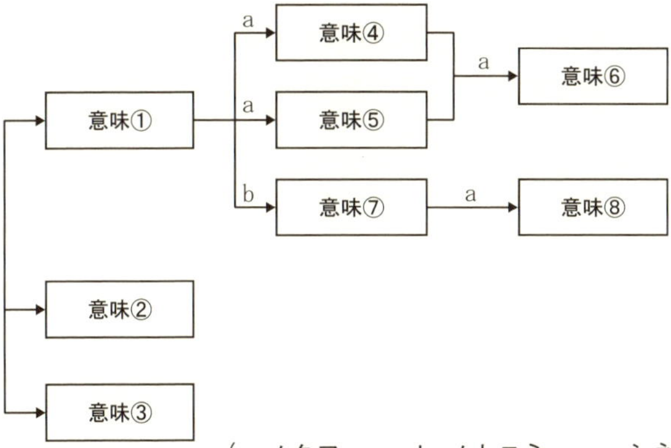

(a. メタファー　b. メトニミー　c. シネクドキー)

図 2　本動詞「飲む」でみられる意味拡張の仕組み

3.1.2　V2 の「込む」について

次に、「込む」という本動詞の意味解釈を見てみる。『広辞苑』（第五版）を調べてみると、「内部へ内部へと物事が入り組んで密度が高まる意」と書いている。さらにその下位分類として、意味①：物が多く入り合う。混雑する。

（14）込んだ電車。（『広辞苑（第五版）』）

（15）仕事が込んで手が離せない。（『広辞苑（第五版）』）

（14）は「その場所に人が限度（近く）まで入って、後から入る余地があまりなかったり思うような行動が取れなかったりする状態になる」というイメージを表している。（15）は「仕事が多くて忙しい」というイメージを表し、共通の意味を表している。

意味②：細密に渡る。複雑に入り組んでいる。ややこしい。

（16）手の込んだ芝居。（『広辞苑（第五版）』）

意味②では「込んでいる」のは物や事ではなく、技術や注意などのような抽象的なものである。これはメタファーによる形成である。

「込む」の意味拡張の経路は図で示すと、下記のようになる。

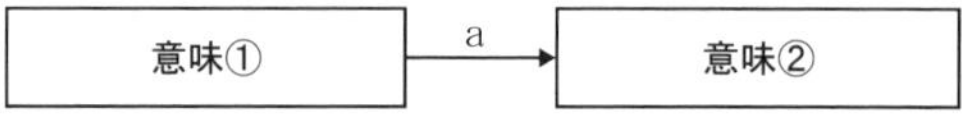

（a. メタファー　b. メトニミー　c. シネクドキー）

図３　本動詞「込む」でみられる意味拡張の仕組み

3.1.3 「飲み込む」の場合

これまででではまず「飲む」と「込む」が本動詞として使用される場合の多義的意味の拡張経路を分析してきた。次には、それと同様な分析方法を適用して、「飲み込む」という語彙的複合動詞における複数の意味を取り上げよう。筆者の調べたところでは、「飲み込む」は主に次の六つの意味を表している。

意味①：飲んで（噛まずに）喉の奥に入れる。嚥下する。

（17）唾を飲み込み、ほぼ正座に近い体勢で待ち構える。（Web データに基づく複合動詞用例データベース）

（18）確認方法：患者が薬を飲み込むのを医療従事者が見届け，それを記するのが基本的な方法である。（Web データに基づく複合動詞用例データベース）

意味②：大きい強いものが弱いものを合併する。包み込まれる状態。

(19) 大資本に飲み込まれる。(『広辞苑(第五版)』)

(20) 魔界の最深部で深い眠りについているが、覚醒した時には世界を一瞬で闇に飲み込む。(Web データに基づく複合動詞用例データベース)

意味③：建物の受容力。

(21) 約 5000 人を飲み込んだ円形ドームの会場は、道内や東北からのファンが押し寄せ「さいたま」に負けず劣らずの怒涛の歓声！(Web データに基づく複合動詞用例データベース)

意味④：よく理解する。

(22) 一瞬驚いて距離を取ってしまうが、状況を少し飲み込む事ができた。(Web データに基づく複合動詞用例データベース)

(22) 事態を飲み込んだ綾子は目を丸くした。(Web データに基づく複合動詞用例データベース)

意味⑤：こらえて外へ出さない。

(23) 暇なんだな、って出かけた言葉を飲み込んで、おれはのろのろとベットから立ち上がった。(Web データに基づく複合動詞用例データベース)

意味⑥：引き受ける。納得する。

(24) 人それぞれの人生を、そのまま飲み込むのが上野。(Web データに基づく複合動詞用例データベース)

上掲した諸用法のうち、意味①は最も基本的な意味であり、複合動詞の前項と後項の意味を簡単に重ねて導き出される意味である。そして、「人が口を開けて物を自分の腹の中に飲み込み、取り込んだ」というような人間の具体的動作が広い範囲で使用されており、この意味から「吸収する・収容する」というより一般的な概念(意味②と意味③)に抽象化していた。それはメタファーによって成立していることがわかる。意味④になると、「状況を飲み込む」という形で表すようになった。明らかにその時の述語はモノではなく、コトに転化している。この場合、単なる状況や事態を「嚥下する」だけでなく、自らその内容を知り図ろうとしているのである。意味④は意味①との類似関係に基づきメタファーによって形成していると判断できる。また、「事態を理解する」ことを前提に、動作主は「言わない」という決定をつけている。そこには動作主の感情という主観性が入っている。意味④との隣接性に基づき、「自分側に入ったことを認知して外へ出さないという動作を取る」ことを表す意味⑤が形成された。

もう一歩進むと、「コトの内容を理解する」だけに限らず、結果としてその意味が「コトの結果を引き受ける」にまで延伸して、意味⑥が形成される。一方、「飲むことによって動作主に生じる情緒上の変化」で共通点を持つ意味⑤と意味⑥はメタファー的意味拡張のプロセスを辿っていると推測できる。

「飲み込む」の意味拡張の経路を図式で示すと、図４のようになる。

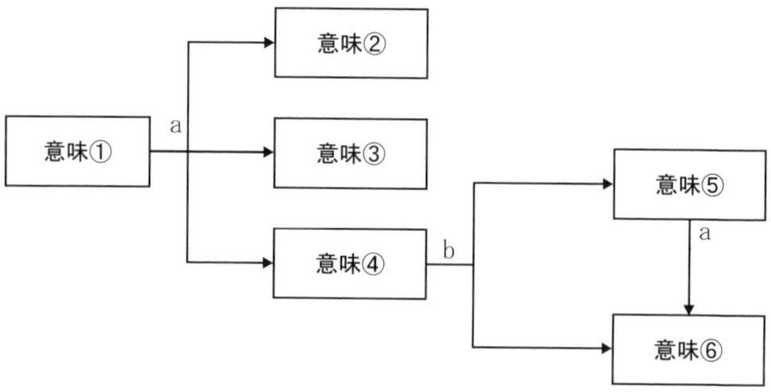

(a. メタファー　b. メトニミー　c. シネクドキー)

図４　複合動詞「飲み込む」でみられる意味拡張の仕組み

次に、まず前項変化型複合動詞の意味形成のメカニズムについて考えてみよう。

3.1 では「飲み込む」を例に、複合動詞全体またはそれを構成する前項動詞（V1）と後項動詞（V2）の意味構造についてそれぞれ分析していた。では、前項変化型複合動詞の意味拡張の中で、V1 と V2 はそれそれどのような役割を果たしているのかを、再び「飲み込む」の例を引いて説明する。

複合動詞「飲み込む」の意味拡張と単純動詞「飲む」、「込む」の意味拡張との照応関係は下記の表で示される。

表 1 「飲み込む」と「飲む」「込む」との対応関係

「飲み込む」	「飲む」	「込む」
意味①	意味①、②、③	/
意味②	意味④	/
意味③	意味⑤	/
意味④	/	/
意味⑤	意味⑦	/
意味⑥	意味⑧	/

上記の表 1 と前掲した図 1、2、3 を合わせて考えてみると、以下の結論がまとめられる。

第一に、「飲み込む」の意味の多義性は前項動詞である「飲む」の意味拡張が形式面の複合化によって複合動詞の内部に持ち込んだ結果であると考えられる。しかも、複合動詞全体の意味は、前項動詞の意味変化とはほぼ同時に形成される。それは「込む」に同様な役割を持っていないというわけではない。ただ前項動詞と後項動詞の影響を与える度合を比較すると、明らかに前項動詞 V1 のほうが複合動詞全体の意味拡張で主な役割を果たしているのみに過ぎない。このように、融合型複合動詞の融合的意味が形成するメカニズムにおいて、前項動詞 V1 が重要な位置を占める場合、それは「前項変化型複合動詞」として位置づけられる。

第二に、複合動詞の後項動詞 V2 の「‐こむ」の表す意味は明らかに単純動詞としての「こむ」と異なっている。「こむ」は後項動詞 V2 になってはじめて「移動」の意味を含意するようになる。その移動は「外から内へ」という具体的な移動もあれば、「ある状態から他の状態への変化」という抽象的な移動もある。つまり、もともと本動詞「こむ」には方向性が含まれていなかった。後項動詞「-こむ」の意味は本動詞「こむ」の意味から比喩によって拡張されたものではなく、融合という動機付けによってはじめて移動という意味の特性を持たされ、後項動詞独自の意味特徴を持つようになったと解釈することができる。

3.2　後項変化型複合動詞の場合

3.2.1　「取る」の場合

どの辞書を引いても「取る」に関する意味の説明は複数のものであり、複雑な意味解釈を呈している。その中では、『大辞泉』、『新明解国語辞典（第五版）』、『広辞苑（第五版）』では、「取る」という見出し語の項目において、一番先頭にある意味解釈はそれぞれ、「手の中におさめる。」「手に持つ」、「必要のあるものを元の場所から移動して、一時自分の手の中に収める」、「手に握りもつ」である。以上の諸解釈のポイントを合わせて「取る」のプロトタイプ的意味を仮定すると、「対象を元あった場所から自分の手の中に移動させる」となる。この意味はさらに次に挙げる二つの要素に分けられる。それは「対象を元あった場所からなくすこと」と「対象を手中に移すこと」ということである。この二つはいずれも「取る」の基本義と位置づけられる。

意味①：a. 対象を元あった場所からなくす。
　　　　b. 対象を手中に移す。

(25) 長髪・眼鏡のオタク青年だが、眼鏡を取ると女性のような可愛らしい顔立ちをしている。(Web データに基づく複合動詞用例データベース)

(26) 俺も前は室内で「帽子を取らないなんてマナーがなってねーな」なんて思ってた事があったけど…（Web データに基づく複合動詞用例データベース)

(27) 彼女は、テーブル上の邪魔な花瓶を取った。(Web データに基づく複合動詞用例データベース)

(28) 若き池田 SGI 会長は、60 年前、終戦から間もない頃に、神田の一書店で詩集『草の葉』を手に取った。(Web データに基づく複合動詞用例データベース)

本動詞「取る」では、まず意味①aが先に拡張され、以下のような意味を生み出す。

意味②：(痛みや熱などの抽象物を) 除去する。

(29) 長く乗船してる人に聞きたいのですが、どうやって疲れを取ってますか？ (Web データに基づく複合動詞用例データベース)

(30) 少しでも痛みを取る方法はないでしょうか？ (Web データに基づく複合動詞用例データベース)

意味③：(多くの中で) 選んで決める。採用したり選択したりする。

(31) FA 取得 2 年前になった選手を取るだけで世界一には簡単になれる。(Web データに基づく複合動詞用例データベース)

(32) いずれにしても現実的な路線を取るビジネスが実際の利益につながると思います。(Web データに基づく複合動詞用例データベース)

意味③では、動作の対象は「汚れ」や「花瓶」といった具体的な物ではなく、抽象的な感情になってしまう。これはメタファーが働いた結果である。そして、「選び出す」ために、「多くのものの中で必要ではない部分は取り除き、残る一部を選出する」という過程が含んでいる。つまり、意味③と意味①aとの間に隣接関係が認められているので、メトニミーによる拡張である。

意味④：消費する。占用する。

(33) 読んだ後、感想を述べ合ったり、意見を発表するという時間を取る場合もある。(Web データに基づく複合動詞用例データベース)

(34) 思っていたより、場所を取るので机上で使うのをあきらめて箸入れとして使っています。(Web データに基づく複合動詞

用例データベース）

消費や占用とは「金・時間・スペースをなくすこと」から転用した意味であり、つまり、同様に意味① a の抽象的な用法であると判断できる。

そして、意味① b は以下のような意味に拡張する。

意味⑤：捕まえる。捉える。捕獲する。

（35）猫がネズミを取る。（『広辞苑（第五版）』）

意味⑥：収穫する。採集する。

（36）山菜を取る。（『広辞苑（第五版）』）

意味⑤と意味⑥は獲得方法の一つとして、意味① b と「一般と特殊」の関係をなしている。いわゆるシネクドキーの作用によるものである。

意味⑦：（いろいろな方法で）手に入れる。我がものとする。（主動的に）

（37）免許を取りに行こう。（Web データに基づく複合動詞用例データベース）

（38）熱心な方では、保育士の仕事を休職して看護師の資格まで取る人もいます。（Web データに基づく複合動詞用例データベース）

意味⑧：身に負い持つ（受動的に）

（39）破損事故が起こっても、責任を取る人間がいない。（Web データに基づく複合動詞用例データベース）

（40）年をとったから、集中力と好奇心が衰えたと思うのか。（Web データに基づく複合動詞用例データベース）

「対象を手中に移すこと」の結果として、「自分のものになる」という意味が自然に生まれてくる。その結果、自分が努力して獲得したいというような「動作主体の主観性」を強調するもの（意味⑦）もあれば、自分の意思でないが、受けるより仕方がないというような「動作結果の客観性」を強調するもの（意味⑧）もある。いずれも意味① b の対象が抽象化した結果に他ならない。

意味⑨：操作・処理する。手で扱う。

（41）土地改良丸が「疾風怒涛」の今年を乗り切るためには、乗組員一丸となり、風を読み、進路を探り、舵を取ることが要求されます。（Web データに基づく複合動詞用例データベース）

（41）の意味は「手に入った」後の動作に注目し、入手後何もせずということではなく、いろいろな処理や操作をするのである。これは意味①b と時間上の隣接関係を持っているため、メトニミーに基づき生じた意味である。

意味⑩：その手で運用する。

（42）政権を取ったら党内で与党としてのおいしさを味わいたいという人々が策略を始めた。（Web データに基づく複合動詞用例データベース）

（43）事務所の力で仕事を取り、超売れっ子になった。（Web データに基づく複合動詞用例データベース）

（42）と（43）における対象は具体的なものではなく、「権力や仕事」のような抽象物になっており、意味⑨が一層抽象化することによって形成された意味と説明される。

意味⑪：物事の内容を計り知る。

（44）情緒不安定で攻撃的で夫の機嫌を取るため、まわりを振り回しても平気…という感じです。（Web データに基づく複合動詞用例データベース）

（45）人の助言を悪意に取る。（『広辞苑（第五版）』）

（46）文字通りに取る。（『広辞苑（第五版）』）

（44）～（46）は「受ける側が情報を受けた後、自分がいろいろな処理を加え、その操作によって内容を理解する」という意味概念を表す。意味⑨がメタファーとメトニミーの総合的作用の下で拡張された意味と考えられる。

それで、本動詞「取る」の意味拡張の仕組みは、以下の図にまとめられる。

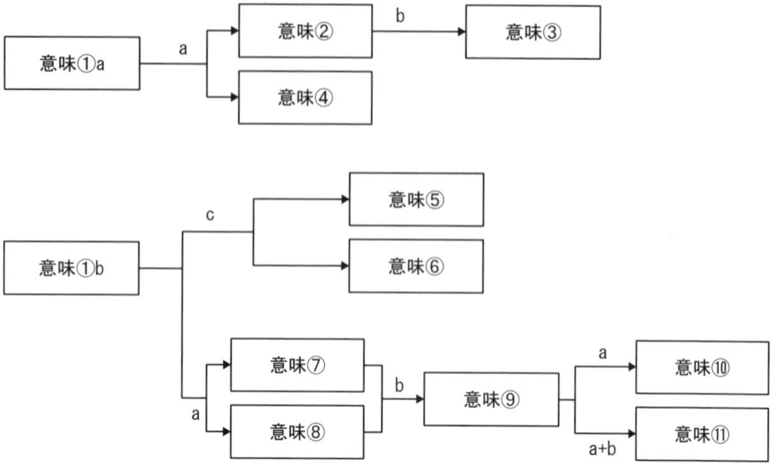

(a. メタファー　b. メトニミー　c. シネクドキー)

図５　本動詞「取る」でみられる意味拡張の仕組み

3.2.2 「付ける」の場合

本節では、本動詞「付ける」を八つの意味に分けて考察する。まず、分析結果であるそれぞれの意味を示した上で、例を挙げて分析していく。

意味①：ある物を他の物と接触する。付着する。

(47) 窓ガラスに顔を付ける。(『デジカル大辞泉』)

(48) 紙に糊をつける。(『デジカル大辞泉』)

(49) 服に名札を付ける。(『デジカル大辞泉』)

(50) 部屋にエアコンをつける。(『デジカル大辞泉』)

意味②：付着結果が残る状態。

(51) 机に傷をつける。(『デジカル大辞泉』)

(52) 日記をつける。(『デジカル大辞泉』)

意味①の表す「ある物が他のものと接触し、結果を生じる」に対して、意味②は「結果として残る」という部分に焦点を置く。「ナイフが机と接触し、その結果、傷が机の表面に残った」。それは基本義である意味①と隣接するので、メトニミーによる拡張である。

意味③：感知する。把握する。

(53) 目に付ける。(『広辞苑（第五版)』)

(54) 身に付ける。(『広辞苑（第五版)』)

意味④：働かす。

(55) ガスを付ける。(『広辞苑（第五版)』)

(56) 火をつける。(『広辞苑（第五版)』)

(53)～(56) は具体的な接触の後、何らかの続きがあるという含みを意味している。例えば、(53) では目の前の風景は目と接触することがメインであるが、それはそれで終わるわけではない。人間がその接触を感知することによって、その風景は視覚に認知されるのである。また、(55) では、「ガスを付ける」というのは、まず手とスイッチとが接触する。意味はその接触のみではとどまらない。スイッチに手を触れることによってスイッチがOFからONの状態に変化する。その結果、ガスが出てくる。このように分析していくと、これは (53) と同様で隣接関係による意味拡張であることが分かる。(56) と (57) も同じ方法で分析することができるので、詳細な記述はここでは省くとする。

それに引き続き、具体的な接触から、さらに抽象的な接触まで拡張していくと、以下のような意味を生み出した。

意味⑤：他に誂える。

(57) やっぱ、学歴ある大人は、古風な名前を子供に付ける人多いと思うよ。(Webデータに基づく複合動詞用例データベース)

(58) 工事遅延にもっともらしい理由を付けるためにでっち上げたにしては手が込み過ぎており、真実と考えて間違いありません。(Webデータに基づく複合動詞用例データベース)

(59) でも審判は可愛い娘よりブスにいい点数を付ける傾向がある。(Webデータに基づく複合動詞用例データベース)

(60) だから、今回あなたに全額返金保証を付けることにしました。(Webデータに基づく複合動詞用例データベース)

(57)～(60) で使われている「つける」は、それぞれ「命名する」、「言い訳をする」、「採点する」、「付加する」を意味しているが、いずれも抽象的な接触から延伸した意味であるから、「他にあつらえる」という意で統括される。

意味⑥：実現させる。

(61) 最終回では、全てに決着を付ける決意をしたデロリンマンは、オロカメンとの最後の対決に臨む。(Web データに基づく複合動詞用例データベース)

(62) 自信をつける為、コミュ力を磨くために、いろんなことをやって来ました。(Web データに基づく複合動詞用例データベース)

(61) (62) における「付ける」は抽象的な接触によって生じた結果に注目し、「決意に至らせる」や「自信を得る」という意味が拡張され、意味⑤と隣接関係を持っている。

また、意味拡張がさらに進行すると、意味②から「付けるようにみえる」という状態を描く意味との類似関係から、意味⑦と意味⑧が形成された。

意味⑦：ある物を他の物の後に従わせる。

(63) 調停員の方を味方に付けましたね。(Web データに基づく複合動詞用例データベース)

意味⑧：生み出す。現れる。

(64) 植えた果樹は大きく育ち、実を付けるようになりました。(Web データに基づく複合動詞用例データベース)

(65) 体脂肪を減らすには、筋肉を付けること、有酸素運動を行うことです。(Web データに基づく複合動詞用例データベース)

意味⑦について見てみると、(63) は、調停員を自分側に従わせることは「自分の後に付ける」ようなイメージから派生された意味である。これと同様で、意味⑧では、「実る」ということは植物の成長する複雑な仕組みの中に位置づけられるひとつの現象であり、果物の実が単純に木に付くようになったというわけではない。でも、「実を吊している様子」は「木に付けるような様子」に類似するところがあるから、比喩によって「つける」が使用されるようになったにほかならない。

以上の分析に基づき、本動詞「つける」の意味拡張を下記の図6にまとめる。

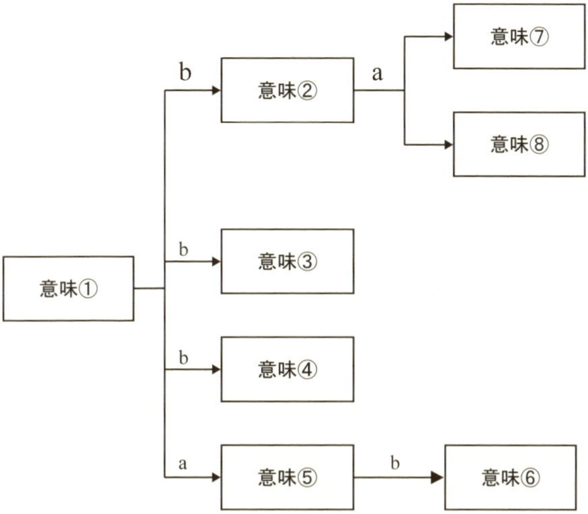

(a. メタファー　b. メトニミー　c. シネクドキー)

図6　本動詞「付ける」でみられる意味拡張の仕組み

3.2.3 「取り付ける」の場合

前節では、本動詞「取る」と本動詞「付ける」を分けて、それぞれの意味拡張の仕組みについて考察を加えてきた。次に複合動詞「取り付ける」を対象に、考察を進めていく。

筆者の調べによれば、「取り付ける」の多義的性格は以下のように現れていることが明らかになった。

意味①：機器などを一定の場所に設置したり他の物に装置したりする。

(66) その装置は、爆薬と起爆装置を表面に取り付けるためのもの

であった。(Web データに基づく複合動詞用例データベース)

(67) 第二章は、細かい部品を船首甲板に取り付ける作業です。(Web データに基づく複合動詞用例データベース)

意味②：対象への密着。離れない状態。

(68) 吸音ボード＆遮音シートを壁に取り付ける。(Web データに基づく複合動詞用例データベース)

意味③：約束事や了解などを成立させる。自分の方に引き寄せて獲得する。

(69) デートの約束をどう取り付ける？ (Web データに基づく複合動詞用例データベース)

意味④：常に一定の店から買い求める。

(70) 取り付けた店で買う。(『広辞苑（第五版）』)

複合動詞「取り付ける」の意味拡張の仕組みをより明確に提示するために、考察に入る前に、まず「取り付ける」全体の表す意味と前項動詞 V1、後項動詞 V2 がそれぞれ表している意味との対応関係について表 2 を用いて整理しておく。

表 2 「取り付ける」と V1、V2 の対応関係

「取り付ける」の意味	「取る」の意味	「付ける」の意味
意味①	意味①	意味①
意味②	/	意味②
意味③	意味⑦	意味⑥
意味④	/	統語的意味

3.1.3 で考察した「飲み込む」ほど明確ではないにしても、「取り付ける」の意味拡張で貢献しているのは主に後項動詞「付ける」の方であろう。何故かというと、「取り付ける」の意味拡張の過程で、意味①と意味③の時「取る」と「付ける」の本動詞の意味と対応しているが、意味②と意味④になると、「取る」の意味は殆ど読み取れなくなった。その際、「取る」が接頭辞化してしまい、「付ける」の本義が最も強く生きて

いる時である。それは形態上の複合によって「取り付ける」は新しい意味特徴を持つようになるのである。しかし、意味④における「取り付ける」は統語的複合動詞の範疇に入るものなので、拙稿の研究対象ではないが、ここの目的は単なる後項動詞の役割を証明するということである。

それで、「取り付ける」の意味拡張は図示すると、下記の通りである。

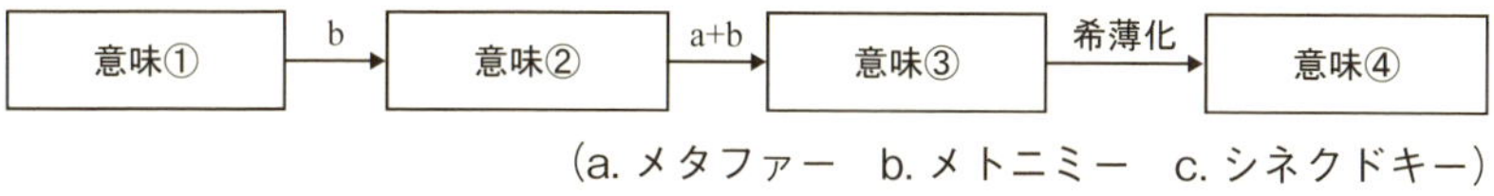

図７　複合動詞「取り付ける」に関する意味拡張図

このように、融合型複合動詞の融合的意味が形成するメカニズムにおいて後項動詞が重要な位置を占める場合、この一類を「後項変化型複合動詞」と名付ける。

3.3　前後項共同変化型複合動詞の場合

3.1 と 3.2 では、前項変化型と後項変化型の融合型複合動詞の意味形成の仕組みについて具体例を引いて分析してきた。それが、前後項共同変化型の複合動詞の場合はどうだろうか。次に同様な分析方法にしたがって、「くっつく」を例に前後項共同変化型の複合動詞の考察を行うこととする。

「くっつく」は「食いつく」の前項動詞「くう」が促音化して変型した形である。つまり、もともとこの語は「食いつく」の形で用いられていたが、言語使用の過程においていつの間にか人間の言語習慣によって形態上の変化が発生した。その結果、「くっつく」が産出され、「食いつく」の意味表示を肩代わりするようになった。そのため、「くっつく」の意味拡張の仕組みを明らかにするには、「食いつく」を起点として分析していかねばならない。

3.3.1 「食う」の場合

まず、本動詞「食う」のプロトタイプ的意味を確定する。それを意味①とする。

意味①：生命を維持するために、必要な食物をとる。食べる。

(71) 飲まず食わずで作っても注文に応じきれない。(『広辞苑（第五版)』)

(72) 飯をうまそうに食う点では最強のペットかも知れない。(Webデータに基づく複合動詞用例データベース)

(71) と (72) はいずれも「生命体が生理機能を維持するという欲求を満足させるために、自ら対象の食物を口に入れ、噛んで飲み込む」というイメージを表す。この意味特徴の中で「植物を口に入れ、噛んて飲み込む行為」の部分が中心的な核をなす概念を含んでいるプロトタイプである。

次に、意味①によって拡張した語義について分析する。

意味②：一度くわえたものを放さないようにする。

(73) 魚がしっかりエサを食うまで合わせを遅らせ、もう十分と思えた瞬間にあわせを入れる。(Web データに基づく複合動詞用例データベース)

(73) では、「食う」は「食物を口に入れた」と時間上の隣接性がある「口の外へ出さない」という状態に重点を置き、意味①からのメトニミーに基づく意味拡張である。

意味③：噛み付く。

(74) 蚊に食われる。(『広辞苑（第五版)』)

意味③の「食う」では、食物あるいはその他の物を口に入れて放さない時、「動作の主体であるものと対象物の間に隙がなくしっかりとつく」という意味特徴が生じる。これもメトニミーに基づく意味拡張である。

意味④：生活する。暮らしを立てる。

(75) 戦後、国民が食うに精一杯だったあの頃…（Web データに基づく複合動詞用例データベース)

（76）親子四人が食うに困る。（『広辞苑（第五版）』）

「食う」という動作の最も基本的な目的は「生存し続ける」であることは言うまでもない。この概念は生理的な領域から「生活する」という抽象的な領域に拡張した。それはさらに抽象して生活状態に達することができる。生活状態としては良し悪しがあるため、それで「食う」は、「一般から特殊へ」の関係によって意味⑤と意味⑧を派生した。

意味⑤：相手を負かす。相手を圧倒する。

（77）優勝候補のA校を食う。（『広辞苑（第五版）』）

（78）続木さんの演奏は好評で主役を食う勢いで圧巻でした。（Webデータに基づく複合動詞用例データベース）

人は良い生活状態を得る、あるいは資源や利益などを獲得するためには、競争は避けられない。相手を負かすために、金銭や地位などを手に入れることになる。このように、意味⑤は「良い生活状態」になるための手段を表すものでもある。

意味⑥：獲得。他の領分を侵す。

（79）相手の縄張りを食う。（『広辞苑（第五版）』）

（80）その分帯域を食ってCPU–メモリ間に使える実効帯域が減ってしまう。（Webデータに基づく複合動詞用例データベース）

既に言及した意味⑤と関連して、「良い生活の象徴あるいは相手に勝つ結果として、何かを獲得した」という意味が形成される。この場合、「他の領分を侵す」の意を表すことが多い。

意味⑦：相手を小馬鹿にして存在を認めない。

（81）A.H.先生は典型的な人を食うタイプです。（Webデータに基づく複合動詞用例データベース）

人は他人に勝つ時、心理的に自慢するような気持ちを生じやすい。その結果として「他人を見くびる」という表現が現れてくる。つまり、意味⑦も意味⑤と隣接性があって、メトニミーによって形成された意味である。

意味⑧：（好ましくないことを）身に受ける。被る。

（82）巻き添えを食うことはあるかもしれないからね。（Web データに基づく複合動詞用例データベース）

（83）それでとばっちりを食うのは訓練生ですよ。（Web データに基づく複合動詞用例データベース）

意味⑤～意味⑦はよい生活状態に関する表現であるに対して、意味⑧は悪い生活状態に関する意味表現である。その拡張の仕組みは意味④と同様であるが、意味⑤はシネクドキーとメタファーの両方に基づき拡張した意味と考えられる。

意味⑨：金・時間などを消費する。費やす。

（84）そっちは車前提で電気とガソリンを食うシステムだけど…（Web データに基づく複合動詞用例データベース）

（85）SNS は時間とエネルギーを大量に食う。（Web データに基づく複合動詞用例データベース）

食物をとると、必然的に大量の資源を消耗する。その意味概念が抽象化して、「食べ物を食べるように金や時間などを消費・消耗」という意味が形成する。これはメタファーによって意味①から派生されたもうひとつの拡張である。

意味⑩：（「年を食う」の形で）かなりの年齢になる。

（86）知らぬ間に年を食ってしまったものだ。（Web データに基づく複合動詞用例データベース）

時間を消費した結果、人は年齢の増長が導き出されることが当然である。これはシネクドキーとメトニミーの結合作用で意味⑨から拡張されたものと言えよう。

これまで考察してきた本動詞「食う」の複数の意味を整理すると、下記の図 8 で示す通りになる。

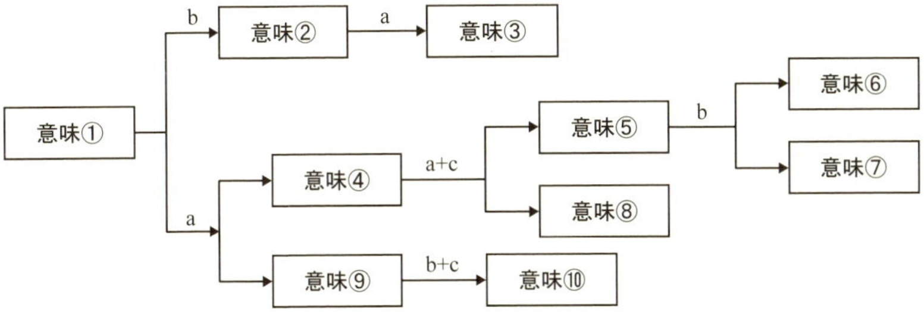

(a. メタファー　b. メトニミー　c. シネクドキー)

図８　本動詞「食う」に関する意味拡張の仕組み

3.3.2 「付く」の場合

まず、具体例を通して、「つく」という本動詞の意味拡張を見てみよう。

(87) 水垢が鍋に付いている。(『デジカル大辞泉』)

(88) 看護婦が患者に付いている。(『デジカル大辞泉』)

(89) 君の話で、自信がつきましたよ。(『デジカル大辞泉』)

(90) 一連の騒動に決着が付きました。(『デジカル大辞泉』)

(87)～(90) で分かるように、「つく」の意味は大別すると次の四つが認定できる。その各々の意味が拡張して、「つく」という本動詞の意味ネットワークを構成している。

次は、その意味ネットワークについて、詳しく分析を加えていく。

意味①：物と物の接触。付着する。

(91) 苔が舌につく。(『デジカル大辞泉』)

(92) シールが商品につく。(『デジカル大辞泉』)

(93) 口紅がグラスに付く。(『デジカル大辞泉』)

(94) 泥が靴に付く。(『デジカル大辞泉』)

拙稿では、意味①が「付く」の基本義であると考える。認知の角度からみれば、人の認識は具体的な事物から始まるとされている。(91)～(94) はいずれもある具体物が他の具体物の表面に付着するという意味である。これはプロトタイプであり、他の意味はみな意味①からの拡張することになる。

意味②：浸透する状態。二つの物が離れない状態になる。

(95) 匂いが付く。(『デジカル大辞泉』)

(96) 色が紙に付く。(『デジカル大辞泉』)

(97) インクがノートに付く。(『デジカル大辞泉』)

(98) シミが顔に付く。(『デジカル大辞泉』)

(95)〜(98) はみな意味②の用例である。そのうち、(97) では、インクがノートに付着するのみにとどまらず、紙の繊維に浸透するわけである。それによって二者は離れない状態になっていることを意味している。一方、(98) の「シミが顔に付く」の例については、厳密に言えば、シミが出る原因は物と物との付着ではないことは言うまでもないが、人の認知が働いて、「顔にシミが出る」という現象は「(顔にシミが) 付く」によっても表せることを意味している。この場合、働いている人間の認知は、シミを元来顔に存在しないもの、または外来のものとして処理しているのである。

意味③：感知する。把握する。

(99) 目に付く。(『デジカル大辞泉』)

(100)耳に付く。(『デジカル大辞泉』)

(101)身につく。(『デジカル大辞泉』)

(99) と (101) において、付着の主語は外界に存在する物体であり、付着点は人の目や耳である。この場合、外界の物体は直接に目や耳に付着するのではなく、それが外来の情報として「付着」するのである。そして、目と耳が感知器官であるため、最終的には視覚や聴覚の領域に入ることになる。これによって、付着のイメージは抽象化して、隣接関係に基づき、「感知する」意味が生じるのである。これと同様な方法で (101) を解釈することができるので、分析のプロセスはここでは省略することとする。

意味④：物理的接近。

(102)川についで行く。(『デジカル大辞泉』)

(103)父の散歩についていく。(『デジカル大辞泉』)

意味⑤：心理的接近。他の物の後に従い続く。

(104)強い方に付く。(『デジカル大辞泉』)

(105)当局側に付く。(『広辞苑（第五版)』)

(106)先生に付く。(『広辞苑（第五版)』)

(107)理解はできましたが、気持ちがついていないんです。

接近義は付着義から拡張したものである。この場合、二つのものはぴったりと付いて、離れない状態になることではないが、両者の距離が極めて接近していることを強調しているのである。その意味概念はさらに細分すると、意味④と意味⑤に分けられる。そして意味⑤はより抽象的であることは容易に見て取ることができよう。

意味⑥：生み出す。現れる。

(108)実が付く。(『デジカル大辞泉』)

(109)筋肉が付く。(『デジカル大辞泉』)

(108)、(109)における「産出義」は、意味①からメトニミーによって形成されたものと考えられる。なぜかというと、あるものが他のものに付着する時、そのものには必然的に新しいものを獲得するという結果が出る。つまり、意味⑥と意味①は隣接関係を持っている、ということである。

意味⑦：獲得する。得る。

(110)利息が付く。(『デジカル大辞泉』)

(111)名前が付く。(『デジカル大辞泉』)

意味⑥において、対象はみな具象物であるが、意味⑦の場合になるといずれも抽象物に変化した。両者には共通点が有り、ここではメタファーの働きが意味拡張の動機づけになっている。

意味⑧：感覚や力などが働き出す。

(112)自信が付く。(『デジカル大辞泉』)

(113) 元気が付く。(『デジカル大辞泉』)

意味⑧は意味⑦がもう一歩抽象化して、精神状態へと転換した結果によるものである。

意味⑨：実現する。

(114) 決着が付く。(『デジカル大辞泉』)

(115) 話が付く。(『広辞苑（第五版)』)

(116) 解答が付く。(『デジカル大辞泉』)

(117) 結果が付く。(『広辞苑（第五版)』)

(114)～(117) はいずれも、情況が進展して、ある結果が実現する、ということを意味している。このプロセスでは、「もともと存在しない結果を獲得する」と認知した。したがって、意味⑨も意味⑦からの拡張義であると判断できる。

以上、本動詞「付く」の意味構造を検討してきた。それをまとめると、下記の図になる。

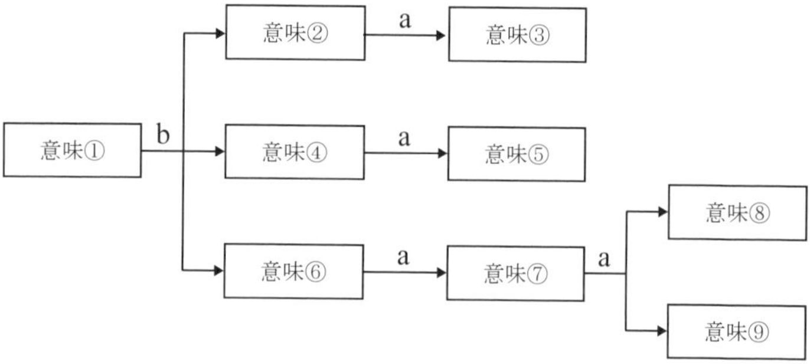

(a. メタファー　b. メトニミー　c. シネクドキー)

図９　本動詞「付く」でみられる意味拡張の仕組み

3.3.3 「くっつく」の場合[2]

最後には複合動詞「くっつく」を対象に、その意味構造の仕組みを分析してみよう。「Web データに基づく複合動詞用例データベース」における用例または辞書の解釈をあわせてまとめると、「くいつく」は主に以下の五つの意味がある。

意味①：動物の歯と獲物との接触。

(118) スッポンに食い付かれると、とても痛いそうだ。(Web データに基づく複合動詞用例データベース)

意味②：噛み付く。口に入ったものを放さないようにする。

(119) 魚が餌に食いつく。(Web データに基づく複合動詞用例データベース)

意味③：付着・接着。

(120) 靴底にガムがくっついた。(Web データに基づく複合動詞用例データベース)

(121) 骨にくっつく人工関節。(『広辞苑（第五版)』)

意味④：ある組織・集団に属する。付き従う。

(122) 強い方にくっつく。(『広辞苑（第五版)』)

意味①においては、スッポンが歯で人の体の一部を噛みつくと、歯と人の身体が接触するようになると解釈でき、「食いつく」は前項動詞「食う」と後項動詞「付く」が本動詞であった時の基本的な意味を受け継いでいると思われる。一方、意味②においては、噛むという動作の結果として、獲物の全体あるいは一部が動物の口に入って、しっかりと噛み付いた状態になることを意味している。これは、メトニミーに基づく意味変化である。この用法では、まだ「食いつく」のように、漢字の形で表している。それに対して、意味③になると、漢字表記は許容されなくなり、「くっつく」の形態が形成された。この場合、接触の対象は動物ではなく、骨というものに変わった。つまり、動物から一般物であるものへと変化した。これは特殊から一般的へというシネクドキーに基づく意味変化である。

さらに、意味④になると、組織・集団とは具体的なものではなく、何らかの目的または心理的な目標を果たすというニュアンスが伴う。それは、物理的なものから心理的なものへと抽象化した結果によるものであろう。明らかにこれはメタファーに基づく意味変化である。

以上みてきた語義を手掛かりにして、複合動詞「くいつく」の意味拡張の仕組みを下記の図10にまとめることができる。

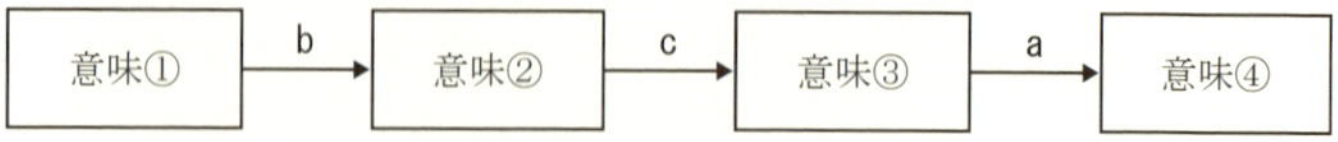

(a. メタファー　b. メトニミー　c. シネクドキー)

図10　「くっつく」でみられる意味拡張の仕組み

図9を本動詞「食う」と「付く」の意味拡張の仕組みを示す図7、図8と比較すると、その結果が表3でまとめられる。

表3　「くっつく」と「食う」、「付く」との意味上の対応関係

「くっつく」の意味	「食う」の意味	「付く」の意味
意味①	意味①	意味①
意味②	意味②	意味②
意味③	意味③	意味①
意味④	/	意味⑤

表3で示す対応関係から、「くっつく」のV1とV2のどちらのほうがこの複合動詞の意味拡張においてより大きな役割を果たしているかについては、明確な判断はできない。「くっつく」の意味拡張に対して、両者は大体同等な働きをしているといえる。この場合、前・後項ともに「くいつく」の意味拡張に作用し、二者が複合することで「くいつく」全体の意味拡張に影響を及ぼしているのである。拙稿では、このような意味の融合を担う複合動詞を「前後項共同変化型複合動詞」として位置づけた。そして、「くっつく」の意味④になると、前項動詞「食う」の本動詞の意味はかなり薄くなっていた。その場合の「くい－」は、むしろ接頭辞としての働きをしているということであろう。これも融合の作用によって派生された新しい意味概念である、と理解してよかろう。

4. おわりに

拙稿は、融合型語彙的複合動詞を、前項変化型、後項変化型、前後項共同変化型の3類に再分類した。そして「飲み込む」、「取り付ける」と「くっつく」を中心に、この分類基準に基づき、この3語のV1とV2、それに複合動詞全体に関する意味拡張をそれぞれ認知意味論の手法を利用して分析し、その意味構成の仕組みとメカニズムを記述し明らかにした。その結果、拙稿で提案した分類基準の有効性と、この一類の複合動詞の意味変化のメカニズムを分析し記述する方法を検証した。紙幅の都合により、この語群の見出し語を一々見ていくことはできないが、融合型語彙的複合動詞は、この3語と同様な要領で考察していくことができる。融合型複合動詞の延べ語数はそれほど多くないが、日本語教育での難関である。その意味変化の特徴と意味形成のメカニズムを個々の複合動詞への考察を経て明らかにしなければなるまい。それは今後の課題とする。

注

1） 松田・白石（2006）「コア図式を用いた複合動詞習得支援のための基礎研究―『とり～』を事例として―」『世界の日本語教育』（16）

2） ここの「くっつく」は、実際には「くいつく」「食いつく「食い付く」」との三つの表記を含めた概念として使用されている。

参考文献

1. 石井正彦 1983『現代語複合動詞の語構造分析――〈動作〉〈変化〉の観点から』国語研究 23
2. 新美和昭・山浦洋一・宇津野登久子 1987『複合動詞』荒竹出版社
3. 今井忍 1993「複合動詞後項の多義性に対する認知意味論によるアプローチ：「～出す」の起動の意味を中心にして」言語学研究 12. pp1–24 京都大学言語学研究会
4. 影山太郎 1996『動詞意味論――言語と認知の接点』くろしお出版
5. 由本陽子 1996「語形成と語彙概念構造――日本語の『動詞＋動詞』の複合語形成について」『言語文化の諸相――奥田博之教授退官記念論文

集』英宝社
6. 姫野昌子 1999『複合動詞の構造と意味用法』ひつじ書房
7. 松田文子 2001「コア図式を用いた複合動詞後項『～こむ』の認知意味論的説明」『日本語教育』111　日本語教育学会
8. 松田文子 2004『日本語複合動詞の習得研究 —— 認知意味論による意味分析を通して』ひつじ書房
9. 籾山洋介 2002『認知意味論のしくみ』町田健編　研究社
10. 松田文子・白石知代（2006）「コア図式を用いた複合動詞習得支援のための基礎研究―『とり～』を事例として―」『世界の日本語教育』(16)
11. 杉村泰 2007「インターネットを利用した日本語の類義分析」『月刊言語』第 36 巻第 7 号　大修館書店 42–49
12. 石井正彦 2007『現代日本語の複合語形成論』ひつじ書房
13. 菊田千春 2008「複合動詞『V かかる』『V かける』の文法化 —— 構文の成立とその拡張」『同志社大学英語英文学研究』81–82
14. 何志明 2010『現代日本語における複合動詞の組み合わせ —— 日本語教育の観点から』笠間書院
15. 張威・苗志娟 2015「語彙的複合動詞の構成的意味の様相及びその類型」『日本語教育における日中対照漢字教育研究』駿河台出版

使用コーパス

国立国語研究所（2013）「Web データに基づく複合動詞用例データベース」
http：//csd.ninjal.ac.jp/comp/index.php

他の資料

1. 国立国語研究所 1962『現代雑誌 90 種の用語用字・第 3 分冊』秀英出版
2. 松村明 1998『デジカル大辞泉』（小学館）
http：//dictionary.goo.ne.jp/jn/
3. 金田一京助 1999『新明解国語辞典』（第五版）三省堂
4. 新村出 2005『広辞苑』（第五版）岩波書店

中日翻訳比較について

―― 莫言作品日訳の一例から考えること ――

張立新

はじめに

ご承知の通り、日本の古典文学作品の中には、漢詩文など多く取り込まれている。これらの中国からの漢詩文など、どのように日本文学の中に取り入れられたのであろうか。嘗て佐藤利行先生が印象深い論述を述べられたことがある。

“日本の古典文学作品が多く漢詩文を取り入れたのは、そもそも中国文学としての漢詩文それ自体が優れた文学作品であったことは言うまでもない。しかし、それを受容する手段としての漢文訓読が無ければ、今日まで漢詩文が日本文学の中に溶け込むということはなかったであろう。

訓読とは、漢文（古典中国語）で書かれた作品を、そのまま自国の言葉（古文）で読むことである。一種の翻訳法であり、恐らく世界に例を見ないユニークな翻訳技法であると思われる。”（佐藤利行〈日本文学と漢詩文〉清華大学出版社 2008 年 9 月）

中国古典文学作品を日本に取り入れられた際の漢文訓読は確かに素晴らしい翻訳技法である。漢文の日本語直訳とも言える。そこからも、日本先人の豊かな創造性も読み取れる。それでは、中国現代文学作品の場合、どのように日本に紹介されているであろうか。本文では、莫言作品の日訳の一例を取り上げ、考えてみたいと思う。まず、現代の中日翻訳研究者たちの翻訳についての論述から見てみよう。

一、中日翻訳研究者の論述

翻訳についての論述はまず挙げられるのは、中国の厳復の“信、達、雅”であろう。文学者である魯迅も、翻訳者でもある。数多くの翻訳作品が残されている。魯迅の翻訳についての次のような論述が有名である。“凡是翻译，必需兼顾着两面，一当然力求其易解，二则保存着原作的丰姿——”（すべての翻訳は必ず両面にも気を配らなければならない。一つ目は当然に、なるべく其の分かり易いことを求めること、二つ目は原作の風姿を保つことであろう——）（筆者訳）《且介亭杂文二集》“题未定”草（1至3）。

莫言の多数の作品を日本語に翻訳した吉田富夫氏は、中国の《中華読書報》のインタビューで次のようなことを述べられたことがある。

中华读书报：从事翻译工作的过程中，您遇到的最大的困难是什么？（中華読書報：翻訳仕事をなさる中、最大の困難は何でしょうか。）

吉田富夫：最大的困难是两个国家之间的文化背景不同，这里所说的“文化”，包括着精神的与物质的在内。举个例子，汉语的“我”，一般不分男女，也不分社会地位之高低。日语可不一样，男女、社会地位、时代、地方、场面等等都有区别，其他的就可想而知了。物质方面的更多；比如日常用品，中国有而日本没有的或者日本有而中国没有的都不胜枚举。通过小说的翻译，我越来越感到所谓一衣带水的日中两国之间原来横着不可测量的隔膜。（2006-08-30 中华读书报、光明日报出版社）（吉田富夫：最大の困難は両国の文化背景の違いです。ここで言う“文化”とは、精神的なものと物質的なものを含みます。例えば、中国語の“我”は男女とも問わず、社会地位の高低とも問わないのですが、日本語となると、いろいろ違いが出てきます。男女の区別、社会地位、時代、地方、場面などによって、皆、それぞれの言い方が違ってきます。物質方面の物となると、もっと多いです。例えば、日常用品ですが、中国に有って日本にはない、或いは日本に有って中国にはないものは、枚挙に暇ないのです。小説の翻訳を通して、益々所謂一衣帯水の日中両国の間に測り知れない隔膜が横たわっていることが、よく分かりました。）（2006-08-30 中華読書報、光明日報出版社）（筆者訳）。

巌復の言う“信”は原作に忠実することと理解できる。魯迅の言う“原作の風姿”も原作に忠実することを強調しているであろう。しかし、原作に忠実することには、吉田富夫氏の言う文化背景の違いを克服していかなければならない。これは、現代中日文学翻訳者にとって、確かに一番困難なこととなる。では、文化背景の違いによる翻訳はどんなに難しいか、次に莫言の作品の中の一例を見てみたいと思う。

二、莫言作品の中の一例

東広島市出身の吉田富夫氏は次の莫言作品を日本語に翻訳している。1999 年 9 月《（丰乳肥臀上、下）豊乳肥臀上、下》平凡社、2002 年 9 月《（师傅越来越幽默）至福のとき、　莫言の中短編集》平凡社「収録作品：（长安大街的骑驴女孩）長安街のロバに乗った美女、（藏宝图）宝の地図、（沈园）沈園、（飞蝗）飛蝗」、2003 年 7 月《（檀香刑　上、下）白檀の刑　上、下》中央公論新社、2006 年 3 月《（四十一炮　上、下）四十一炮　上、下》中央公論社、2008 年 2 月《（生死疲劳　上、下）転生夢現　上、下》中央公論社、2011 年 5 月《（蛙）蛙鳴》中央公論社。本文では、《蛙鳴》の中の翻訳例を一つ拾って見てみよう。

中国語原文：栓一个，生龙胎；栓二个，龙凤胎。（《蛙》の第四部より）

日本語訳：一つ連れれば竜（おとこ）を孕み、二つ連れれば鳳（おんな）を孕む。

これは、小説の中の寺院縁日市での泥人形売りの掛け声である。泥人形を一つ買って帰れば、男の子を孕むことが出来る。二つ買って帰れば、男女の二子を孕むことが出来るよ。というのが本来の意味なんであるが、“龙凤”の訳は、“龙”を抜けている。それは別にして、ここで、主に中日両国における二子についての言い方をまとめてみよう。

日本語には“一姫二太郎”という言い方があるが、“姫”は“女の子”、“太郎”は“男の子”を指しているようである。しかし、“姫”と“太郎”を組み合わせて、中国語の“龙凤胎”というような言い方は見つからない。日本語では、同じ母親から同時に生まれた二人の子を普通、“二子、双子、双児、双生児”と言うが、当て字には“孖、孷、孿、倢”などもある（weblio 類語・対義語辞典による）。この“二子”の日本語に対して、中国語には、次のような言い方がある。例えば：“双胞胎（shuangbaotai）、孪生子（luanshengzi）、双棒儿（shuangbanger）”などである。

それから、中国語には二子の性別から更に細かく“龙凤胎（longfeng-tai）、双龙胎（shuanglongtai）、双凤胎（shuangfengtai）、孪生兄弟（luan-shengxiondi）、孪生姉妹（luanshengzimei）、孪生兄妹（luanshengxion-mei）、孪生姐弟（luanshengjiedi）”などと分かれている（現代漢語詞典、中国商務印書館、2005 年第五版、などを参照）。こういった中国語の言い方を、若しそれぞれ、日本語に訳すと、“龙凤胎”、“孪生兄妹”、“孪生姐弟”は“男女の二子”と、“双龙胎”、“孪生兄弟”は“男の二子”と、“双凤胎”、“孪生姉妹”は“女の二子”となることであろう。

では、何故、“二子”のことを中国語では、よく“龙凤胎”と言って、日本語では、そう言わないのであろうか。それは、中日両国の“龍”と“鳳”についてのイメージから考えなければならないと思う。

三、中日両国における“龍”と“鳳”のイメージ

まず、漢字の字体から言うと、中国語の旧字体は“龍”、“鳳”であって、簡略字体は“龙”“凤”となっている。それに対して、日本語の旧字体は、中国語と同じ“龍”、“鳳”であるが、“龍”の簡略字体は“竜”となっていて、“鳳”の簡略字体はないのである。これは所謂両国漢字表記上の一つの違いと言えるであろう。

次に、中日両国における“龍”と“鳳”のイメージを見てみよう。

中国の伝統文化の中の“龍”のイメージは権力、高貴、尊大の象徴であって、また、成功と幸運の印でもある。上古の中国詩歌集《詩経》の中には、“龍”についての歌が書かれている。“龍旗十乗”、“龍旗阳阳”と、祭典の際の荘厳な様子を描いている。春秋戦国時代の詩人である屈原も楚辞《離騒》の中に、“為余駕飛龍兮、雑瑶象以為車”、“駕八龍之婉婉兮、載雲旗之委蛇”などと、歌っている。周の時代から前漢の時代にかけて、儒学者のまとめた《禮記・禮運》には、“何謂四霊？麟鳳亀龍、謂之四霊”という記述がある。つまり、“龍”も“鳳”も、神獣神鳥の一つと言われていた。また《禮記・祭法》には“能出雲為風雨者、皆曰神。龍者、四霊之畜、亦百物能為雲雨、亦曰神也”という記述がある。実は漢の時代から“龍”は既に皇帝の権力と結び付けられたのである。例えば、秦の始皇帝は“祖龍”と言われ、漢の劉邦も“龍の子”（真龍天子）と自称していた。宋、元以後、普通の官民の間では、龍紋のある生地、服飾は禁じられていた。明、清の時代になると、“龍”は直接皇帝のことを指すようになり、“龍体”、“龍顔”、“龍袍”、”龍床”、“龍案”、“龍椅”、“龍輦”、“龍舟”などと、皇帝にまつわる色んな言い方も生まれるようになった。また、中国古代では“龍”を“陽”、“鳳”を“陰”と称することがある。だから、“龍”は皇帝のことであれば、皇后のことを“鳳”と称するようになる。ただし、“鳳”を男性、“凰”を女性といういわれもある。陰陽調和の思想で、後人はよく“龍”を“男性”、“鳳”を“女性”に例えるようになったのであろう。時代の変遷に伴って、徐々に“龍鳳呈祥”、“龍鳳胎”などという、縁起がいい、円満で、目出度い言いまわしが生まれるようになってきたのである。

では、日本の伝統文化の中の“龍”と“鳳”のイメージはどうであろうか。中国の龍の権力象徴に対して、“日本の龍は普段人々の生活に直結しているようである。雨を降らせ、地震などの自然災害を止ませることで、昔から農業に大きな影響を及ぼしたのである。龍がいなければ、国土の守護を発想できない世界観があった。例えば、伊勢神宮の心御柱を取り巻いて守護していると考えられたのも龍であった”（日本十二支考

〈龍〉現代文化篇 —— 東アジアにおける日本の龍と現代文明、濱田陽ら著を参照)。坂本龍馬の龍馬も、河や海など水中に棲む馬のような頭を持つ龍の名であって、神獣であると言われている。鳳となると、京都にある日本の国宝「宇治平等院鳳凰堂」の鳳凰像が有名であろう。紙幣一万円札の裏側にも描かれていて、普段、目出度い事の起こる前兆と象徴されている。また、手塚治虫氏に描かれた“火の鳥”は、“日の鳥”でもあり、鳳凰のことであったと言う。日本では、鳳だけ言う場合が少なく、鳳凰と一緒に、フェニクス(不死の鳥)という外来語で表現することもある。

まとめ

以上、莫言作品の一例から、中日翻訳における両国の文化要素の障害がどんなものにあるかを考察してみた。龍は男性の性要素、鳳は女性の性要素であるような考えは日本にはないようである。だから、“龍鳳胎”という“二子”の言い方をしない。要するに、“龍鳳胎”という表現を日本語に訳すと、解説的な“男女の二子”となるであろう。中国語のような、すごく目出度い、皇帝、皇后のような二子を孕んでいる、この上ない嬉しいことであるイメージ、或いはそのような雰囲気が感じられないようである。

こういった文化要素の違いによる翻訳困難なことをどう克服していかなければならないか、これから大いにいろいろ研究する必要があると思われる。世界には全く自国の言語と等しい異国の言語が存在しないということで、筆者の考えでは、原作に忠実することを大事にするならば、翻訳する際には、直訳法を用いて、適当に注釈を付けることで、いい翻訳手段或いは提唱すべき翻訳技法の一つであるかも知れない。そうしたら、グローバル世界の今日では、そういった翻訳技法を通して、互いの国の文化要素も互いに受容出来るようになると思われる。そして、そのような翻訳によって、自国の言葉も更に豊かになり、両国民の間の相互理解も、深めていくことが出来るであろう。

参考文献：

佐藤利行〈日本文学と漢詩文〉清華大学出版社 2008 年 9 月

中華読書報、光明日報出版社　2006 年 8 月 30 日版

weblio 類語・対義語辞典

中国商務印書館、現代漢語詞典、2005 年第五版

濱田陽ら著、日本十二支考〈龍〉現代文化篇 —— 東アジアにおける日本の龍と現代文明、センガゲナム出版 2010 年

台中両岸の風俗文化

――婚礼と食文化を中心に――

森岡文泉

1. はじめに

今年の夏は、野山の草木があえぐほどの炎熱やゲリラ豪雨に見舞われ、蒸し風呂のような日々の中で、いくら暑さに強い私にとってかなりこたえた。まして亜熱帯の故郷・台湾にいる親友の皆はつつがなく、元気で過ごしているだろうかと案じていたところ、台湾より親戚や友人の子女の結婚招待状が次々に送られてきた。暑さのせいで頭がくらくらするなか、紅色の招待状（紅帖または喜帖）を見ながら、年月のたつのは速いことで、またたく間に親友の多くは還暦が過ぎ、子女達も結婚適齢期を迎えたことに気づいた。ところで、祝い金はいくらすればいいのだろうか、故郷を30年以上も離れている自分にとっては悩みの種であった。そこで、現地にいる親戚や友人に聞き、アドバイスを求めたが、結婚喜宴（披露宴）の会場、互いの付き合い関係などによって金額のばらつきが大きいことを知り、これを機に調べることにした。ついでながら、近年日本も同じ傾向がみられ、会場の格式などで金額を決めることが多くなっている。

さて、1980年代前半から低下し始めた出生率（世界銀行の統計によると、2015年の台湾の出生率は1.12％にとどまり、世界最低だった）と少子化により、若年労働者数と賃金所得の低下、人口の高齢化、多業種の構造再編など様々な社会矛盾がもたらされている。グローバル化が進展する中で日本のみならず、台湾そして中国も同じ傾向に悩まされている。台湾政府の調査統計によれば、近年における少子化の要因の一つは、未婚化と晩婚化傾向にあることがわかる。その背景には、女性の高等教育への進学率の上昇や女性が経済的に自立しているほかに、ニューシングルとよばれる独身主義や、独身を楽しんでいる女性の増加も大きな要因であると思われる。

実際、中国や台湾にいる友人の中には、結婚適齢期をはるかにすぎているにもかかわらず、いまだに独身である人は少なくない。彼らのほんどは独身主義者ではなく、むしろ結婚に強いあこがれをもっている。しかし、近年の女性の結婚に対する価値観および社会経済環境の変化により、何度も縁談失敗の苦汁を嘗めた。そうして時が立つにつれて、結婚恐怖症になり、やがて結婚をあきらめて、一生「王老五や単身漢」（独身者の俗称）になる人も少なくない。以前、学生と中国人の結婚観について話をしたことがある。その時、学生に「中国人女性が結婚相手を選ぶ条件は何ですか」、「結婚式のスタイルは？」、「新婚旅行はするの？」、「結婚後の暮し方」などいろいろ質問されたことがあって、関心を持つようなった。小論ではまず、中国の結婚にまつわる慣習について、古代から近代に至るまでの基本的な慣習やしきたり等の変遷を考えてみたい。また、折りにふれて、遠い昔ではあるが自分の幼い頃の記憶をたどりながら、台湾の婚俗も取り上げてみる。さらには、もし婚礼に出席する場合、どのような服装にすれば失礼にならないか、あるいは披露宴の席でどんな料理を出すのかを思い浮かべて、料理のプランの変遷を調べて見ることにする。ところで、調べるほどに従来多くの人にとって親近感をもつ結婚披露宴の料理は、時代の変化につれて自分の想像と違いが多くあることがわかった。その上、中国の食文化や中国料理のマナーについてあまり知らないことにも気づいた。そこで、折りに触れて、様々な側面から中国の食文化について考えてみたい。

2. 伝統的な結婚のしきたり

中国は広大な大陸国家であり、四千年以上の悠久の歴史と文化をもつ国でもある。われわれは一口に中国人と呼ぶが、実は中国は単一民族ではなく、56の民族からなっている。最も多いのが漢民族（漢族）で、全人口の約94%を占めるのであるが、ともあれ多民族が全国各地に分散することによって、豊富で多彩な異なる結婚の伝統と習慣を持っている。そのうち、小論では主に中国と台湾に住む漢民族の結婚の伝統習慣について考えてみたい。

中国は伝統的に「家」の観念が強く、家長を中心に何世代もの家族が同居することが多い。また結婚は家を存続・繁栄させるための手段であるという考えが大変根強い。したがって、昔は本人の意志を無視して、童養媳（他家の女子を自分の家に引き取って育て、息子の成長を待ち結婚させる嫁のこと）や婚姻売買のような悲劇は跡を絶たなかった。これらについては、新中国成立後、婚姻売買の禁止、結婚の自由、結婚における男女の平等などに力点の置かれた婚姻法の制定で大きく改善された。

さて、今は結婚の儀式もいろいろな様式に様変わりしてしまったが、漢民族の伝統的な結婚式はまだ、納彩（婚約するとき男方が女方に結納を贈ること）、擇吉（吉日を選んで婚礼を行うこと）などの儀式典礼や、谷豆（花嫁のかごが、新郎のいる門前につくと、穀物やお菓子などをまく儀式）、潑水（花嫁のかごが花嫁の門前を立つ瞬間、親が水をぱっとまく。元に戻らないで、一生幸せであるようにとの縁起がかつがれている）などの習慣があり、非常に複雑である。まずこれを整理してみる。

(1) 納彩

古くはこれを「納采」と記して、中国の『礼記』を出典としている。日本では結納とよんでいるが、中国では「提親」（媒酌人が男性側又は女性側に頼まれ、縁談を持ち込むこと）ともいわれている。上述のように、新中国成立前、自由に結婚できない時代には、「父母之命、媒妁之言」（結婚を決めるとき、父母の命令に従い、仲人の言うことを聞くこと）のように、結婚はすべて父母の意向によってとり決められた。

この時、日本の場合は、男性は酒と肴などの贈答品を相手の女性に贈ることになるが、中国では基本的に男性側の父親から媒妁人（仲人）を立てて、相手側の家に訪問してもらい、縁組の相談を申し出る（議親ともいう）。

なお、日本では、結納は結婚を約束しあい、婚約が整ったことを確認するひとつの儀式である。持参する結納品はいまでは実際の品物ではなく、市販の飾りものを利用する人が多くなっている。その品物の主な内容は、目録（結納品の目録を書いたもの）、金包（きんぽう包み＝御帯料。結納金のこと）、子生婦（こんぶのこと、子孫繁栄を願うの意味）、家内喜多留（やなぎだる。祝い酒。その家の幸福を祈る）など9品目がある。また、日本の結納には、持参品の酒と肴で男女双方が集まって共同飲食し、二つの家同士が姻親関係を結んだことを意味する。これに対し、中国や台湾には、いきなり相手側の家で飲食することはなるべく避けようとする習慣がある。台湾では提親（縁談）当日に、家中の誰かが体が不調になったり、皿・茶碗が割れることなどは不吉（凶兆）の一つで、縁起が悪いことを意味し、その縁談はただちに破談になる。それで、子供の頃は、話しぶりや立ち振る舞いなどを厳しく注意された記憶がいまも鮮明に残っている。

(2) 問名と納吉

次に、女性側が縁談の申し出を承諾した場合には、男性側は再び媒妁人に依頼し、女性宅を訪ねて、本人の名前と生年月日を尋ねてもらう。これを「問名」または「請八字貼」とよぶ。「八字」とは、女性の誕生日の年月日時にそれぞれ天干（十干：甲乙丙丁戊己庚辛壬癸の十天干）と、地支（十二支：子丑寅卯辰巳午未申酉亥の十二地支）を配したものである。これは、結婚の時、相性を見るのに欠かせないものである。

一方、男性側は受けとった女性の八字に自分の八字をつけて「算命師」(占い師。八字や易経などを使って未来の運勢を占う宗教的専門家)に渡して、二人の縁談の可否を占ってもらうが、これを「納吉」とよぶ。もし吉と出れば相性が合い、結婚が成立するが、凶が出れば「相克」(相性が悪い。一方の運が強く他方を圧倒すること)であり、縁談は直ちに破談になる。

(3) 納彩(下聘)

もし、上述の算命師の納吉を受けて、双方ともに結婚に同意すれば、男性側は「聘礼」(贈り物)を女性側に贈ることになる。これは日本の結納に相当するものである。その贈り物には、男性側の経済力の差があるものの、一般には聘金(結納金)のほかに衣類、頭飾品、お菓子や果物、金飾品などが普通である。一方、女性側は返答品(結納返し)として、衣類品(背広)、果物、腕時計、金飾品などを贈り返さなければならない。そのうち聘金(結納金)については、男性側の経済力を見て全部返すか、或いは日本の関東式の「半返し」のように一部のみを返すという慣習もある。これについては、それぞれの価値観や個人の事情によっていろいろなパターンがあり、双方が事前に打ち合わせておけばよい。こうした手続を経て、婚姻は約束されたことになり、婚約に相当するものであるから「訂婚」ともよばれている。

(4) 清期と迎親

婚約が成立すると、その次の手続は「択吉」(日取りを決める。吉日を選んで婚礼を行う)である。ここで再び男女双方の八字を持って、「看日師」(結婚式など重要な催事を行うのに適切な日取りを『通書』とよばれる暦を使って選ぶ宗教的専門家)に結婚式の「黄道吉日」(陰陽道でいう一番良い日柄)を決めてもらう。そして日取りが決まると、さっそく女性側に連絡しなければならない。これを「清期」とよぶ。なお、一部の人は、より良い吉日を選ぶため、新郎新婦二人の八字のみならず、両家の家族全員の八字まで看日師に占ってもらっている。ここまで済ませると、女性側は嫁装（嫁入り道具）の準備および搬入日の選定をし、男性側は結婚当日の「迎娶」（花嫁を迎える）などの準備をしなければならない。

さて、結婚式の当日になると、新郎側が嫁入りの輿（今は高級車が多い）と楽隊を新婦側に遣わし、花嫁を迎えに行く、その儀式は「迎親」とよばれる。

車のない時代には、新郎は馬に乗って、花嫁が乗る鮮やかな飾りがある花轎（かご）を引率し、銅鑼・笛などを打ち鳴らし、爆竹の音もにぎやかに新婦を迎えに行くというのが一般的であった。地方によっては、前述の澆水や谷豆などのように、様々なしきたりを行い、結婚式は最高潮に達する。

(5) 拝堂成親

さて、新郎家に到着すると、まず新郎新婦は天地の神を拝する（一拜天地）。その儀式がすむと、父母および義父母を拝する（二拜高堂）。最後に、新郎新婦はお互い向かい合って拝する（夫婦対拜）。これら一連の儀式を「拜堂成親」とよぶ。この儀式が終わると、新郎新婦はようやく喜びと幸運色の紅色に飾られている「洞房」（新婚夫婦の新居や部屋）に入る。また、洞房の中にはよく「棗子」（ナツメの果実）が置かれる。「棗子」は「早子」と同音であり、「早生貴子」（早く男の子を産めるという縁起を担ぐ）の短縮語である。

いまでも、中国の結婚式典では「双喜の字」（囍）がよく見られる。これは喜という字が左右二つ重なっている文字のことで、ここから二重の喜びを意味し、お祝い事によく使われる。とりわけ結婚式には、式場や新居に必ず飾られる。その後、大勢の客が招待され、盛大な「喜宴」（披露宴）が行われる。

最後に、新郎新婦が洞房にもどり、「交杯酒」という夫婦の契りを結ぶ儀式を行う。まず、二つの杯を赤い糸で結ぶ。新郎新婦は互いに自分の酒を半分ほど飲み、次に酒杯を交換し、手を絡めながら交互に飲むのである。これは、周代に始まった儀式であり、夫婦は人生の甘酸を分けあって、苦楽艱難を一生共にすることを意味し、日本でいう神前結婚式の「三三九度」に類似する儀式と思われる。

これで、新郎新婦が一息つけるかと思うと、そうではない。洞房に大勢の親戚と友人がやってきて、「鬧洞房」（新郎新婦の部屋を騒がせる）が始まる。これは晋代から伝わる古い風習であり、親戚や友人達が新郎新婦の洞房を騒がせることによって、邪気を払うという習わしである。今日では、新郎新婦に順番に酒を飲ませたり、いろいろ無理な要求をして二人を困らせるなど、「洞房花燭夜」（華燭。新婚の夜のこと）を最大限に、邪魔をする習慣となっている。

これを経て、場合によっては既に夜明けになることもあるが、やっと長い一日が終わり、新郎新婦はほっと一息つくことができる。

3. 結婚観の変化

(1) 三高（女性が結婚相手を選ぶ理想的な条件）

周知のように、古代中国では、封建的なしきたりによって品行方正が重んじられ、婚前交渉や人前での愛情表現には批判的であった。結婚や離婚に関する道徳観は厳しく、社会秩序を乱す行為の禁止を定めていた。ところで、1978 年末の改革・開放以降は、東部沿海地域の都市部を中心に、高度経済成長によって、生活レベルが大きく向上した。それにともない、生活スタイルの変化と歩みがはやくなったことで、結婚に対する考え方も大きな変化が見られるようになった。

まず、「繁文縟節」（煩瑣で不要な礼節、煩わしい虚礼）の多い伝統的な結婚式が敬遠され、代わりに簡素化された現代風な結婚儀式が大いに歓迎されるようになった。これについて少し述べてみたい。

新中国成立以降、結婚・離婚の自由と共に、自由恋愛の風潮も盛んになりつつある。しかし、少子化や「重男軽女」（男性重視、女性軽視＝

男尊女卑）の伝統的な陋習によって、2016年末時点での総人口を中国国家統計局の発表で見ると、男性の人口が女性より約3,400万人も多く、深刻な人口アンバランス化現象に直面している。単純に考えると、自由になったとはいえ、三千数百万の男性は結婚ができないことになっている。したがって、「找対象」（結婚相手を求める）から結婚するまでの道のりは決して平坦ではない。そこで、従来の媒酌人や親友、同僚の世話に頼る一方、各地に多く現れている「婚姻介紹所」（結婚紹介専門業者）に依頼するか、または新聞雑誌に「徴婚啓事」（結婚相手募集の広告）を載せるなどといった努力をしなければならない。

一方、中国の女性にとって、結婚相手を選ぶ理想的な条件として、「三高」（高個子＝身長が高いこと。高学歴＝学歴が高いこと。高収入＝所得が高いこと）が求められてきた。これについて、経済的な部分が結婚相手に求める条件として大きな割合を占めることはどの国でも変わらないことだと思うが、中国の女性はとりわけその割合が大きい。近年、さらに、家事の能力や思いやりなど、現実の生活や相手の人間性を重んじる傾向も強まっている。しかし、これらの条件をクリアできる男性はほんのひと握りにすぎないことから、多くの人は結婚するまで過酷な試練が待っている。特に、台湾では、激しい競争社会の中で生きるパートナーとして、エリート女性達が結婚相手に求める必須条件として、上記の「三高」のほかに、「体貼」（相手を気遣い思いやる気持ち。思いやりが細かなところに行き届くこと）があるかどうかを重視する。確かに、これが欠けていては結婚生活がうまくいくはずがない。しかし、「体貼」の有無については、婚前の判断はなかなか難しい。

(2) 結婚式の変化

近年、中国や台湾の結婚式においては、個別結婚式、集団結婚式と公証結婚に大別される。個別結婚式は大幅に簡約化されているとはいえ、いまだに結婚式の主流である。地域や個人の経済状況によって千差万別ではあるが、披露宴を兼ねる結婚式が最も一般的である。

次に集団結婚式は、古くからあった倹約型結婚式である。主に都市部を中心に旧暦7月7日七夕情人節（中国のバレンタインデー）や建国記念日、元旦などの祭日や吉日を選び、複数の新婚夫婦を集めて、地方首長や官僚の立ち合いのもとで行われる結婚式である。一方、台湾では教会での挙式のほか、日本の人前結婚式に近い公証結婚をする人も少なくない。これは地方裁判所で新郎新婦のほか、二人の結婚証人（立会人）を同伴し、判事などの主宰で行われる簡単な結婚式である。結婚証明書が交付され、しかも費用がほとんどかからないといった利点がある。これは少し前まで、外国に出る予定のある人によく利用された。

考えてみると、台中両岸の結婚式は、日本の神前結婚式や仏前結婚式のように、神様や仏様に感謝しながら結婚を誓うのではなく、むしろ列席者に対して結婚の誓いを述べ、証人になってもらう「人前結婚式」に近いものである。近年は、自宅での結婚式のほか、多くの人はホテルの宴会場、一般の式場やレストランでも行うようになった。しかし、儀式の進行は「人前結婚式」より自由、簡素であり、その家の伝統や地域的な慣習を引き継ぐ場合が多い。

日本の披露宴はだれを呼ぶか、何人呼ぶか、男女両方の招待客の人数比のバランス、さらには招待する相手の負担にならないかなど、いろいろ余計な気遣いや負担が大変多い。これに対し、中国や台湾はできるだけ多くの人に、結婚の喜びを分け合う意味で、親戚友人・恩師・上司・同僚・近隣から海外にいる友人にまで声をかけ、「請柬」や「喜帖」と呼ばれる招待状を送るのが普通である。なお、招待状は赤色かピンク色の厚い紙に金文字が印字されているので、「紅色炸弾」（家計にとって大きな出費になるので、赤色の爆弾に比喩される）とよばれる。

(3) 結婚祝い金

結婚披露宴に招かれて出席する場合は、一般の親戚、友人や同僚の場合は、当日に会場の受付けまで「紅包」（祝い金のこと。紅色の祝儀袋に入れる）を持参すればよい。金額の相場について、中国の農村部では、100 中国元（約 1,600 円）から 200 元程度、都市部なら 200 元からが相場の目安である。実際には、新郎新婦との関係や自分の社会的な立場や年齢などで判断されている。しかし、日本の偶数を嫌い奇数を吉とする考え方と正反対に、中国や台湾には古くからの伝統として、「好事成双」（良いことは必ず偶数でなければならない）とあるように、奇数額の祝い金や祝い物は避けるようとする[1)]。

台湾では、同僚や友人の場合は 2,000 台湾元（約 7,200 円）から 3,200 元位が相場である。親戚であれば、3,600 元から 6,000 元位が普通である。しかし、舅父（母方の兄弟）の立場である場合は、「吊双喜」（大きな金文字「囍」を飾った赤いシルクの壁掛けに、高額な紙幣を一面にピンで留めること）とよばれる祝儀を送る習慣がいまだにある。そうなると、6,000 元から一気に 12,000 元以上に跳ね上がる。以上は相場の目安であるが、要は祝い金の金額は個々の付き合い関係、会場の格式や様々な事情によって各自が判断すべきものであろう。

(4) 服装とテーブルマナー

まず、婚礼の服装についてみてみよう。近年は、かつての新郎の「長袍馬褂」（あわせ・綿入りの長い服の上に向かい襟の中国式の羽織をはおる）、新婦の「鳳冠霞披」（貴金属や宝石などで鳳凰の形をあしらった礼帽をかぶり、肩掛けに似たものをはおる）などの伝統的な礼服に代わって、新郎が燕尾服、新婦が純白や薄いピンク色のウェディングドレスに身を包み、教会や結婚式場で厳かに行われる結婚式に人気がある。

最近、式の前後に屋外や名勝地また二人にとって記念すべき場所での記念撮影、あるいは「婚紗撮影」（専門の写真スタジオで記念写真を撮り、後日に出席者や親友などに名刺型の写真を送る）も流行っている[2)]。一方、招待されて結婚式に出席する場合の服装は、できるだけ正装を着用することが望ましい。とはいえ、実際台湾や中国華南地域など、気温の高い地方や都市部を離れると、普段着やラフな格好で出席する人も少なくない。ただ、そのような時は、せめて紅色系やにぎやかな模様入りの服装などを工夫すると無難であろう。

テーブルマナーについては、昔は結婚の会席で面倒な決まり事はあまりなく、和気あいあいな雰囲気であったと記憶する。皆はただワイワイガヤガヤ、勝手に食べたり飲んだりして、周りの人への気遣いをせずに、食事を楽しめることが中国流披露宴の最大の魅力であった。しかし、近年になり、結婚式場や高級ホテルなど敷居の高い場所で開催することが増え、それなりのテーブルマナーを守らなければならなくなった。この点については第7節に詳述する。

(5) 引き出物

今日、知る限りにおいて、日本と中国や台湾の結婚式で最も大きな違いは、やはり式後の引き出物（記念品、贈り物）の有無であろう。来日後、何回か結婚式に招かれたことがあるが、毎回帰る途中に手に持つ大きな手提げ袋の中の品物を見て、いつも複雑な思いをする。話によると、これは婚礼に出席者に対する返礼の意味を込めたものであり、日本の根強い慣習であるとのこと。しかし、よく考えると、これは出席した者の帰りの大きな荷物になるし、新しい船出の新郎新婦にとっても大きな負担であり（贈り物の選定など)、お金の無駄遣いである。

それよりもむしろ、新婚旅行の後に、特別に返礼をしたい招待客に、お礼のあいさつを兼ねて旅行先のお土産を贈れば、それで十分であろう。中国や台湾では、新郎新婦にお祝い金のほかに贈り物を送る慣習はあるが、新郎新婦から引き出物などをもらう習慣はない。これは日本との大きな違いである。もっともどちらが良いか判断を下すのは難しいことである。

4. ハネムーンと婚後の生活

最後に、「蜜月旅行」(ハネムーンのこと。はちみつのような甘い旅)を経て、現実に戻っての新しい生活の始まりについてみてみよう。まず、結婚後の夫婦の姓について考えてみる。中国や台湾では、男女平等の意識が強くなり、夫婦における姓の強制をせず、同姓（どちらか一方の姓を名乗る）でも、別姓でも、「冠夫姓」（結合性。女性は自分の名前の前に夫の姓を付け加えて複姓になる）でもよい。つまり、「選択的夫婦別姓制度」となっている。実際の状況を見ると、夫婦別姓のケースが圧倒的に多い。一方、子供の姓は夫婦が相談して決める。母親のほうが経済的に優位に立つ場合は、母親の姓を名乗ることも希に見られるが、実際のところ、父親の姓を名乗る場合がほとんどである。

一方、日本では夫婦が法的に同一の姓でなければならない。その場合、結婚後の女性は、自分の姓を夫の姓に改めなければならないことになっている。これについて、1996年の国会における民法改正の動きの中で、中国のように結婚後に、夫婦共にどちらか一方の姓を名乗るか、各自が結婚前の姓を名乗るかを選択できるようにする改正案が検討されたが、反対の声が大きかったことで審議は難航した。また、翌1997年には、夫婦別姓を盛り込んだ民法改正案が提出されたが、結局廃案になってしまった。その後、最高裁大法廷は2015年12月16日に、夫婦別姓を認めない民法750条の規定は憲法に違反しないという判断を下した。

次に、婚後の生活の様子についてみてみよう。中国では共働きの家庭が絶対的多数を占めており、家庭内における夫婦の地位は平等である。夫婦は共に働き、家事を共同で分担することが当たり前である。したがって、上述の配偶者選びの条件の中に体貼（思いやり）が必要条件となる理由がよくわかるであろう。

一般的には、中国の男姓は家事をする能力が高い。買い物をしたり、食事を作ったり、掃除・洗濯をしたりなど何でもできる。ほとんどの家庭では、妻が家計を管理し、生活の切り盛りをしている。しかし、最近一部の若年夫婦は、二人で家の支出を共同負担し、その他の収入は自己管理・運営する家庭もある。

以前、封建時代的倫理観のような伝統文化が支配する時代では、夫婦間には秘密はなく、経済的な面や交友関係において、互いに分け隔てなく、夫と妻は一体となり、友人も共通であって、家庭内の関係は比較的安定していた。しかし近年、数多くの「新貴族」（ニューリッチ）とよばれる若い家庭では、夫婦それぞれ独立した交際範囲が形成され、互いに尊重しあうという前提の下で、一定の距離を保つ。その結果、夫婦関係は昔のような至高のものではなくなり、感情の「出軌」（言動の常軌を逸脱する）による離婚率も上昇している。これは世界共通の流れと言えるであろう。

5. 食文化と中華料理の特色

周知のように、中国には昔から「医食同源」（食べ物は単に腹を満たすだけでなく、体の養生と病気の予防や治療するためにある）、「民以食為天」（民は食を以て天と為す。民衆は食を一番重要だと考える）、「食補」（食物によって栄養を補う。とりわけ、季節によって体調の変化が生じるときには食べ物によって栄養を補給することである）などの言葉がある。つまり、人間が生きている間のもっとも大きな願望は、おいしいものをたくさん食べることである。

現代では、隣近所が会うときに「你好！」（こんにちは）の代わりに、「吃饭了吗？」（ご飯食べましたか）であいさつを交わすことが多くある。また、気温の高い真夏日でも、冷たいご飯や生もの（例えば刺身、馬刺しなど）を食べないよう常に心掛けている。こうしたことから、中国人は食べるために生まれてきたといっても過言ではない。

一方、中国人はラーメンや餃子をよく食べていると誤解している人が意外にも多い。中国にあることわざ「狗怕広東人、広東人怕餃子、餃子怕狗」（犬は広東人を恐れ、広東人は餃子を恐れ、餃子は犬を恐れる）に見られるように、餃子は北方の人はよく食べるが、南方では、食べる人は比較的少ない。さらに、中華そばの源である中国大陸においしいラーメンを捜し求めると、必ず「徒労無功」（むだ骨を折る）になるほどラーメンは意外に少なく、特においしいラーメンとなるとなかなかないのが現状である。

このように、従来多くの人が親近感をもつ中華料理の実態は、我々の想像と違いが多くあることがわかる。同時に、中国の食文化や中国料理のマナーについてあまり知らないことにも気づく。そこで、以下はいろいろな側面から中国の特色について考えてみたい。

中国には四千年の長い歴史があるとよくいわれるが、それは料理の歴史にも言えることである。日本の約二六倍に上る広大な土地に、地域によって気候や風土が大きく異なり、産物も違うため、各地方では独自の料理が発達している。

歴史を振り返れば、春秋戦国時代には、中国では既に多種多様な料理法によって、複雑な味と香りが濃厚に凝縮された料理があった。戦国末期には、秦の宰相呂不韋が全国の食材を調査し、『呂氏春秋』に記録している。その後、歴代の皇帝たちは食を文化と位置づけ、優れた宮廷料理人を厚遇して新しい味を探求させてきた。長い歴史の間には、多様な民族の交流や王朝の移り変わりなどさまざまな要因が絡み合った結果、中国料理は多彩な進化を遂げることができた。また、陰陽説（人の体質や食物の性質を知るための説。陰は虚弱、陽は熱っぽいことを意味する）と五行説（金木水火土をいう。五行の配当によって季節、味、五臓、食品などすべての事象がそれぞれ関連することを示している。また、中国医学では病状をこの五つの関係で説明している）に基づいて、幅広い食材、調味料の応用や調和を経て、今日の中国料理が形成された[3)]。

中国は文化大革命という厳しい時期があったとはいえ、改革開放以降は食に世界で最も関心を抱く国になった。人々は本来の食欲を取り戻し、より新しいものと美味しいものを貪欲に求めるようになってきたことで、中国料理は再びフランス料理と人気を二分する世界的な料理にまで発達した。その理由は下記の特徴によっても明らかである。

(1) 豊富な材料

中国料理の一番の特色は、使用する材料が豊富なことである。動物、鳥類、野菜、穀物から山の幸、海の幸、爬虫類、昆虫類に至るまで広範囲にわたる。そしてまた、鳥獣類のような食材を用いるときには、あらゆる部位の肉だけでなく、内蔵類、皮、骨、血液なども無駄なく利用することが大きな特徴であろう。

一方、国土の広大さや気候の違いといった困難を克服するため、保存性に富み運送に便利な乾燥素材が多く利用される。魚翅（ふかのひれ)、燕窩（つばめの巣)、鮑魚（アワビ)、海参（ナマコ）などの高級乾燥食材を戻す技術はもとより、生の素材に比べて遜色のない味を調理することにも、大変高度な技術が必要である。これは、中国数千年に及ぶ食文化の英知の結晶であり、大きな特色でもある。

(2) 複合的な味付け

中国料理の味付けには、甜（甘い)、酸（酸っぱい)、苦（苦い)、辣（ヒリヒリ辛い)、鹹（塩辛い）などの五味が基本である。これらの味の組み合わせで、数多くの独特の味を作り出したり、葱や生姜などの野菜の味と調和させることによって、より美味しい味を作り出すことができる。さらに、糖（砂糖)、塩、醤油、酒などの基本調味料を始め、豆瓣醤（空豆から作る味噌に唐辛子を加えるもの)、オイスターソース（カキ油。牡蠣を塩漬けにして発酵させ、その上澄みを濃縮して味を整えた、褐色のどろりとしたソース)、甜麺醤（甘い味噌)、沙茶醤（ニンニク、カラシなどを加えた香りの強い辛み調味料）など数多くの発酵調味料を同時に下味付けと仕上げの組合せによって、中国料理独特の味を生み出すことが中国料理のもう一つの特色である。

また、地方料理の特殊な調味によって、更に花椒（サンショウ)、八角（八角ウイキョウ、茴香の種子。シキミ科の果実をさやごと乾燥させたもので、八角形の星形をしていることから、八角の名がつけられた。独特の強い香りがあり、肉や内蔵類のにおい消しおよび煮物によく使われる)、桂皮、丁香花蕾（チョウジの蕾)、茴香子などの五種類の香料が加わっていろいろな美味が表現される[4)]。

(3) 切り方はさまざまである

中国料理では主に大きな中華包丁が使用される。包丁の切り方は基本的な切り方の片（薄切り)、絲（せん切り)、丁（さいの目切り)、條(細長い棒状)、塊（ぶつ切り）から雕花（飾り切り）にいたるまで、いろいろな形に仕上がるのも特徴の一つである。つまり、食材や料理法による違って切り方をすると、食べやすさや美味しさがいっそう高められる。

(4) 調理に工夫を凝らす

すでに述べたように、中国人は生食をあまり食べないことから、中国料理のほとんどはなんらかの形で加熱しているものとなっている。食材の持ち味を生かし、脆（カリッとした歯触り)、酥（サクッとした歯触り)、滑（滑らかな舌触り）などの触感をつくりだすために、湯通し、油通し、下煮、焼く、炒める、蒸すなどの調理のほか、火力の強弱、時間の長短、油や水の多少といった複雑な調理が行われることも特色の一つである。

6. 料理名の見方について

フランス料理やイタリア料理ほどではないが、中国料理の料理名の多くは、見慣れない漢字が並んでいるため、一見すると難解に感じる人は少なくないであろう。実際、中国料理の名前は一定の法則に基づいて表されているので、それを理解すれば、どういう料理であるかを簡単に知ることができる。そのほとんどは使用材料、調理方法、味付け、形などを組み合わせたもので、主な組合せパターンとそれぞれの料理例としては、次のようなものがある。

(1) 材料＋材料

これは、その料理に使用されている主要材料名と副材料名を組み合わせるパターンである。例えば、

① 青椒肉絲

青椒はピーマンで、肉絲は牛肉や豚肉の細切りである。つまり、この料理はピーマンと細切りの肉の炒めものである。店によって竹の子の細切りを加えることもあるが、美味しさは変わらない。

② 青椒肉絲蛋炒飯

上記の青椒と牛肉や豚肉の細切り（肉絲）に蛋（卵）と飯（ご飯）に加えたものである。つまり、これはピーマンと肉と卵入りの焼き飯である。

③ 西紅柿蛋花湯

西紅柿（方言は蕃茄）はトマトであり、蛋花は砕いた卵である。つまり、これはトマトの薄切りと卵のスープである。

(2) 調理法＋材料

これは、その料理の料理法と使用する主要材料の組み合わせである。一般には料理法の後に主要材料名を置くものが多い。一方、使用材料が二つの場合は調理法を中間に置くこともある。料理例として、

① 清蒸河魚

清蒸は蒸籠を使って蒸すことであり、河魚は川魚のことである。つまり、これは川魚の蒸し料理である。

② 醤爆牛肉

醤は甜麺醤のことで、爆は強火で炒める。つまり、これは牛肉に甘い

味噌を加えて強火で炒めた牛肉料理である。

(3) 調味＋材料

これは調味する方法と使用材料の組み合わせである。一般には調味する方法の後に材料名を置くことが多い。料理例として、

① 糖醋排骨

糖醋は甘酢あんかけで、排骨は豚のスペアリブ肉である。つまり、これは豚のスペアリブ肉の甘酢あんかけである。他に、糖醋鯉魚（鯉の丸揚げ甘酢あんかけ)、糖醋肉片（豚に肉の薄切りの甘酢あんかけ）などがある。

② 酸辣湯

酸は酸っぱい、辣はヒリヒリ辛い意味である。つまり、これはその名のとおり、酢の酸味と胡椒や唐辛子の辛みをきかせたスープである。餃子と一緒に食べると絶品である。

(4) 人名や地名を冠するもの

その料理の考案者・著名人や特産品の地名を冠することである。下記の料理例がそれに当たる。

① 東坡肉

すでに取り上げたように、これは宋代の著名な詩人蘇東坡が好んで作った豚肉の煮込み料理であったことからつけられた。人名のついた中国料理の中で最も有名な一品である。

② 麻婆豆腐

四川料理のお馴染み料理であり、舌がしびれるような豆瓣醤と山椒の辛みが特徴である。麻は「しびれる」の意味や「あばた」の意味があ

る。四川地方の或るあばたのあるお婆さんが作ったのがこの名前の由来である。

③ 北京烤鴨（北京ダック）

あひるのあぶり焼きをした名物料理である。烤鴨の前に北京という地名をつけたことで、一層特別な響きを感じる。

(5) その他

上記のほかに、螞蟻上樹（アリが木に登る。春雨と挽き肉の煮込み料理である）、芙蓉蝦（玉子とエビの炒めものである。玉子の色は蓮の花に近い）などのように、出来上がりの状態や色・光沢などを形容する料理名も少なくない。

7. 中国料理のマナーについて

中国料理を頻繁に食べるわりには、中国料理のマナーについて知らない人が意外に多い。実際、中国料理には西洋料理のような細かいなマナーは少ないが、いくつかある大まかな決まり事は次の通りである[5]。

(1) 席順について

中国料理のテーブルは人数によって円卓か角卓が用意されるが、ここでは宴席によく使われる円卓の席順について考える。中国では昔から「天子朝南」（天子は南に面する）や「坐北朝南」（敷地の北側にあって南向きである）といわれるように、宴会場の南に入り口があって、主客は北側を背にして南向きに座り、次客はその左側から配席され、主人（招待側）は主客の正面に座るのが基本的な決まりである。しかし、近代になって宴席のほとんどは料理店の中の一室にあるか大きな建物の中にあるため、具体的にどの方角が上位席であるかを判断するのは大変難しいことである。そこで、基本的には、入り口や人の出入り場所から最も離れている所の中央席が上位席、入り口に最も近い席が下位席と判断すれば、まず失礼になることはないであろう。

(2) 上菜（料理を卓に出す）

各自が席に着いた後に料理が出される。ここでも若干の決まり事に注意しなければならない。一般の場合は、客が遠慮するので、招待側の主人が先に少しの料理を取り、客にすすめるか料理を客に取り分けたりする。このとき、中国では互いに親近感を深めるためとり箸を使わず、自分の箸で料理をとるのが普通である。

一方、最近の円卓のほとんどは回転できるターンテーブルであるため、まず主客から料理をとり、そして右回りの順で取ってもらうことも少なくない。多くの人は、何も考えずにターンテーブルを自由にくるくる回すが、一応右回りのルールがあることは知っておきたい。

フランス料理や日本料理に比べると、中国料理は分量が多いため、全部食べ切れないことがよくある。昔から招待側に対し、食べ切れないほどのご馳走である印として、わざと料理を少し残すのが礼儀であったようであるが、今日では逆に残さずに全部食べる方がご馳走になった印になるようである。

(3) タバコと酒について

古くから、中国には「烟酒不分家」（酒とタバコは自他の分け隔てをしない）という諺があり、一般に食事中の喫煙は許されている。しかし、宴会の席では、子供や非喫煙者が多く、まわりの客への配慮からなるべく吸わないほうが礼儀である。

一方、飲酒は、「乾杯」（一気に飲み干す）する際無理して飲み干したりする必要はない。自分の飲める酒の分量に合わせて飲めばよいのである。中国や台湾では、いまだに同じテーブルのだれかと乾杯すると、周囲の人全員に一人ずつ乾杯しなければならないという悪い決まりがある。その時、酒の弱い人は安易に「乾杯」と言わずに、「随意」（軽くまたはできるだけ多くの意）と言ったほうが無難であろう。

8. おわりに

以上述べてきたように、本論の後半は中国料理の伝統的な味とその特徴を取り上げ、また主な地方料理のそれぞれの特色を比較してみた。これによって、長い伝統と多彩な味を誇る中国の食文化の奥深さを改めて感じることができた。

改革開放にともなって高度経済成長を遂げた結果、中国の食文化にも大きな変革が見られるようになった。各地方とも、これまでのようなそれぞれの料理すなわち独自の調理法によるものしか食べないという既成の概念は打ち破られた。今では、他の地方料理の名菜（有名な料理）を自分達の舌に合わせてアレンジすることが新しい流れになっている。例えば、北京料理の店でも四川料理の名菜に触れることができる。このように異なった食文化と新しい味を取り込んで、様々な工夫をこらすことに努力し、新しい「香り」を提供することが現代の中国料理の流れであり、新しいスタイルでもある。

本論は、主として台湾と中国の、結婚にまつわる習俗から食文化や料理のマナーに至るまでの基本的な知識を取りまとめたものである。こうしてみると、地方や土地柄また時代によって挙式のスタイルやマナーは異なることがわかる。ただ言うまでもないことだが、周りの人々から結婚する二人への祝福の気持ちはいずこもいつの時代も同じであることに変わりはない。

注

1）結婚のみならず、誕生日、入学などの吉事には、赤い祝儀袋を贈るなど、とにかく赤い色が好まれる。一方、結婚祝儀の金額には、四（死）や八（別）の数は敬遠されている。

2）今では、北京・上海・広州など各都市の繁華街には結婚記念写真アルバム専用のスタジオが軒を連ねる。ここで特別な化粧を受けた新郎新婦が予算によっていろいろな服に着 替えつつ、モデルさながらのポーズを取り、映画スター顔負けの豪華な結婚写真集を作る人が増えている。

3）　中文産業株式会社『ＣＨＡｉ』2002 年 8 月号、82 頁参照。

4）　松本秀夫他著『プロのためのわかりやすい中国料理』柴田書店、2000 年、82 頁参照。

5）　中国料理のマナーについて、日本ホテル・レストランサービス技能協会『中国料理のマナーマニュアル』（チクマ出版社、1997 年）に詳しい。

参考文献

1. 洪郁如『近代台湾女性史』勁草書房、2002 年。
2. 周国強『中国年中行事・冠婚葬祭事典』明日香出版社、2003 年。
3. 周達生『中国の食文化』創元社、1989 年。
4. 槇浩史『中国人は富家になるためにたべ続ける』講談社、1998 年。
5. 中川時子監修『中国食文化事典』角川書店、1988 年。
6. 松本秀夫他著『プロのためのわかりやすい中国料理』柴田書店、2000 年。
7. 勝見洋一『中国料理の迷宮』講談社、2000 年。

关于中日古代都城建制与模仿原型的最新研究

王维坤

一、中日古代都城的研究史

7 世纪末至 8 世纪末期的 100 余年间，正值中国唐代政治、经济、文化的繁荣昌盛时期，同时也是日本遣唐使的大交往历史时期。当时，日本在现在的奈良和京都盆地先后建造了藤原京（694-710 年）、平城京（710-784 年）、长冈京（784-794 年）和平安京（794-1192 年）等数座都城。其中，以平城京和平安京的建筑规模为最大，且持续时间为最长。

毋庸讳言，日本的遣唐使者无论是在中日古代文化交流方面，还是在古代都城模仿中国都城建制方面都扮演了极其重要的媒介角色，发挥了相当重大的作用。今天，我们中日学者有幸从考古学的角度共同探讨日本古代都城的建制与模仿问题，这不仅有助于对中日古代文化交流史的深入研究，而且也有助于对日本都城如何直接模仿中国古代都城原型的深入探究。

二、关于中日古代都城与模仿原型研究之我见

迄今为止，我从事中日古代都城的对比研究已经四十多个春秋了，随着近年以来新的考古学资料不断发现，中日古代都城的对比研究和模仿原型的探究成为可能。故笔者拟想从以下十五个方面入手，谈谈我对这一问题的一孔之见，以求教于中日学术界同仁[1]：

1．在迁都诏令上的模仿

公元 581 年，隋文帝杨坚夺取了北周政权，建立了大隋帝国。起先，他是以旧城汉长安城为都，但这仅是权宜之计。很显然，旧城继续要作为新一代首都不仅不能适应日趋变化的社会形势，而且也不能根除隋文帝“宫内多妖异”的最大心病。正因为如此，开皇二年（582 年），隋文帝便着手选择新城城址和实施宏大的迁都计划。

其迁都的根本原因，在诏令中讲的一清二楚。诏令中这样写道：“朕祗奉上玄，君临万国，属生人之敝，处前代之宫。常以为作之者劳，居之者逸，改创之事，心未遑也。而王公大臣陈谋献策，咸云羲、农以降，至于姬、刘，有当代而屡迁，无革命而不徙。曹、马之后，时见因循，乃末代之宴安，非往圣之宏义。此城从汉，凋残日久，屡为战场，旧经丧乱。今之宫室，事近权宜，又非谋筮从龟，瞻星揆日，不足建皇王之邑，合大众所聚。论变通之数，具幽显之情，同心固请，词情深切。然则京师百官之府，四海归向，非朕一人之所独有。苟利于物，其可违乎！且殷之五迁，恐人尽死，是则以吉凶之土，制长短之命。谋新去故，如农望秋，虽暂劬劳，其究安宅。今区宇宁一，阴阳顺序，安定以迁，勿怀胥怨。”[2] 另外，汉城由于地处渭河南岸不远的地方，河床的不断南移，必然会对都城的安全造成威胁，所以文帝朝思暮想都要另筑新都。据《隋唐嘉话》记载：“隋文帝梦洪水没城，意恶之，乃移都大兴。”不过，术者认为“洪水，即唐高祖之名也”[3]。这一解释，显然是不能令人信服的。还有，汉城一直为帝都，地大人众，加以岁久壅底，垫隘秽恶，聚而不泄，则地下用水变得咸卤难饮，难以满足人们继续在此生活的必备条件。据《资治通鉴》记载，开皇二年（582 年），通直散骑庾季才向隋文帝上奏曰：“臣仰观乾象，俯察图记，必有迁都之事。且汉营此城，将八百岁，水皆咸卤，不甚宜人。”再是，“隋主嫌长安城制度狭小，又宫内多妖异”[4]。以上所述，我认为这正是隋文帝执意要迁都的原因所在。

无独有偶的是，日本在建造平城京前夕，元明天皇于和铜元年（708 年）二月十五日也颁布过一道诏令。如果要将其内容逐文逐句同隋文帝的诏令来比较的话，说它是隋文帝诏令的摹本与浓缩并不为过。诏文也是这样写道："朕祗奉上玄，君临宇内，以菲薄之德，处紫宫之尊。常以为作之者劳，居之者逸，迁都之事，心未遑也。而王公大臣咸言，往古已降，至于近代，揆日瞻星，起宫室之基。卜世相土，建帝皇之邑，定鼎（本文作者注：原文中此字写作'昜'和'斤'的复合字，应是'鼎'字的异写体。）之基永固，无穷之业斯在。众议难忍，词情深切。然则京师者，百官之府，四海所归，唯朕一人，岂独逸豫。苟利于物，其可违乎！昔殷王五迁，受中兴之号，周后三定，致太平之称，安以迁其久安宅。"[5] 由此可见，日本平城京的迁都思想显然是从隋唐长安城的迁都思想那里抄袭过去的。因此两者在总体规划、平面布局以及许多方面所表现出来的高度一致性，并不是偶然的现象，而应是后者模仿前者的一种必然结果。仅凭这一点就可以足以说明，日本平城京的直接模仿原型，只能是唐长安城，而不可能是唐长安城以外的任何都城。

2．在城址地理位置上的模仿

首先，隋文帝相当重视新都地理位置的选择与四神（即四灵）以及阴阳五行之间的相互协调关系。他利用"卜食相土"的办法，将城址选在汉长安城东南 20 里"宜建都邑"的龙首山之南。正如诏令所说："龙首山川原秀丽，卉物滋阜，卜食相土，宜建都邑，定鼎之基永固，无穷之业在斯。"[6] 显而易见，这里是"宜建都邑"的理想之地。不仅如此，这里的"风水"也可谓上乘，坐北朝南，形成"南面称王"之势。

具体来说，"前直子午谷，后枕龙首山，左临灞岸，右抵沣水"[7]。如果要将都城周围这四大要素同日本平城京的所谓"四禽叶图"结合起来分析的话，那么我认为当时宇文恺在总体设计隋大兴城时，很有可能是将"左龙右虎辟不羊（祥），朱鸟（雀）玄武顺阴阳"[8] 的"四神"也贯穿在隋大兴城的设计之中。即将北边的龙首山当做玄武，南边的子午谷（终南山）视为朱雀，左边的灞河作为青龙，右边的沣水看成白虎来进行设计建造的（图 1 唐长安城复原图）。

日本在和铜元年（708 年），元明天皇决定将都城从奈良盆地南侧的藤原京迁到北侧的平城京（图 2 平城京复原图）。不过，在新都城地址选

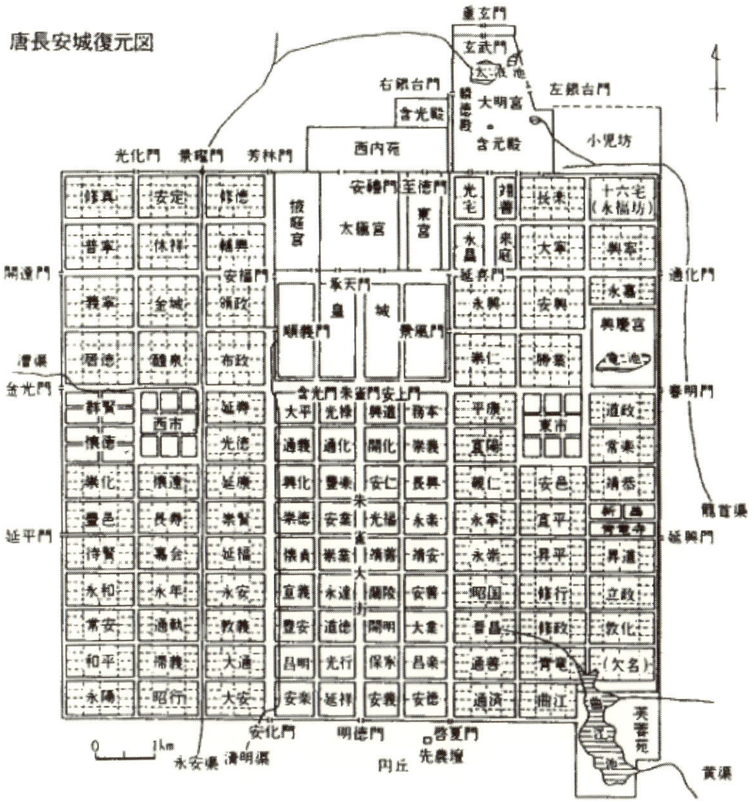

图 1　唐长安城复原图（王维坤作图）

（引自王维坤《平城京の模仿原型》，上田正昭编：《古代の日本と东アジア》），小学馆，1991 年）

择这个问题上，可以毫无夸张地说，平城之地的选择完全是隋大兴城城址选择的一种翻版。它也是利用“龟筮并从”的占卜方法，将新城址选在“宜建都邑”奈良盆地北部。在和铜元年（708 年）二月十五日颁布的诏令中明确指出：“方今，平城之地，四禽叶图，三山作镇，龟筮并从，宜建都邑。”9) 早在 1988 年，日本青山学院大学教授吉田孝先生对此作了详尽的考证。他认为诏令中的所谓“四禽叶图”，就是将东边的流水作为青龙；将南面的池畔作为朱雀；将西面的大道作为白虎；将北边的高山作为玄武。因此，我认为这与隋大兴城“前直子午谷，后枕龙首山，左临灞岸，右抵沣水”的设计理念是不谋而合的，同时这一设计理念也完全符合中国传统的阴阳五行思想。所谓“三山作镇”，就是指东边的春日山，北边的奈良山，西边的生驹山而言。对此地进行占卜的结果，同样表明也是十分吉利的[10] 正因为如此，才将这里选定为“宜建都邑”的风水宝地。如果要将两者在“四神”地理位置选择上加以比较的话，我想谁也不会否定这是后者对前者的一种直接模仿。

3．在“帝城横亘六岗”位置利用上的模仿

特别值得一提的是，宇文恺在设计建造隋大兴城时还对“帝城横亘六岗（即六条高坡）”[11] 的自然地理条件进行了有效利用，并作了一种合乎唯心主义的解释，将它视之乾卦六爻。即“宇文恺置都，以朱雀门街南北尽郭，有六条高坡，象乾卦。故于九二置宫阙，以当帝之居；九三立百司，以应君子之数；九五位贵，不欲常人居之，故置元都观、兴善寺以镇之”[12]。不过，爻本身有阴爻和阳爻之分，称呼也不尽相同。阴爻分别称之为初六、六二、六三、六四、六五、上六；阳爻则分别称之为初九、九二、九三、九四、九五、上九。日本学者平冈武夫先生研究认为，六条高坡应该视为《周易》中的乾卦六爻，即模拟了乾卦六爻的图像形状。并按照阳卦的称谓，自北向南依次排列[13]。

1983 年，马正林先生也对六条高坡进行了颇有意义的探讨，取得了很大的成绩。现在看来，将其中的“九一”、“九六”[14] 分别改称为“初九”、“上九”要更为确切一些。尤其是到了唐代，达官显贵们还将六条高坡视为官运亨通的风水宝地，纷纷抢占六坡，营建理想私宅。其中，天宝年间将作大匠康謍便将自己的宅第建在比“上九”还高出数米的新昌坊，就是一例。“謍自辨图阜，以其地当出宰相，每命相謍必引颈望之”[15]。当然，在众目睽睽之下要将私宅建在六坡高岗上，不管原因如何必然都会遭到一些流言蜚语。“帝城东西，横亘六岗，合易象乾卦之数”，唐宪宗时曾因此发生过这样一件事。裴度从兴元（今汉中市）入朝，由于将私宅建在“九五”高岗的永乐坊（即平乐坊），所以立即成为反对派张权舆攻击

的主要话柄。他向皇帝谗言道："度名应图谶，宅（在《新唐书》中改为'第'）据岗原，不召而来，其意可见。"[16]

平城京的地势，虽然不存在像长安城那样有"帝城横亘六岗"的现象，但是北高南低的情况也是有目共睹的。从海拔高度上来说，最高处与最低处的高差居然也达到了 28 米[17]。实质上，这也无形中形成了几道自北向南的高岗走势。尽管在日本古文献中，还没有找到有关地势方面的明文记载，但我认为平城京的内里、大极殿、朝堂院无疑都是建立在同长安城宫城和皇城一样的高岗之上。即使在建设当初这里并非高地，也一定要

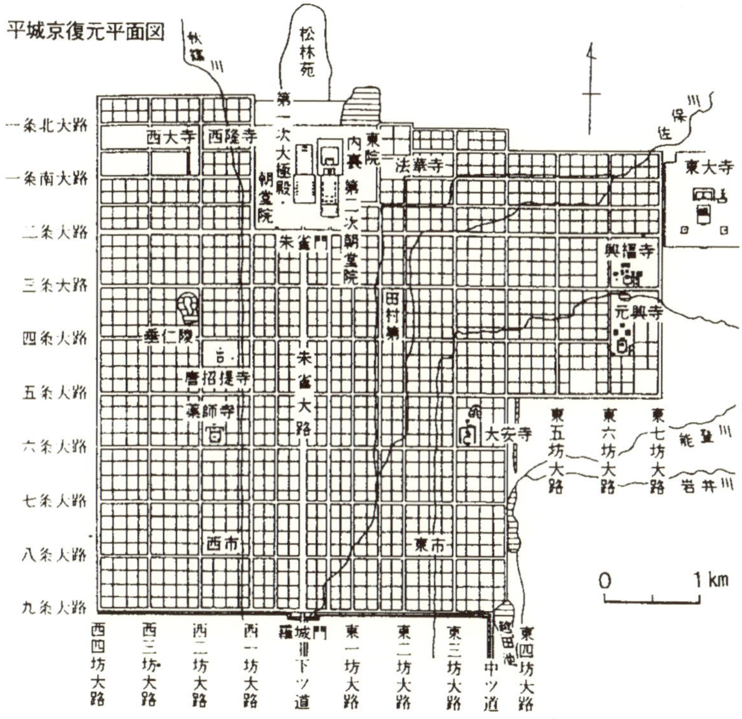

图 2　平城京复原图（王维坤作图）

（引自王维坤《平城京の模仿原型》，上田正昭编：《古代の日本と东アジア》），小学馆，1991 年）

依靠人工力量首先将它用土夯筑成一个相当大的高台，然后在其上面建造宏伟的宫殿。否则的话，平城京朝堂院之前就不会出现像唐长安城大明宫含元殿前“龙尾道”那样的“龙尾坛”了。“坛”本身的意思，就是“土筑高台”的意思。因此我认为，平城京朝堂院前面的“龙尾坛”也就是直接模仿唐长安城大明宫含元殿前面的“龙尾道”而来的[18)]。

不仅如此，就连当年在建造东大寺、西大寺、兴福寺、元兴寺、唐招提寺、药师寺、大安寺等寺院时，寺址都应该选择在比较高的地方。更有甚者的是，奈良时代的贵族宅邸不仅面积大，而且所处位置显赫，距太极宫相去较近。其中，藤原仲麻吕的宅邸最具有代表性。据岸俊男先生考证：该宅邸位于左京四条二坊的田村第，所占土地面积为 8 坪[19)]。如果一条坊等于十六坪，按照一条坊为 120 米见方计算的话，那么 8 坪的面积就是 7,200 平方米，可折合 10.8 市亩。可见，藤原仲麻吕的宅邸是相当豪华的。

4．在隋唐长安城宫城与皇城结合体上的模仿

隋唐长安城的北部是宫城与皇城的所在地。宫城位于全城的北部中央，中为太极宫，东为东宫，西为掖庭宫，是皇帝会见群臣、处理朝政及与太子、嫔妃等居住之处；皇城位于宫城之南，是中央衙署机关的所在地；无独有偶的是，日本平城京的北部中央，同样集中安排着相当于隋唐长安城宫城与皇城的内里（亦称“大内”或“大内里”）、大极殿与朝堂院。如果说隋唐长安城的宫城和皇城属于二位一体的建制，那么平城京的内里、大极殿与朝堂院也可以说是三位一体的建制。从其后者的所在位置和社会功能上来比较，谁也否认不了这是日本平城京对隋唐长安城宫城与皇城的模仿。因此，我认为将平城京的内里、大极殿与朝堂院视为隋唐长安城宫城与皇城的结合体倒是不无道理的。

首先，从其宫城名称和位置上来分析，我认为平城京的“内里”之制就直接来源于隋唐长安城的宫城之制。当然，包括“内里”、“大内”这些名称在内的平城京宫都制度，毫无疑问都是从隋唐长安城那里继承过去的。“内里”在唐代的本意就是指“宫内”而言。例如，王建《送宫人入

道》诗云："问师初得经中字，入静独烧内里香。"《旧唐书·李辅国传》也有这样的记载："大家但内里坐，外事听老奴处置。"其实，"大内"在唐代也是"皇宫"的总称。白居易《和刘郎中学士题集贤阁》诗中曾经这样写道："傍闻大内笙歌近，下视诸司屋舍低。"进而言之，平城京的"大极殿"之名也是从隋唐长安城那里直接继承过去的。众所周知，隋代初年将新建的都城称之"大兴城"、宫城称之"大兴宫"、正殿称之"大兴殿"。进入唐代以后，将城、宫、殿的名称分别改为"长安城"、"太极宫"和"太极殿"。在中国古代汉语中，由于"太"字与"大"字是通假字，所以这两个通假字后来也被古代日本人继承过去了。所以说，唐长安城的太极殿就变成了平城京的大极殿。

其次，我认为平城京的朝堂院就相当于隋唐长安城的皇城，同样是百僚廨署的集居地。大家知道，隋唐长安城的皇城，俗称"子城"，位于宫城之南。皇城东、西、南三面筑有城墙，北面以横街与宫城相隔。横街的宽度，"南北广三百步"，约合 441 米[20]。我认为与其说是一条横街，倒不如是一个"宫廷广场"。无独有偶的是，平城京在大极殿的前边也设有朝堂院。朝堂院有围墙，院内左右对称地排列着 12 座殿堂，中央为广场[21]。如果要追溯朝堂院建制的来龙去脉的话，那无疑也是模仿了隋唐长安城中的朝堂制度。据《大唐六典》记载，长安城不仅在太极宫承天门前设有朝堂，而且形制与大明宫含元殿两阁之前的朝堂十分相似。前者目前还尚未开展考古工作；后者的遗迹已被考古发现所证实。即在含元殿左右两侧的"翔鸾阁"和"栖凤阁"之前，设立了朝堂。不仅位置对称，面积相同，而且还设置有"肺石"和"登闻鼓"[22]。这与程大昌《雍录》卷 3 中记载的情形完全相同。所以我认为，日本平城京大极殿前的朝堂院，不仅沿用了中国朝堂的名称，而且还模拟了隋唐长安城皇城所设立的省、寺、台、监等政务机构。其实，中国在宫城之南设立皇城的制度是从隋大兴城开始的，这是以前都城所从未有过的现象。隋文帝之所以要在大兴城宫城之前新设立皇城，重要意图在于"自两汉以后，至于晋、齐、梁、陈，并有人家在宫阙之间。隋文帝以为不便于民（笔者注：《唐两京城坊考》卷 1 改"民"为"事"），于是在皇城之内惟列府寺，不使杂人居之，公私有便，风俗齐肃，实隋文（帝）新意也”[23]。隋文帝的“新意”，显而易见就是想将一般的居民区与府寺彻底分开，并隔得越远越好。从目前掌握的资料来看，我认为宫城之前设立皇城的制度，萌芽于魏晋时期，过渡于南北朝时期，成熟于隋唐时期[24]。因此，萌芽与过渡时期的都城，根本不存在所谓的皇城，怎么会成为日本藤原京和平城京的模仿对象呢？

再是，从位置上来分析，日本平城京的内里、大极殿、朝堂院与隋唐长安城的宫城、皇城只好安排在同一位置上，都是位于全城的北部中央，既不偏东，也不偏西。尤其值得一提的是，自从隋大兴城开始出现皇城以后，皇城同宫城就结为一对孪生姊妹，彼此之间不再分开，总是被安排在相同的地方。同时也应该强调指出，虽然当时的建筑大师宇文恺先后都直接参与了隋大兴城（唐长安城的前身）和隋洛阳城（唐洛阳城的前身）的设计与建造工程，但是却把两者的宫城和皇城位置安排在不同的位置上。隋唐长安城的宫城和皇城位置被安排在全城的北部中央而隋唐东都洛阳城的宫城和皇城位置被安排在全城的西北隅。究其原因，我认为这与隋大兴城的“首都”地位和隋洛阳城的“陪都”位置以及洛阳城的具体地势都有着密切的关系[25]。对此，宿白先生也发表过颇有见地的见解。指出：“东都洛阳城的宫城、皇城位于都城的西北隅。这是有意区别于京城大兴的布局，……可知这样的规划是下京城一等的。”[26] 如果这个推测不错的话，那么我认为“下京城一等的”隋唐洛阳城显然是不能成为日本平城京的模仿对象，而唐长安城才是日本平城京真正模仿的惟一蓝本。这一点，从日本平城京内里、大极殿、朝堂院与隋唐长安城宫城、皇城的所在位置上就可以看得一清二楚。

5．在隋唐长安城里坊划分和里坊内部区划上的模仿

隋唐长安城的里坊设计是以皇城南出大街朱雀大街为中轴线，将全城分为东、西两大部分，并形成了东、西完全对称的格局。东侧南北向 5 行纵坊，东西向 13 排横坊，共计 54 坊和 1 市；西侧同样是南北向 5 行纵坊，东西向 13 排横坊，共计 54 坊和 1 市。这样一来，全城合计 108 坊（高宗龙朔以后为 110 坊，玄宗开元以后减到 109 坊[27] 和两市。其实，里坊的这种排列并不单纯是一个对称问题，而且还赋予它一定的寓意。即“皇城之东尽东郭，东西三坊。皇城之西尽西郭，东西三坊。南北皆一十三坊，象一年有闰。……皇城之南，东西四坊，以象四时。南北九坊，取则《周礼》九逵之制。隋《三礼图》见有其像”[28)]。这种解释，在现在看来是唯心的、滑稽可笑的。但在当时宇文恺设计大兴城时，他遵照隋文帝的“新意”，在里坊布局的设计上似乎是有一定的考虑。例如，皇城之南的 4 行纵坊，不开北门，就是一个最为明显不过的事例。这 36 个里坊，不仅面积最小，而且只开东、西二门。之所以不开北门，完全是出于隋文帝的一种忌讳。由于这些里坊“在宫城直南，（隋文）不欲开北门，泄气以冲城阙”，因而，“每坊但开东西二门”[29)]。另据《雍录》记载：“每坊皆有门，自东西以出街，而坊北无门。其说曰：‘北出即损断地脉，此压胜术也。’隋文帝多忌讳，故有司希意如此”。除此之外的 6 行纵坊，不仅面积明显增大，而且是“每坊皆开四门，有十字街四出趣门”[30)]。宿白先生首次对这些里坊进行了复原研究，认为这些里坊首先是用“十字街”将全坊分为“四区”，每面各开一门，然后再用“井字巷”划分，形成“十六区”的格局，如图 1 所示。它们分别称之“东北隅、东门之北、北门之东、十字街东之北，东门之南、东南隅、十字街东之南、南门之东、北门之西、十字街西之北、西北隅、西门之北、十字街西之南、南门之西、西门之南、西南隅”[31)]。宿白先生的这一论断，已被考古发掘的部分里坊新资料所证实。永宁坊的十字街道宽度为 15 米，井字巷道的宽度为 2 米有余[32)]。安定坊的十字街道宽度为 20 米，井字巷道的东西街宽 6 米，南北街宽 5 米[33)]。这样的里坊区划，在中国都城发展史上，仅见此例，无疑具有划时代的重大意义。同时，这样的里坊划分与里坊区划也成为我们今天进行中日都城制度比较研究的重要依据。

首先，隋唐长安城东西向为 13 排横坊，南北向为 10 行纵坊。其实，实际用于居民居住的里坊并没有那么多。有些里坊，名曰里坊，但在相当长的时间内，一直是作为提供都城蔬菜的生产基地。据徐松《唐两京城坊考》卷 2 记载：“自兴善寺以南四坊，东西尽郭，率无第宅。虽时有居者，烟火不接，耕垦种植，阡陌相连。”特别是称之为“围外地”的安善坊以南三坊，东西尽郭，更为辽阔、空旷、闲僻，并不具备那种“坊墙高筑，宅第栉比”的里坊性质。很显然，平城京在模仿唐长安城时，我认为正是从这种实际情况出发，即从所需要的里坊数字上加以考虑，有意识地取舍了兴善寺以南“耕垦种植，阡陌相连”的部分里坊。这样一来，除“外京”之外，平城京的里坊东西向为 11 排横坊，南北向为 10 行纵坊。较之唐长安城的里坊来说，仅减少了南部东西向 2 排横坊。尤其值得重视的是，平城京不仅朱雀大路的左右两侧同为南北向 4 行纵坊，而且内里、大极殿、朝堂院的左右两侧也同为南北向 3 行纵坊。这种情况的出现，决不是一种偶然的巧合，而是后者出于对前者的模仿。无论是隋唐洛阳城，还是魏晋南北朝的都城，其里坊的排列与平城京毫无关系之处，这怎么会存在共同之处呢？看来，它们显然是不能成为日本平城京的模仿对象的。其次，长安城皇城之南的 4 行纵坊，“每坊但开东西二门”。而平城京内里、大极殿朝堂院之南的 4 行纵坊似乎也是只开东西二门，不开南北二门（图 1 所示）。除此之外的所有里坊，都是区划为“十六坪”[34)]。从中国的考古发现来看，曹魏邺北城开始，已经出现了“长寿、吉阳、永平、思忠”[35)]四里。20 世纪 80 年代末，考古工作者对该城进行了全面勘察，发现当时的里坊规划并不整齐，大小不一。位于中轴线两侧的里坊面积较大，接近于正方形；而外侧的两个里坊，则面积比较小，仅占大坊的三分之一左右，并呈南北向纵长方形平面[36)]。里坊内是否存在有坊内小道，目前尚不清楚，有待今后的考古发现来证实。北魏洛阳城的里坊，据《洛阳伽蓝记》记载：“京师东西二十里，南北十五里，户十万六千余。庙社宫室府曹以外，方三百步为一里，里开四门；门置里正二人，吏四人，门士八人，合有三百二十里。”[37)] 另外，隋唐洛阳城共计 103 个里坊，其平面呈正方形或近方形，长宽在 500 – 580 米之间，周围建有坊墙，每面正中开门，里坊之内设有十字街，即“四出趋门”[38)]。从以上可以看出，惟有唐长安城的里坊划分和里坊区划与平城京的情况相同，其它都城的里坊划分与里坊区划就相差太远了。因此我认为，“唐长安城则是日本平城京模仿的惟一蓝本”并不是不能成立的，至少也不缺乏理论根据和考古学的证据。

6. 在“大明宫区”位置上的模仿

如果要将平城京的有些建制同隋唐长安城的有些建制向上逆推对比的话，至少可以找出一个大的相同点。最初在隋大兴城时，它是以朱雀大街为中轴线，将全城分为“西城区”（属万年县）和“东城区”（属长安县）两大区。到了唐贞观八年（634年），太宗李世民在宫城东北方向的龙首原上，为太上皇李渊清暑而兴建了“永安宫”，翌年改名为“大明宫”。这样一来，唐长安城就形成了“东城区”、“西城区”和“大明宫区”三大区。而平城京也是以朱雀大路为中轴线，将全城分为“左京区”、“右京区”和“外京区”三大区。进而言之，在平城京模仿唐长安大明宫而建造“外京”这一点上，王仲殊先生同我数年前在日本讲学时发表的观点不谋而合。即“唐长安城在北面东头增建大明宫，规模宏大。受此影响，平城京全体的平面形状不拘泥于左右对称的格局，其在左京东侧增设外京，便是一例”[39)]。显而易见，平城京的“外京区”是模仿了唐长安城的“大明宫区”；“左京区”是模仿了“东城区”；“右京区”模仿了“西城区”。从严格意义上来讲，平城京模仿的直接对象并不是隋大兴城，而是大明宫竣工后的唐长安城。所以我始终坚持认为唐长安城是日本平城京模仿的惟一蓝本。

7. 在朱雀门建制上的模仿

隋唐长安城的宫城北门和皇城南门，分别称为“玄武门”和“朱雀门”。无独有偶的是，日本平城京内里、大极殿、朝堂院的南门也称为“朱雀门”。在同一位置上出现相同的命名，这绝不是偶然的现象，应是平城京对隋唐长安城的一种模仿。现在来看，不论是在曹魏邺北城和东魏、北齐邺南城中，还是在北魏洛阳城中，都看不到“玄武门”和“朱雀门”的称谓。即使说，东都洛阳城宫城的北门称为“玄武门”，而皇城的南门却称之“端门”。仅凭这一点来看，日本平城京模仿隋唐长安城这是显而易见的历史事实。另外，从考古学发现上还可以找到一些佐证材料。首先，唐高宗李治与女皇武则天的乾陵就是模仿隋唐长安城的建制而设计建造的。例如，乾陵内城的四门就是以“四神”（即青龙、白虎、朱雀、玄武）来命名。其中，朱雀门和玄武门的名称和位置都与隋唐长安城完全相同。由此可以不难看出，隋唐时代不论是都城还是帝王陵墓，都比较重视地理位置与四神之间的协调关系，名称多以“四神”来命名。其实，乾陵不仅是地面布局和建筑模仿了隋唐长安城的建制，而且就连地下的墓室也同样模仿了隋唐长安城宫城和皇城的建制。黄展岳先生曾经明确指出：“从乾陵开始，唐陵陵园的平面布局是模仿长安城的建制设计的，而墓室的平面布局则是模仿皇帝内宫的建制设计的。前墓室象征前朝，后墓室象征后寝。”40) 黄先生的这一观点与我 1977 年任教以来所讲授的观点不约而同。对此，我是持赞成的态度。尤其是近些年来，我在研究都城制度的过程中，发现唐陵的总体设计与布局与隋唐长安城之间存在着许多惊人的相似之处。如果说乾陵的内城相当于隋唐长安城宫城和皇城，那么理所当然在它的外侧还应该有一周规模更加宏大的外城，这个外城实质上就相当于隋唐长安城的外郭城。值得庆幸的是，2000 年 4 月西安文物保护中心的考古工作者，借助现代航拍照片与大比例尺地形图，结合乾陵的地面考古调查首次确认了乾陵的外郭城城垣。新发现的外城垣与以前确认的内城垣平行，相距约 220 米，被考古工作者称之“地阶”的高度，一般也在 3 － 4 米 41)。这次乾陵陵园新发现的重要意义在于，不仅纠正了学术界以前认为只有“内城”的错误认识同时也证实了元代李好文《长安志图》中《唐高宗乾陵图》两重城垣的记载是正确的。更为重要的是，从考古学的角度证实了乾陵的设计思想与布局也是直接模仿隋唐长安城而来的。其次，在日本七世纪时期的墓葬和寺院中也能够看到来自中国隋唐时代“四神”与阴阳五行思想的影响。如在奈良发现的高松冢古坟中，就出土有青龙、白虎、朱雀、玄武四神壁画；另外，据说从藤原京向平城京迁都时，在四神的方向也不应对着形状不好的大山 42)；甚至后来就连平城京药师寺本尊的须弥座上也绘有四神的图案 43)。

8．在朱雀大路设计上的模仿

平城京的“朱雀大路”，毫无疑问这是直接模仿了隋唐长安城的“朱雀大街”。这也是平城京模仿隋唐长安城制度的一个最为明显的事例。大家知道，在古代汉语中，“路”与“街”的原意都是指“道路”而言，并且一般是多指“大道”、“大路”、“大街”。由于这些用字都是互相可以转借的，所以说平城京的“朱雀大路”和隋唐长安城的“朱雀大街”名称并没有什么区别。不仅如此，平城京“朱雀大路”的位置，也保持了像隋唐长安城“朱雀大街”那种既宽又直、且居南北向正中的特点。在中国，惟有隋唐长安城的“朱雀大街”是这样的。它不仅是位于全城南北中轴线上的街道，而且也是以“朱雀大街”来命名的街道。所以仅此而论，日本平城京的“朱雀大路”只能是直接模仿了隋唐长安城的“朱雀大街”，而不可能模仿隋唐长安城以外任何都城的道路。不可否认的是，隋唐长安城“朱雀大街”的宽度为 150—155 米（图 1），而平城京“朱雀大路”的宽度为 70 多米，约占二分之一左右。如果要从人口的数量上来说，隋唐长安城号称是 100 万人口[44]，而平城京仅为 20 万人口，仅占五分之一[45]。因此，平城京的规模并不比隋唐长安城逊色多少。即使说，在藤原京中就出现了“朱雀大路”[46] 和南北向中轴街，这与我历来主张藤原京的直接模仿原型也是隋唐长安城的观点是不谋而合。由此推测，日本都城模仿中国都城的建制是由来已久了，并不是到了平城京时，才开始学习和模仿隋唐长安城的建制。随着今后早期日本都城的发掘与研究，这一问题将看得更加清楚。

9．在东、西市配置上的模仿

隋文帝开皇二年（582 年），在建造隋大兴城时，就在城的左右两侧分别设置了两个市场。东边为“都会市”，西边为“利人市”。到了唐代，仅将“都会市”改为“东市”，将“利人市”改为“西市”。但是，市场的位置和规模也未做一些大的变动。这种布局从根本上改变了汉代以前“面朝后市”的传统格局，使魏晋以来都城所形成的“面市后朝”的新布局更臻完善。两个市场具体被安排在宫城、皇城之前的左前方与右前方，距离皇城要略微近一些。我分析这种布局，一方面是由于在很大程度上着重考虑皇室贵族的切身利益，另一方面也是由于“自兴善寺以南四坊，东西尽郭，率无第宅。虽时有居者，烟火不接，耕垦种植，阡陌相连”[47]，居民多集中居住于城内北部的缘故。

平城京于和铜五年（712年）也在城内左、右两侧分别设置了两个市场。东曰“东市”，西曰“西市”。从名称和左右位置较为对称来看，平城京的东、西市显然是模仿了唐长安城的东、西市。至于曹魏邺北城、东魏和北齐邺南城到底有无东、西市，虽然文献上没有记载，现在不得而知。即使有市场的话，至少也应是“面市后朝”的格局。北魏洛阳城虽然有不少市场，但是平城京东、西市与其名称和位置无一雷同，其中有所谓的“洛阳大市”、“洛阳小市”和“四通市”，甚至还有“金市”、“马市”和“南市”[48)]。即使将“洛阳小市”的别称“鱼鳖市”和“四通市”的别称“永桥市”计算在内，其市场名称也无一雷同[49)]。即使一向被人们认为对平城京曾产生过影响的唐代东都洛阳城，虽然也设立了三个市场，但分别称为“南市”、“北市”和“西市”[50)]。很显然，不存在任何模仿关系。所以，我认为平城京的东、西市只能是对唐长安城东、西市的直接模仿。至于“藤原京内的市，文献上未有记载，既不明其形制，亦不知其名称，但是，从平城京和平安京的情形逆推，认为藤原京内亦设两市，各称‘东市’和‘西市’，这是可信的”[51)]。对此，我认为这一观点与实际情况是不会有多大的出入。即便如此，它与我历来所主张的观点那样，藤原京也是以唐长安城为原型进行直接模仿的观点，并未有任何冲突之处。

10．在越田池设计上的模仿

隋唐长安城的整个地势，呈东南高、西北低的地形走向，东南隅的海拔高度为460米，西北隅的海拔高度为410米，最高处与最低处之间的高差已达50米以上。

隋代初年，宇文恺在建造大兴城时，看来当时是充分利用这一自然地理条件对这里进行了别具匠心的设计，有意识地将这里开辟为“曲江”风景区。尔后，曾改名为“芙蓉园”。据《隋唐嘉话》上记载：“京城南隅芙蓉园者，本名曲江园，隋文帝以曲不正，诏改之。”[52)] 之所以要在这里辟园凿池，文献记载是有一定的讲究。“宇文恺以其地在京城东南隅，地高不便，故阙此地，不为居人坊巷，而凿之以为池。”[53)] 所以说，曲江池并不是天然池塘，而是依靠人工在秦汉宜春苑的基础上开凿而成的。唐代开元年间（713 － 741 年），曲江池进入大规模地扩建和营缮时期。特别值得重视的是，“文宗太和九年（835 年），发左右神策军各一千五百人淘曲江池，修紫云楼、彩霞亭。内出二额，左军仇士良以百戏迎之，帝御日营门观之。仍敕诸司，如有力有创置亭馆者，宜给与闲地任营建。先是郑注言，秦中有灾，宜以土工压之，故浚昆明、曲江二池”[54)]。

这里，使我联想起这样一个问题，即宇文恺为什么要在隋唐长安城的东南隅开凿曲江池。既然中唐权臣郑注所说“秦中有灾，宜兴工役以禳之”[55)] 可以成立的话，那么隋初宇文恺在城东南隅开凿曲江池显然也是出于“压胜”的目的来设计的。这种设计思想，我认为主要是受了《史记 · 日者列传》所谓“天不足西北，星辰西北移；地不足东南，以海为池”[56)] 的直接影响，并且成为后来日本都城平城京模仿隋唐长安城的重要内容之一。值得重视的一个现象是，日本平城京的建筑设计师们，完全不顾平城京地理形势的限制，极力追求同隋唐长安城“曲江池”位置保持一致，在与隋唐长安城相应的位置上，也用人工开凿了一所“越田池”（后来又称之“五德池”）。在不同国家、不同时期内，在同一位置上建造同样性质的都城设施，这无疑是后者对前者的一种模仿。在这一点上，就连大力倡导日本平城京是“模仿魏晋南北朝都城说”的岸俊男先生，在他的论著中也并不否认平城京的“五德池”是模仿了隋唐长安城的“曲江池”。在他看来，“如果说五德池是模仿唐长安城曲江池而建造的话，那么就可将它作为平城京是模仿长安城的一个具体实例”[57)]。

11．在寺院建筑风格上的模仿

平城京在模仿隋唐长安城都城制度的同时，就连都城中的有些寺院建筑风格也进行了模仿。其中，平城京的“大安寺”模仿唐长安城的“西明寺”就是一个典型的事例。“西明寺”位于唐长安城延康坊的西南隅，这是唐显庆元年（656 年），高宗为孝敬太子病愈所立，到了唐大中七年（852 年）改名为“福寿寺”[58)]。其寺院的规模，据《大慈恩寺三藏法师传》记载：“其寺面三百五十步，周回数里。左右通衢，腹背廛落。青槐列其外，渌水亘其间，亹亹耽耽，都邑仁祠以此为最也。凡十院屋四千余间。庄严之盛，虽梁之同泰，魏之永宁，所不能及也。”[59] 由此可以不难看出，“西明寺”的建筑规模是相当宏大的，无愧于“长安寺院之冠”之赞誉。1985 年，考古工作者还对西明寺东端进行了考古发掘，发现了佛殿、回廊、庭院及窖、井等遗址，还出土了 100 多件鎏金铜造像以及其它佛教遗物。特别是出土了一件石茶碾，在其外部表面上居然还刻有“西明寺石茶碾”六字[60]。这一考古发现，对于确认西明寺的具体位置无疑具有极其重要的意义与帮助。尤其是出土的那些佛教文物，为深入研究西明寺的历史增添了不少新资料。

众所周知，在中日文化频繁交流的盛唐时期，日本有许多学问僧、名僧随同遣唐使团先后来到大唐首都长安，有些僧人就在西明寺内传教受戒。其中，鲜为人知的人物就是高僧道慈。他于武周大足元年（701 年）来到长安，以传三论宗为由，在长安一呆就是十八个春秋。回到日本以后，他以本人在长安临摹的西明寺建筑图为蓝本，于圣武天皇天平九年（737 年）在平城京内设计建造了大安寺。关于这一点，在日本的古代文献中是有案可稽的。据《道慈传》记载：“天平九年，圣武帝将新大官寺。下诏觅伽蓝制式，时无知者？慈奏曰：‘臣僧在中华时，见西明寺，私念异日归国，苟逢胜缘，当以此为则。写诸堂之规，袭藏巾笥。今陛下圣问，实臣僧之先抱也，以图上进。’帝大悦曰：‘朕愿满矣！’诏任律师监造寺事，重赐食封一百户扶翼侍子，其余赍赐若干品。慈有巧思，延袤长短，自督绳墨，工匠叹伏。历十四年而成，赐额大安，敕慈主席。”更为难能可贵的是，两座寺院皆为同一模式，都是“取规于天竺祇园精舍，祇园摹率内院”。就连模仿西明寺而建造的大安寺，其规模也同样为平城京所有寺院之冠。所谓“本朝梵刹之制度，无可与大安寺齐齿”[61]。另据《续日本纪》记载：“律师道慈法师性聪悟为众所推。大宝元年随使入唐，涉览经典，尤精三论。养老二年归朝，是时释门之秀者唯法师及神睿法师二人而已。著述愚志一卷论僧尼之事。属迁造大安寺于平城，敕法师勾当其事。法师尤妙工巧，构作形制皆禀其规摹，所有匠手莫不叹服焉。”[62] 由此可见，“西明寺”的建筑风格不仅对“大安寺”的建筑风格给予了直接的影响，而且也可以看出高僧道慈在平城京建造“大安寺”的过程中的确发挥了不可替代的作用。两座寺院之间的这种交流，实际上就是佛教文化与建筑文化的交流，同时也是中日文化交流的一个缩影与范例。因此，我认为包括“大安寺”在内的平城京将唐长安城作为自己的直接模仿对象是顺理成章的事情。

其实，中国佛教文化和寺院建筑对日本文化的熏陶与影响并不是始于奈良时代（710 – 794 年），而是在飞鸟时代（593 – 710 年）就渐显端倪。从考古发现来看，至少可以追溯到藤原京时期所建造的“大官大寺”。大家知道，位于平城京内左京六条四坊的大安寺，最初就是从藤原京的“大官大寺”那里搬迁过来的。正如刘建先生所指出的那样：“日本佛教是在中国、朝鲜半岛佛教的不断刺激、影响下而逐步发展起来的。……舒明天皇（629 – 641 在位）即位后，王权与佛教的结合有了进一步的发展。舒明十一年（639 年），舒明天皇在飞鸟的百济河畔开始营建‘大宫’（又称‘百济宫’，与当时诸王的‘宫’相对。天皇的‘宫’称‘大宫’）、‘大寺’（即‘百济大寺’，后改称‘大安寺’，为皇家寺院）。‘百济大寺’的规模驾于苏我氏的‘法兴寺’，其九层木塔系仿照长安‘慧日寺’的九层木塔所建。”[63] 现在看来，刘建先生的论断是正确的，也是有一定的依据。据《增订唐两京城坊考》考证：“慧日寺，开皇六年（586 年）所立，本富商张通宅，舍而立寺。通妻陶氏常于西市鬻饭，精而价贱。时人呼为陶寺。寺内有九级浮图一百五十尺，贞观三年（629 年）沙门道□（《两京新记》作‘道说宛’所立。李俨《道因法师碑》：法师终于长安慧日之寺。”[64] 如果说“百济大寺”的九层木塔是仿照长安“慧日寺”而建造的观点可以成立，那么早在藤原京时日本就开始以唐长安城作为自己的模仿原型就不难理解了。正因为如此，所以我坚持认为藤原京的模仿原型不仅是唐长安城，就连平城京的模仿对象也只能是唐长安城，而不可能是唐长安城以外的任何都城。

12．在大学寮设计上的模仿

日本的“大学寮”就如同中国的“国子监”一样，它既是教育管理机关和国家的最高学府，同时也是培养中央官吏的学校。在中国，“国子监”的成立相对要早一些。所谓汉有“太学”；晋立“国子学”；北齐称之“国子寺”；隋炀帝始改为“国子监”；唐代则以“国子监”总辖“太学”、“国子”、“四门”等学。不过，根据《大宝令》记载，“大学”的名称是在日本天武、持统天皇统治时期（672 – 696 年）才开始出现了，所以使人很容易联想起这样一个问题，建于八世纪初期的平城京“大学寮”，大概是应该模仿了唐长安城中的“国子监”吧！严格来讲，日本的“大学”一词显然也是来自于中国的“太学”之名。“大”与“太”在日本属于同义词，可以相互替换使用，甚至两者的读音完全相同。然而，在平城京中，“大”字的出现频率要高于“太”字。例如，隋唐长安城宫名“太极宫”，在平城京中则变成了“大极宫”。所以说，中国的“太学”在日本改称为“大学”也就不足为奇了。不妨，我们还可以从平城京“大学寮”的所在位置上观察到一些蛛丝马迹。众所周知，唐长安城的“国子监”位于皇城南边东侧安上门之外的务本坊之内，而平城京的“大学寮”位置由于文献失载确切位置不得而知。但是从相当于中国宫城和皇城结合体的平城京内里、大极宫、朝堂院南边西侧门外出土的一些有关木牍来看，可以肯定平城京“大学寮”的位置应在此地或距此地不远的地方。如果真是这样的话，那么两者之间的位置就相差甚微，基本上是在同一位置上。所以我认为平城京的“大学寮”建制与位置无疑都是从唐长安城的“国子监”那里模仿过去的。另外，从其建造年代上来分析，看来要说平城京的“大学寮”模仿唐长安城以外都城“国子监”的可能性是极小的，几乎可以说是零。如上所述，日本“大学”名称出现时间为 672 – 696 年之间，正好相当于中国的盛唐时期。这一时期不仅是中日文化交流的高峰时期，同时也迎来了尔后日本遣唐使的大派遣时期。所以从这个意义上来说，假使说日本的“大学寮”与唐代的“国子监”之间存在着模仿关系的话，那么可以肯定不是唐洛阳城，便是唐长安城无疑。据我所知，“国子监”在城中的位置随着时代的推移，不断地自南向北迁移，这一变化是非常明显的，也是有规律可循的，早在东汉洛阳城时，“太学”的位置处在远离宫城的最南郊，与所谓灵台、明堂以及辟雍排列在一起，这些都是中国古代建筑特有的礼制建筑。考古工作者也对太学遗址进行了勘查和部分发掘，出土了许多石经的残块。太学遗址的范围很大，主要是由两部分所组成。其中一部分在辟雍之北，平面略呈长方形，东西约200米，南北约100米，附近发现的石经残块，被认为是东汉太学主要部分之所在；另一部分是在它的东北约100米，遗址保存较好，平面亦呈长方形，南北约200米，东西约150米，四周筑墙[65)]。到了北魏洛阳城时，汉代的“太学”之名不仅改为“国子学”，而且也将其位置从都城的最南郊一下子迁到了宫城的附近。“国子学”具体位于宫城南门阊阖门之南，铜驼街的东侧。进入隋唐时代以后，“国子监”的名称又被“国子学”之名取而代之，位置仅从长安城的情况来看，基本上被固定在皇城南边东侧安上门之外的务本坊之内。目前，尽管我们对于曹魏邺北城、东魏和北齐邺南城以及东都洛阳城的“国子学”位置还知之甚少，估计它们之间也同样烙有时代的印痕。如果沿着这条线索去寻找，那么平城京“大学寮”的直接模仿原型是不难解决的。总之，我认为日本“大学寮”的模仿原型与其说是唐洛阳城，倒不如说是唐长安城可以令人心悦诚服。

13．在罗城名称与罗城门建造上的模仿

罗城，亦称“外郭城”，它是指在古代宫城的外围另外加筑一道城墙而言，所以习惯上称之“内城外郭”之制。其实，“郭城”之名在中国出现的年代较早，在《孟子 · 公孙丑下》一文中就有“三里之城，七里之郭”[66)]的记载。然而，“罗城”之名则始于魏晋至隋唐之际。尔后对罗城虽有许多别的称谓，因与本文关系不大而从略。可是，在日本却只有“罗城”[67)]这种称谓，而且出现的年代较晚，属于天武天皇八年（678年）。这个时期正值中国唐长安城的兴盛时期，所以说日本都城模仿中国唐长安城是顺理成章的事情。其实，仅从“罗城”一词来分析，这个问题也是不难解决的。诚然，魏晋南北朝时期在一些属于地方城镇的城市中有“罗城”[68)]的称谓，但是在岸俊男先生一向所强调属于日本藤原京模仿“原型”的北魏洛阳城和东魏、北齐邺南城中，文献上却没有所谓“罗城”一词的记载。由此推之，日本在模仿中国带有罗城设施的都城时，看来并不

是魏晋南北朝时期的都城，而应该是属于隋唐时期的都城。这样的话，日本都城的模仿对象不是唐长安城又会是那座都城呢？此外，我们还可以从考古学上找到一条新证据。即日本平城京的“罗城门”模仿唐长安城的“明德门”就是一个最好的例证。首先，需要说明的一点是，日本的“罗城”只是一面建有所谓的“罗城墙”，形成一个“瓮城式”（亦称“回廊式”）的新格局。固然不像中国的“罗城”那样，在其四周建有高大、坚固的城墙，但是“罗城”的性质是完全相同的。尤其值得重视的是，平城京“罗城门”的位置不仅与唐长安城的“明德门”在同一位置上，而且其规模也大小相当，都属于“一门五洞式”的建制。不仅如此，它们各自都是全城中惟一一座最大的城门。“明德门”是长安城外郭城的正南门，北与皇城朱雀门和宫城承天门遥遥相对。遗址位于今天西安市南郊杨家村西南。早在 1972 年 10 月至 1973 年 1 月，中国科学院考古研究所西安工作队就对此门进行了发掘。据发掘者介绍：明德门是被火烧毁后才废弃的。明德门共有五个门道，平面呈长方形，城门墩东西长 55.5 米，南北宽 17.5 米，五个门道建筑形式相同，每个门道宽 5 米，进深 18.5 米（加包砖壁），各门道之间隔墙厚 2.9 米。每个门道的两侧都有排柱的柱础坑，础基石被破坏无存，柱础坑每排 15 个。各门道中的门槛是用青石制作的，门槛上有车辙的沟槽，有四个车辙，一个门道可以两车并行。但五个门道中只有东西两端的两个门道有车辙，有的车辙是从中间三个门道的前面绕至两端的门道通行的。结合文献记载来看，明德门为五个门道。其中东西两端门道为车马出入通行道；其次二个门道为行人出入通行道；中间门道很有可能就是专供皇帝出入通行的“御道”。在长安城的东、西、南三面，除了明德门之外，还有八个城门。不过，其它八个城门都属于“一门三洞式”的建制，惟有明德门是属于“一门五洞式”的建制。我认为这种规格的郭城正南门城门，应是代表最高等级、最高礼仪的城门，同时也是由“过渡期”的都城城门向“成熟期”都城城门不断发展的必然产物。例如，东魏、北齐邺南城的朱明门属于“一门五洞式”[69] 建制，发展到隋唐长安城时，明德门出现的“一门五洞式”建制也就不言自明了。另外，从明德门发掘出土的大量砖瓦和粉面彩绘砖来看，这应是城门门楼建筑的遗物[70]。正因为明德门是“一门五洞式”的建制，所以最晚在宋代明德门就有“五门”的别称。据宋人张礼《游城南记》记载：“盖京城之南凡三门，中曰明德门，今谓之五门。”[71] 总之，在中国都城城门发展史上，惟有隋唐明德门一枝独秀，为“一门五洞式”的建制。

无独有偶的是，日本平城京的“罗城门”不论是在位置上还是在规模上，都与隋唐长安城的“明德门”非常酷似，同时它也是平城京中惟一属于“一门五洞式”的建制。该城门的规模东西长33米，南北宽18米，是一个面阔五间、进深二间的大门洞。这种情况的产生，我认为绝不是偶然的现象，应是平城京对隋唐长安城建制的模仿。很显然，日本在建造平城京时，一方面采用了隋唐长安城“罗城”的名称和罗城的建制，另一方面也对隋唐长安城“明德门”的位置和规模进行了模仿[72]。在这一点上，丝毫看不出日本平城京有模仿北魏洛阳城和东魏、北齐邺南城的地方，更看不出有模仿隋唐洛阳城内定鼎门之处。

14．在道路设施和树木绿化上的模仿

首先，平城京的街道走向同隋唐长安城的街道走向一样，都保持了东西向与南北向的笔直大道，而没有迂回曲折的现象，形成所谓棋盘式的格局。唐代诗人白居易的“百千家似围棋局，十二街如种菜畦”[73] 就是上述情况的真实写照。“街衢绳直，自古帝京未之有也”[74]，也是隋唐长安城有别于其它都城显著特点之一。在长安城郭城之内共有二十五条大街，其中东西向的街道十四条，南北向的街道十一条。并将通向郭城南面三门的“三街”和贯穿于郭城东西六门的“三街”，称之为“六街”。与此同时，皇城南门朱雀门至郭城南门之间的“朱雀大街”还有“天门街”[75] 之称。不用说，以上“六街”是全城的主干大街。除最南面的延平门通往延兴门大街的宽度在55米外，其余五条大街的宽度都在100米以上。

值得关注的是，平城京的街道与隋唐长安城的街道相比，不论是道路的数量还是道路的排列情况都非常接近。很显然，它们之间是一种不可否认的模仿关系。平城京共有道路二十四条，其中东西向的街道十条（包括一条北大路和一条南大路在内），南北向的街道十四条（包括两条朱雀大路两侧的小路在内)。这些街道的宽度一般都在24米左右，内里、大极宫、朝堂院之南街道的宽度均在36米至48米之间，“朱雀大路”的宽度已达到了70多米，更是有过之而无不及。特别是两座都城的中轴大街都是以“朱雀”来命名，隋唐长安城的中轴大街称之为“朱雀大街”，而平城京的中轴大街同样称之为“朱雀大路”。如上所述，在古代汉语中，“街”和“路”的涵义都是指“道路”而言，且多指“大道”、“大路”与“大街”。更何况“街”和“路”在日语中的读音也是一样的，都读作“まち”，其涵义同样是指较宽大的道路而言。所以说，“朱雀大街”和“朱雀大路”本身是相同的，别无两样。很显然，日本平城京的“朱雀大路”是模仿唐长安城的“朱雀大街”而来的，同时这也是在道路方面平城京模仿唐长安城的一个实例。

其次，平城京与唐长安城相比，在道路两侧的排水沟设施方面也存在着惊人的相似之处。全城主干道路的路面均呈中间高、两边低的“脊梁骨”状，并且在这些道路的两侧还设有2.5米左右宽的排水沟。尤其值得一提的是，位于平城京朱雀大路两侧的排水沟，其宽度为6米，深度为1.5米。考古工作者也对唐长安城朱雀大街两侧的排水沟进行了发掘，排水利沟的断面呈梯形，上部的宽度为3.3米，底部的宽度为2.34米，深度为1.7—2.1米。一般道路的排水沟，其宽度为2.5米，深度也在1米以上[76)]。在唐宪宗元和十年（815年）六月，曾经在长安城内发生过这样一件突发事件，据《旧唐书 · 裴度列传》记载:“王承宗、李师道俱遣刺客刺宰相武元衡，亦令刺度。是日，度出通化里，盗三以剑击度，初断靴带，次中背，才绝单衣，后微伤其首，度堕马。会度带毡帽，故创不至深。贼又挥刃追度，度从人王义乃持贼连呼甚急，贼反刃断义手，乃得去。度已堕沟中，贼谓度已死，乃舍去。”[77)] 由此可见，多亏裴度遇刺后从马背上掉入排水沟内才幸免遇难。否则的话，后果是不堪设想的。现在看来，要让排水沟完全掩盖住一个人的身躯，我估计深度至少也应在1米左右，否则是不行的。总之，平城京和长安城的排水沟，不管是主干道路两侧的排水沟，还是里坊道路两侧的排水沟，其规模都是相当可观的，考古发现证实了这一点。

再是隋唐长安城道路两侧的树木绿化，也是都城建设的重要项目之一。可以说，早在营建大兴城时，就着手在城市内的大街小巷的两侧栽植各种树木了，其中以槐树和柳树为主。从《朝野佥载》卷 1 记载可以看出，当时的将作大匠高熲不仅带头栽种过槐树[78)]，而且也“常坐此树下检校”。即所谓“西京朝堂北头有大槐树，隋曰唐兴村门首。文皇帝移长安城，将作大匠高熲常坐此树下检校。后栽树行不正，欲去之，帝曰：‘高熲坐此树下，不须杀之。’至今先天百三十年，其树尚在，柯叶森竦，株根盘礴，与诸树不同”。槐树理所当然成为珍贵的保护树种。不仅如此，在城内诸街衢，也不能随意栽种其它树种。据《唐会要》记载：“广德元年（763 年）九月敕，城内诸街衢，勿令诸使及百姓辄有种植。”[79)] 这样一来，道路两侧槐树的排列就显得特别整齐，叶繁根壮，绿树成荫，形成一道靓丽的“槐衙”和“槐街”[80)] 风景线。种种迹象表明，“槐树”已成为隋唐长安城名副其实的“市树”。所以在当时官街有些地方的槐树枯死空缺时，所司想用榆树及时进行补栽，却遭到官吏京兆尹吴凑的极力反对，声称“榆非九衢之玩，亟命易之以槐”[81)]。除此之外，曲江池畔的风景树——柳树在长安城中也负有盛名，达到了“号为柳衙”[82)] 的地步。平城京在道路绿化方面较之隋唐长安城来说，也毫不逊色，依然是以“种植柳树、槐树”[83)] 为主。在日本最早的文学集《万叶集》中，还保存下来了许多歌吟道路两旁柳树的诗句。由此可以不难看出，日本平城京在模仿隋唐长安城都城制度的同时，也将长安的“市树”槐树和“风景树”柳树作为他们自己的主要树种。当然，这也是平城京模仿隋唐长安城，而没有模仿其它都城的一个实例。

15. 在松林苑配置上的模仿

在隋唐长安城的内外，先后开辟了三个风景园林区。即西内苑、东内苑和禁苑。西内苑由于在西内太极宫之北，所以也有“北苑”[84)] 之称；东内苑是东内大明宫的一处园林，位于大明宫的东南隅；禁苑就是隋代著名的“大兴苑”，位于外郭城之北。从其规模上来看，禁苑居于三苑之首。值得重视的一个现象是，隋唐长安城的三苑都位于都城的北部，尤其是西内苑与禁苑相距颇近。无独有偶的是，日本藤原京的园林是位于宫城北边一条和二条的“空地”之处。特别是平城京也是在宫城之北的京域（相当于隋唐长安城外郭城的北侧）外边，开辟了一处规模很大的“松林苑”。不过，从曹魏邺北城的“铜爵园”位置来看，它是在宫城的西边。而北魏洛阳城“华林苑”的位置又是在宫城的北侧。东魏邺南城的情况，据《资治通鉴》记载：“邺都仿京洛之制，亦有华林园。”85) 这样的话，邺南城的“华林园”位置应是同北魏洛阳城的“华林园”位置一样，毫无疑问也都应在宫城的北侧。从以上数例可以看出，将园林区安排在宫城的附近，这是南北朝时期都城苑林布局的一大特点。到了隋唐时代，苑林的位置不仅被移到郭城之外的西北方，而且规模也变得相当大了。不过，“西内苑”的范围，据《长安志》记载：“南北一里，东西与宫城齐。”86) 大明宫建成后，西南隅一带也被划入“西内苑”的范围之内。这时的“西内苑”规模，实际上“东出于宫城之东而近东偏者，南北亦不止一里也。”87) 东内苑的范围在东内之东南隅，“南北二里，东西尽一坊之地”88)。其面积在三苑之中，相对较小一些。“禁苑”就是隋大兴苑，位于外郭城之北，其规模“东距浐，北枕渭，西包汉长安城，南接都城。东西二十七里，南北二十三里，周一百二十里”89)。这样大规模的苑林，在中国都城史上是无与伦比的。而日本的平城京也是在同唐长安城的同一位置上，也开辟了一个日本都城史上最大的“松林苑”。这种情况的产生，绝对不是偶然的现象，而是“松林苑”对包括“西内苑”在内“禁苑”的一种模仿。实质上，这也可以说是日本平城京模仿唐长安城原型的真实写照。在这一点上，我与岸俊男先生的观点还有点不谋而合。

三、结　　论

通过以上十五个方面的比较研究，我认为日本平城京的直接模仿原型只能是唐长安城，而不可能是曹魏邺北城、北魏洛阳城以及东魏、北齐的邺南城，更不会是隋唐洛阳城。所以我始终坚持认为：“唐长安城则是平城京模仿的唯一蓝本。”90) 另外，隋唐长安城的建制也是在广泛吸收曹魏邺北城、北魏洛阳城以及东魏、北齐邺南城的优点基础上，由当时的将作大匠宇文恺按照“隋文（帝）的新意”[91]一手设计建造的，也是中国古代都城发展成熟的重要标志。我之所以认为日本平城京模仿隋唐长安城以外都城的观点是错误的，这是因为它从根本上混淆了都城彼此之间的承袭与模仿关系。也就是说，将曹魏邺北城→北魏洛阳城→东魏、北齐邺南城→隋唐长安城（在某些建制上，包括隋唐洛阳城在内）藤原京→平城京这样的继承和发展关系，一下子改变为曹魏邺北城→北魏洛阳城→东魏、北齐邺南城→藤原京→平城京这样的承袭与模仿关系。其中最大的错误，就是从根本上否定和忽视了唐长安城对日本平城京的直接影响，造成了事物发展规律的本末倒置。

注释：

1）王维坤著：《中日文化交流的考古学研究》，陕西人民出版社，2002 年。

2）【唐】魏徵等撰：《隋书》卷 1《高祖上》，中华书局，1973 年。

3）【唐】刘餗撰、程毅中点校：（唐宋史料笔记丛刊）《隋唐嘉话》，中华书局，1979 年。

4）【北宋】司马光撰：《资治通鉴》卷 175，中华书局，1956 年。

5）黑板胜美编：《新订增补国史大系 续日本纪》第 2 卷，吉川弘文馆，1966 年，第 34 页。

6）【唐】魏徵等撰：《隋书》卷 1《高祖上》，中华书局，1973 年。

7）【清】徐松撰、张穆校补、方言点校：《唐两京城坊考》，中华书局，1985 年。

8）孔祥星、刘一曼：《中国铜镜图典》，文物出版社，1994 年。

9）黑板胜美编：《新订增补国史大系 续日本纪》第 2 卷，吉川弘文馆，1966 年，第 34 页。

10）吉田孝著：《大系日本の历史 3 · 古代国家の步み》，小学馆，1988 年。

11）【北宋】宋敏求撰：《长安志》卷 7《唐皇城》，台北：成文出版社，1931 年。

12）【北宋】王溥撰：《唐会要》卷 50，中华书局，1998 年。

13）平冈武夫：《唐の长安》，《历史の教育》，1966 年；平冈武夫：《唐代の长安と洛阳》，京都大学人文科学研究所，1956 年。

14）马正林：《唐长安城总体布局的地理特征》，《历史地理》第 3 辑，上海人民出版社，1983 年。

15）【清】徐松撰、张穆校补、方严点校：《唐两京城坊考》，中华书局，1985年。

16）【后晋】刘昫等撰：《旧唐书》卷170《裴度列传》，中华书局，1975年；【宋】欧阳修、宋祁撰：《新唐书》卷173《裴度列传》，中华书局，1975年。

17）王维坤著：《中日の古代都城と文物交流の研究》，朋友书店，1997年。

18）王维坤：《唐长安城における大明宫含元殿の发掘と新认识》，（森浩一、松藤和人编：《同志社大学考古学シリーズⅦ考古学に学ぶ—遗构と遗物》），明文印刷株式会社，1999年。

19）岸俊男：《藤原仲麻吕の田村第》，《日本古代政治史研究》，塙书房，1966年。

20）张永禄著：《唐都长安》，西北大学出版社，1987年。

21）王仲殊：《平城京遗址》，（中国大百科全书考古学编辑委员会：《中国大百科全书·考古学》），中国大百科全书出版社，1986年，第365页。

22）马得志：《唐代长安与洛阳》，《考古》1982年第6期。

23）【北宋】宋敏求撰：《长安志》卷7《唐皇城》，台北：成文出版社，1931年。

24）王维坤：《试论中国古代都城的构造与里坊制的起源》，《中国历史地理论丛》1999年第1期。

25）王维坤：《试论隋唐长安城的总体设计思想与布局——隋唐长安城研究之一》，（西北大学文博学院编：《考古文物研究——纪念西北大学考古专业成立四十周年文集1956－1996年》），三秦出版社，1996年。

26）宿白：《隋唐长安城和洛阳城》，《考古》1978年第6期。

27）西安市地方志馆、张永禄主编：《唐代长安词典》，陕西人民出版社，1990年。

28）【清】徐松撰、张穆校补：《唐两京城坊考》，中华书局，1985年。

29）【北宋】王钦若、杨亿、孙奭等编：《册府元龟》卷13，全12册，中华书局，1960年、1985年版，另有2006年凤凰出版社版。

30）【清】徐松撰、张穆校补：《唐两京城坊考》，中华书局，1985年。

31）宿白：《隋唐长安城和洛阳城》，《考古》1978年第6期。

32）马得志：《唐代长安与洛阳》，《考古》1982年第6期。

33）中国社会科学院考古研究所西安工作队：《唐长安城安定坊发掘记》，《考古》1984年第4期。

34）金子裕之著：《平城京の精神生活》，角川书店，1997年。

35）【梁】萧统编、【唐】李善注：《文选》卷6《魏都赋》，中华书局，1997年。

36）中国社会科学院考古研究所、河北省文物研究所邺城工作队：《河北临漳邺北城遗址勘探发掘简报》，《考古》1990 年第 7 期。
37）【北魏】杨衒之撰：《洛阳伽蓝记》、范祥雍校注：《洛阳伽蓝记校注》，上海古籍出版社，1978 年。
38）陈久恒：《隋唐洛阳城遗址》，（中国大百科全书考古学编辑委员会：《中国大百科全书 · 考古学》），中国大百科全书出版社，1986 年。
39）王维坤：《隋唐长安城与日本平城京的比较研究 —— 中日古代都城研究之一》，《西北大学学报》（哲学社会科学版）1990 年第 1 期；王仲殊：《论日本古代都城宫内大极殿龙尾道》，《考古》1999 年第 3 期。
40）黄展岳：《中国西安、洛阳汉唐陵墓的调查与发掘》，《考古》1981 年第 6 期。
41）秦建明、甄广全、王文阁：《乾陵外城垣跨山越谷气势恢宏》，《陕西日报》2000 年 4 月 23 日第 1 版。
42）王维坤：《日本平城京模仿隋唐长安城原型初探》，《文博》1992 年第 3 期。
43）上田正昭等：《日本古代史の原点を探る · 壁画古坟の谜》，讲谈社，1972 年。
44）张永禄著：《唐都长安》，西北大学出版社，1987 年。
45）岸俊男编：《日本の古代 9 · 都城の生态》，中央公论社，1987 年。
46）【清】徐松撰、李健超增订：《增订唐两京城坊考》卷 2《西京 · 外郭城》，三秦出版社，1996 年。
47）王仲殊：《中国古代都城概说》，《考古》1982 年第 5 期。
48）【北魏】杨衒之撰：《洛阳伽蓝记》、范祥雍校注：《洛阳伽蓝记校注》，上海古籍出版社，1978 年。
49）【清】徐松辑录：《元河南志》卷 1 引《韦述记》，中州古籍出版社，2011 年。
50）王仲殊：《关于日本古代都城制度的源流》，《考古》1983 年第 4 期。
51）【唐】刘餗撰、程毅中点校：（唐宋史料笔记丛刊）《隋唐嘉话》，中华书局，1979 年。
52）【南宋】程大昌撰：《雍录》，收入【明】嘉靖年间监修的《陕西通志》，1935 年。
53）【清】徐松撰、张穆校补：《唐两京城坊考》，中华书局，1985 年。
54）【后晋】刘昫等撰：《旧唐书》卷 169《郑注列传》，中华书局，1975 年。
55）【汉】司马迁撰：《史记》卷 127《日者列传》，中华书局，1983 年。
56）岸俊男：《平城京と长安城》，（门胁祯二等编：《エコール · ド · ロイヤル古代日本を考える③ 古代飞鸟と奈良を考える》），学生社，1985 年。
57）杨鸿年著：《隋唐两京坊里谱》，上海古籍出版社，1999 年。

58）【唐】慧立本、彦悰笺：《大慈恩寺三藏法师传》，亦称《大慈恩寺三藏法师传》、《三藏法师传》、《慈恩传》等，卷 10。参见【唐】玄奘、辩机撰：《大唐西域记》，12 卷，中华书局，2011 年。

59）马得志：《唐长安城发掘新收获》，《考古》1987 年 4 期。

60）僧师蛮撰：《本朝高僧传 · 和州大安寺沙门道慈传，（大安寺史编集委员会编：《大安寺史 · 史料》），实业印刷株式会社，1984 年。

61）黑板胜美编：《新订增补国史大系 · 续日本纪》第 2 卷，吉川弘文馆，1966 年。

62）刘建著：《佛教东渐》，社会科学文献出版社，1997 年。

63）【清】徐松撰、李健超增订：《增订唐两京城坊考》卷 2《西京 · 外郭城》，三秦出版社，1996 年。

64）王仲殊：《汉魏洛阳城遗址》，（中国大百科全书考古学编辑委员会：《中国大百科全书 · 考古学》），中国大百科全书出版社，1986 年。

65）陈戍国点校：《四书五经》（上册），岳麓书社，1991 年。

66）黑板胜美编：《日本书纪》卷 29 记载：天武天皇八年（678 年）十一月，“初于龙田山、大坂山置关，仍于难波筑罗城”。

67）王仲殊：《中国古代都城概说》，《考古》1982 年第 5 期。

68）中国社会科学院考古研究所、河北省文物研究所邺城考古工作队：《河北临漳县邺南城朱明门遗址的发掘》，《考古》1996 年第 1 期。

69）中国社会科学院考古研究所西安工作队：《唐代长安城明德门遗址发掘简报》，《考古》1974 年第 1 期。

70）【北宋】张礼撰：《游城南记》共 1 卷，此书收入《钦定四库全书》卷 71《史部 27 · 地理类 9 · 游记之属》。

71）王维坤：《隋唐长安城与日本平城京的比较研究 —— 中日古代都城研究之一》，《西北大学学报》（哲学社会科学版）1990 年第 1 期。

72）【唐】白居易：《登观音台望城诗》，收入《全唐诗》卷 448。

73）【北宋】宋敏求撰：《长安志》卷 7《唐皇城》，台北：成文出版社，1931 年。

74）【元】李好文撰：《长安志图》卷上记载：“当皇城朱雀门曰朱雀街，亦曰天门街，南直明德门。”

75）王维坤：《平城京の模仿原型》，（上田正昭编：《古代の日本と东アジア》），小学馆，1991 年。

76）【后晋】刘昫等撰：《旧唐书》卷 170《裴度列传》，中华书局，1975 年。

77）【唐】张鷟撰：（唐宋史料笔记丛刊）《朝野佥载》6 卷，与【唐】刘餗撰、程毅中点校：（唐宋史料笔记丛刊）《隋唐嘉话》为合刊本，中华书局，1979 年。不过，据卷 1 记载：“（开元二年）六月，大风拔树发屋，长安街中树连根出者十七八。长安城初建，隋将作大匠高熲所植槐树殆三百余年，至是拔出。”

78）【北宋】王溥撰：《唐会要》卷 86《街巷》，中华书局，1998 年。

79）【清】徐松撰、李健超增订：《增订唐两京城坊考》卷 2《西京 · 外郭城》，三秦出版社，1996 年。

80）【北宋】王溥撰：《唐会要》卷 86《街巷》，中华书局，1998 年。

81）【五代南唐】尉迟偓撰：《中朝故事》记载：“号为柳衙，意谓其成行如排衙也。”

82）王仁波：《从考古发现看唐代中日文化交流》，《考古与文物》1984 年第 3 期。

83）【宋】司马光编著、【元】胡三省注：《资治通鉴》卷 197《唐纪 13》（全二十册），中华书局，1986 年。

84）【宋】司马光编著、【元】胡三省注：《资治通鉴》卷 159《梁纪 15》（全二十册），中华书局，1986 年。

85）【北宋】宋敏求撰：《长安志 · 内苑》，台北：成文出版社，1931 年。

86）【清】徐松撰、李健超增订：《增订唐两京城坊考》卷 1《三苑》，三秦出版社，1996 年。

87）【清】徐松撰、李健超增订：《增订唐两京城坊考》卷 1《三苑》（修订版），三秦出版社，2006 年。

88）王维坤：《隋唐长安城与日本平城京的比较研究 —— 中日古代都城研究之一》，《西北大学学报》（哲学社会科学版）1990 年第 1 期。

89）【北宋】宋敏求撰：《长安志》卷 7《唐皇城》，台北：成文出版社，1931 年。

90）王维坤著：《中日文化交流的考古学研究》，陕西人民出版社，2002 年。

91）【北宋】宋敏求撰：《长安志》卷 7《唐皇城》，台北：成文出版社，1931 年。

敦煌本讃文類と唱導、變文
―太子讃類から押座文、講唱體への發展を中心として―

荒見泰史

第一節　前書

敦煌文獻中には、佛家が讃詠に用いた「讃偈」、「禮讃」等の「讃」、「讃文」を題に冠した歌辭が數多く殘されている。

こうした敦煌の讃文類文獻を一覽すると、音樂的要素の濃い淨土五會念佛の流れを汲む 9、10 世紀文獻が多くの部分を占めていることが讀み取れる。それらの基となったと思われる法照『淨土五會念佛誦經觀行儀』もまた―― 全三巻のうち中巻（P.2066)、下巻（P.2250、P.2963、守谷本）のみではあるが―― 敦煌文獻に殘されており[1]、これらの敦煌文獻を整理研究することによって、唐五代の敦煌における法會や日常における讃詠、佛教音樂と淨土念佛の浸透と流行など、具體的な時代變化の狀況を知ることができると考えられる。さらにこうした日常における讃詠が、民間層により近い部分で行われた唱導や、民衆を對象とした講唱文學などへも影響したことが預測され、文學研究においてもきわめて重要な資料となり得ると考えられる。

こうした敦煌本讃文類寫本に關する研究は、文學研究の角度に據る研究は古く狩野直喜氏[2]に始まると言って良いであろう。その後は、羅振玉氏[3]、向達氏[4]などに俗文學發展との關係との中で論述されてきた。那波利貞氏[5]に至って押座文と變文との關係が明確に述べられると、その後、金岡照光氏[6]によって敦煌文獻に殘される押座文との關係から讃文類文獻の整理分類が試みられ、また數々の論稿へとつながることとなったのである。淨土教研究の角度からは、矢吹慶輝氏[7]、塚本善隆氏[8]、佐藤哲英氏[9]、廣川堯敏氏[10]、張先堂氏[11]などに詳細な研究がある。原文に關しては任半塘『敦煌歌辭總編』、任二北（半塘）、王小盾（昆吾）両氏『隋唐五代燕樂雜言歌辭集』[12]などに翻刻紹介されてきた。その宗教的意義や、發展の系譜も明確になり、圖録などの原巻寫本の檢索が容易になった今日ではさらに研究は進展し、王小盾（昆吾）氏[13]、李小榮氏[14]、林仁昱氏[15]などにさらに多くの資料が發見、紹介され、敦煌本に殘される讃文の整理分類などが今日では大幅に進むこととなった。

以上に紹介してきたような敦煌文獻の整理研究の成果を通じて、敦煌においてはこれらのような讃文類が 9 世紀半ばから 10 世紀を中心に流行していたことが明らかにされているが、こうしたことは、今日における敦煌變文の發展的研究において極めて重要な點を示唆していると言える。というのは、これまでの筆者らの研究によって、敦煌文獻に見られる變文が 10 世紀に大いに發展し、法會の次第にあわせて梵唄、齋意、莊嚴等の作法を組み合わせた日本に言う「講式」に近いスタイルへと發展したこと、そして何よりも韻文を伴う講唱體變文として發展した年代も概ね 10 世紀であることが既に明らかとなっている[16]。ならば、同時代に流行していた讃文類と講唱體變文類 —— とくに韻文部分における —— 發展との間に何らかの關係が有るのではないか、と推測されるのである。例えば、讃文類に見られる文體 —— 五言や七言の韻文體を多く使い、四句ごとに韻を變える —— 形式は講唱體變文類に見られる韻文の形式と基本的には一致している。さらに、例えば『歡喜國王縁』（P.3375V、上海藏 16、28）の韻文前などに「觀世音菩薩、佛子」のような注記が見られるが、これは『五臺山讃』（S.4039、S.4429、S.5456、S.5473、S.5487、P.4625、鹹 18（北京 8325））に見える「大聖文殊師利菩薩、佛子」という注記にも通じるものである。このような「和聲」[17]をともなう形式の讃文は、淨土五會念佛の讃文ではきわめて多く見られる。このように淨土五會念佛の讃文と變文の韻文部分にはよく似た部分が見られているのである。こうした點にはさらなる檢討が必要であろう。

さらに、これらの讃文の講唱體變文發展への影響を考えることは、變文發展の過程にみられる押座文の發生や展開を考える上でも重要である。押座文というのは、敦煌における俗講や八關齋會などの次第にのみ見られる法會を始めるにあたって讃詠される讃文の一種で、内容は多く法會の趣旨を説明する爲に用いられる。9世紀半ば頃の文獻から10世紀の講唱體變文の中では、しばしば物語の初めの導入部分として書き殘されており、後代の話本、小説などの韻文による入話へと發展したと考えられている[18)]。このような法會における趣旨説明を讃詠するということは、唱導との何らかの發展關係が預測され——具體的には唱導が讃唄と何らかの經緯によって結合されて押座文へと變化したと預測される譯で——この時期の讃文の使用狀況と變化の様相は、こうした唱導から後代の文學作品へと脈々と受け繼がれる流れをつかむ上において重要と考えられるのである。

この様な點を考え、讃文類と講唱體類との發展關係について、筆者はすでに拙稿『敦煌講唱文學文獻研究』において、『悉達太子讃』が『悉達太子修道因縁』、『八相變』、『太子成道經』といった講唱體の佛傳故事類變文の發展に如何に關わっているかについて考察を行ったことがある。そこでは、確かに悉達太子「樹下誕生」から「出家踰城」、「雪山修道」に至る物語を歌う『太子讃』という讃文が、講唱體類の押座文として使われたケースを突き止めることができた。また同類の押座文である『八相押座文』は、発展の過程に於いて四句ごとに分割されて、講唱體變文の韻文部分として使われるという注目すべきケースも見られることが分かったのである。このように、讃文を含めた讃詠のための韻文體は、講唱體が運用される中で自在に轉用され、講唱體變文の發展に大いに影響を及ぼしていることがすでに確認されているのである。

しかし、前稿においては、講唱體の成立狀況の解明を主にしていたために讃文の詳細な調査と、成立の背景、使用の狀況などについては檢討の餘地を殘していた。そこで、本稿においては、講唱體變文發展よりもさらに以前の段階、唱導から變文への繋がりを模索することを目的として、敦煌の讃文についてその創作意圖や用途を考えつつ調査を進めたいと考える。特に、本稿においてはまず當時様々なバリエーションによって流行していたと見られる『太子讃』を中心として取り上げ、前稿では未解決であった讃文の流行と『太子讃』の創作意圖、唱導から講唱體文獻發展へのより具體的な狀況について考えることとしたい。

第二節　『太子讃』及び同一寫本の記述から見た讃文の用途

『太子讃』は、9、10 世紀の歸義軍時代の文書に多く見られる讃文の一種であり、その内容は主として悉達太子の「樹下誕生」から「出家踰城」そして「成道」へ至る、一連の佛傳を歌うものである。

現存する法照『淨土五會念佛誦經觀行儀』あるいは同じく法照の撰で圓仁により日本に傳えられた『淨土五會念佛略法事儀讃』には收録されておらず、作者等も不詳であり、淨土五會念佛讃文との關係は必ずしも明確ではない。ただ、この『太子讃』の記される寫本を一覽すると法照の二書から抽出した讃文と併記されて使用されているものが多い點から、淨土系の讃文類と近い關係を持ち、浄土念佛の法會などに於いて使用されていたケースがあったことが指摘できる。さらに、その内容を見ていくと、概ねが悉達太子「樹下誕生」から「出家踰城」、「雪山修道」に至る佛傳故事が歌いこまれ、そこに見られる語句に、「九龍」、「無憂樹」など、多く民間に流布しつつ經典には餘り見られない表現が有るが[19]、これらがこうした淨土五會念佛 —— 例えば『淨土五會念佛略法事儀讃』「正法樂讃」など —— にも見られるものであることもここに指摘しておきたい[20]。ちなみに、『悉達太子修道因縁』、『八相變』、『太子成道經』といった佛傳故事類變文及び『醜女縁起』(P.3048 本のみ[21])の冒頭に共通して見られる「慈力王」、「歌利王」、「尸毗王」、「月光王」、「寶燈王」「薩埵太子」といった釋迦の前世における功德の物語も同じこ

の『淨土五會念佛略法事儀讚』「正法樂讚」には類似する文辭が見られており、こうした敦煌における佛傳故事流布にも淨土五會念佛の影響を讀み取ることもできる。以上のように、『太子讚』は淨土五會念佛の讚文とは斷定し得ないものの、當時の敦煌において淨土五會念佛の何らかの影響下に作られた讚文であると考えて良いと思われるのである。

またこの『太子讚』は、時に題名を變え、また幾つものバージョンに變化させながら9世紀末から發展していったと見られる。その用途は、得度式のような出家にかかわる儀式や、普段の讚詠、講唱文學における使用などが考えられ、稿本や新たなバージョンを作成する過程と見られる寫本まで見えており、當時の流行の様子を察することができる。

以下にそれらの文獻について紹介をしていくが、ここではそれぞれ寫本の詳細と併記される内容についても記載する方法をとりたい。その理由は、讚文のみでは寫記された時代や用途が判然としないことが多いが、併記される内容によってそれらを知る手掛かりとなるからである。とくに讚文を列擧するのみの寫本が多く、儀禮での用途について判斷することが難しいので、併記されている記述、押座文との關係がヒントになる譯である。

またこうした中で、『淨土五會念佛誦經観行儀』より抽出した讚文が併記されていた場合、例えば、『淨土五會念佛誦經觀行儀』に收録されるそれぞれの讚文の題名下には「此讚通一切處誦」、「此讚大會時誦」などの注記が殘されており、如何なる讚文が如何なる狀況で歌われていたかを推測することができる。そして、その讚文が『淨土五會念佛誦經觀行儀』から書き拔かれて獨立して日常で使われた場合 —— 例えば『淨土法身讚』が拔粹されて『大乘淨土讚一本』(S.382、S.447、S.3096、S.4654、S.5569、S.6109、P.2483、P.3645、P.3697、北京8347等)として、また『涅槃讚』が拔粹されて『佛母讚』(S.5466、S.5473、S.5581、S.5689、S.5975、P.3118、P.3645、P.3892、P.4597、北京6878V、北京8347等)として使用されるような場合 —— でも、その歌われていた場面を概ね推測できるという利點もある。

以下に、『太子讃』のバージョンごとに紹介していく。

(一)『八相押座文』

この『八相押座文』は、題名として『太子讃』を冠する寫本はないが、他の『太子讃』と同じ内容を歌う韻文であり、講唱文學に使用されていたことも明らかで、文學發展上同じ系統にあることは前稿「從敦煌寫本中變文的改寫情況來探討五代講唱文學的演變」にも述べたとおりである。

『八相押座文』は、「始從兜率降人間，先向王宮示生相」に始まる七言體の韻文である。韻はほぼ4句ごとに變えている。S.2440の記載が最も句數も多く40句を殘す現存最長のもので、他の寫本が「出家踰城」までの部分を中心としているのに対して、悉達太子が天上界から降誕する「樹下誕生」から、「出家踰城」、「降魔」、「成道」を經て「初轉法輪」に至る部分までを残している。「唱將來」という押座文末尾の常套句の部分が見られないところをみると、現存の部分より長く續くものであったことが想定され、あるいは『八相押座文』の名の通り、「釋迦八相」の全てを歌っていたもので、『淨土五會念佛略法事儀讃』に見られる「正法樂讃」とは、内容上より近いものであった可能性も考えられる。

『八相押座文』の名稱は、このS.2440のみに殘されるものである。この文獻は、別に書き寫された多くの押座文をつなぎ合わせて作られたと見られる寫本である。ただパーツとなっている多くの寫本が「押座文」の真題を殘している中で、この『八相押座文』のみは題名を後から箋に書いて張り付けているところが興味深い。あるいは他の用途で用いられていた文獻を、押座文文獻を切り集めて張り合わされた際に、題名のみ後から張り合わされたものなのかも知れない。『八相押座文』の發展を考える上で、この點は重要であろう。さらに言えば、このS.2440の記載は、初めから30句までの部分――「成道」まで――はS.548V、S.2352V、S.4626、P.2999、北京8436等の講唱體中（『悉達太子修道因緣』、『太子成道經』）に挾み込むように使用され、さらに同時に4句ごとに切り分けられて講唱體の一部としても使用されている。この變文への發展の過程についてはやはり前稿に記したとおりである。

それらと若干様子を変えるものに、P.2091V がある。この寫本は『兪成（踰城）日文』の真題が有り、他の『二月八日文』（『諸雜齋文』等所載）などからの發展關係が考えられるものである[22)]。しかしそれでいて末尾には「清涼高聲唱將來」という押座文特有の常套句が見られており、さらには『俗講莊嚴迴向文』とも併寫されており、法會のための文辭への改變が見られている。内容は、S.2440 や變文に轉用されている他のものからはとはかなり異なる表現が見られている（參考資料參照）。寫本の狀況から 9 世紀のものとみられ、或いは S.2440 より早い發展段階のものと思われる。この點については後述する。

なお講唱體に取り込まれていった年代については、この系統で最も早期の講唱體と見られる寫本は S.3711V で、寫記年代は 923 年と推定されるので、その時代以降のことであろう。

『八相押座文』及び、その文體を殘す講唱體は以下の數點である。

(1)	P.2091	正面文獻：	①勝鬘經義記卷下
		背面文獻：	②無常經疏 / ③（不知經疏） / ④兪成（踰城）日文 / ⑤讚釋文
(2)	S.2440	正面文獻：	①（維摩經押座文） / ②三身押座文 / ③八相押座文 / ④（押座文） / ⑤溫室經講唱押座文 / ⑥維摩經押座文
		背面文獻：	⑦押座文 / ⑧（悉達太子成道吟詞）
(3)	龍谷大學藏	正面文獻：	①悉達太子修道因緣 / ②無常［詩］ / ③壁畫和尚［詩］
(4)	北京 8436	正面文獻：	①（太子成道經）
(5)	S.2682	正面文獻：	①（大佛略懺卷第一、卷第二）
		背面文獻：	②（太子成道經）
(6)	P.2299	正面文獻：	①（太子成道經）

(7)　P.2924　正面文獻：①(比) 丘尼懺單波夜提文
背面文獻：②(太子成道經) *冒頭に太子讚の眞題あり。
(8)　S.548　正面文獻：①(佛名經)
背面文獻：②(太子成道經)
(9)　S.4626　正面文獻：①(太子成道經)
(10)　S.2352　正面文獻：①(大乘無量壽經) / ②大乘無量壽經
背面文獻：③(太子成道經)
(11)　P.2999　正面文獻：①(太子成道經)
背面文獻：②成道經壹卷（題名一行）

*預想される時代順に配列するものとする。以下同じ。

(二)『太子讚』① (又名『悉達太子讚一本』、『悉達太子押座文』等)

寫本に據り若干異同はあるが、「迦維衛國淨飯王，悉達太子厭無常」に始まり「今日出離三界内，救度衆生無等輪」に至る 60 句の七言體韻文である。題名は『太子讚』のほか、『悉達太子讚一本』、『悉達太子修道因縁』など様々である。

内容は悉達太子が世の無常を感じ、「父母（原文のまま）」のもとを離れて出家を志す部分で、出家に際しての心情を中心に歌うものである。内容的に見て、『八相押座文』よりも長文であり、講唱體『悉達太子修道因縁』、『太子成道經』故事の梗概を歌う押座文としては適當と見られる。あるいはそのような意圖によって創作され、『八相押座文』と差し替えられたとも理解できる。

この『太子讚』はこのように押座文として講經に用いられ講唱體へと書き換えられていったものの他に、『悉達太子讚』の名稱のまま讚詠に用いられていたようで、後代にも多くの寫本を殘している。それらの發展關係を考えるために對照表を作成して比較してみたが（【巻末資料】參照)、比較的その年代順序は明らかである。何よりも BD7676 には推敲され書換えられた痕跡が明確に殘されており、その後の寫本では書き改められた文辭が繼承されていく狀況は參考になる。それによると最も古いと見られる寫本が S.5892 で、「甲戌年三十日三界寺僧沙彌法定師記耳」との識語が見られることから、914 年頃に記載されたものと見られる。そこから推定すると、(一) の『八相押座文』の發生よりもやや後に作られたということであろう。さらに 923 年頃には、S.3711V にも見られるようにすでに講經等の儀式を通じて講唱體への改變が始められていることが分かり、S.5892 寫作の頃は講唱體『悉達太子修道因縁』完成期の少し前の時期であることになる。

また、もっとも新しい寫本は P.3645 と S.4654 で、S.4654 には同一寫本中に「大周廣順四 (954) 年」の『書稿』が見られるのでその頃の寫本とわかる。このように、この『悉達太子讚』は 10 世紀初めから數十年もの間歌い續けられたと見られるのであるが、この S.4654 では冒頭部分を殘して後半は五更轉へと書換えられている點は興味深い。五更轉については後述する。

なお五會念佛との關係についてであるが、(8)、(9) には「大乘淨土讚一本」、「佛母讚」など、『淨土五會念佛誦經觀行儀』から抽出された讚文が併記され、その用途の上での關係が指摘できる。他に (2)、(8) など『五臺山讚』など五會念佛發祥の地である五臺山巡禮にかかわる讚文との併記が目立つことも、指摘しておきたい。

(1)　S.5892　小冊子：①地藏菩薩經十齋日 / ②悉達太子修道因緣 / ③辭娘贊文 / ④普誦贊文 / ⑤無相法身體
識語：甲戌 (914) 年三十日三界寺僧沙彌法定師記耳。

(2)　S.5487　正面文獻：①悉達太子讚一本 / ②五臺山讚 / ③(太子五更轉)
背面文獻：④(倒寫四文字)
識語：丙子年二［月］(916 年)

（3）　北京 8441　正面文獻：①勸善文
背面文獻：②悉達太子讚一本

（4）　P.2249　正面文獻：①大般若波羅蜜多經卷第二三三
背面文獻：②（習字斷片“大目乾連”、“往生淨土經”、“開蒙要訓”）/ ③（雇男契書）/ ④（落書“太公家教”、“王梵志”題目）/ ⑤悉達太子修道因緣
識語：壬午（922）年正月一日慈惠鄉百姓康保住

（5）　S.3711　正面文獻：①大般若波羅蜜多經卷第二三三
背面文獻：②悉達太子修道因緣
識語：癸未年三月□康園□（923 年）
癸未年三月一日立契（923 年）

（6）　S.6537　正面文獻：①（佛經）
背面文獻：②（放妻書）/ ③家童再宜放書一道／④遺書一道 / ⑤（兄弟分家契）/ ⑥（十五人結社文）/ ⑦（信札文範）/ ⑧慈父遺書一道 / ⑨放妻書 / ⑩（社約）/ ⑪諸雜要緑序一本 /（社約）/ ⑫阿郎放奴婢書一道 / ⑬太子修道讚文 / ⑭龍州詞 / ⑮大唐新定吉凶書儀一部並序

（7）　P.2924　正面文獻：①（比）丘尼懺單波夜提文
背面文獻：②（悉達太子修道因緣）
②首題：太子讚

（8）　P.3645　正面文獻：①前漢劉家太子傳 / ②季布詩詠 / ③金剛經讚文／④書信草稿

解說：參考：第149行有："大漢國" 一句。這是後漢時代（946～950年）寫本的寫法。

背面文獻：⑤薩埵太子讚 / ⑥大乘淨土讚 / ⑦佛母讚 / ⑧五臺山讚文 / ⑨禮懺文

(9)　S.4654　正面文獻：①薛訶商上人寄錫雁閣留題並序 / ②（觀音願文）/ ③唐故歸義軍節度前都押衙充內外排使銀青光祿大夫檢校左散騎常侍兼禦史大夫上柱國預章羅王道眞贊並序 / ④（大乘淨土讚）/ ⑤舜子變一卷 / ⑥（佛說問答詩）/ ⑦（衆經要集金藏論）/ ⑧（經文注疏）/ ⑨（釋文）/ ⑩（大般若波羅蜜多經釋文）/ ⑪（大乘十齋日）

背面文獻：⑫（大周廣順年書稿十行）/ ⑬（雜寫二行）/ ⑭（正月孟春猶寒等書稿七行）/ ⑮（丙午年粟等記帳本）/ ⑯（慈惠鄉百姓王盈子、王盈軍、王盈進、王通兒等家產相續訴狀稿）/ ⑰（敦煌昔日等七言詩）/ ⑱（今日同遊上碧天等七言詩和五言詩幾首）/ ⑲（南無釋迦牟尼佛等雜寫十四行）/ ⑳（婦女亡孝等雜寫四行）/ ㉑丈夫百歲篇（題名一行）/ ㉒失（悉）達太子雪山修道讚文壹本 / ㉓（雜寫三行）/ ㉔（河西大德悟眞法師等贈答詩（倒寫））

(三)『太子讚』②

『太子讚』の眞題が有るが、「釋迦住在寶樓城，花林園中太子生」に始まる七言體韻文は他の『太子讚』とはかなり異なる。僅か8行24句の殘巻で、寫本の下部數センチも闕損しているので内容は讀み取りづらい。他の『太子讚』類との文辭の一致は見られない。他と若干異なる事といえば、5行目以降では「菩提樹下結加坐」、「悉達太子得成佛」など、修行を終えて初轉法輪のくだりに入っている點であろう。

（1）　Дx1230　　正面文獻：①佛名悪略懺悔文
　　　　　　　　　背面文獻：②太子讚

（四）『太子讚』③

「聽説牟尼佛。初學修道時。歸宮啟告父王知。道我證無爲。釋迦牟尼佛」に始まる、五五七五五を一首とする27首の韻文歌辭を集めている。これら27首はいずれも二、三、四句で韻を踏む特徴を持つ。内容は釋迦八相のうち、「樹下誕生」から「成道」に至る物語の一首一首が順不同に斷片的に語られているようである。

なおS.126と、S.2204の两寫本の記述はほぼ同じであり、前後闕のS.126の内容がS.2204と比べて殘された内容が若干少ない程度の差である。

S.126とS.2204の『太子讚』以外の記載もほぼ一致しており、父母に對する情、恩徳と無常に關して述べる『董永變文』、『十無常』、『父母恩重讚』を併記していることは興味深い。この董永の物語の特徴は、「家裏貧窮無錢物，所買（賣）當身殯耶孃」、「父母骨肉在堂内，又領（令）舉發出於堂」など、本來の父親に對する孝を説く董永故事とは異なり、母親を含む两親に對する孝が強調されている點と、やはりもとの董永の物語には無い、董永の息子の董仲が天女である母親を慕って捜しに出かける物語が加わっているところにある。そうした付加についてはすでに先行研究にも見られる通りであるが、寫本の内容を總合的に見た場合、出家に際しての父母に對する情という點で共通するように思える。あるいは出家に際しての何らかの儀式において讚詠されたものではないかと推測される。この點は（一）の S.5892 に「辭娘讚」を併記するのとも通じるものである。

なお、これらが寫記された年代に關しては、寫本から見ていずれも歸義軍時代のものと推測されるが、それ以上に年代を特定し得る資料には闕ける。

(1)　S.126　　正面文獻：①（太子讚）/ ②十無常 / ③父母恩重讚
　　　　　　背面文獻：④大集經四十六巻
　　　　　　　　解説：經文中、“年”、“月”、“天”、“人”、“聖”、“地” などみな則天文字で書かれており、則天時代の文獻であると疑われる。參照『敦煌遺書總目索引新編』。

(2)　S.2204　　正面文獻：①（董永變文）/ ②太子讚 / ③十無常 / ④父母恩重讚 / ⑤十勸鉢禪關

（五）『太子讚』④（『太子五更轉』①）

三七七七を基調とする五更轉である。第一、二、四句に押韻する。全文は以下のとおり。

一更初。太子欲發坐尋思。奈知耶娘防守到。何時度得雪山川。
二更深。五百個力士睡昏沈。遮取黄羊及車匿。朱騣白馬同一心。
三更滿。太子騰空無人見。宮裏傳聞悉達無。耶娘肝腸寸寸斷。
四更長。太子苦行萬里香。一樂菩提修佛道。不籍你世上作公王。
五更曉。大地上衆生行道了。忽見城頭白馬蹤。則知太子成佛了。

一見して第一句が押韻されていないかに見えるが、五代における河西の方言音によるものであるとされている[23)]。

(1) の S.5487 は、「一更初。太子欲發□□」の 1 行が殘されるのみである。ただ、このS.5487に殘されることによって、五更轉がかなり長い時期に歌われていたものであるとわかる。

(1)　S.5487　正面文獻：①悉達太子讚一本 / ②五臺山讚 / ③(太子五更轉)
背面文獻：④(倒寫四文字)
識語：丙子年二［月］(916年)

(2)　P.3083　正面文獻：①太子五更轉

(3)　P.2483　正面文獻：①歸極樂讚 / ②蘭若讚 / ③阿彌陀讚 / ④太子五更轉 / ⑤往生極樂讚 / ⑥五臺山讚文 / ⑦五臺山並序 / ⑧寶鳴（鳥）讚 / ⑨印沙佛文 / ⑩臨曠文 / ⑪太子五更轉 / ⑫大乘淨土讚一本
背面文獻：⑬(雜寫幾行)
識語：維大宋太平興國四（979）年己卯歲十二月三日保集發信心寫親讚文壹本記耳。

(六)『太子入山修道讚』(『太子五更轉』②)

「一更夜月良。東宮建道場。幡花傘蓋日爭光。燒寶香」に始まる五五七三を基調とする五更轉である。一更から五更までこの五五七三を三首1組としており、全體は15首で構成されている。押韻は各1組1韻である。

内容は悉達太子の宮廷での生活から「出家踰城」、「雪山修道」までを歌っている。

(1)　P.3061　正面文獻：①(太子入山修道讚一本)
背面文獻：②(雜寫一行)

(2)　P.3065　　正面文獻：①太子入山修道讚一本 / ②(雜寫一行)

(3)　P.3817　　正面文獻：①太子入山修道讚一本

(七)『太子踰城念佛讚文』

題名を含めて15行。「初出東門逢衰老，髮白面鄙力還微。弱杖扶身難動□，耳聾眼睛少光暉（輝）」から始まる七言韻文40句からなる。「四門出遊」から「出家踰城」までのくだりが歌われている。

(1)　P.3156　　正面文獻：①上都章敬寺西方念佛讚文 / ②太子踰城念佛讚文 / ③西方淨土念佛讚文 / ④佛母讚 / ⑤道場樂讚

(八)『二月八日押座文』

P.2250に張られている碎片に題名のみが殘されている。その内容は不詳。「二月八日」としていることから、「出家踰城」との關係が預測されるのみである。ちなみに、P.2250は『淨土五會念佛誦經觀行儀』であり、何らかの關連があってそこに張られたものと思われるが、その意圖は不明である。

(九)『太子讚』

P.4017のみに殘されている。七言體の韻文で、5行10句。韻は偶数句のみ全て同韻である。

全文は以下の通り。

太子讚一本　　押字爲定

我今捨卻人間寶，觀想當來出世塵。
庫藏本來非常用，恒將散食濟貧人。
啟燈圓來[□]作意，道路峗巖受苦辛。
吾今布施心歡喜，七孔多林梵微塵。

世世相遇善知識，共同金剛不壞身。

そしてこの後に『賢愚經』あるいは『經律異相』などから略出した祇陀太子の「五百乞兒」の物語の故事略要が續く。これらを總合的に考えた場合、この前の『太子讚』の眞題の殘されている部分も、殘されている文面からは「散食」、「布施」の功德が中心に説かれている点から、「釋迦八相」、あるいは悉達太子の故事というよりも、むしろ「五百乞兒」の物語の登場人物である祇陀太子を指しているとも思われる。そのような理由で、悉達太子の讚文を紹介する本稿においては、『太子讚』の眞題があるという理由から、一應最後の（九）として紹介するが、内容的には異なっていることも付け加えておく。

また注記される「押字爲定」と言うのも判然としない記載である。或いは「押座文」に言う「押」の意味と捉えられるように思われなくもない。あるいは「押字（座）爲定」と考えれば、この讚文を押座文として使う表示と讀めなくはない。實際に「讚」を題する讚文を押座文として使用しているケースは、P.2924 における『太子讚』など、すでに見られている通りである。しかし、この場合にそのような意味で讀めるかどうか、或いは押座と何らかの關係のある注記として如何に讀むかについては議論が必要である。しかし、いずれにしても一貫した内容の韻文をともなう故事略要本と見ることができ、變文研究にとってはきわめて重要な資料であると考える。

この文獻の年代については、まず『社司轉帖』について、これらに年代を特定し得る記述がある譯ではないが、ここに見られる文體は同類の『社司轉帖』を見ても、10 世紀半ばころのものと多く共通點が見られることがわかる。さらにこの『社司轉帖』が『渠人轉帖』と見られることもその説を補強し得るであろう。『渠人轉帖』については先行研究に譲るが、例えば姜伯勤氏はこうした『渠人轉帖』は 10 世紀半ば頃の資料が多いことを指摘しておられるのである[24)]。次に『詠九九詩』とそこに記載される「乙酉」の識語についてであるが、これについて徐俊氏は

「乙酉」を925年と考える意見を出されている[25]。さらに『鵲踏枝』については、孫其芳氏に意見があるが、曲調は後唐時代に同じ曲調の作品があるとのことである。

以上に據れば、これらの寫本が10世紀半ばころの寫記であると考えて妥當であろうと思われるのである。

(1)　P.4017　　小冊子：①(契據)/②社司轉帖/③行人轉帖/④詠九九詩一首/⑤曲子長相思/⑥鵲踏枝/⑦太子讚一本（五百乞兒故事略要）

第三節　敦煌本『太子讚』類の特徴

以上に敦煌文獻に見られる『太子讚』及び類似の文獻を集めてその特徴を見てきた。

總じて、悉達太子の故事は、多くのバリエーションが作られ歌われてきたことが分かる。敦煌においては同じ悉達太子の故事を語る講唱體變文だけでも多くのバリエーションが作られており、悉達太子の人氣の高さが窺われる。そうした中で、『太子讚』は時には押座文として何らかの法會で歌われていたことが分かるほか、一部の五更轉のように自らの修行として讚詠するためのものが見られるなど、異なる様々な場面でこの類の韻文が歌われ、『太子讚』の名稱を持って親しまれていたことが分かる。

さらに、こうした悉達太子の故事の中でも、特に「出家踰城」の部分に人氣が集中している點は、讚文類、講唱體類に共通している。出家に關心が高いというのは出家者の特に多い敦煌と言う特殊事情も考えられるであろう[26]。李小榮氏が、敦煌の佛讚類を分類した時に「出家讚類」を一類として擧げたようにそのような讚文等を集めた寫本は特に多く見られている[27]。本稿でも取り上げたS.126、S.2204、S.5892などはそうした寫本に分類される文獻と言える。

またそうした出家修行という點から、悉達太子の「雪山修道」、「入山」がしばしば強調されるのも特徵の一つと見ることができる。「太子入山修道讚」を題とする五更轉も見られている。そうした中で、やや不可解ではあるが、『五臺山讚』が併記されるものが多いことも注目されるべきであろう。10世紀の敦煌には、文殊菩薩信仰と繫がる五臺山に對する信仰に人氣が集まっていたことはよく知られている通りである。衡州で開かれ五臺山で廣められた法照の淨土五會念佛の流行もあり、五臺山參詣は敦煌でも廣く宣傳されていた。『往五臺山行記』とも稱される文獻もS.397、P.3973、P.4648と多くが發見されていることはよく知られており、李盛鐸舊藏本『驛程記』もまたこれと類する寫本であることが最近報告されている[28)]。五臺山を題として詠んだ讚文も、①『五臺山讚』(法照讚仰の語句を含む)、②『五臺山讚』(法照讚仰の語句を含まない)、③『五臺山聖境讚』、④『五臺山並序』、⑤『遊五臺讚文』、⑥『大唐五臺曲子』の六種類が敦煌から見つかるほど注目を集めていた[29)]。このうち『太子讚』は①(P.2483、P.3645)、②(S.5487)と併記されるのである[30)]。

このような悉達太子の「雪山修道」故事と五臺山の關係は莫高窟の壁畫にも見られていて、莫高窟第61号窟を代表とするように、歸義軍時代は五臺山圖が、しばしば釋迦八相圖とともに描かれているのである。特にこの第61号窟からみた場合、釋迦八相圖とは言うものの、『太子讚』の場合と同じように「成道」の場面までが描かれているのにとどまり、佛傳のその後の部分が描かれていないこと點は、一連の『太子讚』とも共通していると言える。では「雪山修道」故事と五臺山にはどのような關係があるのだろうか。

その答えとなるのが例えば淨土念佛經讚文を集めたS.4597の『遊五臺讚文』記載などである。『遊五臺讚文』には悉達太子についての記述もあり、「太子六年持苦行」のように描寫しているのである。つまり、このように五臺山參詣の讚揚に際して太子の「出家踰城」から「入山修行」を關連させて描寫していると見ることができるのである。

そのように見た場合、もう一點指摘しておきたいことは、S.3645 の内容である。ここには、『五臺山讚』、『薩他（悉達）太子讚』に加えて、王莽に追われて西王母の崑崙山を目指した光武帝の物語と、そして關連する崑崙山の西王母の故事が斷片的に合計 6 點載せられる故事略要本の『劉家太子變』が併記されているのである。具體的な關係に關してはさらに議論が必要となろうが、やはり太子が主人公であることと「入山」修行を中心テーマとしていると見える點で興味深い事例として一應紹介しておく。

それにしても、これらの讚文類が、多くの寫本において淨土五會念佛關連の讚文と併記されている點は、本稿の冒頭にも述べた通りであるが、講唱文學にも大きく影響を及ぼしているとも見え、十分な研究が必要であろう。

この淨土五會念佛が法照によってまとめられた時期については、北宋遵式『往生西方略傳』、南宋宗曉『樂邦文類』、志磐『佛祖統記』などに記されている通りである。それらによれば、法照は大曆四年に南方の衡州で淨土五會念佛法門を創始し、その後、五臺山を巡禮して五臺山、太原一帯にこの法門を廣めた。その名聲は長安にまでとどき、德宗は法照を長安に招いてこの法門は長安にまで廣められたと言う。こうした淨土五會念佛の敦煌における流布は、敦煌が吐蕃支配から離れた 9 世紀半ば頃と見てよいであろう。敦煌文獻に見られる淨土五會念佛讚の最も古い資料が「咸通六（865）年二月日僧福威上司空牒」の題記を殘す P.2066『淨土五會念佛略法事儀讚卷中』であることがそれを示している。淨土五會念佛讚文の敦煌における流行はそれから間もなくであったと見られ、『淨土五會念佛略法事儀讚』から讚文を抽出した文獻も多く見られるようになる。

そうした中で、『淨土五會念佛略法事儀讚』には見られない、別の系統の讚偈やあらたに創作された讚偈を同じ寫本に寫したもの等も多く見られている。例えば 9 世紀末から 10 世紀初めと見られる P.4587 のように、當時の流行曲とともに『淨土五會念佛略法事儀讚』から抽出された讚文を綴る寫本も見られている。

またそのように使われている例の中からは、八關齋會にも淨土五會念佛の讚文は關係し、讚詠されていた可能性が見られている。例えば、9世紀末から10世紀初めの寫本と見られるФ109『大乘八關齋戒文』であるが、この寫本は『受八關齋戒文』を書き換えつつ八關齋會の次第作法のスタイルを時代に合わせて充實させる過程の寫本で、この寫本では、冒頭に押座文を加え、末尾に『西方十五願讚』を加えるというスタイルで書かれている。この『西方十五願讚』と言うのは言うまでもなく『淨土五會念佛略法事儀讚』から拔書きされたものである。これによって、9世紀末から10世紀頃の八關齋會では、淨土五會念佛の讚が歌われていたことが分かるのである。言うまでもなく、この八關齋會はP.3849V『佛説諸經雜緣喩因由記』「俗講儀式次第」に記される一連の法會の一つであり、俗講や變文との關係も深いと見られる。『受八關齋戒文』の發展にはまた押座文、莊嚴回向文など、變文の發展と共通點が多く見られていることは筆者もすでに論じたことがある[31)]。

こうした點から、講唱體が見られるようになる前の時代にすでに八關齋會と讚文との關係が指摘できると言うことは、變文の韻文部分に對する淨土五會念佛の讚文の影響を考えることは、時代から言っても妥當であるということになる。

音樂的で表現の平易な淨土念佛讚の流行が講唱文學に影響したと考えるのはきわめて自然なことであろう。

その點については張先堂氏も以下のように指摘している。

　在敦煌文獻中保存了64個有關淨土五會念佛法門的寫本、這些衆多的分屬於不同寺廟的、由不同的僧俗人抄寫、使用的寫本，顯露出淨土五會法門曾在敦煌地區十分流行的歷史痕跡。同時這些寫本中有關淨土五會念佛讚文的寫本數量突出的現象，也反映了淨土五會念佛法門格外注重誦讚的儀節，並注重運用通俗易懂、生動活潑的文學形式和富有樂感、悦耳引人的傳播方式來勸世化俗，因而得以在廣大中下層民衆中普遍流傳的歷史特徵。

このような時代に、敦煌本の『太子讚』が生み出されていったと考えられるのであり、先に言うような記述にみられる共通性も、このような經緯に據るものであると見られるのである。

第四節　小結 ―― 押座文、讚文と唱導 ――

押座とは、言うまでもなく敦煌における法會の次第にのみ見られるもので、それを文辭に表した押座文類もまた敦煌文獻にしか見られないものである。しかし、その講唱文學を通じて起こった文學的な流れは、先にも言うように後代の小説にも見える點から、同じような現象は敦煌に限られるものではないはずで、同時代の法會、そこから講唱文學へと廣く見られたものであったに違いない。

その押座文の機能については、孫楷第氏初め、多くの先學諸氏に述べられてきた通りであり、法會の趣旨を表白する機能を持っているとされている。多くの敦煌の押座文に見られるように、そうした機能は概ね共通していて、『維摩詰經講經文』に對する『維摩押座文』、『受八關齋戒文』に對する八關齋の梗概を歌う『押座文』のように法會における講經文、受戒儀式に對應する、梗概を歌う韻文類が多く殘されている。『八相變』に對して『八相押座文』が見えることは先にも述べる通りであり、故事を語る講唱文學に於いても對應する押座文が見られ、やはりその梗概が歌われていたことが分かる。また多くの押座文の文末に「經題名目唱將來」のような決まり文句が記されることから、法會の初めの部分に歌われていたものであることも分かり、梗概を歌いつつ、法會の初めに讚詠により座を鎭めて静肅を保つ「押」＝「壓」の機能を兼ね備えているとも考えられる。

さて、そのような押座文が、『太子讚』という讚文によって ―― 或いはこの文體を利用し、加工して――綴られている事について考えなければならない。ここに言う讚文とは押座文とどのような關係が考えられるであろうか。

古來漢語における「讚」といえば、讚美、或いは梗概などの説明という機能を指すのが常であり、漢語に言う「讚文」から想起されるイメージには、そのような意味がこめられていることは言うまでもない。劉勰『文心雕龍』「頌讚第九」にもその定義を説明して以下のように言っている。ここではまず「讚者，明也，助也」と言い、續けてその文體について「讚は初め司馬相如「荊軻讚」という文を作り、司馬遷『史記』、班固『漢書』では「讚」という文によって人を褒貶したが、それらは「約文」（要約した梗概の文）によって總括的に記録するというものである[32]。さらに、讚の本質として、讚嘆という意味から發しており、簡略ながら情を盡くし、輝くような美辭によって文を作るのが讚である、とも言っている[33]。敦煌本に殘される「邈身讚」のように、個人の傳が美辭によって歌い上げられる例もある。「讚」という音と文字にそのようなイメージがあることは間違いがない。

それと同時に、『文心雕龍』「頌讚第九」には、そのイメージに加えるべき興味深い記載が記されている。

> 昔，虞舜之祀，樂正重讚，蓋唱發之辭也。及益讚於禹，伊陟讚於巫咸，並颺言以明事，嗟歎以助辭也。故漢置鴻臚，以唱拜爲讚，即古之遺語也。
>
> 昔、虞舜の祀に、樂正讚を重ぬは、蓋し唱發するの辭なり。益の禹を讚け、伊陟の巫咸に讚ぐるに及んでは、並びに颺言して以て事を明らかにし、嗟歎して以て辭を助く。故に漢の鴻臚を置き、唱拜を以て讚を爲すは、即ち古の遺語なり。

つまり、舜帝のころに祭祀に臨んで樂官が讚を繰り返したのは祭祀の初めの言葉であり、漢の鴻臚においては「唱拜」つまり聲を以て禮拜を先導することを「讃」と言っていたとしているのである。つまり、古においては「讃」儀禮において開始を告げる儀式の先導を指し、それを「讃」とも稱しているのである。このような祭祀における場合の「讃」のイメージは重要で、少なくとも『文心雕龍』の書かれた梁の頃には「讃」には美辭による梗概という文體としてのイメージのほかに、そのような祭祀に於けるイメージも重層的に存在していたことになる。佛教における讃は、stotra などの梵語の漢譯と見られているが、その漢譯の背景にそのような意味が存在していたと考えてよいのであろう。

そのような重層的イメージを以て作り出される讃文と言う文體は、法會の趣旨説明としての唱導に韻文を用いようとした場合、—— 本來の讃文の創作意圖と用途にかかわらず —— 適當な素材となりうることは言うまでもないであろう。そのように考えた場合、『悉達太子修道因緣』などの冒頭に記される『悉達太子讃』は、押座文よりも、むしろ本來的な形を殘していると考えることができるように思われるのである。

敦煌文獻に殘される讃に對するこのような見方は筆者の憶測のみに據る譯ではない。先程から見てきた文獻の中の、『八相押座文』の系統の一本、P.2091V の記載では、經疏の後に『八相押座文』(『俞成(踰城)文』の題有り)と『(擬)俗講莊嚴迴向文』(『讃釋文』の真題あり)を順に併寫しているとしたが、實はその他に、經疏の末尾に、「開讃文」、「讃釋文」との記述が見られている箇所がある。このうちの「讃釋文」が、その後ろに書かれる『(擬)俗講莊嚴迴向文』を指しているものであることは『(擬)俗講莊嚴迴向文』に實際に「讃釋文」と題が書かれていることから間違いがない。そのように見た場合、「開讃文」の方は同じくその寫本の後ろに併寫される『俞成(踰城)文』則ち『八相押座文』を指していると推測される。つまりここでは所謂『八相押座文』を指して開讃の文であるとしている譯である。

さらに、この「開讃」が、P.3849V、S.4417 の儀式次第 —— 例えば「講維摩」の場合、「先作梵」、「次念観世音菩薩三两声」、「便説押座」、「説經題」、「開讃」、「莊嚴」、「念佛一两聲」、「法師科三分經文」のような順で見られる――や『俗講莊嚴迴向文』の出だしの部分――「以此開讚○○功德」の常套句で始まる――に見られる語であることはよく知られている通りである。この「開讚」の意味については、日本の儀式次第等に見られないことなどからこれまで様々な見解がある[34)]。またこの「講維摩」の次第に於いては「開讚」の前にすでに「押座」が別に見られていることから、少なくともP.3849Vでは「開讚」と「押座」はそれぞれ別に行われていたことが分かり「開讚」=「押座」と言う考えは成り立ちにくいかに思われるかもしれない。しかし、筆者は「開讚」と「押座」は、時に混同されている例が多く見られることから、押座文が讚から徐々に發展する過程で起こる混用であると考えられると思う。敦煌の法會次第のゆるやかさに關しては、例えばΦ.109等では、P.3849Vの八關齋會の次第には見られなかった「押座」が加わっている例もあり、様々な實際の法會次第に於いて、次第も必ずしも一定していた譯ではないことが分かっている。『太子讚』が押座文として使用されている例、そして新たにP.2091Vでは『八相押座文』が『開讚文』と書かれている例を總合して考えた場合、このP.2091Vに記される「開讚」の意味は、次第で見られる「莊嚴」の直前の「讚」――俗講、八關齋における押座――を指していると推測して大過ないと考える次第である。

※本稿は2011年5月11日に、イギリスロンドン大學で開催された「SOAS研究集會前近代の日本における新たな法會・儀禮學の構築をめざして――ことば、ほとけ、圓像の交響」参加に際して提出した同名論文に若干の語句の訂正をし、注を加えたものである。

注

1)　法照には他に日本に殘される『淨土五會念佛略法事儀讚』(上、下)の完本があり、敦煌本『淨土五會念佛誦經觀行儀』(上闕)との比較検討が重要である。參照『大正新脩大藏經』第47巻、No. 1983、頁474～490。

2)　狩野直喜「支那俗文學史研究の材料(上)」、『藝文』第7巻第1號,1916年。

3)　羅振玉『敦煌零拾』「佛曲三種」、1924年。

4） 向達「論唐代佛曲」、『小説月報』、第 20 卷第 3 號、1929 年。

5） 那波利貞「俗講と變文（下）」、『佛教史學』第 1 卷第 4 號、1950 年、頁 49。

6） 金岡照光『敦煌出土文學文獻分類目録附解説』、『西域出土漢文文獻分類目録』Ⅳ、東洋文庫敦煌文獻研究委員會、1971 年；『敦煌の民衆』、評論社、1972 年。

7） 矢吹慶輝「法照念佛讚について」。

8） 塚本善隆『唐中期の淨土教』、法藏館、1975 年。

9） 佐藤哲英『龍大圖書館山内文庫藏法照和尚念佛讚 —— 本文附解説』、慶華文化研究會、1951 年；「法照和尚念佛讚について（上、下）」、『佛教史學』第 3 卷第 1 號、第 2 號、1952 年；「敦煌出土法照和尚念佛讚」、『西域文化研究』第 6 卷、法藏館、1963 年。

10）『敦煌出土法照關係資料について』、『石田充之博士古稀記念論文集 —— 淨土の研究』、永田文昌堂、1972 年；「禮讚」、『敦煌と中國佛教』、『講座敦煌』7、大東出版社、1984 年。

11）張先堂「晚唐至宋初淨土五會念佛法門在敦煌的流傳」、『敦煌研究』、1998 年、第 1 期。

12）任半塘『敦煌歌辭總編』；任半塘、王小盾（昆吾）兩氏『隋唐五代燕樂雜言歌辭集』、巴蜀書社、1990 年。

13）王昆吾『隋唐五代燕樂雜言歌辭研究』、中華書局、1996 年。

14）李小榮『敦煌佛教音樂文學研究』、福建人民出版社、2007 年。

15）林仁昱『敦煌佛教歌曲之研究』、中國佛教學術論典 89、佛光出版社、2003 年。

16）拙稿『敦煌變文寫本的研究』、中華書局、2010 年；『敦煌講唱文學寫本的研究』、中華書局、2010 年。

17）任二北氏の命名による一連の「和聲聯章」という韻文類に屬すと見られる。

18）金岡照光「押座考」、『東洋大學紀要文學部篇』18、1964。

19）拙稿「從敦煌寫本中變文的改寫情況來探討五代講唱文學的演變」，『敦煌講唱文學寫本研究』、中華書局、2010 年。

20）拙稿「淨土念佛法事與變文」、『敦煌寫本研究年報』第 13 號、2019 年。

21）高井龍「『金剛醜女縁』寫本の基礎的研究」、『敦煌寫本研究年報』5、頁 257-285。

22）拙稿「二月八日の出家踰城と敦煌の法會・唱導」、『敦煌寫本研究年報』第 8 號、2014 年。

23）龍晦「敦煌歌辭方音考釋」、『敦煌歌辭總編』、上海古籍出版社、1987

年。

24）參照姜伯勤『敦煌社會文書導論』、『敦煌學導論叢刊』4、頁 191。

25）徐俊「詠九九詩」、『敦煌學大辭典』、上海辭書出版社、1997 年、頁 572。

26）藤枝晃「敦煌の僧尼籍」、『東方學報』29、1959 年、頁 285-338 等。

27）李小榮『敦煌佛教音樂文學研究』、福建人民出版社、2007 年。

28）高田時雄「李盛鐸舊藏本《驛程記》初探」、『敦煌寫本研究年報』5、2011 年、頁 1-13。

29）『五臺山讚』の分類に關しては廣川堯敏氏「禮讚」（『敦煌と中國佛教』、『講座敦煌』7、大東出版社、1984 年）を參照。

30）拙稿「敦煌本《五臺山讚文》與念佛法事、齋會」、『2013 敦煌、吐魯番國際學術研討會論文集』、國立成功大學中國文學系印行、2015 年。

31）拙稿「敦煌本《受八關齋戒文》寫本の基礎的研究」、『敦煌寫本研究年報』5、2011 年、頁 129-149。

32）「至相如屬筆，始讚荊軻，及遷史固書，託讚褒貶。約文以總錄。」（『文心雕龍』、「頌讚第九」）。

33）「約舉以盡情，昭灼以送文。此其體也。」（『文心雕龍』、「頌讚第九」）。

34）參照拙稿「押座文及其在唐代講經軌範的位置」、『敦煌變文寫本的研究』、中華書局、2010 年、240-281 頁。

【資料 1】『八相押座文』

P.2091V

1. 俞成（踰城）日文 上從兜率降人間，托在王宮為太子。捨却一切人間事，
2. 雪山修道證法身。摩耶聖主往後園，婇女頻妃奏樂喧。魚透碧波堪上
3. 岸，無憂花樹色最宜鮮。無憂花樹葉敷榮，夫人彼中緩步行。舉手
4. 或攀枝餘葉，釋迦聖主袖中生。牟尼釋迦降生來，還從右脇出
5. 神胎。九龍注水沐太子，千輪足下瑞蓮開。阿斯陀仙啓大王，此今瑞相
6. 極貞祥。不是尋常等閑事，必爲菩提大法王。先開幼（有）教一（益）群迷，住此
7. 法空令悟解。蹔向靈山談妙法，利今利後不思議。今朝希遇大乘
8. 經，似現幽談花益開。蹔來聽聞微妙法，學佛修行能不能。能者嚴
9. 心合掌着，清涼高聲唱將來。

S.2440

1. 始從兜率降人間，先向王宮示生相，
2. 九龍齊温香和水，争浴蓮花葉上身。

八相押坐文

3. 聖主摩耶往後薗，頻妃婇女走樂喧，魚透碧波堪
4. 賞翫，無憂花色最宜觀。
5. 無憂花樹葉敷榮，夫人彼中緩歩行，舉手或攀
6. 枝餘葉，釋迦聖主袖中生。
7. 釋迦慈父降生來，還從右脇出身胎，九龍灑水早是
8. 衩，千輪足下有瑞連。
9. 阿斯陀仙啓大王，太子瑞應極貞祥，不是尋常等閑事，
10. 必作箇菩提大法王。
11. 前生與殿下結良縁，賤妾如今豈敢專，是日耶輸再三
12. 請，太子當時脱指環。
13. 長成不戀世榮華，厭患深宮为太子，捨却金輪七寶，
14. 六年苦行在山中，鳥獸同居为伴侶，長飢不食眞
15. 修飯，麻麦將來便短終。
16. 得證菩提樹下身，降伏衆魔成正覺，鷲領峯頭
17. 放毫相，鹿苑初度五俱輪。
18. 先開有教益群情，次説空宗令悟解，後向靈山談妙法，
19. 益今利後不思議。　今晨擬説此甚深經，唯願慈悲來至此，
20. 聽衆聞經輕罪滅消。

【資料２】『太子讃』②(又名『失（悉）達太子雪山修道讃文壹本』、『悉達太子讃一本』)

S.4654

1. 『失達太子雪山修道讃文壹本』釋迦圍國浄
2. 飯王，悉達太[子]厭無常。誓求无上菩提果，夜半
3. 棄成(城)座道場。太子十九遠裹(離)宮，夜半騰身曰(越)
4. 九重。莫怪不思婦娘去，修行暫到雪山中。觀世
5. [一]更長，如來體姓心中藏，不丁(知)自身便是佛。無明法
6. 海帳(障)閉自慌忙。了五尹(蘊)。體皆亡。藏六識。不相當。行
7. 至座臥長(常)作意。則之(知)四大是[佛堂]。二更長。以爲功徳
8. 盡無常。世間造作因(應)不久無明法海體皆亡。入世尹(位)。坐
9. 金光(剛)。之(諸)佛果。變(偏)十方。十方得世緣十一。坐禪只足於[□□]。

10. 三更嚴。坐禪執定甚能甜，不信之（諸）天甘路（露）蜜，

11. 磨(魔)（以下闕）

＊後半は『五更轉』を混入させているが、それらとも若干の距離がある。類似する『五更轉』には P.2963, 周 70, S.4173, S, 5529, P.2984, 露藏 1363 がある。

S.5487

1. 悉達太子讃一本　迦維衛國淨飯王，
2. 悉達太子厭无常。誓求无上菩提□，
3. 夜半踰城坐道場。太子十九遠離宮，
4. 夜半騰身越九重。莫怪不思父王去，
5. 修行暫到説山中。二月八日夜踰城，
6. 行到雪山猶未明。父王憶號咷哭，
7. 姨母搥凶發大聲。太子行至檀笛山，
8. 出家脩道有阿難。誓願發心離宮
9. 闕，降魔外道度人天。雪山脩道定安禪，
10. 苦行眞心難更難。日食一麻或一麦，
11. 鵶鵲巣居頂上安。發遣車匿迴歸，
12. 朱騌歩々涙雙垂。車匿聞言聲哽噎，
13. 渾追自撲告夫人。父聞警走出宮門，
14. 姨母號咷問去因。怨恨去時不相報，
15. 肝腸寸斷更無蹤。父王爲子納耶輸，
16. 顔容美貌世間無。婇女如仙都不顧，
17. 一心脩道向眞如。踰城脩道夜從君，
18. 無事將鞭指接身。六年始養究家子，
19. 此事何如辦爲眞。自爲新婦到王宮，
20. 將謂君心有始終。唯望百年同富貴，
21. 抛我如我半路中。父王問時可少怒，
22. 釋衆聞知發大嗔。苦法萬般教處置，
23. 中心更向阿誰陳。勅下令教造火坑，
24. 羅睺子母被駈行。合掌虔恭齊發願，
25. 如來時爲放光明。武士擁至火坑傍，
26. 垂々涙落數千行。阿孃一身遭大難，
27. 不忍懷中一子傷。舉手金爐焚寶香，
28. 頭向殿前禮十方。若是世尊親子息，
29. 火坑速爲化清涼。清淨如來金色身，

30. 多劫曾經患苦身。今日出離三界内，
31. 救度衆生無等倫。《悉達太子讚一本》

S.6537

1. 太子修道讚文
2. 加維衛國淨飯王，悉達太子厭無常。
3. 誓求无上菩提果，夜半踰城坐道場。太子拾九遠
4. 離宮，夜半騰身越九重。莫怪不辭父王起，修行
5. 暫到雪山中。二月八日夜踰城，行至雪山猶未明。
6. 父王憶念號咷哭，姨母搥凶發大聲。太子行至檀得山，
7. 出家脩道有何難。誓願發心離宮闕，降魔成道
8. 度人天。雪山脩道定安禪，苦行眞心難更難。
9. 日食一麻或壹麦，鵶鵲巣居頂上安。發遣車匿却迴
10. 歸，

P.3645

1. 薩埵太子讚　　迦圍(維)衛國淨飯王，悉達太子厭無常。
2. 誓求無上菩提果，夜半圍(踰)城坐道場。太子十九遠離宮，
3. 夜半騰身越九重。莫怪不辭父王去，修行暫到雪山中。
4. 二月八日夜圍(踰)城，行到雪山猶未明。父王憶念號咷哭，
5. 姨母搥凶發大聲。太子行至檀特山，出家脩道有何難。
6. 誓願發心利(離)宮闕，降魔成道度人天。雪山脩道定安禪，
7. 苦行眞心難更難。日食一麻或一麦，鵶鵲巣居頂上安。
8. 發遣車匿却迴歸，朱騌歩歩涙雙垂。車匿問言聲哽噎，
9. 魂追自撲告夫人。父聞驚走出宮門，姨母號咷問去因。
10. 怨恨去時不相報，肝腸寸斷更無蹤。父王爲子納耶輸，
11. 容顔美貌世間無。彩(婇)女如鮮(仙)都不顧，一心脩道向眞如。
12. 圍誠(踰城)脩道也從君，無事將鞭指接身。六年始養冤家子，
13. 此是如何使邊(辦)眞。自爲新婦到王宮，將爲(謂)君心有始終。
14. 唯疑(望)百年同富貴，抛我如何半路中。父王問時可少怒，
15. 釋衆聞知發大嗔。苦法萬般教處置，忠(中)心更向阿誰陳。
16. 勅下令教造火坑，羅睺子母被駈行。合掌虔恭發願重，
17. 如來特賜放光明。武士擁至火坑傍，垂々涙洛(落)數千行。
18. 阿孃一身遭大難，不忍懷中一子傷。舉手金爐焚寶香，
19. 頭面(向)殷勤禮十方。若是世尊親子息，火坑速爲化清涼。
20. 清淨如來金色身，多劫曾經患苦親。今日出離三界内，

21. 救度衆生無等輪。紅鮮紫尾不消愁，放汝隨波逐□□。

＊細部において異なるところもあるが、基本的にBD7676で修正された箇所は踏襲している。BD7676に據る修正後のものとわかる。つまりBD7676は10世紀半ばよりも前の寫本と言うことになるのである。

北京8441（皇76）BD7676『悉達太子讚一本』

1. 悉達太子讚一本
2. 迦維衛國淨飯王，悉達太子厭無常。誓求無上菩提果，
3. 半夜踰城坐道場。太子十九遠離宮，夜半騰身越九重。
4. 莫怪不辭父王去，修行暫到雪山中。二月八日夜踰城，
5. 行到雪山猶未明。父王憶念號咷哭，姨母搥凶發大聲。
6. 太子行至檀笛《特》山，出家脩道有何難。誓願發心離宮闕，
7. 降魔成道度人天。雪山脩道定安禪，苦行眞心難更難。
8. 日食一麻或一麦，鵶鵲巢居頂上安。發遣車匿却迴歸，
9. 朱騌歩歩涙雙垂。車匿聞言聲哽噎，渾追自撲告夫人。
10. 父聞警走出宮門，姨母號咷問去因。怨恨去時不相報，
11. 肝腸寸斷更無蹤。父母爲子納耶輸，顔容美貌世間無。
12. 婇女如仙都不顧，一心脩道向眞如。踰城脩道夜《也》從君，
13. 無事將鞭指接《妾》身。六年始養寃家子，此是如何辦爲眞。
14. 自爲新婦到王宮，將謂君心有始終。唯望百年同冨貴，
15. 抛我如我《何》半路中。父王聞時可少怒，釋衆聞知發大嗔。
16. 若法萬般教處置，中心更向阿誰陳。勅下令教造火坑，
17. 羅睺子母被駈行。合掌虔恭齊發願，如來時爲放光明。
18. 武士擁至火坑傍，垂々涙落數千行。阿孃一身遭大難，
19. 不忍懷中一子傷。舉手金爐焚寶香，頭向殿前禮十方。
20. 若是世尊親子息，火坑速爲化清涼。清淨如來金色身，
21. 多劫曾經患苦身《親》。今日出離三界内，救度衆生無等人。
22. 悉達太子讚一本

＊『太子讚』をもとに數ヶ所書き換えている箇所が見られる。その結果はすべてS.3711V、龍谷大學藏など講唱體『悉達太子修道因緣』に反映されており、『太子讚』から講唱體『悉達太子修道因緣』へと移行する中間の韻文體『悉達太子讚一本』稿本であると斷定しうる寫本である。

【資料3】『太子讚』②

Дx1230

1. 太子讚 釋迦住在寶樓城，花林園中太子生。九龍□□

2. 帝釋天王乘太子，生得三日指天下，慈我滅後其□□
3. 七歲學問變城論，十四十五實希樂。□□□□□□□
4. 捨卻輪王□出家，六年苦行所數命□□□□□□
5. 佛有三十二相，八十隨形□□□□□□□
6. 三千世界得安樂，菩提樹下結加坐。一切□□□□
7. 悉達太子得成佛，地獄衆生受苦多□□□□□□

【資料4】『太子讚』③

S.126

1. 金錢不自用。買花□□□。瓶內湧出五枝蓮。賢人生喜歡。阿鑒
2. 從城出。賢人速近前。買花設誓捨金錢。願得宿因緣。將花供養佛。
3. 两枝在肘邊。光明毫相照諸天。法雨潤心田。好道變泥水。如來湧泥
4. 泉。付法掩泥不將難。受記結因緣。太子生七日。摩耶欲歸天。
5. 姨母收養經七年。六藝有三端。恩養親生子。七歲成文章。
6. 六藝用備體無常。生死難知當。婚娶年十八。嬪嬪與耶輸。更加婇
7. 女二千餘。美貌世間無。太子無心戀。笙歌不樂歡。惟留娛樂意忡忡。
8. 只欲遊四門。東門見老病。南門見患人。西門死醜形容。北門見眞僧。
9. 袈裟常掛體。瓶鉢鎮隨身。常念彌陀轉法輪。救度世間人。
10. 作凡瓶來下界。太子乘朱騌。宮人美女一叢叢。太子出凡籠。
11. 耶輸焚香火。太子設誓言。三世共汝結姻緣。背我入雪山。
12. 不念買花日。奉獻釋迦前。買花設誓捨金前。言約過百年。
13. 作女如花捺。百國大王求。誓共太子守千秋。同姓亦同丘。雪山成正覺。
14. 交我沒衣頭。看花腸斷淚交流。榮華一世休。車匿別太子。來時
15. 行怱怱。耶輸雙手抱朱原。聖凡何處居。車匿報耶輸。太子
16. 雪山居。路遠人稀煙火無。修道甚清虛。寂靜青山好。猛狩
17. 共同緣。峻層閣與天遭。藤蘿遶四邊。孤山高萬仞。雪嶺
18. 不曾霄。寒多樹葉土成條。太子某逍遙。雪山嵯峨峻。
19. 峻嶒石壁忡忡近天河。險峻沒人過。千年舊雪在。溪谷
20. 又水多。草木峻層掛綺羅。石壁險嵯峨。雪嶺南面峻。
21. 太子坐盤陀。六賊番作六波羅。修道苦行多。只見飛蟲過。
22. 夜叉萬餘多。石壁斑點綿紋窠。樹動吹法螺。嶺上煙雲起。
23. 散蓋覆山坡。彩畫石壁奈人何。太子出裟婆。唯留三乘教。悟者
24. 向心求。但行如是捨凡流。成佛是因由。

S.2204

1. 『太子讚』“釋迦牟尼佛” 和。
2. 聽說牟尼佛。初學修道時。歸宮啟告父王知。道我證無
3. 爲。太子初學道。曾作忍辱賢。五百外道廣遮攔。
4. 修道經幾年。金錢不自用。買花獻佛前。瓶內湧
5. 出五枝蓮。賢人生喜歡。阿鑒從城出。賢人速近
6. 前。買花設誓捨金錢。願得宿因緣。將花供養
7. 佛。两枝在肘邊。光明毫相照諸天。法雨潤心田。
8. 好道變泥水。如來湧泥泉。付法掩泥不將難。受
9. 記結因緣。太子生七日。摩耶欲歸天。姨母收養經七
10. 年。六藝有三端。　恩養親生子。七歲成文章。六
11. 藝周備體無常。生死難抵當。　婚娶年十八。嬪
12. 后與耶輸。更加婇女二千餘。美貌世間無。太子無心戀。
13. 笙歌不樂歡。惟留娛樂意忡忡。只欲遊四門。東門
14. 見老病。南門見患人。西門見死醜形容。北門見
15. 眞僧。袈裟常掛體。瓶鉢鎭隨身。常念彌
16. 陀轉法輪。救度世間人。　作凡來下界。太子乘
17. 朱宗。宮人美女一叢叢。太子出凡籠。　耶輸焚香
18. 火。太子設誓言。三世共汝結因緣。背我入雪山。不念
19. 買花日。奉獻釋迦佛。買花設誓捨金錢。言約過
20. 百年。作女如花捺。百國大王求。誓共太子守千秋。
21. 同姓亦同丘。　雪山成正覺。交我沒衣頭。看花
22. 腸斷淚交流。榮華一世休。　車匿別太子。來時行
23. 忽忽。耶輸雙手抱朱宗。聖凡何處居。　車匿報耶
24. 殊。太子雪山居。路遠人稀煙火無。修道甚清虛。
25. 寂淨清山好。猛狩共同緣。崚層石閣與天遭。騰
26. 羅遶四邊。　孤山高萬仞。雪嶺入曾霄。寒多
27. 樹葉土成條。太子樂逍遙。　雪山嵯峨崚。崚嶒
28. 石壁忡忡近天河。險崚沒人過。　千年舊雪在。溪
29. 谷又冰多。草木崚層掛綺羅。石壁險嵯峨。
30. 雪嶺南面崚。太子坐盤陀。六賊番作六波羅。修
31. 道苦行多。　只見飛蟲過。夜叉萬餘多。石壁
32. 斑點綿紋窠。樹動吹法螺。嶺上煙雲起。散蓋覆
33. 山坡。彩畫石壁奈人何。太子出裟婆。　唯留
34. 三乘教。悟者向心求。但行如是捨凡流。成佛是因由。

仏教と固有神祇

――「修行の人を妨ぐるに依りて、猴の身を得し縁」と「安世高伝」を中心に――

趙建紅

はじめに

仏教はその東漸過程で、当地の哲学思想をはじめ、固有神祇等の在来勢力と対立しながら定着してきた。中国では、六朝時代の『牟子理惑論』から当時における仏教と、儒家、道家思想との抗争が窺える。一方、仏教伝来時にまだ体系的な哲学思想が十分確立されていない日本では、その対立は主に古代神祇との間で行われていた。

日本における神仏対立の発端は『日本書紀』巻第十九「欽明天皇」に確認できる[1)]。

> （欽明天皇十三年）冬十月に、百済の聖明王、……釈迦仏の金銅像一軀、幡蓋若干、経論若干巻を献る。……（天皇）乃ち群臣に歴《ことごとくに》問ひて曰はく、「西蕃の献《たてまつ》れる仏の相貌、端厳にして全く未だ曾て看ず。礼《ゐやま》ふべきや以不《いな》や」とのたまふ。蘇我大臣稲目宿禰奏して曰《まを》さく、「西蕃の諸国、一《もはら》に皆礼ふ。豊秋日本、豈独り背かむや」とまをす。物部大連尾輿・中臣連鎌子、同じく奏して曰さく、「我が国家の、天下に王とましますは、恒に天地社稷の百八十神を以ちて、春夏秋冬、祭拝りたまふことを事《わざ》とす。方今《いま》し、改めて蕃神を拝みたまはば、恐るらくは国神の怒を致したまはむ」とまをす。天皇の曰はく、「情願ふ人稲目宿禰に付けて、試に礼ひ拝まし

むべし」とのたまふ。……

天皇は百済から献上された仏像を敬うべきかどうかを群臣に図ったところ、大臣蘇我稲目は信仰すべきとの意を表した。一方、大連物部尾輿と中臣鎌子は、「わが国の王は、いつも神々を祭祀し、それを務めとしてまいりました。今改めて、蕃神を拝すれば、国神の怒りを受けましょう」という反対の意思を表明した。すると、天皇は、崇仏派の蘇我稲目に仏像を授けて、試しに拝ませてみることにした。

仏教受容をめぐる当時の状況がこの行間に凝縮されていると言っても過言ではない。いわゆる神仏の対立は、本質的には蘇我・物部両氏に代表される祭祀権及び中央や地域に対する支配権の争いである。一方の欽明天皇の考え方は、世人の思惑を代弁しているように思える。初めて目にした威厳たる仏像に驚嘆し、それを神様と同様に超越した存在と認識するが、拝むべきかどうかを迷う。しかし迷いながらも、とりあえず拝んでみるものとする。周知の通り、それ以来、天変地異のたびに、崇仏派と排仏派の間では、激しい闘争が繰り返され、ついに仏教は優位に立ち、日本に定着し、神仏の習合という興味深い現象まで生じた。

崇仏派と排仏派との抗争について、記紀における仏教公伝記事の信憑性が議論されるところであるが[2]、少なくとも日本初の仏教説話集『日本霊異記』に収められた説話もそれに合致しているように見られる。小論では、『日本霊異記』における仏教と古代神祇との交渉がある話を取り上げ、更に中国の関連説話と比較しながら、その実態の一端を明らかにしたい。

一、『日本霊異記』における仏教と固有神祇

1、仏教に刃向かう神

『日本霊異記』中、仏教と固有神祇と関わりを持つ話は主に二つある。

それは上巻第28話「孔雀王の咒法を修持して異しき験力を得、以て現に仙と作りて天を飛びし縁」と下巻第24話「修行の人を妨ぐるに依りて、猴の身を得る縁」である。

上巻第28話は、役の優婆塞と、在来の神祇を代表する一言主神との闘争物語である。当該説話によると、

役の優婆塞は岩屋に住んで修行をしており、孔雀経の呪法をおさめ、仙術を身につけ鬼神を使役していた。ある時、鬼神を誘い、金峰山と葛城山の間に橋を架けようとしたので、神々が嘆き、一言主の大神が人に乗り移って文武天皇に讒言した。朝廷は優婆塞を逮捕しようとしたが、彼の験力によって捕まらなかった。そこで優婆塞の母を人質として何とか行者を捕え、伊豆の島に流した。伊豆の島での優婆塞は海上を陸上のように走り、山上からは鳳凰のように飛んだ。昼は勅命に従い島内で修行し、夜は富士山で修行をした。三年が経ち、朝廷から特赦が下って、優婆塞は朝廷の近くへ帰ったが、ついに仙人となって空に飛び去った。一方の一言主大神は優婆塞に呪縛されて、今の世になっても解けずにいる。

一言主神は『古事記』下巻「雄略天皇」の巻に初めて登場するが、それによると、一言主神が葛城山へ鹿狩りをしに行った雄略天皇一行と全く同じ恰好て現れた。すると、天皇は恐れ入り、弓や矢のほか、官吏たちの着ている衣服を脱がさせて一言主神に差し上げた、という。少し後に書かれた『日本書紀』にもこの話が収められている。ただ、こちらでは、雄略天皇が一言主神に出会う所までは同じだが、その後共に狩りをして楽しんだと書かれている。ところが、『日本霊異記』では、地位が天皇にも引けない存在である一言主神が、役行者に使役される者にまで地位が低下したばかりか、讒言して役行者を落とそうとする卑怯者にまで成り下がった。そのために役行者に呪法で縛られ、『日本霊異記』執筆の時点でもまだそれが解けない始末になる。

2、仏教に救済を求める神

下巻第24話では、猿の姿をした御上山御上神社の陁我大神が、仏教の救済にすがる話である。

> 白い小さな猿は僧の恵勝の夢に現れ、自分が過去の世で僧の従者数を制限した罪で猿に転生し、この神社の神となった。猿の身を逃れるために、神社のほとりの仏堂に移り住んだが、自分のために法華経を読んで欲しいと頼む。供養する物がないとできないと指摘されると、これから六巻抄を講読する山階寺の比丘たちに加わりたいと申し出る。恵勝は猿の頼みを山階寺の満預大法師に伝えるが、信じてもらえなかった。すると、白い猿は、堂上に上がり、九間の大堂を倒した。これでようやく信じた寺の者が改めて七間の堂を作り、猿を講中に入れて、その願いを叶えてあげた。

この話では、固有神が仏道を妨げた罪によって悪果を得た存在であり、仏や経の力にすがって救済を求める存在である。固有神祇の零落した姿はここに窺える。

3、その他

A　真理としての仏教と、よこしまな神祇信仰

その他、興味深い話として、中巻第5話などがある。中巻第5話「漢神の祟により牛を殺して祭り、又放生の善を修して、以て現に善悪の報を得し縁」では「漢神の祟に依りて禱し、……年毎に殺し祀るに牛一かしらを以ゐ、合わせて七頭殺し、七年にして祀り畢《をは》」った者は、忽ち重病を得た。病気が殺生の罪によるものだと悟った本人は、今度は毎月斎戒を受けて、放生に励んだ。そして死後、地獄で殺生した牛に訴えられるが、放生した生き物によって助けられ、蘇生した。その後、「効《ほしいまま》に神を祀らず。三宝に帰信しまつり、己が家に幢を立てて寺と成し、仏を安《お》き、法を修し、放生せり。……終に病无くして春秋九十余歳にして死に

き」。

この話では、仏教と日本在来の神祇ならぬ、大陸伝来の神とは、直接的な関わりを持っていない。しかし、仏教の不殺生、放生の教えこそ天命を全うする真理であり、漢神信仰はよこしまなものであることは、火を見るよりも明らかな事実として描かれている。

B　没落し、仏教の配下に属する固有神祇

仏教色が希薄でありながら、『日本霊異記』には神が登場する話が更に 2、3 篇ある。一つは上巻巻首を飾る「電を捉へし縁」で、もう一つは下巻第 31 話「女人の石を産生みて、之を以て神とし斎きし縁」である。

雷が天皇配下の重臣に二度捉えられたという上巻第 1 話は、「人々が崇拝する固有神の代表的存在、雷神の衰微を説く」意図があると、既に先学の指摘通りである。更に同指摘によると、上巻第 3 話「電の憙を得て、生ましめし子の強力在りし縁」となると、雷神の申し子が護法童子として元興寺に取り込まれ、古代神祇が仏教の配下に属するように巧みに仕向けられたという[3)]。

C　仏教も古代神祇も皇権の下

仏こそ信仰すべき存在であると主張する話の中で、下巻第 31 話「女人の石を産生みて、之を以て神とし斎きし縁」は異色な存在と言わざるを得ない。

桓武天皇の御代、嫁ぐことなく男も知らぬ娘が二つの石を産んだ。神からのお告げによると、それは隣郡の厚見郡の鎮守の大神・伊奈婆の大神の子であるという。そこで家の中に忌籬をたてて祀った。「往古より今来《このかた》、都《かつ》て見聞かず。是れも亦我が聖朝の奇異しき事なり」。

仏教説話集に突如現れたこの石神信仰に関する話、また文末における評語の真意は解しがたいところであるが[4)]、もしかすると、これを瑞兆と見なして記されていたのかもしれない。文末の評語と同じ文言は、下

巻第19話「産み生せる肉団の作れる女子の善を修し人を化せし縁」にも見られる。そちらは卵のような肉団で生まれた女性が高徳な尼となる歴然とした仏教説話であるが、文末に「我が聖朝の弾圧する所の土に、是の善類有り。斯れも亦奇異しき事なり」と、聖の不思議な誕生と聖朝と結びつけている。なぜ仏教の立場ながらも、この二つの石神を評価するかは更に検討する必要があるが、聖なる天皇の治世による有り難い奇異な話しとして取り上げるところからみると、やはり天皇の権威を最も尊び、それを物事を評価する物差しにしているからではないだろうか。

『日本書紀』巻第二十四「皇極天皇」に、次のような話がある。

（六月から日照りが続く中、七月の）戊寅に群臣相語りて曰く「村々の祝部の所教の随《まにま》に、或いは牛馬を殺して諸社の神を祭ひ、或いは頻に市を移し、或いは河伯に禱るも、既に所効《しるし》無し」といふ。蘇我大臣報《こた》へて曰く「寺々にして大乗経典を転読しまつるべし。悔過すること、仏の説きたまへるが如くして、敬びて雨を祈はむ」といふ。……（ところが、それは28日の微雨しか降らせることができなかった。）八月の甲申の朔に、天皇、南淵の河上に幸《いでま》して、跪きて四方を拝み、天を仰ぎて祈りたまふ。即ち雷なりて大雨ふる。遂に雨ふること五日、天下を溥《あまね》く潤す。(或本に云はく、五日連雨して、九穀登熟《みの》れりといふ)。是に、天下の百姓、倶に万歳と称して曰さく、「至徳します天皇なり」とまをす。

古代、農耕民族の命脈である雨を司る権威として、在来の神祇よりは仏教、仏教よりも天皇という図式がここに見られる。この認識については、編纂目的が異なる仏教説話集『日本霊異記』も共有しているようである。

二、六朝説話における仏教と固有神祇

六朝説話に「廟神説話」というジャンルがあり、先坊幸子の「六朝『廟神説話』」にその詳しい論がある[5)]。そのうち、仏教と関連がある話は次の通りである。

1、福もなく、大罪もない在家僧侶が死後、廟神に転生する話

――「清渓廟神」(『捜神後記』巻5)――

晉太康中、謝家沙門竺曇遂、年二十餘、白晳端正、流俗沙門。嘗行經清溪廟前過、因入廟中看。暮歸、夢一婦人來、語云、「君當來作我廟中神、不復久。」曇遂夢問、「婦人是誰。」婦人云、「我是清溪廟中姑。」如此一月許、便病。臨死、謂同學年少曰、「我無福、亦無大罪、死乃當作清溪廟神。諸君行、便可過看之。」既死後、諸年少道人詣其廟。既至、便靈語相勞問、聲音如昔時。臨去云、「久不聞唄聲、思一聞之。」其伴慧觀、便為作唄。訖、其神猶唱讚、語云、「岐路之訣、尚有悽愴。況此之乖、形神分散。窈冥之歎, 情何可言。」既而歔欷不自勝、諸道人等皆為涕泣。

晋の太元年間、竺曇遂という二十歳余りの在家僧侶がいる。ある時、清渓廟の前を通りかかり、中に入ってみた。夕方家に帰ると、夢の中に一人の女性が現れ、「君はまもなく我が廟中の神となる」と告げた。「君は誰か」という曇の質問に、「清渓廟中の女性」と答えた。一ヶ月後、竺曇は病死した。死に際に、同学に「自分は福もなく、大きな罪もないが、死後清渓廟の神になる。皆さんがもし通りかかったらぜひ寄ってください」と言った。彼の死後、同学の僧侶は廟に参じた。曇の霊が挨拶してきた。声は昔のままだった。皆が発つ際、曇の霊が梵唄を聴きたいと言うので、友人の慧観が彼のために唄を歌った。歌い終わっても、神はなお歌って曰く、「生き別れも悲しいが、ましてや私たちは今幽明に隔たられ、この無念はどう言えばいいだろ

う」とむせび泣き、同学の僧侶たちも涙を流した。

僧侶が廟神になったこの話には、竺曇遂が前世では僧侶だったという事実以外、仏教と廟神との関係、清溪廟の女性と竺曇遂との関係などは不明瞭である。ただ、竺曇遂の臨終の言、「我に福無く、亦た大罪無く、死して乃ち當に清溪廟の神と作るべし」から、仏教と廟神との位置関係が窺える。「普通の人」なら、福もなければ罪もない場合は死後廟神になり得ないであろうが、前身に福もなく、大過もない「僧侶」だからこそ廟神になり得たのではなかろうか。

2、僧侶を恐れる廟神の話——「歴陽神祠」(『捜神後記』巻6——

晉淮南胡茂回、能見鬼。雖不喜見、而不可止。後行至揚州、還歷陽。城東有神祠、中正值民將巫祝祀之。至須臾頃、有群鬼相叱曰、「上官來。」各迸走出祠去。回顧、見二沙門來、入祠中。諸鬼兩兩三三相抱持、在祠邊草中伺望。望見沙門、皆有怖懼。須臾、二沙門去後, 諸鬼皆還祠中。回於是信佛、遂精誠奉事。

幽霊を見ることのできた胡茂回は、村人が巫を呼んで祭祀を行っていたとき、祠に群がっていた幽霊が、「上官殿が来られた」と言って逃げ出すのを見た。僧が祠の中に入ってきたのだ。幽霊たちは草むらに身を潜め、僧を恐れた。僧が去った後、幽霊たちはまた祠に戻った。それ以来、胡茂回は仏教を信奉するようになった。

この話では世間の信仰を集めた廟神の正体は幽鬼であろうか。少なくとも幽鬼たちがそこで跳梁跋扈しており、人々の祭祀を甘受しているようである。しかし普通の僧侶でも彼らにとっても上官殿にあたり、畏敬される存在である。仏教信仰こそ正道であることを、この話が雄弁に示している。

3、仏教に救済を求める廟神の話

——「宮亭廟」(『太平広記』295 引『幽明録』)——

南康宮亭廟、殊有神驗。晉孝武世、有一沙門至廟。神像見之、涙出交流。因摽姓字、則是昔友也。自說、「我罪深、能見濟脫不。」沙門即為齋戒誦經、語曰、「我欲見卿真形。」神云、「稟形甚醜，不可出也。」沙門苦請、遂化為蛇、身長數丈、垂頭梁上、一心聽經、目中血出。至七日七夜、蛇死、廟亦歇絕。

宮亭廟は霊験あらたかである。晋の孝武帝の時、ある僧侶が廟に行くと、神の像は涙を流した。名前を聞くと、旧友だった。神は自分が罪深くて救済してほしいという。僧侶は神のために斎戒し、読経するが、真の姿を見せるようと強要した。神は大蛇だった。梁の上で一心不乱に読経を聴いていくうちに、目から血が出た。七日七晩の後、とうとう蛇が死に、廟の霊異もまた絶った。

宮亭廟神の霊験あらたかと言えば、六朝期の他の説話にも見られる。『神異記』の陳敏が鉄で作られた銀杖で宮亭廟神を欺いて叩かれた話(『太平御覧』巻 710)や、宮亭廟神が犀の角で作られた簪を借り、また返してくれた話(『捜神記』巻 4)である。『幽明録』のこの話しでは、霊験あらたかな廟神はつい仏教の前でひれ伏した。「我が罪は深く、能く濟脱せらるや不や」というのは廟神の沈痛な願いだった。読経後、蛇がその死によって悪形を脱することができたという。

4、その他

更に、仏教と在来の神祇の直接な関わりが見られないが、在来の神祇を祭る巫、道士及び信者が恐ろしい幽鬼や難病に直面した時に、巫術や道教より、何れも仏教のほうが功を奏したという話が複数ある。「胡庇之」(『述異記』)、「史雋」(『宣験記』)と「何澹之」(『冥祥記』)はそれである。また地獄体験談から、仏教の優位を唱える話は『幽明録』の

「李通」と「巫師舒礼」に見られる。

「李通」（『太平広記』473引『幽明録』）

蒲城李通、死来云、見沙門法祖為閻羅王講首楞厳経。又見道士王浮身被鎖械、求祖懺悔、祖不肯赴。

蒲城（今陝西省渭南市蒲城県）の李通という人は死後生き返って次のように地獄での見聞を語った。僧侶の帛遠（字法祖）は、閻羅王に『首楞厳経』を講じていた。仏教を貶め、『老子化胡経』を作ったとされる王浮は地獄の責め苦に遭い、帛遠に懺悔したが、許してもらえなかったというものである。

死後の世界を配下にすることにより、仏教は既に揺るぎない優位と威信を得たことが窺える。仏教説話集でなくても、当時の話に見られる仏と神々との関係では、やはり仏教のほうに軍配が上がっていると言える。仏教の教理、その哲学思想の奥深さがより知識人の共感を得たのであろう。

三　日中における神身離脱願望説話

さて、上述した日中説話に見られる仏教と固有神祇との様々な関わりにおいて、内容が類似したものがある。『日本霊異記』下巻第24話「修行の人を妨ぐるに依りて、猴の身を得し縁」と、『幽明録』の「宮亭廟」の話である。両話とも、前世の罪業で動物の姿に転生された神社（廟）の神が、仏教に救済を求める話である。

1、『日本霊異記』
下巻第24話「修行の人を妨ぐるに依りて、猴の身を得し縁」

近江国野州郡の部内の御上《みかみ》の嶺に神社有り。み名は陁我《たが》の大神と曰す。封六戸を依せ奉る。社の辺に堂有り。白壁の天皇の御世の宝亀年中に、其の堂に居て住りし大安寺の僧恵勝、暫の頃修行せし時に、夢に人語りて言はく、「我が為に経を読め」といふ。驚き覚めて念ひ怪しびき。明くる日に、小き白き猴、現に来りて言はく、「此の道場に住りて、我が為に法華経を読め」と云ふ。僧問ひて言はく、「汝は誰そ」といふ。猴答へて言はく、「我は東天竺国の大王なり。彼の国に修行の僧の従者数千所有り。農業を怠る。（数千とは千余数の数千なり。）因りて我制《とど》めて『従者多きこと莫れ』と言ひき。其の時我は、従《とも》の衆多《あまうた》なるを禁めて、道を修することを妨げずありき。道を修することを禁めずと雖も、従者を妨ぐるに因りて、罪報と成る。猶し、後生に此の獼猴の身を受けて、此の社の神と成る。故に斯の身を脱れむが為に、此の堂に居住せり。我が為に法華経を読め」といふ。言はく、「然らば供養を行へ」といふ。時に、獼猴答へて曰はく、「本より供ふべき物無し」といふ。僧の言はく、「此の村に籾多《もみさは》に有り。此を我が供養の料に充てて、経を読ましめよ」といふ。獼猴答へて言はく、「朝庭《みかど》の臣、我に貺《たま》ふ。而るを典《かど》れる主有りて、己が物と念《おも》ひて、我に免さず。我恣《ほしきまま》に用ゐず」といふ。（典れる主とは、即ち彼の神社の司なり。）僧の言はく、「供養無くは、何すれぞ経を読み奉らむ」といふ。獼猴答へて言はく、「然らば、浅井郡に諸の比丘有りて、六巻抄を読まむとするが、故に、我其の知識に入らむ」といふ。（浅井郡とは、同じ国の内に有る郡なり。六巻抄とは、是れ律の名なり。）此の僧怪しと念ひて、獼猴の語に随ひて、往きて檀越の山階寺の満預と曰ふ大法師に告げて、猴の誂《あとら》へし語を陳《の》ぶ。其の壇越の師、受けずして言はく、「此は猴の語なり。我は信《まこと》とせじ、受けじ、聴《ゆる》さじ」といふ。

即ち抄を読まむとして、設を為す頃に堂童子と優婆塞と忩《い》々《そ》ぎ走り来たりて言はく、「小き白猴、堂上に居り。纔《ひただ》見れば、九間の大堂仆《たふ》るること微塵の如し。皆悉に折れ摧けぬ。佛像皆破れ、僧坊も皆仆れたり」といふ。見れば誠に告げしが如くに、既に悉に破れ損ふ。檀越僧に曰ひて、更に七間の堂を作る。彼の陁我の大神の題名せる猴の語を信じ、同じく知識に入れて、願へる所の六巻抄を読み、并ら大神の願ふ所を成しき。然して後、願の了《をは》るに至るまで、都て障難無かりき。夫れ善道を修するを妨ぐる儻は、獼猴と成る報を得む。故に僧の勧催は、猶し妨ぐべからず。悪報を得むが故なり。往昔、過去の羅、国王と作りし時に、一の独覚を制めて、乞食せしめず。境に入ること得ずして、七日の頃飢ゑしめき。此の罪報に依りて、羅睺羅、生れずして六年、母の胎中に在りきと者《い》へるは、其れ斯れを謂ふなり。

由緒ある大神は、なんと仏道を妨げた罪により、罪報として転生された存在である。当時の人々はどのような心情でこの話を受け止めたのであろう。前世は仏ではないが、この話が後の本地垂迹説の先駆けとなる話であることは間違いないであろう。

2、『出三蔵記集』上巻第13「安世高伝」

一方、これよりも先に、中国の六朝時代に「宮亭廟」の話がある。「宮亭廟」の話は、六朝では『幽明録』以外、梁僧祐の『出三蔵記集』上巻第13と梁恵皎『高僧伝』巻1などにも見られる。『幽明録』におけるものは前述したが、ここでは、時代が最も古く、内容が詳細である『出三蔵記集』上巻第13「安世高伝」を取り上げる。なお、『高僧伝』の当該説話はこれと大同小異である。

安清、字世高、安息國王政后之太子也。幼懷淳孝敬養竭誠、惻隱之仁爰及蠢類。其動言立行若踐規矩焉。加以志業聰敏刻意好學、外國典籍莫不該貫。七曜五行之象、風角雲物之占、推步盈縮悉窮其變。兼洞曉醫術妙善鍼脈、覩色知病投藥必濟。乃至鳥獸鳴呼聞聲知心。於是俊異之名被於西域、遠近隣國咸敬而偉之。世高雖在居家、而奉戒精峻、講集法施與時相續。後王薨將嗣國位、乃深惟苦空厭離名器。行服既畢、遂讓國與叔、出家修道博綜經藏。尤精阿毘曇學、諷持禪經、略盡其妙既而遊方弘化遍歷諸國。以漢桓帝之初、始到中夏。世高才悟幾敏一聞能達、至止未久、即通習華語。於是宣釋眾經改胡為漢、出安般守意陰持入經大小十二門及百六十品等。初外國三藏眾護撰述經要為二十七章、世高乃剖析護所集七章、譯為漢文、即道地經也。其先後所出經、凡四十五部。義理明析文字允正、辯而不華質而不野。凡在讀者、皆亹亹而不惓焉。世高窮理盡性自識宿緣、多有神跡世莫能量。初世高自稱、先身已經為安息王子。與其國中、長者子俱共出家。分衛之時施主不稱同學輒怒。世高屢加呵責、同學悔謝而猶不悛改。如此二十餘年、乃與同學辭訣云、我當往廣州畢宿世之對。卿明經精進不在吾後、而性多恚怒、命過當受惡形。我若得道必當相度。既而遂適廣州值寇賊大亂。行路逢一少年、唾手拔刀曰、真得汝矣。世高笑曰、我宿命負卿、故遠來相償。卿之忿怒故是前世時意也。遂申頸受刃容無懼色。賊遂殺之。觀者填路、莫不駭其奇異。既而神識還為安息王太子、即名世高時身也。世高遊化中國宣經事畢。值靈帝之末關洛擾亂、乃杖錫江南云、我當過廬山度昔同學。行達𨛖亭湖廟。此廟舊有靈驗、商旅祈禱乃分風上下、各無留滯。常有乞神竹者、未許輒取、舫即覆沒竹還本處。自是舟人敬憚莫不懾影。世高同旅三十餘船、奉牲請福。神乃降祝曰、舫有沙門、可更呼上。客咸共驚愕、請世高入廟。神告世高曰、吾昔在外國、與子俱出家學道。好行布施、而性多瞋怒、今為𨛖亭湖神。周迴千里並吾所統、以布施故珍玩無數。以瞋恚故墮此神中。今見同學悲欣可言。壽盡旦夕而醜形長大、若於此捨命穢污江湖、當度山西空澤中也。此身滅恐墮地獄。吾有絹千匹并雜寶物、可為我立塔營法使生善處也。世高曰、故來相度。何不見形。神曰、形甚醜異、眾人必懼。世高曰、但出、衆不怪也。神從床後出頭。乃是大蟒蛇。至世高膝邊、涙落如雨、不知尾之長短。世高向之胡語、傍人莫解。蟒便還隱。世高即取絹物辭別而去。舟侶颺帆。神復出蟒身、登山頂而望衆人、舉手然後乃滅。倏忽之頃便達豫章、即以廟物造立東寺。世高去後、神即命過。暮有一少年上船、長跪世高前、受其呪願、忽然不見。世高謂船人曰、向之少年。即郏亭廟神、得離惡形矣。於是廟神歇沒、無復靈驗。後人於西山澤中見一死蟒、頭尾相去數里。今尋陽郡蛇村、是其處也。於是頃到廣州、尋其前世害己少年。時少年尚在、年已六十餘。世高徑投其家、共說昔日償對時事、并敘宿緣歡善相向云、吾猶有餘報、今當往會稽畢對。廣州客深悟世高非凡、豁然意解追悔前愆、厚相資供。乃隨世高東行。遂達會稽、至便入市。正值市有鬪者、亂相歐擊誤中世高、應時命終。廣州客頻驗二報、遂精懃佛法。具說事緣、遠近聞知莫不悲歎、明三世之有徵也。高本既王種、名高外國、所以西方賓旅猶呼安侯、至今為號焉。天竺國自稱、書為天書、語為天語、音訓詭蹇與漢殊異、先後傳譯多致謬濫。唯世高出經為群譯之首。安公以為若及面稟不異見聖。列代明德、咸讚而思焉。

安世高は安息国王の正皇后の太子である。幼くして功徳を積み、学問を好み、あらゆる知識を身につけていた。後に王位を一旦継いだものの、出家し、後漢の桓帝時代中国に到着して多くの経典を漢文に訳出した。『出三蔵記集』における彼の伝記の中に、「宮亭廟」と関連がある内容は次の通りである。

世高によると、彼が前世でも安息国の王子だった。ある長者の息子と共に出家していた。長者の息子は怒りやすい人で、托鉢に出かけて施主が気にくわないと、いつも腹を立てていた。世高は諌めたが、効果がなく、このように二十年余りが経ち、遂に同学と別れる時が来た。世高は「これから自分が宿世の報いで死に赴くが、君もきっと来生で怒りという罪業で醜い姿を授かるだろう。自分が得道すれば、必ず済度してあげる」と同学と別れを告げた。それから、中国の広州に赴いて、行きずりの少年に首を差し出して刀を受けて斬り殺された。

その後、彼の霊魂が戻って安息王の太子となった。さて、世高は中国（に再び来るが、国内）を行脚して教化を行い、経典翻訳の仕事が終わると、「廬山に昔の同学を済度しに行くべし」と、江南にある郝亭湖廟に向かった。

この廟は以前から強力な霊験があり、船人より畏れ敬われていた。世高と一緒に旅をしている三十隻余りの船の者が犠牲を捧げて廟神に安全祈願をしたところ、神は巫に降り、世高に廟内に入るようにと求めた。

神は自分が前世の布施を好む一方、よく怒る同学だったことを告白する。また、前世での善行、つまり布施を行ったお陰で、今は広い土地を支配し、財物を多く所有して豊かであるが、前世の怒る罪業で廟神に身を落とすこととなった。この命も間もなく滅びるが、恐らく地獄に堕ちるだろう。自分の財物で法要を営み塔を建て、六道の中のよい所に生まれ変わらせてくれるようにと、世高に説明して頼んだ。それに対して、世高は済度に来たのだと告げ、姿を見せるように迫った。神は大蛇であった。世高の前で雨のように悲しみの涙を流した。世高がそれに胡語を語った後、大蛇は姿を隠した。

世高はさっそく神の財物をもらって出発し、予章に到着すると、その財物で東寺を建立した。

世高が立ち去る際、大蛇が再び山に登って遠くから見送った。その後、まもなく命果てた。夕暮れ方に一人の少年が船にやって来て、世高の前に跪き、呪願を授かると姿が見えなくなった。世高の言うには、その少年は郝亭廟の神だった。醜い姿から解放されたのだという。

それから神廟の神は消滅し、もはや霊験はなくなった。その後、ある人が山の西の沢の中で死んだ大蛇を見つけ、頭から尾まで数里もあった。今の尋陽郡の蛇村がそれである。

3、「修行の人を妨ぐるに依りて、猴の身を得し縁」と「安世高伝」

さて、前掲した中日の両話を比較すると、一番の共通点は、前世における仏教上の罪により、主人公が動物の姿に転生し、本地の神に身を落としたことである。

ただ『出三蔵記集』上巻第 13「安世高伝」は高尚なる僧の伝記であるため、輪廻転生、因果応報以外、安世高の三世を見抜く先覚性にも重点が置かれている。主人公は安清である。神は彼の前世におけるある「布施を行ふことを好むも、性 瞋怒多」い同学である。同学はこの世で邪亭廟神として広い土地を治めるが、「布施の故を以て、珍玩無数なるも、瞋恚の故を以て此の神に墮つ」という。

それに対して『霊異記』の話では、「我は東天竺国の大王なり。……其の時我は、従の衆多なるを禁めて、道を修することを妨げずありき。道を修することを禁めずと雖も、従者を妨ぐるに因りて、罪報と成る。猶し、後生に此の獼猴の身を受けて、此の社の神と成る。故に斯の身を脱れむが為に、此の堂に居住せり。……」となっている。

『日本霊異記』における神の設定には、興味深い点が三つある。

第一、神社の祭神が東天竺の国王の後身とする点である。それについては、志田諄一氏は次のように説いている6)。

> この話がおこった「光仁天皇の世の宝亀年中」といえば、前述のように天皇が仏主神従の思想を改めて、敬神思想復活の政策を推進した時代である。景戒は「東天竺国の大王」が、仏道修行を妨げたとしているが、「東の日本国の天皇」も仏道を妨げていると、いいたかったのではないだろうか。また光仁天皇は宝亀三年四月に、西大寺の西塔に落雷があったのは、近江国滋賀郡の小野社の木を伐って、塔を建てた祟りであるとして、小野社に滋賀郡の戸二烟を封戸に充てたり、諸社を官社に組み入れたりしている。景戒は神社の封戸に対しても、「朝庭の臣、我に睨ふ。而して典れる主有りて、己が物と念ひて、我に免さず。我恣に用ゐず」として、封戸が祭神の

ために用いられず、社司が私物化していることを、激しく批判しているのである。

第二、排仏の罪とはいえ、猿の告白にあるように、彼が仏道を禁じたのではなく、農業のために僧の従者が多すぎたことを禁じただけである。排仏の動きに一歩たりとも譲らない景戒の厳たる姿勢と時勢を批判する思いがそこに窺える。

第三、「故に斯の身を脱れむが為に、此の堂に居住せり」とあるように、罪報を免れるために、猿の姿をした陁我大神は、神社の辺にある小さな仏堂に住んでいるのである。

この神社にある仏堂について、『日本霊異記』（810 ～ 824）よりも成書年代が早い『多度神宮寺伽藍縁起資財帳』（801）に関連説話が記されている。

> 以去天平宝字七年歳次癸卯十二月庚戌朔廿日丙辰。神社之東有井、於道場満願禅師居住、敬造阿弥陀丈六。于時在人、託神云、我多度神也。吾経久劫作重罪業。受神道報。今冀永為離神身、欲帰依三宝。如是託訖。雖忍数遍、猶弥託云云。於茲満願禅師、神坐山南辺伐掃、造立小堂及神御像、号称多度大菩薩。……

天平宝字 7 年（763）に（伊勢国桑名郡）の多度神が人に憑依し、託宣を下した。それは「自分は多度神である。年月を経るなか、重い罪業をなしてしまった。そのため神道の報いを受けている。そこで、長く神身を離れるために三宝に帰依したい」と願う。その後も度々託宣を下したので、満願禅師は小堂を建て神像を造立したという。

このような神宮寺の建立が 7 世紀に遡ると言われており、『霊異記』下巻第 24 話の「社の辺」の堂というのも同じ神宮寺であろうか。或いは、それは仏教伝来時、神の一つとして、固有神祇と一緒に祀られた名残なのかもしれない。何れにせよ、これは六朝時代の中国説話には見られない現象である。

このように、両者の相違点に関しては、主に編著者の編纂意識に基づくものと思われるが、気になる違いがもう一つある。

『霊異記』下巻第24話では、猿神は恥じらうことなく、大らかに正体を晒すが、「宮亭廟」の話では、廟神の大蛇は姿を見せることを恥とし、頑なに拒んでいた。更に畜生の形を離脱した結末がより強調されている。それは、旧友の前だからという理由もあろうが、古代日中両国の動物観も影響しているのではないかと思う。

そもそも六朝時代の説話では、動物の姿を有する神が皆無に等しい。その代わりに、動物の妖怪の話が圧倒的に多い。廟に現れた動物の姿を有する霊異は、「宮亭廟」の大蛇以外は、「高山君」(『捜神記』巻18)と「国歩山狸廟」(『太平御覧』598引『齊諧記』)がある。酔っぱらって正体を晒した「高山君」は実は7、8年前いなくなった近所の羊だった。直ちに殺され、霊異もなくなった。「国歩山狸廟」ではその正体が狸で、人妻を攫って犯してきたが、一網打尽すると、霊異がなくなった。神というより、廟神を偽った妖怪と言ったほうが妥当かもしれない。

拙著『六朝説話と日本文学—動物説話を中心に』では中日における動物観・自然観の相違について、次の通り明らかとした。つまり、古代中国では生産力の発達に伴う自然を征服する自信と、儒家思想の人間至上主義と相まって、不思議な現象に対する恐怖観念の中では、動物が妖怪とされ、容赦なく退治されるように描かれている。一方の古代日本では、自然に寄り添って生きる姿勢により、自然の恩恵及び畏怖を両方受け入れてそれを神として認識している。それは神が動物の姿を晒す行動の相違とも関係していると思える。

結び

仏教を布教するときの障害の一つには、固有の神祇信仰の存在である。上述した日中説話から、固有神祇が貶められ、仏の優位が確立される過程を垣間見ることができる。うち、人々の信仰を厚く集めた在来の神祇は、実は前世の罪業により、この世で獣として転生し、神社（廟）の神になった存在である。懸命に仏教に救済を求めた結果、悪形を離脱することができたという、いわゆる神身離脱願望説話が日中両国ともに存在している。『日本霊異記』下巻第 24 話「修行の人を妨ぐるに依りて、猴の身を得し縁」と『出三蔵記集』上巻第 13 話「安世高伝」はその代表である[7)]。

しかし、両者を比較した結果、同じ神身離脱願望説話とはいえ、作者の編纂意識により、設定が異なっており、また古来日中における動物観・自然観の相違も、それぞれの話に現れている。

このように、一見無造作な設定でも、実は作者の編纂意識、また当時の見方・考え方によるものである。今後、このような内容を同じくする日中説話を更に比較検討し、様々な興味深い相違点から、日中古代社会における思想と文化を明らかにしていきたいと思う。

注

1） 本稿で取り上げる『日本書紀』、『日本霊異記』の話については、『新編日本古典文学全集』（小学館）を用いた。

2） 北條勝貴「古代日本の神仏信仰」（『国立歴史民俗博物館研究報告』148 集〈共同研究　神仏信仰に関する通史的研究〉2008）それによると、崇仏派と排仏派の闘争は漢訳仏典や漢籍により潤色され、全幅の信頼ができないという。

3） 『日本国現報善悪霊異記の研究』寺川眞知夫、和泉書院、1996

4） 『日本霊異記とその社会』志田諄一、雄山閣、1975 によると、「この説話も光仁・桓武朝の積極的な神祇政策に対する景戒の批判ではないだろうか。天皇が積極的に推進している神祇信仰も、その実体は蛇とか石にすぎないということを、景戒は巧みに主張しているのである」という。また「往古より今来、都て見聞かず。是れも亦我が聖朝の奇異しき事なり」との文言に対して、同氏は「この語句も考えようによっては、桓武朝の神祇政策に対する景戒の最大の皮肉ではないだろうか」と主張している。

5）「六朝『廟神説話』」（『中国中世文学研究』第40号）先坊幸子、白帝社、2001

6）『日本霊異記とその社会』志田諄一、雄山閣、1975

7）『高僧伝』にこのような、仏教に救済を求める神の話が巻八「法度法師」の話、巻六「曇邕法師」の話にも見られる。

Taiwanese Indigenous Truku People's Decolonization and Japanese Colonial Responsibility

NAKAMURA Taira（中村　平）

This article explores decolonization and Japanese colonial responsibility, considering a "reconciliation" problem with regard to colonial history in Taiwan and the indigenous Taiwanese Truku people. This problem has also been identified by Teyra Yudaw, chief of the Truku Autonomous Committee. Teyra told me in August 2015 that he hoped to communicate with young Truku people to encourage them not to hold a grudge against Japan. Furthermore, he also hoped to invite Japanese people to hold a reconciliation ceremony toward a future. At the same time, he also emphasized that we should not understand the history of the Truku people's anti-Japanese war in the same way as the history of the Chinese's anti-Japanese war.

As a person having Japanese nationality, I not only think that Teyra's insistence is important but also have begun to consider how to respond to it. His words of "toward a future" may actually be welcomed by some right-wing Japanese politicians. The issue of hate speech against Koreans in Japan again reminds us of Japanese colonial history and historical recognition, including its invasion of Asia and its unsolved historical responsibility, especially because Japanese hate speech is targeted against Koreans in Japan, who remind the Japanese of that colonial history and its colonial responsibility. The Second Abe Cabinet (since 2012), which passed security-related legislation in 2015 and a conspiracy law in 2017, is considered a right-wing political power that is reluctant to sincerely admit to its history of Japanese colonial invasion.

Therefore, the recognition of Japanese colonial history continues to be a critical focus in Japan's present situation.[1)] Japanese society's historical recognition of both Taiwan and the Truku (or Taroko) area is shallow and noncritical. At the same time, the Truku people have developed and deepened the recognition of their own history. The Truku people, in fact, started the Name Rectification Movement (正名運動). Their exploration of the history of the Truku (Taroko) war and their rediscovery of "our own history" has allowed them to conduct a subjective interpretation of past history.

Therefore, a significant gap exists between how Japanese society and the Truku people understand the history of Japanese colonial rule. Part of Japanese academics, however, have recently started to discuss issues relating to "colonial responsibility." People who adopt this responsibility can be divided into two groups: 1) Japanese people and organizations (such as state, emperor, capital, and nation) who lived in colonial (imperial) times and 2) those who were born in post-World War II era.

To promote the inquiry regarding this problem of colonial responsibility, we must at least have a common recognition of Japan's wars and invasions against colonial Taiwan or listen to the Truku people's historical interpretation and memories of colonial history. This article not only discusses the Truku people's reinterpretation of history, the Name Rectification Movement, and the decolonial remaking of nation (民族)'s autonomy but also articulates them in light of the problem of Japanese colonial responsibility.

1. Decolonization Among Truku People (民族)

1-1. Name Rectification Movement (正名運動) and Reinterpretation of History

Kaji Cihung in "Ethnic Revitalization of Truku People" (2014) analyzed the decolonization movement among the Truku people, which has occurred over the last 25 years. The so-called "subjective ethnic movement" has developed mainly three themes according to Kaji: 1) the village festival's revival, 2) the Truku people's historical inquiry, and 3) the Truku people's Name Rectification Movement. Kaji pointed out important activities in chronological order: the head-hunting ritual in Browan hill in 1991, the discussion on revitalizing the traditional ritual by the Truku Revitalization Association in the Hualian area in 1994, the "Love of Village: 1999 Ancestor ritual in Fushi village Kele community" held by the Kele Cultural Succession Association in Xiulin township, the "Seediq ancestor ritual" held by Truku Revitalization Association, and "Welcoming millennium year ancestor ritual in Xiulin township" held by Xiulin township office, all in 1999.

On the second point of historical inquiry, Kaji referred to the "Ethnic Communication and Change of Atayal Culture Academic symposium" held in 2000, which was held by the Youth Public-service organization in Hualian province. From 2001 to 2003, this symposium focused on the Truku (Taroko) war in cooperation with Truku Culture Development Association in Hualian province.[2)] When revealing the Truku people's historical process of resisting Japan for 18 years, Kaji said, "Part of elders usually told and cited one example after another on Japanese deceptive writings and records on this topic during colonial period" (2014: 31).

Kaji argued that the discussion of the Truku people's history influenced their present situation and the promotion of the "Truku nation" identity (ibid). The Truku presbytery of the Presbyterian Church in Taiwan and the Truku Revitalization Association held Name Rectification Movement workshops separately from 1996 to 2001. The Truku Culture Development Association in Hualian province held a "preparatory meeting for symposium on name rectification and autonomous policy" in 2002, establishing the Truku Name Rectification Promoting Committee. In this stage of the name rectification movement, a representative meeting of the Xiulin and Wanrong townships decided on the name of "Truku nation." At the same time, the "Taiwan Indigenous

Truku Nation Student and Youth Association" was established in Taipei city, publishing magazines which insisted on the Truku nation's name rectification and recognition of its identity.

After Truku's name rectification succeeded in January 2004, the village ritual was renamed as Mgay Bari, and in 2014, Truku's anti-Japan war memorial activities were also held. Kaji showed that Truku people's ethnic (national) revitalization movement over the past 20 years developed around three themes: 1) village ritual, 2) inquiring into the history of anti-Japan resistance, and 3) the Truku nation's name rectification and restored cultural history, which had been torn apart during the nation's development (also resulting in Truku's subjectivity) (2014: 31).

In addition to articulating those three themes, Kaji also duplicated the importance of the nation's revitalization and the decolonial movement (the term used by this article) of the Truku nation.[3)] It is important to consider how the Japanese as past colonizers and the Japanese society understand the present and past historical processes of Truku's name rectification. This article further discusses the Truku nation's historical inquiry, which Kaji called historical reinterpretation.

1-2. Truku (Taroko) War and Anti-Japan Battle History of the Truku People

In the book *Truku's Anti-Japan Battle: History and Oral History, 2009*[4)], the planner of this project and the chief commissioner of the Promoting Truku Autonomy Committee, Teyra Yudaw (帖喇・尤道), referred to "history which is written through exclaiming by ourselves." This reflects a saying that one of my Truku friends in Hualian said in a private conversation: "We are inclined to write our history by ourselves." The motivation for the Truku people's identification of the problem of historical subjectivity—of asking, "Who writes whose history?"—is that the Truku nation's history and even their own names have long been written about and defined by others, such as colonizers.[5)]

In his article "Traditional values facing colonial government seeing from Truku's anti-Japan battle" (2015), Teyra Yudaw expressed the view that Truku's anti-Japan battle is a battle between the Truku people's practices of "life value" and Japan's desire to establish a "governing right." If we compare Japan's military scale at "Truku's anti-Japan war" (1914) to the "Wushe incident" (1930), Truku war is about six times bigger. In fact, the Truku war was the largest war among 20th-century indigenous peoples living on the Taiwan island. Referencing E. Said, Teyra said that the humanities are our only and ultimate clue of resistance when facing people who turn a blind eye toward indigenous people's subjectivity and individual action. He insisted on the importance of recovering the right of interpretation of one's own history—that it must be taken back from the people in the position of power.

The book *Truku Nation's Battle of Anti-Japan* quotes an oral story of Truku elder, Jinn Qingshan (金清山). Jin Qingshan pointed out that Truku (Taroko) incident is not a simple "incident" but "a history of anti-Japan battle." It is a subjugation of criminals from the Japanese point of view, but it is a resistance toward invaders from "our Truku's" point of view (p.143). This book reports that the Truku battle was 74 days of warfare, from June 1 of 1914 to August 13. Moreover, the "history of anti-Japan battle" began at the Xincheng incident in 1897 and continued through Weili incident in 1906 and through the end of Truku battle. It is a history in which the Truku people "handle" invaders (p.143).

Teyra Yudaw pointed out in a conversation with me in August 2015 that how to interpret the incident of 1914, especially whether to call it the "Truku battle" or "Truku war," is an ongoing issue. This inquiry regarding the history of the Truku anti-Japan battle includes a writing and depicting practice (signifying practice) of people's colonial history and memories.

Kuhon Sibal (古宏・希盼、田貴芳), who calls himself "Seediq-Truku," has been actively doing fieldwork after retiring in 1998. In fact, he established the Truwan culture association in Fushi village, Xiulin township, and he published two books on the Truku people's oral history (2010, 2014), expressing numerous memories of Japanese colonial violence. Moreover, Tian Guishi (田貴實, Kimi Sibal) also established a Seediq literature and history laboratory and Ptasan culture study association in the same Fushi village, recording and taking many photos of the Seediq (including Truku) people's ptasan (tattoo) culture and their life experiences, which also contain memories of cultural discrimination and even violence by Japanese colonizers (cf. 田貴實 n.d.)[6].

The author of the book *Recovering Truku: Gimi Ka Truku* (2004), Siyat Ulon (希雅特・烏洛) told me in a conversation in August 2015 that the history of the Truku incident occupies an essential position when thinking about "what time we lost our autonomy and sovereignty." The time after Japan's defeat in WWII is also crucial. The Taiwanese indigenous people should be given the autonomous right to engage in their own politics by themselves from the viewpoint of nation's autonomy, although it is usually said that Taiwan's position is decided to be belonging to the Republic of China in the Cairo Declaration in December 1943 (which Chiang Kai-shek attended). As this article discusses below, the problem of foreign overseas powers failing to recognize the sovereignty of the indigenous Taiwanese people is exactly the issue (overcoming colonialism) that this article problematizes.

2. Japan's Colonial Responsibility: What should Japan Do toward Reconciliation

The majority of Japanese society ignores or does not know about the Truku nation's name rectification and historical inquiry of anti-Japan resistance described above. Even a new interpretation among Japanese anthropologists emerged, which allows us to consider how Japan can practice decolonization and de-imperialization.[7]

2-1. A Japanese Anthropologist's Recognition of Truku's Name Rectification

Yamaji Katsuhiko published *100 years of Taiwan Atayal (Tribe): Floating Tradition, Meandrous Modernity, and Routes toward Decolonization* (2011), commenting the meaning of Truku's name rectification. Chapter 9 "Tribe (部族)? Nation (民族)?" in part three "Routes toward Decolonization" of this book understands Truku's name rectification as an essential revival of the notion of "Tribe (部族)," which was discovered and invented by Japanese anthropology in the colony of Taiwan.[8)] Yamaji recognized that past "tribal" society "almost resuscitated" as a result of the Truku people reclaiming "Nation (民族)" and insisting on their own situation (p. 394). Yamaji's interpretation is just a discourse that creates the second time approval of the fruits of colonial Taiwan's anthropology when indigenous Taiwanese people started to rethink and criticize the colonial legacy of the power of anthropological knowledge.

It is not clear whether Yamaji's interpretation correctly captures the context of the decolonial movement in Taiwan, as we see below. In his book, *Indigenous Peoples Who Live in Present Taiwan*, published at almost same time as Yamaji's book, Ishigaki Naoki referred to decolonization as "the recapture (奪還) of historical subjectivity" (2011: 189). If the word "recapture" reminds people of a battling image too much, it can also be understood as "recovering." In such a circumstance, the problem of "name rectification" cannot be separated from the problem of subjectivity, which should be decided by oneself (cf. Nakamura 2009). Therefore, understanding Truku independence as a revival of the notion of "tribe" in colonial Taiwan is a misunderstanding of the essence of name rectification and of subjective movements.

The Promoting Truku's Name Rectification Association published *Return Us Nation's Name: Truku* in 2003, making "a statement": The name rectification movement that the Truku people has been pursuing is different from past classifications of human beings mainly directed by academics. Such academic paradigms typically use the characteristics of a culture to classify that culture. However, the name rectification movement is not only related to "a problem of subjective identity" but also is a concrete expression of "decolonization (祛殖民化)" (Truku Promoting Name Rectification Association 2003: 176). *Seediq Name Rectification*, edited by Guo Mingzheng (2008), which is also quoted by Yamaji's book, includes Furukawa Chikashi and Scott Simon's two articles. Those articles consider name rectification to not only be an important part of decolonization but also an important part of "recovering subjectivity." In this regard, Yamaji stated that name rectification both "duplicates" and analyzes "a problem of past colonialism" and "a problem of present national identity" (p. 11). If that is so, we must pay attention to the issues of both decolonization and subjectivity[9].

Yamaji's book, although it raises some questions, insists that the "Truku" name rectification is a revival of the term "tribe" as used by Japanese anthropologists. This discourse cannot understand the process of colonization that modern states have committed. This discourse not only cannot recognize Taiwanese indigenous people's attempts to leave behind past anthropological knowledge—that is, leaving behind a paradigm in which anthropological knowledge has a discursive power that has both influenced and decided indigenous people's subjectivity (cf. Siyat 2004). Moreover, such a paradigm also dismisses the meaning of indigenous Taiwanese people's insistence on decolonization. This book, however, does not present the importance of several historical elements other than "name rectification"; it does not analyze the Truku (Taroko) war or history of the anti-Japan battle in detail. Moreover, it does not include the experiences caused by Japan's aggressive policy of "moving and collectivization (or grouping) (移住集団化)" since 1918, the protest over recovering Truku land and claiming the right to live in Taroko (Truku) national park since 1994, nor the history of social movement of the Truku people, who claim land that was owned by Asia Cement corporation.[10]

2-2. Japanese Society's Recognition of the History of Truku (Taroko) War

Using the word "colonial war," Kondo Masami's article "Colonial army and colonial war in Taiwan" (2015) rethinks Japan's suppression of the armed resistance of both Han and indigenous peoples, which continued for almost 20 years under colonial rule in Taiwan. Part of Japan's right-wing force (including Sankei newspaper's article in 3rd May, 2009) criticized the Japan Broadcasting Corporation's program "Japan Debut" (broadcasted in 2009), which used the phrase "Japan-Taiwan war" and depicted Japanese colonial government in Taiwan.[11)] If we compare this criticism to Kondo's discussion, readers will understand that Kondo's article apparently disapproved of the right-wing criticism.

Kondo described Japan's Taroko (Truku) war, which began in May 1914 as follows: The Japanese army burned houses of indigenous peoples, invaded cultivated land, and even killed people captured without any legal procedure. Like the Truku war, modern Japanese war cannot be interpreted by the warfare paradigm, which is usually rendered to war between sovereign states such as Japan, China or Russia, but should be thought as those states' military collision against resistance force in colonies. Military collision against resistance force in colonial Taiwan can be seen as "colonial war," just because Japanese formal document writes about soldiers who died in battles in Taiwan as "war dead" and because the Japanese government granted military awards to soldiers and civilian war workers who performed well during the war against indigenous Taiwanese people. Furthermore, a military exploits framework was also adopted as a "foreign incident (事変)." Therefore, the dividing line between war time and peace time became ambiguous during the process of "suppression" in the colony of Taiwanese mountain. Previously, I expressed this historical situation as "normalized colonial violence" (Nakamura 2006, also 2018).[12)]

In our conversation in August 2015 about Truku's decolonial history, Teyra

Yudaw used the words "Truku war" in a different context than how it was used in Kondo's study. At the same time, he expressed that we are still discussing the difference between "war" and "battle." This shows complete agreement with Kondo's discussion from another point of view. If we only use warfare, which is considered to occur between modern states, as our frame of reference, we cannot explain "Truku (and Japan) WAR." Nonetheless, this article shows that we can use the notion of invading war or colonial war, based on the idea that colonial states not only invade and destroy "traditional area (伝統領域)" of indigenous people but also deny their sovereignty.

With regard to Japanese society's historical recognition, Japanese history textbooks (in junior school and high school) have nearly zero content on the "Truku war." I also found that descriptions of the Wushe (霧社) incident of 1930 in these textbooks are very limited (only four out of 26 books referenced it) (Nakamura 2013b). Japanese society's shallow recognition of colonial history reveals an obstacle to Japanese people eventually sharing the true history of the Truku people.

With regard to Japan's refusal to recognize the Truku war, it is interesting to show how past colonizers have interpreted the history of the Truku war in post-war Japanese society. The best example is Yamaguchi Masaharu's *A History of Development in East Taiwan* (1999), which also quotes *Truku Nation's Battle of Anti-Japan*. Yamaguchi was born in "Yoshino in Karenko" in 1924, graduated from the school of law of Kyoto University, served as the chief of the Labor Standards Bureau in post-WWII Japan. Although this book uses what seems like "objective and neutral" words, such as "Governor-general Sakuma's countermeasure (対策) to Taroko (Truku)," it also uses discriminatory phrases like "Taroko (太魯閣) great subjugation (大討伐)" or "Taroko tribe subjugation" without quotation mark, even uses the words "Riban (理蕃)" and "ban (蕃)" without quotation mark. All in all, it seems the historical fact of the name rectification of "Taiwanese Indigenous People (台湾原住民族)" does not have any relationship with this book that was published in 1999.

Yamaguchi says, "Although some say Governor-general Sakuma suppresses Takasagozoku (高砂族), but this recognition is misunderstanding" (p. 115) because "Takasagozoku" at that time sometimes "obstructed" police's construction of new roads or attacked police and camphor stations, for example. Although Japan had to reflect on its own behavior, but we cannot deny "Takasagozoku also have something brutal" (p. 116). This interpretation of the Truku war reveals how past Japanese colonizer, like Yamaguchi, have interpreted that war since WWII. In fact, that interpretation has continued since the colonial period. Moreover, the absence of any criticism of this book and its contents shows that Japanese society is clearly not correcting colonizers' biased interpretation of colonial history.

2-3. Japan and Taiwan's Thought History and *Partage* of Colonial/Decolonial Historical Memory

Teyra Yudaw originally intended not only to invite Japanese and Truku people to the international symposium on Truku war's history but also to hold a reconciliation ceremony toward a future of historical reconciliation. It is regretful that although Huang Jiping (teacher at National Chengchi University) and Ishimura Akiko (Master at National Chengchi University) not only made efforts to find descendants of Inoue Inosuke, they also found and contacted Inoue Yuji, the fourth son of Inosuke. However, Inoue Yuji could not attend this symposium because of his health condition.[13)]

Inoue Inosuke's (井上伊之助, 1882-1966) traces, thought, and some studies shed light on some important problems with regard to "Japan's Colonial Responsibility: What should we do toward Reconciliation." Nakamura Masaru's book *"Patriotism" and "Others": Historical Anthropology of Taiwanese Mountain Indigenous People* (2006) analyzes how Inoue did not neglect the problem of the Japanese colonial government in Taiwan. That analysis is still the most detailed study of Inoue. Because Inoue had the "attacked experience" of losing his father to indigenous Taiwanese people's headhunting in the 1906 Weili incident, he started to proceed down a road that was different from the major values in both pro-establishment Japanese Christianity and "Great Imperial Japan (大日本・帝国)," finding an autonomous truth peculiar to the indigenous people. Nakamura writes, that Inoue was fighting a kind of historical process of a relationship from "an epistemological opposition of Self-Other" to "a transcendent being of 'selfother (自他)'" (p. 12). Nakamura's so-called relationship of a transcendent being of "selfother" means a kind of "economical" in its fundamental meaning. Moreover, a 'selfother' also is in a relationship with other people's "traffic" and is a "lived (生きられる)" selfother by each other, which causes miscommunication and discommunication with both "patriotism" and the common subjectivity of imperial Japan. What Inoue faced at that time was the indigenous Taiwanese people's peripheral life and unsafe situation that the Five Years "Riban (理蕃, Ruling Savages)" Program enforced. This experience led him to duplicate both the indigenous people's predicament and his own, thus living in "selfother" (p. 159). Inoue in this way faced a common subjectivity or a kind of power—that "Japanese" perceive themselves to own indigenous people and Han Taiwanese. In other words, this article considers that viewpoint to be an epistemology of Japanese colonialism, which Inoue resisted all his life (p. 163).[14)]

I found that Inoue slowly changed his past being and personal subjectivity while living with indigenous Taiwanese people in their village, thinking of the historical existence of himself, his father, Japanese people, and indigenous Taiwanese people, which might contain both inevitability and contingency. Nakamura's book calls Inoue's process a changing/autopoietic process (of new understanding of ritual culture among Taiwanese indigenous people) as continuous "denial and renewal of himself" (p. 134), which can be an important reference point for Japanese decolonization[15)].

What should "We" Do Regarding Reconciliation?

Colonial responsibility means the responsibility of a colonial government toward the inappropriate behavior among the people ruled. "World Conference against Racism, Racial Discrimination, Xenophobia and Related Intolerance" held in Durban, South Africa in 2001 by the United Nations is a starting point when international society positively discussed these ideas (Nagahara 2009). Japan's colonial responsibility to indigenous Taiwanese people can be divided into the following three layers: 1) organizations and systems during the colonial period, such as government, emperor, politicians, army, and corporations; 2) nation, and 3) individuals (including Japanese who lived during the colonial period and those born after WWII). This article insists that taking colonial responsibility means at least to share (*partage*, cf. Nakamura 2018) the Truku people's modern history and present situation of decolonial movement that we have seen above, and also colonial/decolonial memories of historical experiences.

When "we" (although this "we" always has to be rethought) think about the problem of historical "reconciliation" for the Truku war, attention must be given to different perspectives of Japanese and indigenous Taiwanese people and to the gap between how Japanese society and Truku community perceive the Truku war. Nevertheless, just like some Japanese, such as Inoue, fought against Japanese colonialism and thus changed their world view—even changing their own being and subjectivity (autopoietic transformation or metamorphosis)—those historical facts and history of thought between Taiwan and Japan will open up a road to Japanese decolonization. Descendants of past colonizers can share indigenous Taiwanese people's colonial memories and Truku name rectification, including their background of historical experiences.

Acknowledgements: I presented an earlier version of this article at the Academic Symposium on Anti-Japan War History of Truku/Taroko Nation, held in Hualian, Taiwan from October 30 to November 1, 2015. I appreciate the Center for

Aboriginal Studies, National Chengchi University in Taiwan and the staff there. I also thank Siyat Ulon, Teyra Yudaw, Kuhon Sibal, and Tian Guishi (Kimi Sibal) for giving me the opportunity of interviewing them. This study also received a grant from the Japan Society for the Promotion of Science, KAKENHI number 26503018.

Notes:

1) Ishihara Shun (2015) analyzes and discusses this situation from academic liberty in university.

2) One of its fruit is *Essays for Memorial of Truku Incident 104 Years* published by the Youth Public-service Organization in Hualian province in September 2000.

3) This article's usage of the word "nation (民族)" echoes Teyra Yudaw's inquiry of autonomous units among world's indigenous movements and its spread (Li Jishun 2006: 553).

4) Edited by the Promoting Truku Culture Association in Xiulin township, Hualian, in 2009.

5) See Siyat Ulon (2004: 14): The Truku name rectification movement should challenge the classification scheme of Japanese anthropologists; this classification of nations is the basis of injustice from indigenous people's viewpoint. The authorization of nation only through a single foreign academic approval process is undoubtedly invading the right of indigenous people's self-determination.

6) The Literature and History Laboratory shows pictures of elders who were operated for removing tattoos by the Japanese police.

7) On the notion of decolonization and de-imperialization, see Chen, Kuan-Hsing (2006); on the mulita-layered problem around Atayal nation's decolonization and de-imperialization including Japan and the Republic of China (Taiwan), see Nakamura Taira (2009, 2018).

8) The notion of "Tribe (部族)" can be traced to "A Report on Savage Tribes Customs" published in 1915, which is studied and written by the "Temporary Investigation Committee of Taiwanese Customary Law." Mabuchi Toichi in Imperial Taihoku University examined and confirmed this notion later in 1941 (Yamaji 2011: 365-75). The "Temporary Investigation Committee of Taiwanese Customary Law" is an investigating organization by administrative members, established in Taiwan Government General (ibid: 3) although the political meaning of this organization to colonial rule is not clear in Yamaji's book. Kojima

Yoshimichi, an assistant member of this organization, says that he was “ordered” in 1909 and started to engage in investigation of “customary law (慣習)” of Atayal people (“たいやる族”) (Temporary Investigation Committee of Taiwanese Customary Law 1915: 1).

9) I have referred to this discussion of the above three paragraphs in another book review (Nakamura 2013a).

10) On these historical process, see Fang Yuru (2009); on moving and collectivization (or grouping), see Nakamura Masaru (2003). I have referred to these points in the book review of Yamaji (Nakamura 2013a).

11) On detailed situation, see Nakamura Taira (2012).

12) Kitamura (2017) not only discusses the problem of Japanese modern history’s lacking the notion of colonial war, but also describes life of Losin Watan, an Atayal of Taiwanese indigenous people, who received Japanese education and became an infirmary employee (医務嘱託), under Japanese colonial war and violence.

13) Regarding Inoue Inosuke including his family and his trace’s meaning in decolonial thought, see Nakamura Masaru (2006).

14) According to Nakamura, Inoue’s “life mission” or “independent mission” (p.119) is to transform cultural difference to change and to change himself (p.109); he not only learns indigenous people’s “road to creation of god in no-form” and “natural religion/naturalism” (pp.122-32) but also relativizes the “Riban (理蕃)” of Japanese colonial government from the indigenous people’s point of view by recognizing God’s creation of world and all behaviors as common life-state (生活態) (*gaga* in Atayal) world; he even acquired “an attitude in which Christianity and naturalism of both *utux* god and spirit are lived in one place” (p.145).

15) On the autopoiesis, see Maturana and Varela (1980), Nakamura (2010).

References:

1. Chen, Kuan-Hsing 陳光興 2006『去帝國：亞洲作為方法』台北：行人
2. Fang, Yuru 方玉如 2009「太魯閣族的正名運動與族群認同之研究」台北市立教育大學社會科教育學系碩士論文
3. Guo, Mingzheng ed. 郭明正編 2008『賽徳克正名運動』花蓮：東華大学原住民民族学院
4. Ishihara, Shun 石原俊 2015「満身創痍の大学と学問の自由の危機」『社会文学』42: 9–24
5. Ishigaki, Naoki 石垣直 2011『現代台湾を生きる原住民：ブヌンの土地と権利回復運動の人類学』東京：風響社

6. Kaji Cihung 旮日羿・吉宏 2014「太魯閣族的族群復振」『臺灣學通訊』82: 30-31

7. Kitamura, Kae 北村嘉恵 2017「台湾先住民族の歴史経験と植民地戦争：ロシン・ワタンにおける『待機』」『思想』1119: 24-45

8. Kondo, Masami 近藤正己 2015「台湾における植民地軍隊と植民地戦争」坂本悠一編『地域のなかの軍隊 7 植民地：帝国支配の最前線』吉川弘文館、44-74 頁

9. Kuhon Sibal 古宏. 希盼（田貴芳）2010『太魯閣人：耆老百年回憶（女性篇）』花蓮：花蓮縣秀林鄉都魯彎文教基金會

10. Li, Jishun 李季順 2006「第八篇 當代議題 第一章 從正名到自治」，花蓮縣秀林鄉公所『秀林鄉誌 PGKLA NSGAN BSURING』花蓮：花蓮縣秀林鄉公所，535-555 頁

11. Maturana, Humberto R. and Francisco J. Varela. 1980. *Autopoiesis and Cognition: the Realization of the Living*, Dordrecht, Holland and Boston: D. Reidel Pub. Co

12. Nagahara, Yoko 永原陽子 2009「序『植民地責任』論とは何か」永原陽子編『「植民地責任論」: 脱植民地化の比較史』東京：青木書店、9-37 頁

13. Nakamura, Masaru 中村勝 2003『台湾高地先住民の歴史人類学：清朝・日帝初期統治政策の研究』東京：緑蔭書房

14. ――2006『「愛国」と「他者」: 台湾高地先住民の歴史人類学 II』東京：ヨベル

15. Nakamura, Taira 中村平 2006「到来する暴力の記憶の分有：台湾先住民族タイヤルと日本における脱植民化の民族誌記述」大阪大学大学院文学研究科博士学位申請論文、191 頁（未刊）

16. ――2009「台湾先住民族タイヤルをとりまく重層的脱植民化の課題：日本と中華民国の植民統治責任と暴力の『記憶の分有』」『日本学』29: 127-167（東国大学日本学研究所）

17. ――2010「『日本の旅行文化』講義＝討議の試み：大学における研究と教育をつなぐオートポイエティックな実践」『日本学報』82: 271-284（韓国日本学会）

18. ――2012/10/1「國族（national）的感傷共同體、與『分有』組織的『我們』: 日本面對台灣原住民族時去殖民的課題」（ナショナルな感傷の共同体と「分有」のつなぐ「私たち」: 台湾先住民族に向き合う日本の脱植民化)、「文化作為批判理論」國際學術研討會（"Culture as Critical Theory" International Conference)、台北：中央研究院民族学研究所（未刊）

19. ――2013a「(書評) 山路勝彦著『台湾タイヤル族の 100 年』」『日本学

報』32: 165–173
20. —— 2013b「台湾植民地統治についての日本の『民族責任』と霧社事件認識：第二次大戦後日本の中高歴史教科書の分析を中心に」『神戸女子大学文学部紀要』46: 49–69
21. —— 2018『植民暴力の記憶と日本人：台湾高地先住民と脱植民の運動』吹田：大阪大学出版会
22. Siyat Ulon 希雅特．烏洛（劉韶偉）2004『找回太魯閣 Gimi Ka Truku』台北：翰蘆
23. Tian Guifang 田貴芳（古宏．希盼）2014『太魯閣人：耆老百年回憶（男性篇）』台北：翰蘆
24. Tian Guishi 田貴實 n.d.「消失的文面圖騰」，20 頁（未刊）
25. —— n.d.「消失的臺灣紋面文化：大陸學者與媒體記者筆下的田貴實」，70 頁（未刊）
26. Teyra Yudaw 帖喇．尤道 2015「從太魯閣族對日戰役看傳統價值面對殖民統治」『原住民族文獻』21
27. http://ihc.apc.gov.tw/Journals.php?pid=628&id=862（2015 年 9 月 25 日 閲覧）
28. The Promoting Truku Culture Association in Xiulin township, Hualian 花蓮縣秀林鄉太魯閣文化推動協會 2009『太魯閣族抗日戰役：歷史與口傳 2009』花蓮：花蓮縣秀林鄉公所
29. The Temporary Investigation Committee of Taiwanese Customary Law 臨時台湾旧慣調査会 1915『番族慣習調査報告書　第一巻』、台北 , (Translated to Chinese, 中央研究院民族学研究所編訳 1996)
30. Truku Promoting Name Rectification Association 太魯閣族正名促進会 2003『還我族名：「太魯閣族」』花蓮：花蓮県秀林郷公所
31. Yamaguchi, Masaharu 山口政治 1999『東台湾開発史：花蓮港とタロコ』東京、台北：中日産経資訊
32. —— 2007『知られざる東台湾 : 湾生が綴るもう一つの台湾史』展転社
33. Yamaguchi, Masaharu and Tomiyaga Masaru ed. 山口政治・富永勝編 1991『東台湾太魯閣小史 : 研海支庁開発のあゆみ』花蓮港「新城・北埔会」
34. Yamaji, Katsuhiko 山路勝彦 2011『台湾タイヤル族の 100 年：漂流する伝統、蛇行する近代、脱植民地化への道のり』東京：風響社

石川丈山の詠物詩について

任　穎

はじめに

石川丈山は、天正 11 年（1583）に生まれた。名は重之、後に凹、字は丈山、号は六六山人・四明山人・凹凸窠・詩仙堂など、通称は三彌、後に嘉右衛門である。徳川家康に仕えたが薙髪して京都に閑居、儒学を藤原惺窩の門に遊び、林羅山・堀杏庵と交わる。著に『朝鮮筆語集』、『本朝詩仙注』、『詩法正義』など十余種あり、詩集『覆醤集』3 巻、『新編覆醤集』23 巻、『凹凸窩詩集』2 巻がある。

一、丈山の先行研究について

まず、丈山の生涯について、小川武彦氏の「石川丈山年譜稿上」及び「石川丈山年譜稿上（2)」と「石川丈山年譜稿上（3)」が見られる。丈山の詩論についての研究は、中村幸彦氏の「石川丈山の詩論」がある。さらに、丈山の煎茶との関わりについて、矢部誠一郎氏の「石川丈山と煎茶道」が先行している。また、近年では丈山の研究全般について、山本四郎氏の「石川丈山研究余話」、『覆醤集』の版本研究について杉浦豊治氏の「丈山の「覆醤集」について」、朝鮮通信使との関係を検討した若木太一氏の「朝鮮通信使と石川丈山 ―― 「日東の李白」」などが著されている。丈山における杜甫の受容に関して王京氏の「石川丈山における杜甫の受容」、伊藤善隆氏の「丈山の杜甫受容：「拙」をキーワードとして」などが見られる。

さて、本研究は以上のような先行研究を踏まえ、未だに見られていない丈山の詠物詩を取り上げ、そこから丈山が「日東之李杜[1]」として評価される理由を探り、また丈山が近世初期の詩人として、五山の僧侶の詩からどのような進歩を遂げたのか。丈山の詠物詩において、どのような特徴して現れているのかについて検討したい。

二、丈山の牡丹詩について

石川丈山の『新編覆醤集』及び『新編覆醤集續集』における詠物詩を考察すると、『新編覆醤集』4巻に47首、『新編覆醤集續集』7巻に77首がある。その中には詠花詩が多く見られるが、一番よく読まれているのは桜であり、合わせて14首がある。その次は牡丹を詠う詩で、8首が収められている。また、読まれた時期について、牡丹を詠う詩がほぼ『新編覆醤集』巻一から巻三に集中しており、詠桜詩は『新編覆醤集』及び『新編覆醤集續集』両方に散在であることが分かる。つまり、牡丹を中心に詠っているのが、丈山の前期の作品の創作傾向である。それでは、まず『新編覆醤集』巻一に見られる「惜牡丹」をみよう。

惜牡丹[2]	**牡丹を惜む**
此花開落二旬間	此の花　開落して　二旬の間
杖屨園中幾往還	杖屨　園中に幾《い》く　往還《おうかん》す
國色天香風雨後	國色天香　風雨の後
馬嵬泥土貴妃顔	馬嵬の泥土　貴妃の顔

『新編覆醤集』の中には合わせて8首の牡丹を詠じる詩がある。その最初に読まれたものは「惜牡丹」という作品である。牡丹の花が開花から落花まで丈山が杖を使って、この牡丹「園中」に通い続けている。「往還」は行き来することで、ここでは牡丹を見るための詩人自身の動作を描いている。詩の後半では、丈山が唐詩の影響を受け、楊貴妃の典

故を借りて、牡丹を詠っている。「國色天香」は牡丹の異名であり、天下一の香りと国中一等の美色とを同時に持つという意味である。陳正封「牡丹詩」に「國色朝酣酒、天香夜染衣」とある。唐代の詩人たちは牡丹を愛し、牡丹を詠う詩が多く詠まれている。当時、楊貴妃が唐玄宗の寵愛を得て牡丹を鑑賞するとき、李白を呼んで牡丹を詠じる詩を詠ませたという。結句では、牡丹が雨に濡れ、風に吹かれて落ちている姿を描く。「馬嵬」に埋められた「貴妃」の顔は、牡丹の美しさを楊貴妃の美貌に喩えたと考えられる。

また、同じく雨の後に見られる牡丹を詠う作品は、「雨後白牡丹」がある。

雨後白牡丹 [3]	**雨後の白牡丹**
姑射真人化牡丹	姑射《こしゃ》の真人《しんじん》　牡丹と化す
氷膚浴露映闌干	氷膚《ひょうふ》　露を浴して　闌干《らんかん》に映す
白銀盆裏盛金線	白銀盆裏　金線を盛《も》り
碧玉簪頭捧粉團	碧玉簪頭《へきぎょく》　粉團《ふんだん》を捧《ささ》ぐ
日上董賢眠未覺	日上《のぼ》りて　董賢《とうけん》眠り未た覺めず
午過何晏汗初乾	午過ぎて　何晏汗初めて乾く
花魂似厭繁華地	花魂《かこん》　繁華《はんか》の地を厭ふに似て
開拆幽園伴蕙蘭	幽園に開拆して　蕙蘭《けいらん》を伴ふ

「姑射」は仙人の居る山を指しており、莊子『逍遥遊』に「藐姑射山有神人居焉、肌膚若冰雪、淖約若處子、不食五穀、吸風飲露、乘雲氣、御飛龍、而遊乎四海之外」とある。「姑射真人」は姑射山に住む仙人のことを指しており、牡丹は仙人の化身であると詠っている。雨の後、白くて美しい肌に露が付いている姿が手すりに映っていると描く。頷聯の「白銀盆」は白い牡丹の花びらのことで、「金線」は花の黄色い花糸の部分である。「碧玉簪」は花柄の緑色の部分で、「粉團」とはその花柄の上にある牡丹の花のことを指している。江戸前期の詠花詩は典故を引用し

て花を詠う傾向が見られるが、この詩で丈山は直接に白牡丹の花柄から花弁各部分の色を、それぞれ分けて重点的に詠う表現が新鮮である。また、頸聯の董賢と何晏二人の典拠を踏まえ、牡丹を美少年に喩えている。董賢は漢代雲陽の人であり、自分の美貌を喜び誇り、常に哀帝の左右に勤めて、哀帝と同衾していたという。ある日、哀帝が起きようとするとき、彼の袖が董賢の体の下にあるため、袖を切って起きたというエピソードがあり董賢が極めて大きいな寵愛を浴びていたことが窺える。また、何晏について、『世説新語・容止第十四』に「何平叔美姿儀、面至白。魏明帝疑其傅粉、正夏月、与熱湯餅。既噉、大汗出、以朱衣自拭、色転皎然」とある。何晏は三国の魏国南陽の人である。彼の肌が非常に白く美しいため、魏の明帝は何晏が白い粉で化粧したと疑っている。あの日、何晏を宮中に呼び、暑いスープを飲ませた。何晏は大汗が出たため、自分の赤い袖で汗を拭った。そして、彼の肌がさらに白くなり、化粧はしてないということを証明できたという話もある。いずれにしても、丈山は頸聯において牡丹の花を董賢と何晏と喩えていることから、彼の奇妙な発想を検討する価値があると考えられる。詠花詩において花を美人に喩えるのは一般的であるが、丈山の牡丹詩はそれらの規則から脱出し、新たに牡丹の花を美しい男性と並べていることが彼の独特な詩想とも見られる。また、尾聯の「花魂」は花の精神や花の心を指し、鄭元祐「花蝶謡」に「花魂迷春招不帰、夢随蝴蝶江南飛」とある。牡丹の花が実は賑やかな土地を嫌がっていて、静かなところで蘭と共に自然に応じて開き、また落ちていきたい。「幽園」は奥深い感じがする静かな園のことであり、杜甫「豎子至詩」に「小子幽園至、輕籠熟柰香」とある。「蕙蘭」は蘭の一種で、「古詩十九首、其八」に「傷彼蕙蘭花」とあり、阮籍「詠懐詩」に「濯纓醴泉、被服蕙蘭」とあり、陸機「髄賦」に「咀蕙蘭之芳荄、翳華藕之垂房」とある。

また、同じく白牡丹を詠じた詩「白牡丹」を挙げよう。

白牡丹[4]

不比姚家不魏家
玉杯承露發光華
怪看天上十分月
化作人間第一花

白牡丹

姚家《ようか》に比ぜず　魏家《ぎか》にあらず
玉杯《ぎょくはい》　露を承《う》く　光華《こうか》を發す
怪《あや》しみ看る天上十分の月
化して人間第一の花と作《な》る

姚家と魏家は昔、牡丹を植えた古の名高い家である。そのため牡丹の異名として「姚黄魏紫」とも言われる。「玉杯」は玉で造った杯であり、「光華」は美しく光ることである。白牡丹は「姚黄魏紫」と比べ静かなところで咲いている。その咲いた花びらは「玉杯」のように露を溜めていたため、月光の下で輝いている。牡丹の花はなぜ美しく光っているのか。それは月がこの「人間第一花」となっているのだと詩人が詠った。この作品では、丈山が静かに咲いている白牡丹を月の化身と喩えている。

以上のように、丈山が牡丹を詠うとき、主に典拠を引用して、牡丹を美人や美男、また月などに喩えている。また、丈山の牡丹詩も唐代の詩人の影響が見られる。

二、丈山の詠桜詩について

ところで、丈山の詠物詩の中で一番多く読まれた詠桜詩に注目したい。『新編覆醤集』及び『新編覆醤集續集』の中で収められている丈山の詠桜詩は合わせて 14 首がある。まず、『新編覆醤集』巻一にある「庭前線櫻」を挙げよう。

庭前線櫻[5]

一樹千絲二丈長
繁英向下發幽香
此花若在唐國裏
何使楊妃比海棠

庭前の線櫻

一樹千絲　二丈長し
繁英　下に向けて幽香《ゆうこう》を發す
此の花　若し唐國の裏に在らば
何ぞ楊妃《ようひ》をして海棠に比せしむ

この作品は「線櫻」すなわち「糸桜」を詠う作品である。糸桜は枝垂れ桜の別名であり、「バラ科の落葉高木。ウバヒガンの変種で枝先が垂れ下がるもの。3月上旬に淡紅白色の花を開く。紅色の花をつけるベニシダレなど品種も多い」とある。起句の「一樹千絲二丈長」はまさに枝垂れ桜の長く垂れ下がっている姿を描く表現であろう。枝が垂れているため、「幽香」も上から下へ発散していると詠じた。詩の後半で、詩人は仮想の空間の中に入り、もし中国にもこのような美しい桜があったら、きっと楊貴妃に喩えられているのであろうと桜を称賛している。また、丈山自身の作品にも海棠を楊貴妃に喩えているものが見られる。

秋海棠[6]	**秋海棠**
葉如馬乳實如蝶	葉は馬乳《ばにゅう》の如く實は蝶の如し
幽艷淡紅花較微	幽艷《ゆうえん》淡紅　花較《や》や微なり
昔日曾生唐苑否	昔日曾《かつ》て唐苑《とうえん》に生するや否や
未聞睡貌似楊妃	未だ聞かず睡貌の楊妃《ようひ》に似たることを

この「秋海棠」の結句では、海棠が眠っている姿は楊貴妃に似ていると詠っている。詩の後半では、「庭前線櫻」と同じく展開で、昔の中国に生えているであろうか、まだ海棠が眠っている姿は楊貴妃のように美しいと聞いたことはないと詩人が詠じた。この「秋海棠」と「庭前線櫻」を合わせてみると、丈山にとって一番美しい花は楊貴妃に喩えられるという考えが推測できるであろう。さて、続きに丈山の糸桜を詠う作品「亭前絲櫻」を見よう。

亭前絲櫻[7]	**亭前絲櫻**
春風欄外滿庭櫻	春風　欄外《らんがい》　滿庭の櫻
裊娜如絲掃地輕	裊娜たり絲の如し地を掃　輕し
梅蘂不香添艷色	梅蘂　香ほらず艷色《えんしょく》を添へ
柳條無葉綴瓊英	柳條　葉を無くにして瓊英《けいえい》を綴る

錦機謾斷低昂亂　　錦機《きんき》　謾《みだれ》りに斷て　低昂亂れ
繡帶斜垂長短縈　　繡帯《しゅうだい》斜めに垂れて　長短縈ふ
比並餘花尤第一　　比並すれば餘花《よか》に尤も第一なり
牡丹還可愧王名　　牡丹　還へて王名を愧づ可し

この詩も枝垂れ桜について詠う作品である。「裊娜」はしなやかな美しいであり、ここでは糸のように垂れている桜の枝の姿を描く。また、梅や柳などと比べて、枝垂れ桜は梅のように香ることがないが、色は鮮やかである。柳のように葉が付いてないが、多くの花を葉の代わりに枝に咲かせている。風が吹くと、まるで綺麗な帯のように振り回されている。尾聯では、丈山が好んでいる牡丹が登場している。もし他の花と桜を並べると、牡丹も桜に王座を譲るべきであろうと詠った。「庭前線櫻」で詠まれたように、もし中国に桜があるとしても、「亭前絲櫻」で描くように日本で植えてあるとしても、いずれにせよ、桜はまさに花王となるべきであるというのが丈山の考えではないかと思う。

以上のような丈山が枝垂れ桜について詠った、また丈山の詠桜詩の題目を全部あげてみると、以下のようになる。

新編覆醤集　巻一　廣陵新居移栽山櫻三百株白花方盛開
　　　　　　　　　早櫻・庭前線櫻・遊豊國見櫻花
　　　　　　巻二　與客賞亭前絲櫻・東皐落花
　　　　　　巻三　拍毬櫻（二首）
新編覆醤續集　巻一　亭前絲櫻
　　　　　　巻二　櫻花（三首）
　　　　　　巻三　彼岸櫻・與知舊見亭前櫻花

丈山の詠桜詩の１つ特徴とも言えるところは、これらの詩題に示したように、桜の種類を分けて詠うことである。その中でも、それまでの時代の詠桜詩に見ない種類の「拍毬櫻」を詠う作品に注目したい。また、この作品も伊藤栄吉によって編纂された江戸前期の詠物詩アンソロジー『日本詠物詩』の花部の冒頭に見られる。そこからこの「拍毬櫻」は、詠桜詩における重要な位置を占めているのではないかと思う。『日本詠物詩』の花部に収められているのは「拍毬櫻」の其二だけだが、ここでは、「拍毬櫻」の全文を取り上げる。

拍毬櫻[8]	**拍毬櫻**

自注云、櫻有一種、其花點綴如鞠。俗曰拍毬櫻。

自注に云ふ、櫻に一種有り、其の花　點綴《てんてつ》して鞠の如し。俗に拍毬櫻と曰ふ。

其一	その一
櫻花束素倚庭衢	櫻花　素を束《たば》ねて庭衢に倚り
妖艶無雙只一株	妖艶無雙《ようえんむそう》　只だ一株なり
春色驚人能點綴	春色　人を驚かして能く點綴《てんてつ》す
高梢多少雪模糊	高梢　多少　雪模糊《もこ》たり

ただ1本の桜の木がいま多くの花を咲かせて、庭園の中に植えてある。春になると、多くの桜の花が同時に咲いて、まるで雪のように見える。「妖艶」は美しくなまめかしい様子で、盧思道「美女篇」に「京洛多妖艶、餘香愛物華」とあり、劉廷芝「春女行」に「自憐妖艶姿、敉成獨見時」とある。主に美しい女性を描写する詩語で、ここでは桜の木を擬人化している。また、転句の「點綴」は点を打ったようにあちこちに連なる意味であり、張九齢「翦綵」に「葉作参差發、枝從點綴新」とある。詩人の自注に説明してあるように、拍毬桜は桜の一種で、花が咲くとき鞠のような形をしているため、その名が付けられた。また、『日本詠物詩』に収められている「其二」を見ると、さらに拍毬桜の形や色について詳しい描写が見られる。

其二	その二
造化生尤物	造化《ぞうか》尤物《ゆうぶつ》を生《しょう》ず
棠梨自可羞	棠梨《とうり》 自《おのずか》ら羞《は》づ可し
枝疎結子大	枝疎《まば》らにして子を結ぶこと大に
樹老著花稠	樹老いて花を著《つ》くること稠《しげ》し
宿雨濡銀椀	宿雨《しゅくう》銀椀《ぎんわん》を濡《うるほ》し
山風減雪毬	山風雪毬を減ず
明年如有待	明年待つこと有るが如し
不死繼茲遊	死せずんば茲の遊を繼《つ》がん

「造化」は天地自然のこと或いは万物を創造することを指している。「尤物」は優れているものであり、荘子『徐無鬼』に「夫子物之尤也」とある。「棠梨」は山梨の木を指している。首聯では天地の間で育てられている拍毬桜と比べられると、山梨は恥ずかしい気持ちになるはずだと詩人が詠じた。頷聯では拍毬桜の木を枝が少ないのに果実の方は大きく、木は古いが、花はたくさん着いていると描く。「宿雨」は連日降り続く雨であり、李嶠「和杜学士江南初霽羈懐」に「大江開宿雨、征櫂下春流」とある。「銀椀」は銀製の皿を指し、ここでは桜の花を喩えている。連日降り続く雨が銀製の椀（桜の花）を濡らし、山の風は桜の花を吹き散らしている。そして、結句では詩人がもし来年も楽しみにしていることがあるとすれば、それはもし生きていたならこの花見を続けることだと詠った。頷聯では桜の木の形態を詠い、頸聯では「銀椀」と「雪毬」を用いて、白い桜の花が同時に咲くとき、鞠のような形になると描いている。

前述のように、丈山が桜の種類を分けて、それぞれの形態や色彩などについて書き出して詠うことが彼の詠桜詩の特徴であることは、以上の例から確認できる。

また、丈山の詠桜詩のもう一つ特徴とは、先代詩人の表現を借りて、さらに自分の感情を込めて桜を詠うことである。一例として、この「遊豊國見櫻花」がある。

遊豊國見櫻花[9]	**豊國に遊し櫻花を見る**
荒祠寂寞聳東山	荒祠　寂寞として東山に聳《そび》ゆ
游客春來日往還	游客　春來たり日に往還《おうかん》す
花似列星照望眼	花は望眼《ぼうがん》を列星の照らすに似て
怪看影木在人間	怪しむ看る影木の人間に在ると

「東山」にあるお寺に観客がよく尋ねる理由は、その星のように人々の瞳を照らしてくれている桜の花があるからである。転句の「花似列星照望眼」は、菅原道眞の「月夜見梅花」の「梅花似照星」という表現を踏まえていることが明確であろう。

月夜見梅花[10]	**月夜梅花を見る**
月耀如晴雪	月の耀《かがや》くは晴れたる雪の如し
梅花似照星	梅花は照る星に似たり
可憐金鏡転	憐《あわ》れむべし金鏡《きんきょう》の転じて
庭上玉房馨	庭上に玉房《ぎょくぼう》の馨れるを

同じく林羅山の作品の中にも菅原道眞の「梅花似照星」を踏まえている表現も見られるが、羅山の場合はそのまま詠梅詩に用いている。

梅花成道和樺來韻[11]	**梅花成道樺來が韻を和す**
踈影暗香何處來	踈影暗香《そえいあんこう》　何《いづく》の處に來たる
始知昨夜一枝開	始めて知る　昨夜一枝の開きを
吟身換却瞿曇眼	吟身換へて却す　瞿曇が眼なり
不見明星只見梅	明星を見ず　只だ梅を見る

丈山の詠物詩を考察してみると、桜 14 首と牡丹 8 首を詠う作品を除

いて、彼は多くの種類の花を詠っているが、梅を詠じる作品がわずかであることが考察できる。丈山が菅原道眞の「梅花似照星」の表現を詠桜詩に用いることも、彼の桜に対しての著しい愛着が見出せるであろう。

咲いている桜は星のように輝いているが、地面に落ちている桜もまた美しい霞のように丈山には見える。

東皐落花[12)]	**東皐の落花**
滿地櫻花満眼霞	滿地の櫻花　満眼の霞
花虚春老感年華	花虚《うつ》け　春老ひて年華を感す
繁花時節無來問	繁花の時節　來たり問わず
花不負吾吾負花	花　吾に負《そむ》かず　吾　花に負《そむ》く

開花時期を過ぎて、桜の花びらは所々に散っていた。花が散ることから春がすぐ過ぎ、時間が流れていくと詩人には感じられる。満開のときに、鑑賞に来ることができず、花は詩人との約束を守って毎年のように咲いていたが、今年の詩人は約束を守らなかった。ここでは、「拍毬櫻・其二」の尾聯「明年如有待、不死繼茲遊」と比べてみると、毎年の春に詩人は桜の花を観賞することを楽しみにしていることがわかる。「拍毬櫻・其二」では詩人が目の前に咲いている拍毬桜に対して、来年もまだ見に来ると約束をしていたが、「東皐落花」の後半では、詩人は自分が桜との約束を守らなかったことを反省し、桜に対して謝っていると考えられる。

四、まとめ

羅山の出来るだけ多く且つ全面的に詠物詩を作る性格と異なって、丈山の詠物詩は桜の詩と牡丹の詩が多く見られる。丈山の青年期や中年期に牡丹を集中的に詠じ、晩年に桜を目に向けっているという特徴が窺える。牡丹は唐詩の詠物詩によく見られる花題で、丈山が盛唐詩の影響を受けていることも彼の牡丹詩において充分に確認できる。また、丈山の桜に対しての著しい愛着が彼の詠桜詩に現れている。彼の詠桜詩の特徴は2点指摘できる。1つは桜の種類を分けて詠うことである。「花」や「櫻花」という詩題だけではなく、拍毬櫻・絲櫻・彼岸櫻なども詩題に見られる。丈山詩のもう一つの特徴は先代詩人の表現を借りて桜を詠うことである。これまで見ない桜を星に喩える表現も彼が詠桜詩に用いている。

注

1） 丈山の『覆醤集』の講習堂松永昌三が書いた序文に「異客之推奨欽服、称日東之李杜」と評価し、丈山は当時の文壇の頂点に至る位置を占めたことがわかる。
2） 富士川英郎［ほか］編『詩集日本漢詩』 汲古書院 1985年 第1巻『新編覆醤集』第1巻 pp.79
3） 富士川英郎［ほか］編『詩集日本漢詩』 汲古書院 1985年 第1巻『新編覆醤集』第1巻 pp.83
4） 富士川英郎［ほか］編『詩集日本漢詩』 汲古書院 1985年 第1巻『新編覆醤集』第1巻 pp.80
5） 富士川英郎［ほか］編『詩集日本漢詩』 汲古書院 1985年 第1巻『新編覆醤集』第1巻 pp. 79
6） 富士川英郎［ほか］編『詩集日本漢詩』 汲古書院 1985年 第1巻『新編覆醤集』第2巻 pp. 142
7） 富士川英郎［ほか］編『詩集日本漢詩』 汲古書院 1985年 第1巻『新編覆醤集』第1巻 pp.138
8） 富士川英郎［ほか］編『詩集日本漢詩』 汲古書院 1985年 第2巻『新編覆醤集』第2巻 pp. 107
9） 同注3
10）菅原道真著 . 川口久雄校注『日本古典文学大系72 菅家文草 菅家後集』 岩波書店 1966年10月5日 pp.105
11）林羅山著 . 京都史蹟会編纂『林羅山詩集』 ぺりかん社 第50巻 pp.537
12）富士川英郎［ほか］編『詩集日本漢詩』 汲古書院 1985年 第1巻『新編覆醤集』第1巻 pp.90

参考文献

1. 矢部誠一郎「石川丈山と煎茶道」『國學院雑誌』第70巻第7号　国学院大学総合企画部　1969年　pp.25-34
2. 中村幸彦「石川丈山の詩論」『中国古典研究』第19号　中国古典研究会　1973年　pp.1-15
3. 小川武彦「石川丈山年譜稿上」『跡見学園女子大学紀要』第14号　跡見学園女子大学　1981年　pp.19-87
4. 小川武彦「石川丈山年譜稿上（2）」『跡見学園女子大学紀要』第15号　跡見学園女子大学　1982年　pp.45-59
5. 杉浦豊治「丈山の『覆醤集』について」『金城国文』第58号　金城学院大学国文学会　1982年　pp.75-90
6. 若木太一「朝鮮通信使と石川丈山―「日東の李白」」『語文研究』第52・53号　九州大学国語国文学会　1982年　pp.65-80
7. 小川武彦「石川丈山年譜稿　上（3）」『跡見学園女子大学紀要』第17号　跡見学園女子大学　1984年　pp.57-80
8. 山本四郎「石川丈山研究余話」『史窓』第58号　京都女子大学・京都女子大学短期大学部　2001年　pp.1-14b
9. 王京「石川丈山における杜甫の受容」『九州中国学会報』第40号　九州中国学会　2002年　pp.86-103
10. 伊藤善隆「丈山の杜甫受容：「拙」をキーワードとして」『和漢比較文学』第48号　和漢比較文学会　2012年　pp72-90
11. 上野洋三注『石川丈山・元政』岩波書店　1991年

明治・大正期の『金瓶梅』

――三種の訳本を中心として――

川島優子

はじめに

曲亭馬琴による合巻『新編金瓶梅』は、天保三年（一八三二）から弘化四年（一八四七）にかけて刊行された『金瓶梅』の翻案である。しかし『金瓶梅』という書名を用い、主要な登場人物も『金瓶梅』に対応するよう設定されてはいるものの、本人が、「拙作は唐本の『金瓶梅』とは、いたくちがひ候ものに御座候」（天保三年十一月二十五日殿村篠斎宛書簡）、「拙作ハ原本によらず、大かた新趣向にて、少しづゝその意をまじえ候」（天保三年十一月二十六日小津桂窓宛書簡）と、あくまで原作とは異なるものであることを強調するように、『金瓶梅』とは大きく異なる作品となっている。(1) とはいえ結果的に、馬琴は視力を失いながらも唯一この作品だけは完成させ、「抑《そも〳〵》 是書《このしよ》ハ四三《よみ》本にして、見せまく欲《ほし》きもの」（『新編金瓶梅』第一集之三 馬琴再識）と誇るほどの力作となった。

『新編金瓶梅』の影響力は大きく、たとえば森鷗外の自伝的小説とされる『ヰタセクスアリス』（明治四十二年）の中では、向島の文淵先生のところへ漢文の勉強に通っていた十五歳の「僕」が、先生の机の下に『金瓶梅』を発見する場面がこう描かれている。

> 或日先生の机の下から唐本が覗いているのを見ると、金瓶梅であった。僕は馬琴の金瓶梅しか読んだことはないが、唐本の金瓶梅が大いに違っているということを知っていた。そして先生なかなか油断がならないと思った。

鷗外が十五歳の頃、つまり明治初期の日本人にとって、『金瓶梅』といえば『新編金瓶梅』を指した。他に『金瓶梅』の訳本の類は刊行されておらず、原文を入手してそれを読解できる一握りの人間（たとえば「先生」のような人物）を除いては、「唐本の金瓶梅」に触れることはできなかったのである。しかし、明治十五年～十八年になると松村操訳『原文訳解金瓶梅』が刊行され、続く大正十二年には井上紅梅訳『金瓶梅と支那の社会状態』が、大正十四年には夏金畏・山田正文訳『全訳金瓶梅』が刊行されている。いずれも抄訳、あるいは未完ではあるものの、江戸時代には現れなかった訳本がこの時期に複数出現したのである[2]。

馬琴の『新編金瓶梅』の後、明治・大正期において『金瓶梅』はどのように受容されたのか、本稿ではこれら三種の訳本を取り上げ、序文等を中心にその受容の在り方について概観してみたい。

一、松村操（春風居士）『原本訳解金瓶梅』

明治十五年（一八八二）〜十七年（一八八四）東京・兎屋誠出版

巻一…第一回　（明治十五年十月一日発行）
巻二…第二回〜第三回上　（明治十五年十月二十四日発行）
巻三…第三回下〜第五回上　（明治十五年十二月一日発行）
巻四…第五回下〜第七回　（明治十六年四月二十二日発行）
巻五…第八回〜第九回上　（明治十七年五月五日発行）
巻六…第九回下〜第十一回上　（明治十八年三月十五日発行）

明治十五年から十八年にかけて、兎屋という版元から『原本訳解金瓶梅』が刊行される。刊行されたのは巻六まで（第十一回の途中まで）、「此回尚長ければ以下は次巻に説くべし」と結ばれているものの、巻七が出ることはなかった。訳者の松村操については、高島俊男『水滸伝と日本人』（大修館書店、一九九一）に詳しい。

明治十年代の中葉、松村操（号は春風《しゅんぷう》）という人がいた。わずか数年のあいだに、中国白話小説の翻訳・注釈、それに戯作など、爆発的にたくさんの本を書いて、あっという間に死んだ。死んだのは明治十七年、四月、四十二歳。

死ぬ直前のころには、『金瓶梅』『通俗後西遊記』『通俗水滸後伝』『通俗続三国志』『通俗情史』などの翻

訳書（自身の新訳）を、同時進行でそれぞれ毎月一冊づつ出していた。『水滸伝講義』『原本訳解酔菩提全伝』なども始まったばかりであった。そんな無茶をしていたら死ぬにきまっているよ、と言いたくなるほどの超人的仕事量である。一種の天才――書き出したらとまらない天才だったのではないかと思う。

もともとは越後の人で、東京で勉強し、故郷の柏崎へ帰って教員をしていたが、明治十年代の初めごろ、著述で身を立てようと再び東京へ出てきたらしい。神田佐久間町に住んでいた。明治十四年の初めに出した『東京穴探《あなさがし》』というのがこの人の通俗読物の最初で、それより死ぬまでたったの三年である。……

さて、この松村操の本は、そのほとんどが京橋南鍋町の兎屋という本屋から出ている。あるじは望月誠という人で、しばしば兎屋誠と称している。この本屋（ないし出版物）については、森鷗外の随筆『心頭語』に「兎屋一流の書估の刊行をするところ」とか「兎屋物に比べて軒輊《けんち》すべきもののあること少《すくな》し」とか、大いに貶した口調で見えている。低級読物を出す本屋の代表格であった。新聞に巨大な広告を出し、値引きをし、景品をつけ、大量に売りまくって大いにもうけた。本屋で馬車に乗ったのは兎屋誠が初めてだという。松村操はこの兎屋の座付作者みたいなものだったのだろう。このスーパーマンの死によって上にあげた本はすべて中絶した。

松村操は、「低俗読物を出す本屋の代表格」であった兎屋の「座付役者」ともいうべき人物であり、『原文訳解金瓶梅』が巻六までで終わったのも、彼の急死によるものだったという。

巻一の巻頭には「題詞」（張竹坡評の抜粋）、「例言」、「雑録」（登場人物一覧、西門慶房屋）、「第一回説明」が掲載されており、底本として清代の文人張竹坡の評が付けられた「第一奇書本」系統のものが用いられているこ

とがわかる。それは以下に挙げる「例言」に「李笠翁」の名が出てくることや、「謝頤の序文」に言及されていることからも確認できる。「例言」には、『金瓶梅』の翻訳を手がけるに至った動機、目的も記されている。[3]（傍線は筆者による。以下同じ。）

一　金瓶梅一書、何人の作なるや未だ詳ならず。一本に李笠翁の作としるしたれども、是ハ書賈の狡黠に出たること著し。謝頤の序文にハ伝へて鳳洲門人の作といひ、或ハ鳳洲の手録ともいふといへり。

一　此書舶来してより日久しといへども、いまだこれを翻訳せしものなし。唯り曲亭馬琴が新編金瓶梅あれども、此書を訳せるにあらず。ただ聊書中の趣を取り、余ハ馬琴が新意をもて編成せしなれバ、彼書を以て此書の翻訳なりと思ふハ大に誤れり。

一　金瓶梅原書中すべて滑稽笑謔極めて多し。悉くこれを邦文に訳すれバとて、邦人にハ面白からぬのみにあらず、反て眠を匿くの憂あらん。因て我が訳編には、ただ其大意をのみ取てすべて問答の詞等は削去りぬ。故に原書と較べ見るときにハ、事の前後になりぬるもあらん。されども是は同回中を限るのことにして、決して甲回の事柄をもて縦に乙回に移す等の事ハこれなし。

一　此書第一回の終より両三回ハ水滸伝の趣向に似たり。されども所々異たる趣もあり。畢竟水滸伝の西門啓が潘金蓮と奸悪を逞ふするの話を父母として作設けたれバ、故らに其趣を易へざりしならん。看者その似たるを以て訝ること勿れ。

壬午九月　　訳者識

ここには、『金瓶梅』の翻訳がいまだかつて存在していないということ、そして馬琴の『新編金瓶梅』は『金瓶梅』の翻訳ではないということが強調されている。

さらに第一回直前に置かれる「第一回説明」には、馬琴の『新編金瓶梅』がいかに原作と異なっているかが詳しく記され、人名対照表まで付されている。

> 馬琴が著の新編金瓶梅第二集ハ、原書第一回の趣を取りて作りたるなれども、すべての脚色同じからず。そは先づ原書の発端なる西門慶が玉皇廟に於て十人の義兄弟を結ぶの事ハ、馬琴ハすべて省きて載せず。西門慶呉月娘等の年齢もいたく原書と異れり。馬琴が作にハ、此所に刈藻藻塚鮒斎の薄情より吾嬬空八が刃傷に及ぶの事を載せたれども、此一段ハすべて原書の此処に見えず。又、瞽者綿乙と杣木が事も原書になし。是等ハ馬琴が全く作添えたるなり。
>
> 又、武松が景陽岡に於て虎を殺す事ハ、たゞ風説のみを載せ、先づ西門慶が虎の死骸を見物に出たる事を説き、直に武松が都頭に任ぜらるゝ段にうつりたり。されバ新編〈馬琴の作をいふ　以下これに倣ふ〉の武松が虎を殺す一段ハ、水滸伝に拠りて綴りたるものと見ゆれども、彼の寅念といふ僧が虎に化けしといふ怪談ハ、全く馬琴の作出せしにて、原書ハもとより水滸伝にも此事なし。
>
> さて、新編にてハすべて本邦の事に作換へたれバ、人名も皆な原書に模倣して呼換へあり。彼書ハ久く世に行はれ、児女子の眼にも慣れたれバ、睹易きために今人名を原書に照して元へ戻せバ、左の如し。
>
> 西門慶　西門屋啓十郎
>
> 呉月娘　呉服

応伯爵　喜田意庵
祝実念　祝屋念蔵
張大戸　薮代六十四郎
余氏　岡辺
迎児　琴柱
潘金蓮　おれん
武大郎　大原武太郎
武松　大原武松
　右ハ第一回に出たる人名のみなり。余ハ毎回これを附す。

ここで、馬琴の『新編金瓶梅』が強く意識されていることは明らかである。「彼書ハ久く世に行はれ、児女子の眼にも慣れたれバ」とあることからも、『新編金瓶梅』がいかに多くの読者を獲得し、影響力を持つ作品であったかが窺える。『原文訳解金瓶梅』が想定した読者層は、『新編金瓶梅』に慣れ親しみ、そこから原作に興味を持った人々だったと考えられるのである。

前田愛『近代読者の成立』（有精堂出版、一九七三）によると、明治十年代後半に戯作翻刻のブームがおこり、兎屋を含む約四十の版元が競って戯作小説の翻刻に乗り出したという。同書の「戯作小説翻刻表」からは、前田氏も指摘するように、『新編金瓶梅』を含む四大奇書に人気が集中していることがわかる。特に兎屋は、「この機会を逃さずに大がかりなダンピングを試み、巨利を博した」という。兎屋については、内田魯庵の『銀座繁昌

記』にも、「兎屋本と云つたら一時は全国を風靡した大量生産の元祖であつた……衆愚の傾向を洞察する鋭い着眼と、直ぐ其の要求に適合する新著を案出する敏捷な技倆があつたと見え、糊と鋏で粗製濫造したものが大抵中つてグン〳〵伸ばして行つた」という（引用文は前田愛氏の前掲書に拠る）。

兎屋が『原文訳解金瓶梅』の翻訳刊行を行ったのも、こうした流れにおいて、つまり江戸の戯作翻刻ブームに便乗したものだと考えられる。たとえば、巻一～巻三の巻末に付される稟告には、版元側の出版経緯がこう記されている。

原本訳解　金瓶梅　　毎月一日一冊発兌
通俗水滸後伝　　毎月七日一冊発兌
通俗後西遊記　　毎月廿一日一冊発兌

水滸伝、西遊記、金瓶梅、演義三国志を漢土の四大奇書と称するハ、世人の知る所なり。演義三国志、水滸伝、西遊記ハ、訳本世に行わるゝこと已に久しといへども、唯り金瓶梅に至てハ未だこれを訳せし者なし。又水滸後伝、後西遊記の二書ハ、前編を繙く者の継て読まざるべからざるハ論なく、其作意の巧妙なるハ反て前編に勝るを覚ゆ。而して此二書も亦訳本なきハ小説家の常に一大遺憾とする所なれバ、是れ今般弊舗に於て右三書の訳本を印行する所以なり。近来世間他人の新著書を重刻するの徒〈ちゐなしざる〉頗る尠からず。其書率ね校字疎漏にして誤脱多く、或ハ図画を省き、本文を略し、随て製本も亦粗悪を極め、大に著者の本意に背くの事あり。たゞ自己一時の利を攫せんと欲するより他人の辛苦を水泡に帰せしむるハ、豈に廉恥を識らざるの甚だしきならずや。右三書の如きも、忽卒印刷に附し、板権を請ふに遑あらざりしを以て、

倘し前條の如き徒〈ばかもの〉にして重刻せんと欲するあらバ、一応弊舗へ照会の上、着手せられんを乞ふ。

印行書舗主管　敬白

ここには「水滸伝、西遊記、金瓶梅、演義三国志を漢土の四大奇書と称するハ、世人の知る所なり」と四大奇書が意識されており、「唯り金瓶梅に至てハ未だこれを訳せし者なし」と明示されている。『金瓶梅』以下、『通俗水滸後伝』『通俗後西遊記』の広告も見られるが、『水滸後伝』といえば、馬琴の代表作『椿説弓張月』の原作としても知られる作品である。こうした四大奇書に関する作品以外にも、同じく松村操の手になる『原本訳解酔菩提全伝』（滑稽堂、明治十六年）は、清代の小説『酔菩提伝』の編訳であるが、江戸時代にはその通俗（漢文訓読調の日本語訳）が刊行されており、山東京伝による『本朝酔菩提全伝』も作られていることから、松村操が手がけていた翻訳作品というのは、いずれも戯作の原作として再注目を浴びていた小説だということができよう。

上述した「例言」には、「金瓶梅原書中すべて滑稽笑謔極めて多し。悉くこれを邦文に訳すれバとて、邦人にハ面白からぬのみにあらず、反て眠を匿くの憂あらん。因て我が訳編にハ、ただ其大意をのみ取てすべて問答の詞等ハ削去りぬ」という翻訳の姿勢が明らかにされている。こうした翻訳の姿勢については、澤田瑞穂「随筆金瓶梅」（『中文研究』十、一九六九、後『宋明清小説叢考』研文出版、一九八二所収）に次のような指摘が見られる。

日本における『金瓶梅』が、馬琴の『新編金瓶梅』のような半創作の翻案ではなくて、ともかくも原作に

沿った翻訳として公刊されたのは、やっと明治に入ってからである。……（筆者注：訳者の「唯《ひと》り曲亭馬琴が新編金瓶梅あれども此書を訳せるにはあらず……」という箇所に対して）これはたしかに訳者の指摘するとおりであるが、それでは夫子自身のは忠実な逐語訳かというに、かならずしもそうではない。……人物の対話も削り、あぶないところも避けているから、いわば梗概訳である。これは書店からの注文もあったのだろう。そうかと思うと反対に、第一回には清刊本に略された武松打虎の一段を『水滸伝』から取って補うという親切もあるが、一方では道士が神前で読み上げる祝文などは原文のままに出してすましている。明治十五年代では、それでも通用したものと見える。

こうした翻訳の姿勢については、『新編金瓶梅』に限らず、『通俗水滸後伝』や『原本訳解酔菩提全伝』にも貫かれており[4]、松村が婦女子にも理解できる翻訳を行っていたことが窺える。「明治十五年代」であったから「それでも通用した」というより、そもそも松村の想定する読者があくまで馬琴作品の愛読者であり、こうした人々の興味に応えるために行われた翻訳だったからだと考えるべきであろう。

二、井上紅梅『金瓶梅と支那の社会状態』

大正十二年（一九二三）　上海文路・日本堂書店発行

上巻…第一回～第十四回　（大正十二年三月三十日発行）

中巻…第十五回～第三十回　（大正十二年七月五日発行）

下巻…第三十一回～第六十七回（大正十二年十月十五日発行）

大正十二年に上海文路の日本堂書店から刊行された『金瓶梅と支那の社会状態』は、『金瓶梅』第七十九回（西門慶の死まで）の抄訳である（原作の回数とは必ずしも対応していない）。毎回、回末に「訳余閑話」として語釈が付けられており、例えば、「〔千戸〕千戸は官名である。衛所を固める役で、官も兵も共に世襲である。元時代初めて設けられ、明も此制を倣ふてゐた。呉月娘の父は此役目を勤めてゐた。」（第一回）、「〔三娘〕娘《ニヤン》は婦人を敬愛した言葉で、お母さんといふ意味にもなるし、奥さんといふ意味にもなる。此処では三番目の奥さんといふ意である。即ち西門慶の第三妾で既に故人となった桌丟児を指したのである。」（第七回）など、作品理解のための配慮がなされているが、中には「〔双膝跪下〕婦人の前に両膝突いたら『何て意気地の無い奴だらう』と日本ならば忽ち排斥されて仕舞ふが、支那婦人は恁ういふ場合にニタリと笑って恋の勝利を喜ぶ傾向がある。支那芝居の中にも恁ういふ型が好くある。これは目上に対する礼儀を目下に応用して最愛を示したわけで謝罪する場合にもこれを用ゆ。」（第四回）、「〔餃子〕原文には角児《チヨール》とある。北方では角と餃と発音が似通っているので餃を指して角といふ。餃子は小麦粉を捏ねて皮とし、肉野菜を叩いて餡とす。日本の柏餅と同形で葉に包まない。これには蒸した物と、茹でたものと、焼いたものと三種ある。蒸した物を麺餃《メンチヨー》といひ、茹でた物を水餃子《スイチヨーツー》といひ、焼いたものを鍋貼《ゴーテヨ》といふ。又新粉皮で砂糖餡のものもある。……」（第八回）といった、作品の理解とは直接関係しないような風俗に関する紹介も見られ、『金瓶梅と支那の社会状態』という書名を付けた訳者の意識が窺えるものとなっている。

そうした意識は、序文に顕著に現れている。

支那を能く識らふとするには、金瓶梅といふ本を是非一度見て置く必要がある。一方には論孟がある。他方には金瓶梅がある。これで表裏がシックリ合ふ。金瓶梅ほど支那人根性を遺憾なく発揮したものはない。これは瞭かに支那の社会制度、族長集権の失敗である。……従って世間は何事も金と権勢でなければ治りがつかぬことになった。生命財産の安全を計るには金を以て権勢を買はなければならぬことになった。富家は競うて買官し、無資産の気概ある者は山塞に立籠って盗賊となった。そうして一般無気力の民衆は男女に限らず権門に奔り、其妻妾奴僕となって身の安全を計った。金瓶梅は斯ういふ社会状態を精細に描写してゐるのである。作者はどういふ考で書いたかは知らぬが、これは明かに孔子の失敗を曝露してゐるのである。自己を抑制するといふ事は、個人が各自社会の一員となり、相互の利害関係を考へて後ち初めて実現されるので、これを君主族長に勧めても一時的効果はあるが永続し難い。日本では君主に対し一統連綿といふ特別の関係があったので、割合に孔孟の説が行はれたが、これは教よりも寧ろ愛着の賚である。

終りに言ふ。金瓶梅は淫書に非ず、支那の世相を描写して微に入り細に入ったものである。故に今日本書を繙けば遠き明代を回想するよりも、寧ろ現代支那の人情風俗を観る思がある。訳者は今更本作者の偉大なるに驚く。彼は支那の社会に蟠る真の病原を発見してゐたのである。……

本書は嘉靖年間即ち西暦千五百五十年頃の作であるが、作者は地上に立脚して実物を観るに忠実であった為め少しも拵へ物といふ感じが起らぬ。実際年代から言っても驚くべき傑作ではないか。十九世紀の中頃に至って漸く人間の面皮を剥ぐ事を案出した仏蘭西辺の作家は詢に愧死すべきものである。支那には斯の如き天才芸術家あるにも拘らず、偏見学者が見方を誤ったため、之れを助長し発達せしむる能はず、現今の文芸凋落時期に至ったのは返す〳〵も遺憾である。

本書は凡べて明時の俗語を以て綴られてあるので、一般邦人には読み難き個所尠からず、訳者は一々丁寧に訳出し且つ時代風俗の相違点に就いて説明幷に感想を附記した。それといふのも現代支那を紹介すると同じ意味になるからである。尚ほ疑問の点も少くなかったが、追って大方識者の教を待つ。

大正十二年一月　　井上紅梅識

「支那を能く識らふとするには、金瓶梅といふ本を是非一度見て置く必要がある」、「金瓶梅は淫書に非ず、支那の世相を描写して微に入り細に入ったものである」といった文言からは、訳者井上紅梅が『金瓶梅』の価値をその写実性に認め、写実的であるがゆえに、中国を知るための資料とすべく『金瓶梅』を翻訳したという姿勢が窺える。ここには、馬琴ブームの中で、その読者たちを想定して「読み物」として作られた松村操訳『原文訳解金瓶梅』に見られたものとは全く異なる意識を確認することができる。

翻訳の姿勢についても、「読み難き個所尠からず」という指摘においては松村と同様であるが、松村が「其大意をのみ取てすべて問答の詞等は削去りぬ」という姿勢だったのに対し、井上紅梅は「現代支那を紹介すると同じ意味になるから」という理由で、「一々丁寧に訳出し」たという。

では実際に井上紅梅の翻訳とはいかなるものかといえば、たとえば長澤規矩也「我国に於ける金瓶梅の流行」（『書誌学』二〇—一、一九三九年、後『長澤規矩也著作集　第五巻』汲古書院、一九八五所収）では、

大正になって、井上進（紅梅）が口語訳を試み、上冊を大正十二年三月上海日本堂から出版した。第十五回までで、ついで三十回までを中、六十七回までを下冊として出版したが、後の方ほど省略部分が多く、西門

> 慶の逝去に終って全訳ではない。底本はよくないらしいが、毎回末の訳余閑談は、流石に支那の生活を味ってゐた訳者らしく穿った所が多い。書名を訳とせずに「金瓶梅と支那の社会状態」としてゐるのは、公刊に便する為めであったらうか。

と省略が多く完訳とはほど遠いことを指摘する。また小野忍「金瓶梅の邦訳・欧訳」（「図書」岩波書店、一九七三―八、後『道標　中国文学と私』小沢書店、一九七九所収）も、

> 大正になって井上紅梅が口語訳を試み、『金瓶梅と支那の社会状態』と題して、大正十二年に発表した（上海日本堂書店発行）。……西門慶の死をもって終わっており、全訳ではない。訳された部分も抄訳にすぎないし、それも後になるほど省略が多い。誤訳も相当目立つ。しかし翻訳の態度はまじめである。

として、抄訳であることを指摘する。後半になるほど省略が多くなるという点については、上巻が十四回分、中巻が十六回分なのに対し、下巻は三十六回分と、下巻の省略が著しいことは一目瞭然である。しかし、下巻の中でも例えば第三十六回（西門慶が翟謙に妾を紹介し、蔡京とよしみを交わす）などは全二頁しかないのに対し、第三十九回（西門慶が廟に赴き、呉月娘らが尼の説教を聞く）は十四頁、第五十九回（潘金蓮の飼い猫が李瓶児の子を死なせる）は十九頁も割かれているなど、何らかの基準（あるいは興味）に従って、翻訳が行われていたことが窺える。

井上紅梅については、勝山稔氏による一連の詳細な研究がある。[5] 井上は大正二年（一九一三）に上海に渡った

後、新聞記者としての勤務等を経て、大正七年（一九一八）に支那風俗研究会を設立する。「支那の人情風俗、趣味嗜好に関する諸般の事項を調査研究するを以て目的」とする同研究会は、日本語雑誌『支那風俗』を創刊し、隔月のペースで刊行を行っていた。それによって日本に普及したのが麻雀であり、彼は「麻雀普及の祖」として紹介されることも多いという。しかしその後、井上は南京に居を移し、蘇州出身の女性と結婚、『支那風俗』は停刊となる（その後再刊されることはなかった）。『支那風俗』創刊当初から資金繰りに悩まされていたという井上だが、南京移住後は妻の阿片中毒もあってさらなる経済的困窮に陥り、ひたすら原稿を書き続ける日々だったという。『金瓶梅と支那の社会状態』はこの頃に書かれたものである。各巻末尾に付される上海日本堂発行新刊名著の欄には、『土匪研究匪徒』『支那風俗』といった井上紅梅の他の書物の広告も掲載されている[6]。本書については、「淫書の筆頭と目さるる本書も訳者の麗筆により上品に其真味を失わず芸術書として公刊せる珍書」と、読者の好奇心をそそるような宣伝文句が並び、実際、初版の発行から一ヶ月後に増刷されるなど好評な売れ行きを示していることから、勝山氏は、「（序文は）本書の価値を力説するが、販売を正当化する口実の側面とも考えられる」と指摘する。

三、夏金畏　山田正文『全訳金瓶梅』

大正十四年（一九二五）　東京・光林堂書店　文正堂書店発売

全一巻…第一回〜第二十二回（途中まで）　（大正十四年十一月二十四日発行[7]）

井上紅梅の『金瓶梅と支那の社会状態』のわずか二年後、東京の光林堂書店（発行）、文正堂書店（発売）より、夏金畏および山田正文なる人物によって翻訳された『全訳金瓶梅』が刊行される。[8] 訳者二人については不明である。序（一）、序（二）、序詞（西門慶とその一党の列伝）に続き、第一回に入る。
冒頭には二人の序文が置かれているが、そこに両者の翻訳の目的が記されている。

序（一）

支那人の思想と生活が、余りに日本に知られてゐない。余りに誤解され過ぎてゐる。
長い間盲目的な崇拝――それが一転して、極端な軽侮的態度、支配者風の権柄、現在ではまた徒らに不可解のものとして、疑ん、疎んじ、更に人間味の現はれないのが、日本の支那に対する態度である。
お互いに『知らぬ』といふ事は淋しい。間違った考へを抱きながら隣同志に暮すといふ事はたまらない。理解し得べき隣同志でありながら、何故、不思議なほど無理解のまま打過ぎたか？私は第一の原因として、大胆に告げる。
『論語』は読まれても、『金瓶梅』が読まれなかった為だ。支那の玄関、飾られた客間、そうしたものは眼に触れても、赤裸々な居間や、不浄場の様子が全然、見られなかった為だ――。
『金瓶梅』は明代の社会相を描いた小説である。支那文学史上随一の艶話である。凡そ文字のわかるもので、老若男女を問はず、これを読まぬ支那人はない、そして、華やかな男女愛慾の生活に魂を奪はれ、深刻無比に描かれた自国の病弊に戦慄する。
明代の社会は同時に現代の社会である。支那人にとっては恐ろしい小説である。あさましいまで如実にう

つる我が姿におののきながらも私はこの書を日本国民に奨め度い。涙をふるって自己の病弊を隣人の前にさらけ出し度い。
　お互に『知らぬ』といふことは何よりも淋しいからである。
　美も醜もあからき《ママ》まに、親しき隣人に見せたい為である。

—夏生記—

序（二）

『金瓶梅』は『西遊記』『水滸伝演義』『三国志』とともに四大奇書といはるる支那の代表的作物である。
作者は明の文豪王世貞と称されてゐる。水滸伝中の艶話、西門慶と潘金蓮の情事を骨子とし、それに複雑な著色をしたものであるが、全巻、百回、悉く人情の機微にふれ支那の社会状態を写して余す処がない。西遊記の如く空想的でなく、現代の作物としても立派な生命を持つ一大写実小説である。
俗語、洒落、その他明代の白話をもって書かれたため、日本人には極めて難解であり、かの滝沢馬琴等さへも、翻訳に着手しながら、遂に筆を投じ長大息を漏してゐる。
夏君と私は、可なり長い間の努力を続けて、全巻の邦訳を完成しやうとしてゐる。
私はこの書を読む機会のない事が、人間にとって非常な損失であるとさへ考へる。
私は、今更ながら『金瓶梅』に現はれる支那及び支那人の生活力の偉大さに驚く。
学者も政治家も学生も労働者も『金瓶梅』を読んで貰い度い。あらゆる日本人が本書に親しむ事は、『日支親善』などいふ低級な文字を超越した、非常に喜ばしい結果を両国民の間にもたらすものと確信する。

―山田生記―

これらの序文には、『金瓶梅』が「明代の社会相（同時に現代の社会でもある）を描いた小説」であり、「支那の社会状態を写して余す処がない」「一大写実小説」であるという認識が明示されている。そして、中国を正しく理解するために『金瓶梅』を読むべきだという。

『全訳金瓶梅』について、長澤規矩也「我国に於ける金瓶梅の流行」（同上）には次のように説明されている。

> 大正十四年、東京での素人出版らしい全訳金瓶梅は、内容は全訳どころか、抄訳本、而も第二十二回に止まり、訳者は夏金畏（金葉）・山田正文（秋人）とあるけれども、文学士（中華民国人）と冠する夏氏は固より仮託らしく、山田某も仮名であらう。口絵挿絵から見て、底本は石印の粗本であり、投機的出版であらう。本書はまもなく発売禁止となり、井上氏の書まで巻添にされたが、網をぬけてまかれたと見え、古書肆の目録にはよく現れる。

長澤氏が「投機的出版であろう」とし、「まもなく発売禁止」になったする本書は、実際に伏せ字も多く、翻訳についても粗が目立つ。最後の第二十二回はわずか三頁で終了しているが、「恐ろしい悲劇の幕が次々に起ろうとは知る由もなく…（続く）」（原文に該当箇所なし）と結ばれており、「投機的出版」との指摘も頷ける。小野忍氏も「金瓶梅の邦訳・欧訳」（同上）の中で、次のように指摘する。

……大正十四年に、夏金畏・山田正文共訳『全訳金瓶梅』というのが出版されている。これは私が旧制高校の学生だったころ、書店の店さきの新刊書を並べた平台で見かけたことがある。『金瓶梅』という名前は『ヰタ・セクスアリス』か何かで知っていたので、手にとってみたが、装幀が俗悪なのがいやで買わなかった。後年、『金瓶梅』の翻訳を始めることになってから、既往の訳本を集めているうちに、この本に出会い、目を通すだけは通したが、内容も果たして装幀並みでしかなかった。

総じて評価の低い本書であるが、注目すべきは、上述の井上紅梅の序文、および夏・山田両氏の序文のいずれにおいても、松村操の序文には見られなかった認識がはっきりと窺える点である。『金瓶梅』が極めて写実的な小説であるということ、そうであるがゆえに、『金瓶梅』を読むことは中国を理解することにつながるという認識である（たとえそれが「建前」であったとしても）。

四　『金瓶梅』に対する評価をめぐって

『金瓶梅』といえば、馬琴の『新編金瓶梅』序文において、「彼書《かのしよ》に演《のべ》たるよしハ、則《すなはち》宋《さう》の巨商《おほあきひと》西門啓《せいもんけい》といふものの、一期《いちご》婬楽《いんらく》の話説《ものがたり》」「彼書《かのしよ》の宣婬導慾《せんいんどうよく》なる、君臣父子《くんしんふし》の間《あはひ》にハ読《よむ》べからざるもの夛《おほ》くあり」「その趣向《しゆかう》ハ、国俗《みくにうど》の、浮世物真似《うきよものまね》といふものめきて、巧《たくみ》なる條理《すぢ》ハ一箇《ひとつ》もなし」と紹介されていることが大きく影響したところもあって、冒頭に挙げた森鷗外の『ヰタ・セクスアリス』にも窺えたように、「淫書」のイメージが定着していたものと思われる。坪内逍遙の『小説神髄』（明治十八～十九年）では、

唐山《もろこし》の人々が小説を指して誨淫導欲《かいいんどうよく》と罵《ののし》りたりしは、『金瓶梅《きんぺいばい》』もしくは『肉蒲団《にくぶとん》』等の評なるべく、我が国俗《くにうど》が物語を擯斥《ひんせき》して風儀を紊《みだ》すの書なりといひしは、男女《なんにょ》の痴情の隠微を写して鄙野婬猥《ひやいんわい》に流れたりし情史の類《たぐい》を指すものならむ。然《しか》り而《しか》して『金瓶梅』、『肉蒲団』ならびに猥褻《わいせつ》なる情史の如きは、是れ似而非《にてひ》なる小説なり。まことの小説とはいふべからず。その故いかにとなれば、是等《これら》の数種の小説には、美術に於《おい》て最も忌むべき鄙猥の原素を含むが故なり。否《いな》、猥褻なる情史の類は、もとより誨婬導欲をばその全篇の主眼としてものせること疑ひなし。

と、「『金瓶梅』、『肉蒲団』ならびに猥褻なる情史の如きは」「もとより誨婬導欲をばその全篇の主眼としてものせること疑ひなし」とする。また、『金瓶梅』に深い興味を抱き、「金瓶梅」と題する戯曲（未定稿）を手がけた芥川龍之介も、『骨董羹　―寿陵余子の仮名のもとに筆を執れる戯文―』「誨淫の書」（大正九年）において、

金瓶梅、肉蒲団は問はず、予が知れる支那小説中、誨淫の譏あるものを列挙すれば、杏花天、燈芯奇僧伝、痴婆子伝、牡丹奇縁、如意君伝、桃花庵、品花宝鑑、意外縁、殺子報、花影奇情伝、醒世第一奇書、歓喜奇観、春風得意奇縁、鴛鴦夢、野臾曝言、淌牌黒幕等なるべし。

と、『金瓶梅』を誨淫の書の筆頭に挙げている。『金瓶梅』が「淫書」の代名詞であったことは疑うべくもない。ところが一方で、『金瓶梅』をめぐっては、学問的な視点からの評価も見られるようになる。塩谷温『支那文学概論講話』（大正八年）において、『金瓶梅』は次のように語られる。

> 金瓶梅に至っては誰も知る古今第一の淫書で多く語るを要しませぬ。全篇百回。水滸伝中随一の艶話たる、かの西門慶と潘金蓮との情事を取って骨子となし、之に複雑なる着色を設けて出来上がって居ります。……極めて淫褻鄙陋なる市井小人の状態を描写して真に逼らざるなく、よく人情の微細機巧なる処を尽して居ります。その意世人に替って法を説き、好色貪財を戒むるにあるにせよ、何しろ材を取ることが野鄙なる為に到底士君子の堂に上ぼすべからずであります。然し西遊記の空想的なるに反し、之は極めて写実的な小説でありますから、社会の半面を識るには倔強の史料であります。

『金瓶梅』を「誰も知る古今第一の淫書」「材を取ることが野鄙なる為に到底士君子の堂に上ぼすべからず」としつつも、「極めて写実的な小説でありますから、社会の半面を識るには倔強の史料」だとする点において、先に見た大正時代の『金瓶梅』訳本二種と共通する認識が示されている。魯迅の『中国小説史略』（一九二四年）においても、

> 作者の世情に対する洞察は、まことに犀利を究めているといえよう。およそその表現は、あるいはのびのびと明確にし、あるいは曲折に富み、あるいはまざまざと目に見えるように克明な絵にし、あるいはぼかして譏笑を込め、あるいは同時に両面を描いて対照の妙をなしているので、変化して已まぬ実情がいたるところで明らかになっている。同時代の小説でこれを越えるものはない。……もちろん文章と形象から『金瓶梅』を見れば、世情を描写し、その真と偽を尽したにほかならない。（中島長文訳注『中国小説史略2』平凡社、一九九七）

やはり『金瓶梅』は写実的で世情を描写し尽くした小説だと解説されている。こうした認識の芽生えは、明治期のものに確認できる。たとえば「標新領異録」（明治三十年）において、森槐南は、[9]

（『水滸伝』の）潘金蓮の事を書いた段は前後と筆が違ひ、鄙猥な処を目当にして書いてあります。金瓶梅は其の違って居る処を面白いとして即ち此鄙猥な一二回を根原として、己が書けばかう書くという考で後を書いたものです。金瓶梅は物語としては水滸程面白くはありませぬが、微細な事を漏さず書くといふところは水滸も及びませぬ。李瓶児が死ぬ処で、皆枕元に集ってから、息を引取って、棺に入れるまでの間を百枚以上に書いて、一巻にしてありまするのを見て、どこまで微細であるか分らぬと依田先生が賞美せられたのは尤です。西洋の小説の様に細かく拆ったものを支那で求むれば、まづ金瓶梅と紅楼夢とが之に近いのです。

と『金瓶梅』の描写の詳細さを指摘し、また森田思軒は、

水滸伝はたしかに作者が生存した時の支那の社会の一面の写真だ。而も支那の社会の状態は水滸伝の出来た時と今日と甚だ多くの相違がないとすれば、即ち亦今日の支那の社会の一面の写真だ。

と、『金瓶梅』ではないものの、『水滸伝』が支那の社会を映し出したものであり、それは今の社会を映したものでもある、との認識を示している。『金瓶梅』については、「淫書」であるという評価が定着していると同時に、それは社会の一面を詳細に写し取ったものだからこそであり、そうであるがゆえに『金瓶梅』は中国を知るため

の価値ある資料ともなりうる、という評価が知識人を中心として現れていたのである。井上紅梅の『金瓶梅と支那の社会状態』、および夏・山田の『全訳金瓶梅』は、そうした『金瓶梅』観に賛同し、あるいは便乗する形で刊行されたものと思われる。

おわりに

本稿では、明治・大正期において『金瓶梅』がどのように受容されたのか、三種の訳本を取り上げ、主にその序文等を通して訳者の目的や姿勢を確認し、受容の在り方を概観した。明治時代に刊行された松村操訳『原本訳解金瓶梅』は、明治期における馬琴復活の流れの中で、『新編金瓶梅』を強く意識し、その読者層を想定して作られたものだということが確認できた。しかし続く大正時代に作られた井上紅梅訳『金瓶梅と支那の社会状態』、および夏・山田訳『全訳金瓶梅』は、馬琴からは完全に脱却し、中国を知るための「資料」として有益である、との理由（あるいは建前）から作られたものであった。こうした背景には、『金瓶梅』が極めて写実的で資料的価値を有するという学問的見解が大きく影響しているものと考えられる。しかし半面、『金瓶梅』が「淫書」であるという認識は一般化しており、井上、夏・山田訳の刊行には、そうした理由による売れ行きを当て込んだところも窺えた。

紙幅の関係もあり、本稿では各書の翻訳について具体的な考察は行えなかった。稿を改めたい。

注

（1）この点については、たとえば桑山龍平「馬琴の金瓶梅のことなど」（『中文研究』七、一九六七）に「中華に金瓶梅という本があるがほんのあらすじを翻案して日本の読者に提供し、特に勧善懲悪の意を寓したといつて、全く似ても似つかぬものにしてしまつた。」といい、神田正行「『新編金瓶梅』発端部分の構想と中国小説」（『読本研究新集』四、翰林書房、二〇〇三）にも「……白話小説『金瓶梅』の翻案作という点に期待して、『新編金瓶梅』を繙いたならば、おそらくは失望を禁じ得ないことであろう。」という。尚、馬琴の書簡については、柴田光彦・神田正行編『馬琴書翰集成』（八木書店、二〇〇二）を、『新編金瓶梅』については、早稲田大学図書館（古典籍総合データベース）所蔵のものを用いた。

（2）江戸時代における『金瓶梅』の受容については、拙稿「江戸時代の『金瓶梅』」（『アジア遊学一〇五 特集日本庶民文芸と中国』、勉誠出版、二〇〇七）、「江戸時代における『金瓶梅』の受容（1）―辞書、随筆、洒落本を中心として―」（『龍谷紀要』三二―一、二〇一〇）「江戸時代における『金瓶梅』の受容（2）―曲亭馬琴の記述を中心として―」（『龍谷紀要』三三―一、二〇一一）、「江戸時代における「資料」としての『金瓶梅』―高階正巽の読みを通して―」（『東方学』一二五、二〇一三）等を参照されたい。

（3）本稿では、国立国会図書館（デジタルコレクション）所蔵の『原本訳解金瓶梅』を用い、徳田武・黒川桃子・長田和也・山形彩実「翻刻『原本訳解 金瓶梅』」（『江戸風雅』七、二〇一二）も参照した。本稿で引用した「例言」「第一回説明」「稟告」にはいずれも句読点が施されていなかったが、これを施し、必要に応じて改行した。ルビについては省略した。また、双行注については〈 〉で示した。

（4）『通俗水滸後伝』巻一（兎屋書店、明治十五年）の例言には、「訳語はつとめて婦女童蒙に通し易きを主とす。故に鄙俚を避るに遑あらず」とあり、『原本訳解酔菩提全伝』（滑稽堂、明治十六年）例言にも、「原書、詩及び偈の類頗多し。一々掲れバとて、児女にハ解しがたしと思へハ、訳するに臨て多くハ此を省き、たゞ本文の作意に係るべきものゝみを掲つ」と、いずれも女性や子供にも理解しうる翻訳につとめた旨が記されている。

（5）井上紅梅に関する勝山稔氏の論考には、「『魯迅全集』における井上紅梅の評価について―魯迅による紅梅批判の分析を中心として―」（『国際文化研究科論集』十六、二〇〇八）、「支那に浸る人―井上紅梅が描いた日中文化交流」（『から船往来―日本を育てたひと・ふね・まち・こころ―』中国書店、二〇〇九）、「井上紅梅の研究―彼の

生涯と受容史から見たその業績を中心として—」（『東アジア海域叢書）小説・芸能から見た海域交流』（汲古書院、二〇一〇）、「大正時代上海に於ける「支那風俗研究会」について—井上紅梅による白話小説翻訳作業の前史として—」（『国際文化研究科論集』二十一、二〇一三）等がある。

（6）上巻には、『匪徒』の広告のみ掲載されている。

（7）筆者の所有する『全訳金瓶梅』奥書には、「大正十四年十月十五日印刷　大正十四年十月十八日発行」の上に、「十一月二十一日印刷」「十一月二十四日（?）発行」の訂正が施されている。尚「二十四日」については、「四」の文字がつぶれて判別しがたいものの、元の日付では印刷の三日後に刊行されていることから、おそらく二十四日であろうと判断する。

（8）扉には、「文学士　夏金畏・文学士　山田正文　共訳」とあり、本文の冒頭（第一回の前に置かれる序詞のはじめ）には「文学士（中華民国人）夏金菓・文学士　山田秋人　共著」とある。奥書では著作者として「夏金畏」「山田正文」とする。

（9）この箇所は、三木竹二による『水滸伝』評の、「この度は水滸伝を合評することになりましたので、私は森槐南君を尋ねて、水滸伝に関するお話を伺ひました。爰に同君の語の儘でそれを述べます。」として記される中に見られる。

＊本稿は「海域交流与日中文学」国際学術検討会（二〇一三年二月二日於台北）で発表した原稿に基づきつつ、新たな資料を加えて作成したものであり、日本学術振興会科学研究費補助金基盤研究（C）「「粗悪本」を中心とした中国通俗小説の出版および受容に関する研究」（研究課題番号：16K02589）による研究成果の一部でもある。

日本中世禅林における杜詩受容

——義堂周信・絶海中津が果たした役割を中心に——

太田　亨

はじめに

日本中世禅林の文学とは、おおよそ鎌倉時代から江戸時代初期までに禅僧によって製された作品を指す。禅宗の日本への流入以来、禅林は武家や貴族の庇護のもと、宗旨と文筆のあり方に対して葛藤を重ね、独自の文学を築いていった。禅林が繁栄する大略四百年という長い間、禅僧が創出した作品の内容や量は絶えず変化している。初期（鎌倉時代末期から南北朝時代末期）、中期（南北朝時代末期から応仁の乱頃）、後期（応仁の乱頃から室町時代末期）の三つの時期に区切ると、初期禅僧の残した作品集と後期禅僧が残したそれとでは詠出状況が全く異なる。その中にあって、作品に詠出された杜甫に関する事項及びその様相も変化している。

本稿では、中世禅林において、一つに禅僧が杜甫に関する事項をどのように自身の作品（語録・詩文）に詠出したのかについて、一つに禅僧が作品を詠出するまでに、どのように杜詩を認識・解釈したのかについて概観

し、この二つの局面に最も強い影響を与えた人物について検討したい。

一、禅僧の詠出作品における杜甫について

鎌倉末期から江戸初期までの間、禅僧は数多くの語録・詩文集を製した。それらの中で禅僧は中国の外集に対してどのように対峙し、杜甫とその詩をどのように受容して自身の作品に詠じていたのであろうか。時の流れに即して、その特徴について略述する。

〈禅宗の定着〉

平安時代末期になると、貴族仏教としての天台宗・真言宗が頽廃したため、中国仏教にその打開を求める者が現れた。明庵栄西《みょうあんえいさい》（一一四一～一二一五）もその一人である。彼は二度入宋し、当時大陸を風靡していた禅宗を目の当たりにし、虚庵《きあん》懐《え》敞《じょう》より印可を受け、帰国後に禅宗を振興した。時の鎌倉幕府を代表とする武家体制は、この禅宗を旧仏教勢力に対抗しうる勢力として大いに利用した。以後、道元《どうげん》（一二〇〇～一二五三）・円《えん》爾《に》（一二〇二～一二八〇）・無本覚心《むほんかくしん》（一二〇七～一二九八）等が入宋した。

中国・南宋では異民族の圧迫によって社会情勢が悪化した。そのため、蘭渓道隆《らんけいどうりゅう》（一二一三～一二七八）、大《だい》休正念《きゅうしょうねん》（一二一五～一二八九）、無学祖元《むがくそげん》（一二二六～一二八六）等が新天地での布教を求めて、日本に渡来した。蘭渓は、寛元四年（一二四六）に渡来し、北条時頼の帰依を受けて建長寺を開山し、無学は、弘安二年（一二七九）、北条時宗の懇請によって中国から渡来し、円覚寺を開山した。

このように、渡来僧と帰朝僧の布教によって禅宗は定着するに至った。(1)

〈渡来僧と杜甫〉

「不立文字《ふりゅうもんじ》」「教外別伝《きょうげべつでん》」「直指人心《じきしにんしん》」「見性成仏《けんしょうじょうぶつ》」といった、文字の存在を否定する宗旨は、平素文字とは疎遠の多くの御家人や民衆に受け容れられた。そこで、禅宗の勢力拡大を期待した武家体制は、中国における貴族化した禅林を模倣しながら、禅僧に対して宗旨究明と並行して学問教養の普及をも求めた。ただし、渡来僧による教化が強い時期にあっては、外集（一般的詩文）的要素をしりぞけたため、宗旨の発露を示す偈頌《げじゅ》や語録、そして寺制上の公的文書といった作品の製作が中心であった。(2)

蘭渓や無学は、日本僧が坐禅を疎かにし、中国の諸先人の語録や外集を愛玩することに対して警鐘を鳴らした。その中にあって、無学は讃として「杜工部」（『佛光禅師語録』巻八）を製し、大休正念が『大休和尚偈頌雑題』の中で、杜甫の「絶句二首其二」詩の詩句「遅日江山麗」「春風花草香」「泥融飛燕子」「沙暖睡鴛鴦」を題とする偈頌を製している。両者は、禅林の綱紀を正すために極力外集的要素を排除しながらも、杜甫とその詩に超俗した要素を認めていたと言えよう。(3)

〈大陸文化の移入と杜甫〉

宋から元に代わっても日中両国間の交流は活発であり、元から清拙正澄《せいせつしょうちょう》（一二七四～一三三九）・一山一寧《いっさんいちねい》（一二四七～一三一七）・明極楚俊《みんきそしゅん》（一二六二～一三三六）・竺仙梵僊《じくせんぼんせん》（一二九二～一三四八）等が来日し、日本から別源圓旨《べつげんえんし》（一二九四～一三六四）・天岸慧廣《てんがんえこう》（一二七三～一三三五）・雪村友梅《せっそんゆうばい》（一二九〇～一三四六）・龍《りゅう》

山徳見《ざんとくけん》（一二八四〜一三五八）・中巌圓月《ちゆうがんえんげつ》（一三〇〇〜一三七五）等が渡元した。彼らが大陸の新しい文化・文学の風潮を日本禅林に紹介し、また多くの文物が移入されたことによって、日本禅僧の新たな文化・文学に対する関心は大いに高まった。そのため、諸尊宿が只管打坐《しかんたざ》を奨励し、宗旨究明に専心することを求めるも、一般的な詩文を製することを許容する門派も現れ、作品中に外集的要素が詠出され始めるようになったのである(4)。

日本禅林に影響を与えた中国の文学風潮の一つに宋代に行われた詩話がある。中でも胡仔が編集した『苕渓漁隠叢話』や魏慶之が編集した『詩人玉屑』は、歴代の詩文に対する評論を多く収めており、禅僧が外集を学ぶ上での指針を示すものとして重宝された。これら詩話の中で最も信頼されている評者が蘇軾であり、詩評の中心に存在するのが杜詩であった。評者の蘇軾、編集者の胡仔・魏慶之、いずれも杜甫を最高の詩人と見なしている(5)。

〈文筆活動規制下における杜甫〉

初期においては、先に述べた来日僧・渡元僧がそれぞれ自身の語録・詩文集を残している他、虎関師錬《こかんしれん》（一二七八〜一三四六）・乾峰士曇《けんぽうしどん》（一二八五〜一三六一）・龍泉令淬《りようせんりようずい》（?〜一三六四）・夢巌祖応《むがんそおう》（?〜一三七四）等も作品集を残している。宗旨究明が第一で、文筆活動が制限されていたため、この時期の作品集は分量自体少なく、外集的な要素も稀薄である。

杜甫に関する事項が詠まれた作品は限られるが、大陸の杜詩尊崇の風潮は日本禅林にも及んでおり、禅僧は杜甫の忠孝やその詩を称賛するに至っている。中でも中巌の杜詩尊崇の念は際立っており、作品集の随所で杜詩を称揚している。ただし、いずれの禅僧も、杜詩に対する評価や特徴に言及する場合、『苕渓漁隠叢話』や『詩人玉屑』といった詩話総集に記述されている表現を用いることが多い(6)。

〈文筆活動の規制緩和〉

官寺（幕府が住持の任命権を持ち保護する寺）として五山制度が整えられたため、禅林を経営・維持していくためには、武家や公家との関係が緊密であることが不可欠であった。武家と公家では、自らの子弟を禅僧にすることも行われ、結果、禅林内での宗教的気風は希薄になり、世俗化が進んだ。禅僧は寺院制度上の文書作成に必要な素養をいち早く身につけ、公家や武家が愛好する文学作品に通暁することに執心することとなった。ただし、禅僧の本分はあくまでも宗旨の究明にあるため、これを遂行した上で外集に接することが許された[7]。

〈義堂周信と杜甫〉

文筆活動に対する規制が緩和する中で、杜甫及びその詩に関する事項を詠出するに際しても、大きな変化が生じる。その変革者が義堂周信《ぎどうしゅうしん》（一三二五～一三八八）である。「杜甫」（『空華集』巻十八）と題する序文には、次のような着目すべき点が述べられる。

余嘗読老杜詩、感其方安史喪乱之際、不失君臣忠義之節。至若曰、文章一小技、於道未為尊、是余感之深者也。今覩茲画、風帽蹇驢、使人慨然、投筆起而吁。

余嘗て老杜の詩を読むに、其の安史の喪乱の際に方《あた》りて、君臣の忠義の節を失はざるに感ず。「文章は一小技、道に於いて未だ尊しと為さず」と曰ふが若きに至りては、是れ余が感の深き者なり。今茲《こ》の画を観るに、風帽蹇驢《けんろ》、人をして慨然として、筆を投じて起ちて吁《なげ》かしむ。

義堂は、杜甫が安史の乱に遭遇するに際して、決して君臣の「忠義」を忘れなかったことに感動し、また「貽華陽柳少府」詩の句「文章は一小技、道に於いて未だ尊しと為さず」が最も感銘を受けた句であるという。この「画図」の中、杜甫が寒を防ぎながら、足の不自由な驢馬にまたがるほどに「困窮」している姿を見ると、憤って筆を置き、立ち上がって慨嘆せざるをえないと述べる。

I　杜詩を文章観に利用

義堂が「文章は一小技、道に於いて未だ尊しと為さず」句を愛賞したのは、文筆を嗜好する風潮を戒め、宗旨を究明することが第一であるとする自身の主張を正当化するためである。例えば、「錦江説送機上人帰里」（『空華集』巻十六）では次のように言う。

> 噫、君子、学道、余力学文。然夫道者学之本也。文者学之末也。…中略…上人其為学之本乎、将其為学之末乎。老杜以文章自負者、尚不曰乎、文章一小技、於道未為尊。念哉。

噫《ああ》、君子、道を学び、余力あらば文を学ぶ。然れば夫れ道は学の本なり。文は学の末なり。…中略…上人其れ学の本為るか、将《は》た其れ学の末為るか。老杜は文章を以て自負する者なるに、尚《な》ほ曰はざらんや、「文章は一小技、道に於いて未だ尊しと為さず」と。念《おも》へや。

根本の道がなければ、末端の文も存在しない。この道と文筆のあり方については、有名な杜甫でさえも「文章は一小技、道に於いて未だ尊しと為さず」と言っているのを考えてみなさい、という。

禅林の存続拡大のためには貴族・武家との良好な関係が不可欠であるが、余りに文筆の規制を緩和すると、禅林の綱紀がかえって退廃するため、宗旨を専らにすべきことを唱えたのである。その際に「文章は一小技、道に於いて未だ尊しと為さず」は、宗旨と文筆のあり方を示す指針として格好の警句だったのである。そこには最高の詩人・杜甫でさえも、道を重視したのであって、ましてや禅僧ともなればなおさらであるとする言外の意を汲み取ることが可能である。この警句が禅林に及ぼした影響は大であった(8)。

Ⅱ　杜甫が描かれた画図に着賛

先述の義堂の「杜甫」（『空華集』巻十八）は、杜甫が驢に乗った「杜甫騎驢図」に対する着賛であろう。当時、寺院内では塔頭《たっちゅう》や寮舎《りょうしゃ》の創建が増加するにつれて、書院や書斎を装飾するための水墨画や障壁画（画図）が多く描かれた。そしてそれら「画図」に対しては着賛されるのが一般であった。当然ながら杜甫に関する画図も多く描かれた。義堂は杜甫「春日憶李白」詩を画材にした「春樹暮雲図」や、杜甫「南隣」詩を画材にした「草堂南隣図」に着賛しているほか、「李杜騎驢図」等にも賛を詠じている。義堂以後、「李杜一幅図」「飲中八仙図」「斫却月中桂図」「山陰茆宇図」「訪賛公図」「北征図」「花底退朝図」「洗馬行図」「草堂図」「窓含西嶺千秋雪図」「晴江浴鳧図」「浣花酔帰図」「出蜀図」等、杜甫に関する画図が多く描かれ、それに付された賛詩には杜甫の様々な特徴が詠じられた(9)。

Ⅲ　杜甫の忠義に着目

義堂は杜甫の「忠義」を高く評価した。「贈機上人詩叙」（『空華集』巻十三）の中では次のように述べている。

而独子美、旅于秦蜀荊楚間、而憂国傷時、窃以忠義期其君。

独り子美のみ、秦蜀荊楚の間を旅すれども、而るに国を憂ひて時を傷《いた》み、窃《ひそ》かに忠義を以て其の君に期す。

ただ一人杜甫のみが様々な土地を流浪したにもかかわらず、國を憂え時を嘆き悲しみ、密かに君主への忠誠を果たしたとする。武家体制の社会においては儒学の思想が重視されていることから、忠義の模範として杜甫が尊崇されるのは必然であった。義堂が、忠義の士として杜甫の名を直接に詠出したことから、以後の禅僧もこぞって忠義の観点から杜詩を解釈し、自身の詩文の中で杜甫の忠義を称揚した。(10)

Ⅳ　杜甫の困窮に着目

義堂は杜甫の「困窮」についても屡々言及する。「少陵」（『空華集』巻四）で次のように詠んでいる。

風塵漠漠鬢絲絲、許國丹心只自知。
巴草未醫驢子痩、更添詩痩最難醫。

風塵　漠漠　鬢は絲絲、國に許す丹心　只だ自ら知るのみ。巴草　未だ驢子の痩せたるを醫《いや》せず、更に詩痩を添へて最も醫し難し。

ここでは苦境の中で忠誠心を忘れなかった杜甫であるが、蜀でも痩驢を飢餓から救えず、更には自身も詩文作製に励む余り、痩せ衰えたのをどうすることもできなかったと言う。他にも「讀李杜詩戲酬空谷応侍者」（『空華

集』巻七）詩で「太白は飄零し 子美は窮す」、「和答無倪」（『空華集』巻八）詩で「笑ふに堪ふ 杜陵の窮して骨に到るを」と詠じている。これらは宋代以降、文人間で「困窮すれば詩が工になる」という思考が流布し、その風潮が日本禅林にも及んだためと言えよう。禅僧は元来社会的な名利を度外視し、必然的に困窮であるため、この義堂の観点は大いに受け入れられた[11]。

V 杜甫と自然の関係に着目

禅僧は、詩の優劣を詩人と困窮の関係に求めたように、詩人と自然の関係についても言及する。義堂は「賦岱山高送岱上人序」（『空華集』巻六）で次のように述懐する。

予少時、嘗讀老杜詩集、中有望東岳詩、最愛其首章、曰、岱宗夫如何、斉魯青未了句。高寒萬仞、屹乎在吾几案間矣。

予少き時、嘗て老杜の詩集を讀むに、中に「東岳を望む」詩有り、最も其の首章の、「岱宗 夫れ如何、斉魯 青未だ了《つ》きず」と曰ふ句を愛す。高寒萬仞、屹として吾が几案の間に在り。

義堂は、杜甫の「望嶽」詩の首聯を最も愛していたという。「岱宗 夫《そ》れ如何《いかん》、斉魯 青未だ了《つ》きず」句には泰山のさまが詠まれており、その高大雄壮な泰山を自身の机案の間に創造することができたと喜んでいる。義堂は、心が清浄な有徳の人物が自然（江山）に接することで、その恩恵を受けて立派な詩を詠出することができると考えており、杜甫の「望嶽」詩にそれを見たのであろう。従来、禅林では自然に神妙な力が秘されていると考えら

れており、それを杜詩に結びつけたと言えよう。[12]

Ⅵ　杜甫の情に着目

義堂は、杜甫と李白の交遊、とりわけ杜甫の「春日憶李白」詩に着目し、例えば「贈秀上人詩叙」（『空華集』巻十一）で次のように述べる。

> 其白也云者、指言李公名也。詩無敵云者、李公才之豪也。渭北乃子美居処也。江東乃白之所寓也。春天樹也、日暮雲也、並叙其詩思也。由是、詩家以雲樹為美談。
>
> 其の「白也」と云ふは、指して李公の名を言ふなり。「詩に敵無し」と云ふは、李公の才の豪なり。「渭北」は乃ち子美の居処なり。「江東」は乃ち白の寓する所なり。「春天の樹」や、「日暮の雲」や、並びに其の詩思を叙するなり。是れに由りて、詩家は雲樹を以て美談と為す。

杜甫と李白の友情に着目し、杜甫の「春日憶李白」詩の「渭北 春天の樹、江東 日暮の雲」句を美談と評している。義堂をはじめ、後世の禅僧の贈答詩や送別詩には、その典拠に「渭北 春天の樹、江東 日暮の雲」句を用いることが多い。これは、塔頭や寮舎が多く営まれるにつれて、塔主を中心とする法系上の親近に基づく朋友関係が一層重視されたためであろう。この観点についても、義堂が杜詩を典拠とする模範を示したといえよう。[13]

Ⅶ　杜詩の応用

義堂は、Ⅰ～Ⅵの観点以外でも字号や軒名を付ける際や、当意即妙で詩を詠じる際など、様々な状況で杜詩を利用した。それらの作品において直接に杜甫の名前を詠出しているのを見ると、偈頌中心の初期の作品に比べ、外集的要素が濃くなった傾向が認められる。そしてその頻度の多さから、初期にも増して外集の中でも杜詩を特別な存在と見なしていることが窺える。(14)

このように、義堂は杜詩を深く愛賞し、その詩から禅林に必要とされる要素を抽出して自身の詩文に詠出した。そして、義堂の杜甫とその詩について詠出する観点及び詠出法は、模範として後世に継承されることになったのである。

〈文筆活動容認下における杜甫〉

中期においては、義堂以後、文筆活動の規制がさらに緩和された結果、禅僧は「禅熟すれば詩も熟す」と標榜することで、詩文作製を肯定する免罪符を得るに至る。宗旨の到達度が製した詩文によって判断されることになり、文筆活動は肯定・奨励され、絶海中津《ぜっかいちゅうしん》（一三三六～一四〇五）・心華元棣《しんげげんたい》（生没年不詳）・性海霊見《しょうかいれいけん》（一三一五～一三九六）・愚中周及《ぐちゅうしゅうきゅう》（一三二三～一四〇九）・曇仲道芳《どんちゅうどうほう》（一三六七～一四〇九）・仲方圓伊《ちゅうほうえんい》（一三五四～一四一三）・太白真玄《たいはくしんげん》（?～一四一五）・西胤俊承《せいいんしゅんしょう》（一三五八～一四二二）・鄂隠慧奯《がくいんえかつ》（一三五七～一四二五）・惟忠通恕《いちゅうつうじょ》（一三四九～一四二九）・惟肖得巌《いしょうとくがん》（一三六〇～一四三七）・江西龍派《こうせいりゅうは》（一三七五～一四四六）・心田清播《しんでんせいは》（?～一四四七）等、多くの禅僧が作品集を残した。

この時期になると一般的な詩文も詠じられ、杜甫に関する事項も頻繁に見られるようになる。ただし、これらを内容面から整理・分類すると、義堂が詠出した「画図における杜甫」「文章観と杜甫」「忠義」「困窮」「自然」「情」等の事項に大別・収斂され、それぞれの事項に関連する杜詩句を引用して詠出される場合が多い[15]。この傾向は中世禅林の終焉期まで続くことになる。

〈禅林の爛熟期における文筆活動〉

室町幕府は、やがて後継者争いや守護大名の台頭によって混乱・衰微する。自ずと五山の存在感は薄れ、宗旨を重視する気風を以て、幕府中枢に影響を及ぼす力を失ってしまう。禅林の維持は儘《まま》ならず、禅僧は個別の庇護者との関係を密にすることに腐心した。結果、宗旨を重視する姿勢は失われ、文筆活動のみが奨励されることになり、「禅熟すれば詩も熟す」という思潮は、ついに「詩熟すれば禅も熟す」という思潮に変化してしまう。つまり、詩文を錬磨することで宗旨にも通暁していくという主張への転化を招くことになったのである[16]。

後期においては、この詩禅一致思想のもと、瑞渓周鳳《ずいけいしゅうほう》（一三九一～一四七三）・九淵龍賝《きゅうえんりゅうちん》（?～一四七四）・季弘大叔《きこうだいしゅく》（一四二一～一四八七）・希世霊彦《きせいれいげん》（一四〇三～一四八八）・彦龍周興《げんりょうしゅうこう》（一四五八～一四九一）・横川《おうせん》景三《けいさん》（一四二九～一四九三）・正宗龍統《しょうじゅうりゅうとう》（一四二八～一四九八）・天隠龍澤《てんいんりゅうたく》（一四二二～一五〇〇）・蘭坡景《らんぱけい》茝《し》（一四一九～一五〇一）・萬里集九《ばんりしゅうきゅう》（生没年未詳）・景徐周麟《けいじょしゅうりん》（一四四〇～一五一八）等は膨大な量の詩文を残した。

〈詩禅一致思想と杜甫〉

「詩熟すれば禅も熟す」ということであれば、詩の評価が最も高い杜詩は当然禅にも関係し、通暁したことを証明する必要が生じる。そこで当期の禅僧は「詩熟すれば禅も熟す」を証する指針として、中国で指摘されている杜甫と禅に関する故事を引用した上で、杜詩を学習して詩文の作製を重ねることで宗旨にも通じる、という主張を唱え始める。義堂が詩文作製を戒めるために杜詩句を利用していたのに対し、ここでは詩文作製を奨励するために杜甫と禅の故事を利用するのである。その主だった例は次の通りである。

・雪竇《せっちょう》（九八〇～一〇五二）と宏智《わんし》正覚《しょうかく》（一〇九一～一一五七）は、孔子門下の子游と子夏のようであり、その頌古にいたっては、詩壇で言えば李白と杜甫に匹敵する、とある「評唱天童従容庵録寄然居士書」（『従容録』）の評言を利用する。

・雲門文偃《うんもんぶんえん》（八六四～九四九）が唱えた「函蓋乾坤《かんがいけんこん》」「随波逐浪《ずいはちくろう》」「截断衆流《せつだんしゅうりゅう》」の三句に匹敵する詩句が杜甫の詩に存する、という葉夢得の指摘（『石林詩話』）を利用する。

・杜甫が「詩中の仏」であるために、竹に香りが存することを詠じることができた、とする張鎡の「桂隠紀詠殊勝軒」（『南湖集』巻七）における詩句を利用する。

・虚堂智愚《きどうちぐ》（一一八五～一二六九）が杜甫「天河」詩の「縦《たと》ひ微雲に掩《おほ》はるるとも、竟《つひ》に能く永夜清し」句によって悟った、という故事（『虚堂和尚語録』「行状」）を利用する。

これらの故事を典拠として取り上げ、杜詩にも禅の要素が含まれていることの実証とし、杜詩を学べば詩と禅が

一如であることを悟り、宗旨を体得できるとしたのである。(17)

〈中世禅林終焉期と杜甫〉

応仁の大乱を経た後、幕府体制は崩壊し、禅林の退廃はいよいよ深刻になる。そのような状況下で、禅僧は生き残りをかけて庇護者に取り入るようになる。詩禅一致を標榜し、その指針として杜甫と禅に関連する故事を詠じるのである。そして、乱世を経験したことによって、中国で安禄山の乱を生き抜いた杜甫の「困窮」「忠義」「情」に対してさらに深く感銘を受け、その感懐を詩文に詠じる傾向も顕著となる。やがて戦国時代を経て江戸時代に入り、幕府が儒者を重用するにつれ、禅林の衰微は極まり、その文芸は終焉を迎えることになる。

以上、特に宗旨と文筆の関連を踏まえ、禅僧の詩文に詠出される杜甫及びその詩に関する事項について検討を加えたが、その内容と詠出法を定着させたのは義堂周信であることが証されたのではあるまいか。

二、禅僧の杜詩解釈について

禅僧が杜甫に関する事項を自身の詩文に詠出することができたのも、その根底に緻密な杜詩の読解が存したからである。禅林における杜詩の読解についても、その様相は時代ごとに変化している。以下に時間の流れに即してその特徴を略述する。

〈中国（宋・元）における杜詩解釈の様相〉

杜甫の詩は、その死後、中唐の白居易や韓愈といった詩人から高い評価を得た。宋代に入ると、蘇軾を始めとする多くの文人が、数多の作品の中で「杜詩第一」を提唱し、その評価を定着させた。結果、杜詩を学ばない詩人はいないという程受容されるようになり、種々の杜詩注釈書、杜甫に関する詩話集が編まれた。

宋代から元代にかけて、郭知達編『九家集注杜詩』四十巻・王十朋集注『王状元集百家注編年杜陵詩史』三十二巻・集注者不明『分門集注杜工部詩』二十五巻等、多くの杜詩注釈書が編纂された。それらの中で、日本禅林にも強い影響を与えたものが三書存在する[18]。年代順に見ると次のようになる。

嘉泰元年（一二〇一）、蔡夢弼が會箋し、『草堂詩箋』（以下『草堂本』と略称）四十巻を製している。編年形式を取り、宋代において優れた注釈書と評される。しかし、諸注に注者の名を書かなかったり、甚だ煩雑であることを指摘されている。典拠中心の注釈書が主流である中、この書は難解な字句の意義や音切、また詩句の解釈を掲載しているのが特徴である。

嘉定丙子（一二一六）に刊刻されたのは『集千家註分類杜工部詩』（以下『分類本』と略称）二十五巻である。『分類本』は、杜詩を内容別に分類して配列し、従来の集注に加えて、父の黄希が訓詁にこだわり、子の黄鶴が杜詩の年譜を弁疑して作詩年代を明確にし、更に注を付加している。集注・分類本の最高傑作とされる。

元の大徳七年（一三〇三）、劉辰翁が評点（批語）し、高楚芳が編集した『集千家註批点杜工部詩集』（以下『批点本』と略称）二十巻が原刻される。この書は、従来とは異なる編年で詩を配列し、それまでの諸注の中で必要のない注を大胆に削り落とし、杜甫の詩を詩として味わおうとする評点（批語）を加えており、中国において流布した。

これらの杜詩注釈書が編纂される中、多くの文人が歴代の詩に対して批評・議論を行い、膨大な量の詩話を残した。杜甫はその詩話の中心に存在し、個々の詩について様々な観点から吟味された。こうして杜詩は中国の文人間に広く浸透し、深く理解されるに至った。

〈日本初期禅林における杜詩解釈〉

初期において外集文学が規制される中、杜詩の存在が少しずつ顕著になり、禅林で初めて独自の杜詩解釈を示したのは虎関師錬（一二七八～一三四六）である。『済北集』巻十一「詩話」において、「岳陽楼に登る」詩に関しては、「呉楚 東南坼け、乾坤 日夜浮ぶ」句について、洞庭湖上に天地が浮動する、という解釈を示している。[19]「巳上人の茅齋」詩に関しては、「巳上人」について、従来の注が齊己であるとするのを改めている。[20]「賛上人に別る」詩に関しては、「楊枝 晨に手に在り、豆子 雨 已に熟す」句について、「楊枝」も「豆子」も梵網十八種の一つであることを指摘する。[21]「夔府詠懐」詩に関しては、「身は許す 双峯寺、門は求む 七祖禅」句について、「七祖」は北宗の普寂であると解釈している。[22]四首の詩話には虎関の卓越した杜詩解釈が提示されており、杜詩研究史上でも貴重な価値を有している。

次いで、中巌圓月が詩話『藤陰瑣細集』の中で、杜甫の「相如琴台」「卜居」「西郊」詩等をもとに、杜甫が住んでいた草堂の様子を審かにしたり、『唐書』に出てくる杜甫の死を検証したり、「八陣図」詩を蘇東坡の言葉を借りて解釈を改めたりしている。

これらを踏まえると、初期よりすでに杜詩に精通する禅僧が存在していたことが窺える。また後に編まれた杜詩の抄物を見ると、虎関師錬・夢巌祖応・中巌圓月等が杜詩を講義していたことが知られる。初期においては、

『分類本』を支持し、集註を取捨選択し、編年・物の名称・形状・訓詁の考証を通じて、杜詩を読解していたようである。[23]

〈日本中期禅林における杜詩解釈〉

初期における外集規制が、中期に至ると緩和され、杜詩の習得も顕在化する。義堂周信は、日記『空華日用工夫略集』の中で、弟子僧の求めに応じて杜詩を講義したり、詩文の添削に際して杜詩を引き合いに出すなどしている。永徳元年九月二十五日の条では、二条良基との会話の中で、「才器が大きければ李白と杜甫の詩を学んでもよい」と答えている。[24]

杜詩の受容が徐々に進化する中、多くの禅僧が渡元・渡明した。伯英徳儁《はくえいとくしゅん》（?～一四〇三）と大年祥登《だいねんしょうとう》（?～一四〇八）は貞治年間（一三六二―一三六七）頃に、絶海中津（一三三六～一四〇五）と如心中恕《じょしんちゅうじょ》（生没年不詳）は応安元年（一三六八）に渡明し、伯英・大年・絶海は永和二年（一三七六）に共に帰朝した。

その頃、中国においては、大慧派が貴族と結びついて勢力を強め、新たな文芸思潮を創出していたため、多くの日本僧は嗣法意志とは関係なく、大慧派に従学した。杜詩受容に関しては、大慧派の中でも、用章廷俊《ようしょうていしゅん》（一二九九～一三六八）・用堂子梗《ようどうしべん》（生没年不詳）等が『分類本』を支持し、清遠懐渭《せいえんえい》（一三一七～一三七五）・季潭宗泐《きたんそうろく》（一三一八～一三九一）等が『批点本』を支持しており、禅僧によって支持するテキストが異なっていた。そのため日本僧が参学する場合、その師によってテキストが異なり、例えば伯英と大年等は用章と用堂に『分類本』を学び、絶海と如心等は季潭と清遠に『批点本』を学んだ。それぞれが日本に帰り、杜詩を講義したため、日本禅林では『批点本』と『分類本』を支持する禅僧が併存する状態になった。[25]

杜詩が浸透し、『批点本』と『分類本』に対する考究が深まると、中国からの杜詩注釈書だけでは需要が満たされなくなる。そのため、日本においても杜詩注釈書の五山版が刊行された。刊刻されたのは、有注の『分類本』と無注の『分類本』、そして『批点本』の三書である。有注『分類本』の刊記に永和二年（一三七六）とあることから、南北朝末期には多くの禅僧が杜詩を読解・研究することが可能になったことが窺える。

初期においては『分類本』が主流であったが、斬新で諸注を取捨選択した『批点本』の存在が知れると、諸注を集大成した『分類本』は煩瑣であるため、却って疎んじられてしまう。さらに、渡明してその学才を高く評された絶海中津が、『批点本』の杜詩解釈を伝授されて帰国し、日本禅林において講釈するや、次第に『批点本』が主流になっていった。特に批語には、劉辰翁の詩を味わう姿勢が表れており、禅僧が杜詩を解釈する上で最も重んじる所となった[26]。絶海こそ『批点本』流布の立て役者と言えよう。

禅林において杜詩の解釈が蓄積すると、それらを編集して「抄物」として後世に残そうとする試みが生まれる。義堂に従学した心華元棣は、その必要性をいち早く感じ、反故の裏などに草稿を書き、納得いく杜詩注釈書『心華臆断』を五巻まで完成させたとされる。日本初の杜詩注釈書である。その草稿は心華から大陽□伊に、大陽から江西龍派に伝わったとされ、『心華臆断』五巻とともに後世の抄（『杜詩続翠抄』等）にその所説の断片が残されることになる。残念なことに『心華臆断』五巻とその草稿自体は散佚する。その評価であるが、後世の抄の中において、典拠・構造・文法・憶測が詳し過ぎる点について指摘されることがある[27]。

杜詩に対する需要はいよいよ高まり、江西龍派（一三七五～一四四六）が講義したものを文叔真要が抄した『杜詩続翠抄』（以下『続翠抄』と略称）が製された。『続翠抄』は、日本人の手による杜詩注釈書の中で、現存するものとしては最も古く、嘉吉三年（一四四三）頃に成立したとされる。現在、林宗二（一四九八～

一五八一）が書写したもの（巻一・二・十八の一部・二十欠）が建仁寺両足院に、さらにそれを転写したもの（巻十八の一部・二十欠）が国立国会図書館に残されている。[28] 江西は、『続翠抄』巻四「晩出左掖」に次のように言う。

江西云、凡千家ハ注雖好、批点ニテ批語ヲ読則好矣。不可不読批語矣。季潭ハ荷㆓擔批点㆒ヲ、俊用章ハ荷擔千家。季潭用章ハ、共雖為訢笑隠弟子、相異也。大年所ハ取洙注也。勝定国師用批語也。今唐土天童前住講杜、儒者多聴之、詩与経不二也。

江西云ふ、凡そ『千家』は注好しと雖も、『批点』にて批語を読めば則ち好し。批語を読まざるべからず。季潭は『批点』を荷擔し、俊用章は『千家』を荷擔す。季潭と用章は、共に訢笑隠の弟子爲りと雖も、相異なるなり。大年の取る所は洙注なり。勝定国師は批語を用ふるなり。今唐土の天童の前住 杜を講じ、儒者多く之を聴けば、詩と経とは不二なり、と。

ここで江西は先述した杜詩注釈書講釈の継承を述べている。その中で、『批点本』こそ好ましく、その批語を読むべきであるとし、中国で笑隠大訢（一二八四～一三四四）より法を嗣いだ季潭が『批点本』を支持し、勝定国師、つまり絶海がその『批点本』解釈を継承し、批語を重用したとする。『続翠抄』は、まず第一に『批点本』をテキストに用い、批語を重視している。その上で『分類本』や『草堂本』といった中国の諸注釈書・種種の詩話を参照し、絶海を始めとする日本禅僧の諸解釈を比較・検討したうえで独自の見解を述べている。[29] つまり、根底の解釈法には絶海が伝授された解釈法が存在しているのである。

瑞渓周鳳の日記『臥雲日件録跋尤』や杜詩の抄物の記事によると、義堂以後も多くの禅僧が講義活動を行っている。さらには日常会話の中で杜詩について談義する際に、批語を検討しあい、それぞれが最適と考える解釈を提示し合っている。[30] 禅林に絶海の解釈法が定着したと見て良いであろう。

〈日本後期禅林における杜詩解釈〉

後期にもなると、詩文を作製することで禅の宗旨に通じるとされたため、多くの外集が読まれ、杜詩以外にも、蘇軾・黄庭堅・『三体詩』・『古文真宝』等の抄物が生まれた。

杜詩の考究は後期になっても盛んに行われ、『蔭涼軒日録』や『実隆公記』をはじめとする禅僧や公家の日記類にもその様相が示されている。

『続翠抄』の成立以後、仁甫聖寿《じんほしょうじゅ》（生没年不詳）が、中途で終わった『心華臆断』の続編『続臆断』を製したことが分かっている。一方、雪嶺永瑾《せつれいえいきん》（一四四七～一五三七）が寛正六年（一四六五）に『杜詩抄』の作製に着手している。完成した時期は定かではないが、この『杜詩抄』を当代公家の碩学・三條西実隆に貸し出すことも行っている。現在、林宗二が書写したもの（巻三の一部・巻十七欠）が建仁寺両足院に残されており、さらにそれを転写したものが巻十二まで（巻一乾・巻三乾欠）足利学校に残されている。そこには、やはり『批点本』をテキストに用いた上で、『続翠抄』を始め、『心華臆断』や諸僧の講義録を集大成している。[31]

日本禅林において杜詩の読解は盛んに行われた。禅宗が伝わった当初では、『分類本』を考究するのに必死であった。それまでの解釈の蓄積もなく、解釈法も定まってはいなかった。そこに『批点本』が現れ、中国におけ

る解釈及びその方法を伝授された絶海がそれらを講義したことによって、禅林の杜詩解釈法が定まったのである。即ち『批点本』をテキストに用い、中国における解釈、とりわけ批語を重視・考究する解釈法である。絶海こそ、禅僧の杜詩解釈の基礎を築いた功績者と言えよう。

まとめ

日本中世禅林において「五山の双璧」と併称される義堂周信と絶海中津は、杜詩受容の方面においてもその果たした役割は絶大である。詩文の詠出面において、禅林で必要とされる杜甫の為人及びその詩に関する事項と、それらを詠出する手法を定着させ、禅林の杜甫像を確立させたのが義堂である。一方、『批点本』をテキストに用い、批語を重視し、杜詩を解釈する手法を定着させたのが絶海である。

渡元をなし得なかった義堂は、中国の新思潮の文学を持ち帰った絶海に対して寛容であり、大いに信頼した。中世禅林における杜詩受容の隆盛は、二人の協力があればこそであったといえよう。

注

（1） 玉村竹二『五山文学』（至文堂、一九六六年）第二章参照。

（2） 玉村竹二『五山文学』（至文堂、一九六六年）第三章・第四章参照。

（3、4） 拙稿「初期禅林における外集受容初探―杜詩受容を中心として―」（『中国中世文学研究』第四一号、二〇〇四年）参照。

（5） 拙稿「日本禅林における杜詩受容―禅林初期における杜詩評価―」（『中国中世文学研究』第三九号、二〇〇一

年）参照。

（6）前掲（5）・拙稿「日本禅林における杜詩受容—忠孝への関心（初期の場合）—」（『中国中世文学研究』第四〇号、二〇〇一）参照。

（7）玉村竹二『五山文学』（至文堂、一九六六年）第七章参照。

（8）朝倉尚「禅林における杜甫像寸見～『文章一小技』と『杜甫忠心』」（『岡山大学教養部紀要』第一一号、一九七五年）・拙稿「日本中世禅林における杜詩受容—禅の宗旨と文学観の連関をめぐって—」（『禅から見た日本中世の文化と社会』ぺりかん社、二〇一六年）参照。

（9）拙稿「日本禅林における杜詩受容について—中期禅林における杜甫画図賛詩に着目して—」（『中国中世文学研究』第四五・四六号合併号、二〇〇四年）参照。

（10）前掲（8）・拙稿「日本中世禅林における杜詩受容—忠孝への関心（中期の場合）・詩文詠出の様相—」（『中国中世文学研究』第六五号、二〇一五年）・拙稿「日本中世禅林における杜詩受容—忠孝への関心（中期の場合）・解釈の様相—」（『富永一登退休記念論集　中国古典テクストとの対話』研文出版、二〇一五年）参照。

（11）拙稿「日本中世禅林における杜詩受容—中期における杜甫の困窮像について—」（『愛媛大学教育学部紀要』第六三巻、二〇一六年）参照。

（12）拙稿「日本中世禅林における杜詩受容—杜甫と自然の関係に着目して（中期の場合）—」（『愛媛大学教育学部紀要』第六四巻、二〇一七年）参照。

（13）朝倉尚「『雲・樹』（渭樹江雲・暮雲春樹）美談考」（『禅林の文学—中国文学受容の様相』所収、清文堂、一九八〇年）・拙稿「日本中世禅林における杜詩受容—中期における杜甫の情に対する関心—」（『広島商船高等専門学校紀要』第二九号、二〇〇七年）参照。

（14）拙稿「日本中世禅林における杜詩受容—杜詩の援用について（中期の場合）—」（『愛媛大学教育学部紀要』第六五巻、二〇一八年）参照。

（15）前掲（8）（9）（10）（11）（12）（13）（14）参照。

（16）前掲（8）拙稿参照。

（17）前掲（8）拙稿・朝倉尚「杜甫と禅」（『禅林の文学—中国文学受容の様相—』所収、清文堂、一九八〇年）参

照。

（18）拙稿「禅林における杜詩注釈書受容の一側面—『杜詩続翠抄』の場合—」（『漢籍と日本人』アジア遊学九三号、勉誠出版、二〇〇六年）参照。

（19）拙稿「日本禅林における杜詩解釈—「岳陽楼に登る」詩について—」（『山本昭教授退休記念中国学論集』所収、白帝社、二〇〇〇年）参照。

（20）拙稿「日本禅林における杜詩解釈—杜甫「已上人茅齋」詩について—」（『広島商船高等専門学校紀要』第二六号、二〇〇四年）参照。

（21）拙稿「日本禅林における杜詩解釈—「賛上人に別る」詩について—」（『中国中世文学研究』第四八号、二〇〇五年）参照。

（22）拙稿「日本中世禅林における杜詩解釈「蘷府詠懐」—身は許す 双峰寺、門は求む 七祖禅—について」（『中国中世文学研究』第六一号、二〇一二）参照。

（23）拙稿「禅林における杜詩注釈書受容について—初期の場合—」（『中国学研究論集』第九号、二〇〇四年）参照。

（24）拙稿「日本禅林における杜詩受容—中期禅僧の日録に見られる杜詩の浸透—」（『広島商船高等専門学校紀要』第二七号、二〇〇五年）参照。

（25）拙稿「日本禅林における中国の杜詩注釈書受容—『集千家註分類杜工部詩』から『集千家註批点杜工部詩集』へ—」（『日本中国学会報』第五五集、二〇〇五年）参照。

（26）前掲（18）（25）参照。

（27）拙稿「杜詩注釈書『心華臆断』について—日本禅林における杜詩解釈の様相—」（『日本中国学会報』第五四集、二〇〇四年）参照。

（28）拙稿「『杜詩続翠抄』について」（『岡村貞雄博士古希記念中国学論集』、白帝社、二〇〇一年）参照。

（29）前掲（18）参照。

（30）前掲（24）参照。

（31）拙稿「杜詩注釈書『杜詩抄』について—概要と内容の特徴に着目して—」（『日本中世禅林における杜詩受容の研究』所収、広島大学学位論文、二〇〇三年）参照。

何遜詩に見る夕暮れの風景

佐伯雅宣

はじめに

何遜（字は仲言。?～五一九?）は梁を代表する詩人の一人であり、寒門出身でありながら当時の文壇の重鎮である范雲や沈約から非常に高く評価されていた。『梁書』文学上・何遜伝には、

弱冠州擧秀才。南鄉范雲見其對策、大相稱賞、因結忘年交好。自是一文一詠、雲輒嗟賞、謂所親曰、頃觀文人、質則過儒、麗則傷俗。其能含清濁、中今古、見之何生矣。沈約亦愛其文、嘗謂遜曰、吾每讀卿詩、一日三復、猶不能已。其爲名流所稱如此。

（弱冠にして州より秀才に挙げらる。南郷の范雲　其の対策を見て、大いに相ひ称賞し、因りて忘年の交好を結ぶ。是《こ》れ自《よ》り一文一詠、雲は輒《すなは》ち嗟賞し、親しむ所に謂ひて曰く、「頃《このご》ろ文人を観るに、質なれば則ち儒に過ぎ、麗なれば則ち俗に傷つく。其の能く清濁を含み、今古に中《あた》るは、之を何生に見る」と。沈約も亦

た其の文を愛し、嘗て遜に謂ひて曰く、「吾 卿の詩を読む毎に、一日三復するも、猶ほ已むこと能はず」と。其の名流の称する所と為ること此《かく》の如し。）

とあり、その称賛ぶりが描かれている。また同じく何遜伝によると、彼は梁の元帝蕭繹から「詩多而能者沈約、少而能者謝朓、何遜」（詩多くして能くする者は沈約、少くして能くする者は謝朓、何遜）と、沈約、謝朓に匹敵する詩人として称えられている。

そのような何遜の詩の特徴の一つとして、夕暮れの美しい風景が挙げられる。この点についてはすでに先人の指摘があるが[1]、では何遜はどのような夕暮れを愛し、それをどのように詩に詠っていたのだろうか。本稿ではこの点について考察してみたい[2]。

一　六朝詩人と夕暮れ

まず実際に何遜の詩に描かれる夕暮れは他の詩人と比べて実際にどれほど多いのか。逯欽立『先秦漢魏晋南北朝詩』をもとに六朝の詩人ごとに夕暮れが描かれる詩の数を調査した。

その際、まず「夕」「日落」「薄暮」など夕べを表す語が詩の中に用いられているものを基準とした。ただしこれらは人生における老境を指すなど、比喩的な意味で用いられることもある。今回はそのように比喩表現であることが明らかなものは除き、あくまで純粋に夕暮れの意味で用いていると思われるものにしぼっている[3]。また「夜」と「夕べ」の区別も難しいが、明らかに日が暮れた後のみの様子が描かれるものも除外した。

夕暮れが描かれる詩の数と割合

魏	曹操	2／23首（8.7％）
	曹丕	8／55首（14.5％）
	曹植	14／146首（9.6％）
	王粲	**7／26首（26.9％）**
	劉楨	4／25首（15.4％）
	阮籍	**22／98首（22.4％）**
	嵆康	6／63首（9.5％）
晋	陸機	12／157首（7.6％）
	陸雲	4／141首（2.8％）
	張華	7／57首（12.3％）
	潘岳	6／54首（11.1％）
	傅玄	5／112首（4.5％）
	陶淵明	32／163首（19.6％）
梁	沈約	29／198首（14.6％）
	江淹	**30／126首（23.8％）**
	梁武帝	4／106首（3.8％）
	劉孝綽	**21／70首（30.0％）**
	何遜	**48／118首（40.7％）**
	呉均	18／147首（12.2％）
	昭明太子	**9／44首（20.5％）**
	梁簡文帝	58／297首（19.5％）
	梁元帝	24／123首（19.5％）
	王僧孺	**8／39首（20.5％）**
	王筠	3／52首（5.8％）
	庾肩吾	11／93首（11.8％）
	劉孝威	7／60首（11.7％）

宋	**謝霊運**	**30／137首（21.9%）**
	鮑照	37／205首（18.0%）
	顔延之	8／57首（14.0%）
斉	王融	12／108首（11.1%）
	謝朓	**40／170首（23.5%）**
陳	**陰鏗**	**11／34首（32.4%）**
	張正見	8／96首（8.3%）
	徐陵	4／42首（9.5%）
	陳後主	15／99首（15.2%）
北周	庾信	30／259首（11.6%）

さてこうしてみると、明らかに詩人ごとに傾向は分かれる。二〇パーセントを超えるものは太字で示しているが、その中でも何遜が四〇パーセント以上と突出していると言って良い。次いで、そもそもの詩の数が少ないが、陳の陰鏗、そして梁の劉孝綽と続く。

二　何遜の贈答詩と夕暮れ

では改めて何遜の夕暮れが描かれる詩について見てみたい。まずその特徴として一つは贈答詩が挙げられ、さらに詩題にも、ある傾向がうかがえる。

落日前墟望贈范廣州雲（落日　前墟の望　范広州雲に贈る）

日夕望江山贈魚司馬（日夕に江山を望み　魚司馬に贈る）

夕望江橋示蕭諮議楊建康江主簿（夕に江橋を望み　蕭諮議・楊建康・江主簿に示す）
秋夕仰贈従兄寘南（秋夕　仰ぎて従兄寘南に贈る）
野夕答孫郎擢（野夕　孫郎擢に答ふ）
暮秋答朱記室（暮秋　朱記室に答ふ）
望廨前水竹答崔錄事（廨前の水竹を望み　崔録事に答ふ）

これらの例から分かるように、単に「贈～」「答～」というものではなく、その前に時節や状況を表す語が付されている詩がしばしば見受けられる。さらには「落日」「夕」など、夕暮れを表す語が詩題に用いられるものも多い。実はこのような例は何遜より前にはあまり見られない。数少ない例の一つとして宋・鮑照の詩を挙げる。

鮑照「日落望江贈荀丞」（日落ちて江を望み　荀丞に贈る）

旅人乏愉樂　旅人　愉楽に乏しく
薄暮增思深　薄暮　増ます思ひ深し
日落嶺雲歸　日落ちて　嶺雲帰り
延頸望江陰　頸を延ばして　江陰を望む
亂流潨大壑　乱流　大壑に潨《あつ》まり
長霧匝高林　長霧　高林を匝《めぐ》る

林際無窮極　　林際は　窮極無く
雲邊不可尋　　雲辺は　尋ぬ可からず
惟見獨飛鳥　　惟だ見る　独り飛ぶ鳥の
千里一揚音　　千里に一たび音を揚ぐるを
推其感物情　　其の物に感ずるの情を推せば
則知遊子心　　則ち遊子の心を知る
君居帝京内　　君　帝京の内に居り
高會日揮金　　高会　日に金を揮ふ
豈念慕羣客　　豈に念はん　群を慕ふの客の
咨嗟戀景沈　　咨嗟して景の沈むを恋ふるを

これは詩題にあるように夕暮れに長江を眺め、「荀丞」に贈ったものである。まず最初に、旅人には楽しみがなく、日が暮れるとますます物思いにふけってしまうと詠う。そこから激しい川の流れ、霧に覆われる林、どこまでも広がる雲などが描かれ、旅人たる鮑照自身の憂いもより深くなっていく。「大壑」「長霧」「高林」などの語、あるいは「林際無窮極、雲邊不可尋」という句からも、空間的に広がる風景の雄大さが感じられ、その中を飛ぶ一羽の鳥はより孤独感をかき立てるものとなっている。すなわちここに描写される夕暮れの風景はまさしく鮑照の心情と密接に関わっており、心象風景と言って良いだろう。一方、何遜の描く贈答詩の夕暮れの風景はどうか。

暮秋答朱記室（暮秋　朱記室に答ふ）

游揚日色浅　　游揚として日色浅く
騒屑風音勁　　騒屑として風音勁《つよ》し
寒潭見底清　　寒潭　底を見《あらは》して清く
風色極天浄　　風色　天に極《いた》りて浄らかなり
寸陰坐銷鑠　　寸陰　坐《そぞ》ろに銷鑠し
千里長遼迴　　千里　長く遼迴なり
桃李爾繁華　　桃李のごとく　爾　繁華
松柏余本性　　松柏　余の本性なり
故心不存此　　故心　此に存せず
高文徒可詠　　高文　徒に詠ず可し

晩秋の夕暮れを詠い、「朱記室」に答えたものであるが、まず沈みゆく夕日、清らかな池の淵、天に吹く風など夕暮れ時の美しい風景が描かれる。そしてそれは「寸陰」のうちに消えていき、そこから千里遠くにある友人朱記室に思いを馳せる。後半は桃李のごとく栄達する相手を称え、自身は松柏のように本性を変えないことをいう。すなわち前半に風景、後半に心情という構成であるが、見方を変えれば「寸陰坐銷鑠、千里長遼迴」の二句によって、前半と後半が繋がっていると捉えることができるのではないか。すなわちこの二句がなければ前半四句の夕暮れの風景描写と、後半四句の朱記室への思いとは直接には結びつかない。

落日前墟望贈范廣州雲（落日 前墟の望 范広州雲に贈る）

緣溝綠草蔓　溝に縁りて 緑草蔓《はびこ》り
扶楥雜華舒　楥に扶して 雑華舒《の》ぶ
輕煙澹柳色　軽煙に 柳色澹《あふ》れ
重霞映日餘　重霞 日余に映ず
遙遙長路遠　遥遥として 長路遠く
寂寂行人疎　寂寂として 行人疎らなり
我心懷碩德　我が心　碩徳を懐ひ
思欲命輕車　思ひて軽車に命ぜんと欲す
高門盛遊侶　高門に遊侶盛んなり
誰肯進畋漁　誰か肯へて畋漁を進めん

やはり夕暮れ時に前方の丘を眺め、范雲に贈ったものである。まず群がり生える草花、靄の中に揺れる柳、霞に照り映える夕日などを描写し、遥かに遠くに続く道、行き交う旅人の疎らな様子をなどを詠い、そこから「碩徳」たる范雲への思いに繋がっていく。眼の前にある夕暮れの風景、さらには遠くへと続く道を見ていると、その道の先にいるであろう范雲のもとへ行きたいという心情にいたるのであろう。しかしこれもまた「遙遙長路遠、寂寂行人疎」の二句が、前半の夕暮れの風景描写と後半の心情とを繋いでいるように思われる。この二句を除くと、前半の夕暮れの風景と後半の心情との関連性は希薄と言える。

夕望江橋示蕭諮議楊建康江主簿（夕に江橋を望み　蕭諮議・楊建康・江主簿に示す）

夕鳥已西度　　夕鳥　已に西に度《わた》り
殘霞亦半消　　残霞も亦た半ば消ゆ
風聲動密竹　　風声　密竹動き
水影漾長橋　　水影　長橋漾《ただよ》ふ
旅人多憂思　　旅人　憂思多く
寒江復寂寥　　寒江　復た寂寥なり
爾情深鞏洛　　爾が情　鞏洛に深し
予念返漁樵　　予が念ひ　漁樵に返る
何因適歸願　　何に因りてか　帰願に適ひ
分路一揚鑣　　路を分ちて一に鑣《くつわ》を揚げん

夕暮れに川にかかる橋を眺め、「蕭諮議」、「楊建康」、「江主簿」に示したものである。西に飛んでいく鳥、消え残っている霞、竹が風に揺れ、橋の影が水に漂う様子などが描写され、それらの風景を見ている何遜の憂いも増していき、そこから隠遁への憧れを述べる。これもやはり前半の夕暮れの風景と後半の心情とを、「旅人多憂思、寒江復寂寥」の二句によって繋いでいるようである。

　これらはすべて十句からなる詩であり、前半四句で夕暮れの風景を描写しているが、その風景に、詩を贈る相手への思いや、何遜自身の憂いなどの直接的な「情」はあまり感じられない。むしろ彼が目にした景物をそのま

ま描いているようである。そして後半四句で相手に対する自身の思いを述べるのだが、その心情を前半の風景描写とを巧みに絡ませるのが間に挟まれた二句の役割と言えるのではないだろうか。

野夕答孫郎擢　**（野夕　孫郎擢に答ふ）**

山中氣色満　　山中　気色満ち
墟上生煙露　　墟上　煙露生ず
杳杳星出雲　　杳杳として　星　雲より出で
啾啾雀隱樹　　啾啾として　雀　樹に隠る
虛館無賓客　　虚館　賓客無く
幽居乏懽趣　　幽居　懽趣乏し
思君意不窮　　君を思ひて　意　窮まらず
長如流水注　　長へに流水の注ぐが如し

贈王左丞　（王左丞に贈る）

檷外鶯啼罷　　檷外　鶯　啼き罷み
園裏日光斜　　園裏　日光斜めなり
游魚亂水葉　　游魚　水葉に乱れ
輕燕逐風花　　軽燕　風花を逐ふ

長墟上寒靄　長墟　寒靄上り
曉樹沒歸霞　暁樹　帰霞に没す
九華暮已隱　九華　暮に已に隠る
抱鬱徒交加　鬱を抱きて　徒に交加す

これらはともに八句の詩であるが、やはりいずれも前半四句は眼の前にある夕暮れの風景を描いており、そこに直接的な「情」は感じられない。そして「野夕答孫郎擢」の五、六句「虚館無賓客、幽居乏懽趣」は、賓客も無く楽しみも乏しい、もの寂しさという「情」を伴う風景描写であり、それが最後の二句の相手への思いにつながっていく。「贈王左丞」の五、六句「長墟上寒靄、曉樹沒歸霞」も、「寒」「歸」という語があることで、「情」を伴う風景と言えよう。そしてそれが最後の二句の何遜自身の思いへと結びつくのである。

　このように見てくるとこれらの何遜の贈答詩は、最初に彼が見た（情を含まない）夕暮れの風景から詠い起こし、次第に風景の中に情を絡めていき、最後に詩を贈る相手への思いを述べるという形になっているのである。そして贈答詩において最初に風景を描くことの意味を考えたとき、彼が見た美しい風景を相手にも贈ろうとする意識があるのではないだろうか。

　先に挙げた鮑照の「日落望江贈荀丞」と比べてみると、そちらは「旅人乏愉樂、薄暮增思深」と、詩人自身の思いから詠い出している。その後で風景描写が続くが、鮑照の場合、その風景は自らの心情を象徴するものであり、それによって自分の思いを相手に分かってほしいと訴えるためのものとも言える。それに対して何遜の場合は、最初に自身が見た美しい夕暮れの風景を詠うことで、その美を相手と共有しようという意識があるのではな

いか。言い換えれば、何遜が好む夕暮れの風景を、自身の思いとともに相手に贈ろうとしたと見ることができるであろう。

三　何遜の行旅詩と夕暮れ

では贈答詩以外ではどうかというと、行旅詩に夕暮れの描写がしばしば見られる。

渡連圻二首・其二（連圻を渡る二首・其の二）

連圻連不極　　連圻　連なりて極まらず
極望在雲霞　　極望すれば雲霞に在り
絶壁無走獣　　絶壁に走獣無く
窮岸有盤楂　　窮岸に盤楂有り
糾紛上寵嵷　　糾紛として　上は寵嵷たり
穿谿下巖岈　　穿谿として　下は巖岈たり
魚遊若擁剣　　魚　遊びて　剣を擁《いだ》くが若く
猿掛似懸瓜　　猿　掛りて　瓜を懸くるに似たり
陰岸生駮蘚　　陰岸　駮蘚を生じ
伏水拂澄沙　　伏水　澄沙を払ふ

客子行行倦　　客子　行き行きて倦み
年光處處華　　年光　処処に華やかなり
石蒲生促節　　石蒲　促節を生じ
巖樹落高花　　巖樹　高花を落す
暮潮還入浦　　暮潮　還りて浦に入り
夕鳥飛向家　　夕鳥　飛びて家に向ふ
寓目皆鄉思　　寓目　皆な郷思あり
何時見狹斜　　何れの時にか狭斜を見ん

おそらく旅の途上で見た風景であろう、険しい山、激しい川の流れなどを詠い、最後の四句に夕暮れの景物が描かれている。さかのぼり引いていく潮を「還」るとし、また飛ぶ鳥を「家に向ふ」ものと捉え、それらが全て「鄉思」へと繋がり、故郷に帰りたいと結んでいる。

入東經諸暨縣下浙江作（東経の諸暨県に入り浙江を下りての作）

疲身不自量　　疲身　自ら量らず
温腹無恆擬　　温腹　恒に擬する無し
未能守封植　　未だ封植を守る能はず
何能固廉恥　　何ぞ能く固より廉恥あらん

一經可人言　一たび可人の言を経るも
三冬徒戲爾　三冬　徒に戯るのみ
虛信蒼蒼色　虚しく蒼蒼の色を信じ
未究冥冥理　未だ冥冥の理を究めず
得彼既宜然　彼の既に宜しく然るべきを得
失之良有以　之の良に以《ゆえ》有るを失ふ
常言厭四壁　常に四壁を厭ふを言ひ
自覺輕千里　自ら千里を軽しとするを覚ゆ
日夕聊望遠　日夕　聊か望遠し
山川空信美　山川　空しく信《まこと》に美なり
歸飛天際沒　帰飛　天際に没し
雲霧江邊起　雲霧　江辺に起こる
安邑乏主人　安邑　主人乏しく
臨卭多客子　臨卭　客子多し
鄕鄕自風俗　郷郷　自ら風俗あり
處處皆城市　処処　皆な城市あり
所見無故人　見る所　故人無く
含意終何已　意を含むも終に何ぞ已まん

これもやはり旅の途上の作であるが、後半に夕暮れが描かれる。遠くまで広がる眺め、山川の美しさ、天の果てに消えゆく鳥、江片にわき起こる雲霧などを見ていると、自分自身が異郷にあるということを強く感じ、憂いへとつながっていく。異国で見る夕暮れが旅の憂いを深くするのは、王粲「七哀詩」などから見られ、(4)夕暮れを描く詩の伝統とも言える。その点については何遜の詩においても同様である。また一方で次のような詩もある。

慈姥磯

暮煙起遙岸　　暮煙　遥岸に起こり
斜日照安流　　斜日　安流を照らす
一同心賞夕　　一同　心賞の夕
暫解去郷憂　　暫く郷を去るの憂ひを解く
野岸平沙合　　野岸　平沙合し
連山近霧浮　　連山　近霧浮かぶ
客悲不自已　　客悲　自ら已まず
江上望歸舟　　江上　帰舟を望む

夕暮れにわき起こる靄、川の流れを照らす夕日といった美しい風景を眺め、「暫く郷を去るの憂ひを解く」といい、旅の憂いを解こうとしている。旅の中で見た美しい風景によって憂いを晴らそうとするのは、謝霊運あたりからしばしば見受けられる。(5)何遜にとってそれは夕暮れの風景であったが、結局のところ憂いが晴れるのは一

時的なものであり、旅の悲しみ「客悲」がやむことはなかったようである。

四　何遜が好んだ夕暮れ

さてこのように贈答詩や行旅詩において夕暮れの風景をしばしば詠った何遜であるが、では彼が好む夕暮れの風景とはどのようなものであったのか。もう少し具体的に見ていくと、まず一つには水辺の風景が挙げられる。

暮秋答朱記室（暮秋　朱記室に答ふ）

寒潭見底清　　寒潭　底を見《あらは》して清く
風色極天浄　　風色　天に極《いた》りて浄らかなり

夕望江橋示蕭諮議楊建康江主簿（夕に江橋を望み　蕭諮議・楊建康・江主簿に示す）

夕鳥已西度　　夕鳥　已に西に度《わた》り
残霞亦半消　　残霞も亦た半ば消ゆ
風聲動密竹　　風声　密竹動き
水影漾長橋　　水影　長橋漾《ただよ》ふ

敬酬王明府（敬んで王明府に酬ふ）

澄江照遠火　澄江　遠火に照らされ
夕霞隠連檣　夕霞　連檣を隠す

登石頭城（石頭城に登る）

擾擾見行人　擾擾として行人を見
暉暉視落日　暉暉として落日を視る
連檣入廻浦　連檣　廻浦に入り
飛蓋交長術　飛蓋　長術に交はる
天暮遠山青　天暮れ　遠山青く
潮去遙沙出　潮去りて　遥沙出づ

渡連圻二首・其二（連圻を渡る二首・其の二）

暮潮還入浦　暮潮　還りて浦に入り
夕鳥飛向家　夕鳥　飛びて家に向ふ

送韋司馬別（韋司馬を送りて別る）

邐邐山蔽日　邐邐として　山は日を蔽ひ

洶洶浪隱舟　洶洶として　浪は舟を隠す
隱舟邈已遠　隠舟　邈として已に遠く
徘徊落日晩　徘徊して　落日晩《く》る

學古三首・其二（**古を學《ま》ぬ三首・其の二**）

鞏洛上東門　鞏洛　東門に上り
薄暮川流側　薄暮　川流の側

日夕出富陽浦口和朗公（**日夕に富陽浦口より出で朗公に和す**）

山煙涵樹色　山煙　樹色を涵《うる》ほし
江水映霞暉　江水　霞暉を映ず

春夕早泊和劉諮議落日望水（**春夕に早泊し劉諮議の「落日　水を望む」に和す**）

日暮江風靜　日暮れて　江風静かに
中川聞棹謳　中川に　棹謳を聞く
草光天際合　草光　天際に合し
霞影水中浮　霞影　水中に浮ぶ
單艫時向浦　単艫　時に浦に向ひ

獨楫乍乘流　　独楫　乍ち流に乗る

還渡五洲（**還りて五洲を渡る**）

蕭散煙霧晩　　蕭散たり　煙霧の晩
凄清江漢秋　　凄清たり　江漢の秋
沙汀暮寂寂　　沙汀　暮に寂寂たり
蘆岸晩脩脩　　蘆岸　晩に脩脩たり

慈姥磯

暮煙起遙岸　　暮煙　遥岸に起こり
斜日照安流　　斜日　安流を照らす

ここに挙げたように清らかな水底、さかのぼる潮、水に映りただようう橋の影、川の上に広がる霞、川を行き交う舟など、何遜の詩には水辺の夕暮れが目立つ。一方で何遜の詩に夕暮れの山が描かれるものは極めて少なく[6]、またここに挙げた「登石頭城」「送韋司馬別」の例のように、水との対で用いられるのがほとんどである。ここから考えても何遜が山より水辺の夕暮れを愛したことは間違いない。

さらにその風景の中に動き・変化するものを描くのも一つの特徴と言えよう。

例えば斉・謝朓の「晩登三山還望京邑」（晩に三山に登り京邑を還望す）の「餘霞散成綺、澄江靜如練」（余

霞 散じて綺を成し、澄江 静かなること練の如し）という句は、夕暮れの長江の美しさを見事に表現したものとして有名であるが、そこに動きはなく、あたかも一幅の静止画のようである。それに対して何遜詩の風景の中には動きを伴うものがしばしば見受けられる。上記の詩の傍線部がそれである。山に沈みゆく夕日、さかのぼり引いていく潮、風に揺れる竹、水に漂う橋の影、波間に隠れていく舟、通りを進む車、道行く旅人など、動き・変化のある事物を描いているといえる。このような描写は以前にもあり、決して珍しいものでもないが、何遜詩の夕暮れの風景の中にこのような例が多いことも確かである。そしてその動きは決して激しく雄大なものではない。どちらかと言えば静かで穏やかな動き・変化である。彼はそのようにゆっくりと穏やかに、かつ少しずつ動き、変化していく風景というものを好んでいたのではないか。そしてそのように考えれば、彼が夕暮れを好んだこともうなずける。もう一度「暮秋答朱記室」を見てみたい。

暮秋答朱記室（暮秋　朱記室に答ふ）

游揚日色淺　　游揚として日色浅く
騷屑風音勁　　騷屑として風音勁《つよ》し
寒潭見底清　　寒潭　底を見《あらは》して清く
風色極天淨　　風色　天に極《いた》りて浄らかなり
寸陰坐銷鑠　　寸陰　坐ろに銷鑠し
千里長遼迴　　千里　長く遼迴なり

この詩では、輝きの薄れていく夕日、透きとおった清らかな水底、天に吹き渡る風といった夕暮れの風景を描くが、同時にそれらは「寸陰」のうちに消えていくことをも詠う。夕暮れというのは日が傾き沈みゆくまでのわずかな時間であり、しかもその間に風景は色を変えて刻一刻と変化していく。何遜はそのように少しずつ変化していく夕暮れの風景を愛していたのではないだろうか。

贈王左丞（王左丞に贈る）

櫚外鶯啼罷　　櫚外　鶯　啼き罷み
園裏日光斜　　園裏　日光斜めなり
游魚亂水葉　　游魚　水葉に乱れ
輕燕逐風花　　軽燕　風花を逐ふ
長墟上寒靄　　長墟　寒靄上り
曉樹沒歸霞　　暁樹　帰霞に没す
九華暮已隱　　九華　暮に已に隠る
抱鬱徒交加　　鬱を抱きて　徒らに交加す

この詩では最初に鶯が啼きやみ、日が傾いてきたことを言い、遊び戯れる魚、軽やかに飛ぶ燕を描いた後、夕靄が立ちのぼり、それに木々が隠れていくさまを詠う。これもまた徐々に日が暮れていく様子を描いていると言えよう。

つまり何遜は、次第に日が傾いていき、刻一刻と変化する夕暮れという時間を好み、その中でもまた静かにゆっくりと変化する風景をしばしば描いていたと言える。

そして動きと言えば、次の詩に見られるように舟や車、道行く人々などをも風景の描き込んでいる点も特徴的である。

登石頭城（石頭城に登る）

擾擾見行人　　擾擾として行人を見
暉暉視落日　　暉暉として落日を視る
連檣入廻浦　　連檣　廻浦に入り
飛蓋交長術　　飛蓋　長術に交はる

それまでは、例えば詩の中に川に浮かぶ舟が描かれることはあっても、それは作者自身が乗っているか、友人が乗っているものがほとんどであった。風景の中に自分とは無関係のものとして舟や車を描くのは以前にはあまり見られない。また道行く人も同様である。行き交う人々を風景として詩に詠み込んだのはあるいは何遜が初めてかも知れない[7]。そしてこれは何遜が見たものをそのまま描こうとする意識のためではなかろうか。彼より以前に、川に舟がなかったわけではなく、道行く人がいなかったわけではない。しかし詩人たちは、それらいわば人為的なものは自然・山水風景を描くに当たってそぐわないと捉え、意識的あるいは無意識の中で風景から排除していたのではないだろうか。それに対して何遜は、人為的なものも含め、一つの景として描いているのである。

なおこれが夕暮れの場面に限定されるかどうかは定かではないが、少なくとも道を行く人々を風景の中に描くのは何遜の詩では夕暮れの場面のみである。『顔氏家訓』文章篇には何遜の詩を称して「實爲清巧、多形似之言」（実に清巧為《た》りて、形似の言多し）と言うが、これら目にしたものをそのまま描く姿勢こそが、「多形似之言」という評価につながるのであろう。

さて続いてもう一つ、何遜詩の特徴として夕日の光について見てみたい。

暮秋答朱記室（暮秋　朱記室に答ふ）

游揚日色淺　游揚として日色浅く
騷屑風音勁　騷屑として風音勁《つよ》し
寒潭見底清　寒潭　底を見《あらは》して清く
風色極天淨　風色　天に極《いた》りて浄らかなり

繰り返し取り上げるが、この「暮秋答朱記室」では、沈もうとする夕陽の様子を「游揚」と言い、その光が淡くなるさまを「日色」が「浅」いと詠う表現力は新奇と言える。なおこの「游揚」という語は、『史記』季布列傳に「僕游揚足下之名於天下、顧不重邪」（僕　足下の名を天下に游揚すれば、顧みるに重からずや）とあり、班固「典引一首」（『文選』巻四十八）に「然皆游揚後世、垂爲舊式」（然れども皆な後世に游揚し、垂れて旧式と為る）とあるように、もともと「触れまわる」あるいは「称える」という意味であった。ところが何遜は夕日の光が薄れゆくさまを表すのにこの語を用い、以降の六朝詩人も同様の意味でしばしば用いるようになる。

簡文帝蕭綱「開霽」

偃蹇暮山虹　　偃蹇たり 暮山の虹
游揚峰下日　　游揚たり 峰下の日

庾信「周宗廟歌十二首・皇夏」

巻舒雲汎濫　　巻舒して 雲は汎濫し
游揚日浸微　　游揚として 日は浸微たり

また何遜詩には、夕日の光と水について特徴的な描写がある。

慈姥磯

暮煙起遙岸　　暮煙 遥岸に起こり
斜日照安流　　斜日 安流を照らす

日夕出富陽浦口和朗公（日夕に富陽浦口より出で朗公に和す）

山煙涵樹色　　山煙 樹色を涵《うる》ほし
江水映霞暉　　江水 霞暉を映ず

「慈姥磯」では斜めに傾いた夕日が、川の穏やかな流れを照らすと詠う。ここから考えると「日夕出富陽浦口和朗公」の「江水映霞暉」もまた、川の水が夕焼け（霞暉）に照らされて輝いている様子と見ることができよう。そしてこのように夕日に照らされる川の様子を詩に描くのは、実は何遜より前には見られない。新たな視点と言えるかもしれないが、ただ劉孝綽の詩に似たような描写がある。よって最後に劉孝綽の詩における夕暮れの風景についても少し見てみたい。

五　劉孝綽詩に見る夕暮れ

劉孝綽（字も孝綽。五八一〜五三九）もまた梁を代表する文人であり、寒門出身の何遜とは異なり、名門出身で武帝や昭明太子、その他の諸王にも重んぜられた典型的な梁代貴族文人である。きわめて対照的な両者であるが、詩の応酬などの交流もあり、[8]『梁書』文学上・何遜伝に、「初、遜文章與劉孝綽竝見重於世、世謂之何劉」（初め、遜の文章 劉孝綽と並びに世に重んぜられ、世 之を「何劉」と謂ふ）というように、当時その文学が並び称されていた二人でもある。

そして最初に挙げた表のとおり、この劉孝綽の詩にも夕暮れが描かれることが多く、何遜と同様に山よりも水辺を背景とするものが目立つ。

太子洑落日望水（**太子洑にて落日に水を望む**）

川平落日迴　　川平かにして落日迴《はる》かに

落照滿川張　　落照　川に満ちて漲《みなぎ》る

平らかな川のはるか遠くに沈む夕日、その光が川一面が降りそそぎ輝く風景が詠われている。非常に夕暮れ時の美しい水辺の様子が伝わってくるが、川が夕日に照らされるという点では何遜と同様である。そしてやはり彼ら以降、このような風景がしばしば詠われるようになる。

簡文帝「大同八年秋九月」

落照塹中滿　　落照　塹中に満ち
浮煙槐外通　　浮煙　槐外に通ず

元帝「遊後園」（後園に遊ぶ）

暮春多淑氣　　暮春　淑気多く
斜景落高春　　斜景　高春に落つ
日照池光淺　　日　照らして　池光浅く
雲歸山望濃　　雲　帰りて　山望濃し

いずれも夕日の光が堀や池を照らす様子を描いており、何遜や劉孝綽の詩に見られる特徴を受けているとみて良いであろう。

その他、劉孝綽の夕暮れの風景には次のような例がある。

櫂歌行

日暮楚江上　日は暮れたり　楚江の上《ほとり》

江深風復生　江深くして　風　復《ま》た生ず

侍宴集賢堂應令（宴に集賢堂に侍す　令に応ず）

壺人告漏晩　壺人　漏の晩《おそ》きを告げ

煙霞起將夕　煙霞　将に夕べならんとするに起こる

反景入池林　反景　池林に入り

餘光映泉石　余光　泉石に映ず

陪徐僕射晩宴（徐僕射に陪《したが》ひて晩に宴す）

景移林改色　景　移りて　林は色を改め

風去水餘波　風　去りて　水は波を余す

上虞鄉亭觀濤津渚學潘安仁河陽縣詩（上虞の郷亭にて涛を津渚に観て潘安仁の河陽県詩を学《ま》ぬ）

秋江凍雨絶　秋江　凍雨絶え

反景照移塘　　反景　照らして塘に移る

夕逗繁昌浦（夕に繁昌の浦に逗《とま》る）

日入江風靜　　日入りて　江風静かに
安波似未流　　安波　未だ流れざるに似たり
岸廻知舳轉　　岸廻りて　舳の転ずるを知り
解纜覺船浮　　纜を解きて　船の浮ぶを覚ゆ
暮煙生遠渚　　暮煙　遠渚に生じ
夕鳥赴前洲　　夕鳥　前洲に赴く

穏やかな川の流れ、水辺を照らす夕日など何遜が好んだものと同じような風景が描かれる。「陪徐僕射晩宴」では日が沈み色を変えていく林の様子を描き、「夕逗繁昌浦」では静かで流れていないかのような川の上にあってゆっくりと動く舟の様子を詠っている。いずれも何遜詩の描く水辺の夕暮れと共通する特徴と言えるであろう。

一方で、宴の中で日が暮れていく風景を描くものも目立つ。これはさまざまな文学集団で重んぜられた劉孝綽らしいものであり、何遜の詩にはほとんど見られない特徴である。

おわりに

以上、何遜の詩に見る夕暮れについて考察してきた。

その特徴として一つは贈答詩において、前半に夕暮れの風景を詠い、後半に詩を贈る相手への思いを述べるものが多いという点が挙げられる。すなわちそこには自分が見た美しい風景を相手に贈り、共有したいという思いがあるものと考えられる。また行旅詩にも夕暮れの描写はしばしば見られるが、その風景は相手のためではなく、自分自身のためのものであり、旅の憂いを晴らそうとする意識があったのであろう。しかし結局それが解消されることはなかった。

また何遜はとりわけ水辺の夕暮れを好んでいた。中でも沈みゆく夕日、引いていく潮、風に揺れる竹、川を行く舟、道行く人々など、動きのある風景をしばしば詩に詠っていた。そもそも夕暮れというのは一日の中のほんのわずかな時間であり、しかも刻一刻と変化し、やがて消えていくものである。そのような夕暮れ時にあって、何遜はいま眼の前にある漸漸と動き、変化するものもすべて包括して詩の中に描き出していたのである。

そして何遜と同じような特徴が劉孝綽にも見られる。この「何劉」と並び称された彼らが同じような特徴を持っていたことは特筆に値しよう。彼らがともにあったのは天監年間（五〇二〜五一九）における地方の文学集団である。中央とは異なるおそらく自由な雰囲気の中で両者は交流があったのであろう、その時期のものと思われる贈答詩や唱和詩も残されている。よって互いにその詩作においても影響し合ったことは想像に難くない。そしてその「何劉」を意識したと思われる表現が、後の簡文帝や元帝の詩にもしばしば見受けられる。「何劉」が梁代の後の詩人たちにも少なからず影響を与えていたことはおそらく間違いない。今後はそういった点について

も考察を進めていきたい。

注

（1）森野繁夫先生『六朝詩の研究』（第一学習社、一九七六）第四章「個人の文学」では、「何遜の望郷の詩は、多くの場合、夕暮れを背景として詠われる。…〈中略〉…彼の詩は今日、百首余り残っているが、その三分の一は夕暮れを背景として詠まれており、彼が夕暮れに魅かれた詩人であったことを物語っている」と指摘されている。

　また堂薗淑子氏は「何遜詩の風景―謝朓詩との比較―」（『中国文学報』第五十七号、一九九八）の中で、「その何遜詩において何より特徴的なのは、夕暮れに時間を設定する、或いは夕暮れの風景そのものを主題とする詩が、全體的に見て非常に多いことである。…〈中略〉…この流れを受けて梁以降、夕暮れの景色を主な題材とする詩は急激に増えていくが、夕暮れ時へのこだわり、詩情との結びつきの強さという點からいって、何遜は同時代の詩人たちの中でも際立った存在である」と述べている。さらにその特徴を「何遜詩に表現される夕暮れの魅力は、上の謝朓詩のように鮮明な美しさを描く秀句にあるのではなく、複數の聯がイメージを交差させ膨らませ合うことによって生まれる、詩人を包み込んで永遠の廣がりを見せる〝景〟と、句が連なっていくに従って徐々に浮かび上がってくる〝情〟にこそあるといえよう」と論じている。本稿でもこれらを大いに参考とした。

（2）古代から六朝の夕暮れについては、『詩経』や『楚辞』、漢代の古詩における「暮れ」の意味を考察した、小池一郎「「暮れる」ということ―古代詩の時間意識」（『中国文学報』第二十四号、一九七四）や、詩語としての夕日に着目した、森博行「魏・晉詩における『夕日』について」（『中国文学報』第二十五号、一九七五）などの先行研究がある。

（3）夕暮れは老いの比喩として詠われることもあり、実際の情景か比喩であるかの判断が難しいものも多い。とりわけ阮籍の詩には夕暮れを表す語がしばしば用いられているが、その大半が難解な詠懐詩であり、比喩であるか否か判別することはかなり困難である。本文中の表は判断できないものもすべて含んだ数である。

（4）王粲「七哀詩三首」其二に「荊蠻非我鄉、何爲久滯淫。方舟泝大江、日暮愁我心」（荊蛮は我が郷に非ず、何為れぞ久しく滞淫せん。舟を方《なら》べて大江を泝《さかのぼ》り、日暮れて我が心を愁へしむ）とある。またこのような王粲の夕暮れ

について は、森氏前掲論文を参照。

（5）謝霊運「七里瀬」には「羈心積秋晨、晨積展遊眺」（羈心 秋晨に積る、晨に積れば遊眺に展《のば》さんとす）とあり、秋の朝に積もりたまった「羈心」を「遊眺」（山水に出かけ風景を眺めること）によって晴らそうとする様子が詠われる。しかしその憂いが完全に晴らされることはない。

（6）何遜の詩において山の夕暮れの風景が描かれるのは「登石頭城」「送韋司馬別」「入東經諸暨縣下浙江作」「日夕出富陽浦口和朗公」「野夕答孫郎擢」の五例のみであり、うち前四例は川と合わせての描写となっている。純粋に山だけの夕暮れが描かれるのは「野夕答孫郎擢」のみであり、そこでは山の夕暮れを「山中氣色滿、墟上生煙露。杳杳星出雲、啾啾雀隱樹」（山中 気色満ち、墟上 煙露生ず。杳杳として星は雲より出で、啾啾として雀は樹に隠る）と詠う。

（7）夕暮れの風景ではないが、謝朓「之宣城郡出新林浦向板橋詩」に「天際識歸舟、雲中辨江樹」（天際に帰舟を識り、雲中に江樹を弁《わか》つ）とあり、自身とは無関係の天の果てから帰ってくる舟を描く例はある。また「行人」を道行く人とする例も、何遜以前にはやはり謝朓「同王主簿有所思」に「徘徊東陌上、月出行人稀」（徘徊す東陌の上、月出でて行人稀なり）とある。もう少し調査する必要はあるが、斉梁より以前の例はかなり少ないように思われる。

（8）何遜と劉孝綽の関係については、拙稿「劉孝綽と何遜」（『中国学研究論集』第六号 二〇〇〇年）を参照。

執筆者紹介（掲載順）

序文	刘利民	中国教育国际交流协会会长
発刊に寄せて	越智光夫	広島大学長
刊行を祝う	小丸成洋	福山通運㈱代表取締役社長

李建华	翻译家
赵敏俐	首都师范大学教授
李均洋	首都师范大学教授
吴相洲	广州大学教授
徐一平	北京外国语大学教授
彭广陆	陕西师范大学教授
张威	人民大学教授
刘振	北京市国际教育交流中心，项目主管
张立新	首都师范大学教授
森岡文泉	安田女子大学教授
王维坤	西北大学教授
荒見泰史	広島大学教授
赵建红	福山大学准教授
中村　平	広島大学准教授
任颖	天津外国语大学讲师
佐伯雅宣	四国大学准教授
太田　亨	愛媛大学准教授
川島優子	広島大学准教授

佐藤利行教授還暦記念
日中比較文化論集

2019年1月15日　印刷
2019年1月25日　発行

編　者　佐藤利行教授還暦記念論集刊行会
発行者　佐藤康夫
発行所　白　帝　社

〒171-0014　東京都豊島区池袋2-65-1
TEL 03-3986-3271　FAX 03-3986-3272
info@hakuteisha.co.jp　http://www.hakuteisha.co.jp/

組版・印刷　倉敷印刷㈱　　製本　カナメブックス

Printed in Japan 6914　ISBN 978-4-86398-319-9